国家出版基金项目
NATIONAL PUBLICATION FOUNDATION

沈德潛全集

9

（清）沈德潛 編著
賀嚴 整理

鳳凰出版社

分册目録

唐宋八家文讀本卷五 …… 一〇三

唐宋八家文讀本卷十……二四五

歐陽修永叔

第十册

蘇洵明允

蘇轍子由

曾鞏子固

唐宋八家文讀本

序

唐宋八家文，始於茅氏鹿門撰次，後儲氏同人病其疎漏，因增益之，倍有加矣。予賦性謭陋，少時誦習秖十之三、四。年既長，亦嘗綜覽兩家選本，并八家全文，而精神貫注，仍在少時誦習者。既因門弟子請，出向時讀本，粗加點定，俾讀者視爲入門軌涂，志發軔也。

或謂八家之文，果皆以言載道、有醇無駁者乎？應之曰：文之與道爲一者，理，則天人性命；倫，則君臣父子；治，則禮樂刑政。欲稍增損而不得者，六經、四子是也。後此，宋五子庶能表章之。餘如賈、董、匡、劉、馬、班，猶且醇駁相參，奈何於唐宋八家，遽求其備乎？今就八家言之，固多因事立言、因文見道者。然如昌黎上書時相，不無躁急；柳州論封建，挾私意窺測聖人；盧陵彈狄青，以過激没其忠愛；老泉雜於霸術；東坡論用兵、潁濱論理財，前後發議，自相違背；而南豐、半山於揚雄之仕莽，一以爲合於箕子之明夷，一以爲得乎聖人無可無不可之至意，此尤繆戾之顯然者。然則八家之文，亦醇駁參焉者也。

或謂如子言，後之學者，唯應於宋五子書是求，而迺問途於唐宋八家之文，則何也？應之曰：宋五子書，秋實也；唐宋八家之文，春華也。天下無鶩春華而棄秋實者，亦即無舍春華而求秋實者。惟從事於韓、柳以下之文而熟復焉，而深造焉，將恠怪奇奇、渾涵變化，與夫紆餘深厚、清陗遒折，悉融會於一心一手之間，以是上窺賈、董、匡、劉、馬、班，幾可縱橫貫穿而摩其壘者夫！而後去華就實，歸根返約，宋五子之學，行且徐驅而轥其庭矣。若舍華就實，而徒斘斘焉，約取夫樸學之指歸，窮其流弊，恐有等於獸皮之鞟者。吾未見獸皮之鞟，或賢於虛車之飾者也。

文删存三十卷，鈎畫點讀，稍分眉目。初學者熟讀深思，有得於心，由此以覽茅氏、儲氏所葺，并窺八家全文，更有曠然心目間者。治經義者，有得於此；治古文者，亦未必不有得於此。外此，唐則有李習之、杜牧之、孫可之，宋則有李泰伯、司馬文正公、王梅溪、陳同甫、文信國諸公文，俱當蒐討畋漁者，學者尚究心焉。

乾隆十五年，歲次庚午仲冬月，長洲後學沈德潛撰。

凡例十則

一、昌黎出入孟子，陶鎔司馬子長，六朝後故爲文字中興。維時雄深雅健、力與之角者，柳州也。廬陵得力昌黎，上窺孟子。老泉之才横，矯如龍蛇。東坡之才大，一瀉千里，純以氣勝。潁濱渟蓄淵涵，南豐深湛經術，又一變矣。要皆正人君子，維持文運。半山之文，純粹狠戾互見，芟而存之，勿以人廢言可也。讀八家文，如見其學問、心術，并其所際之時事推論之，方不膚泛。

一、賦爲古詩之流，主文譎諫，卒歸於正。然既爲韻語，則與散體文自别。雖前人選本有采入者，兹仍舍旃，論體裁也。

一、是編爲初學讀本，故概從其簡，且半屬家塾中誦習者。第上書、表奏、劄子，學者他日拜獻之具，而碑版、墓表、墓誌特備，作史家蒐討采擇者，不可不講求於平日。故韓、歐、王、蘇諸大篇，選擇增入，志古者宜究心焉。

一、文中事有關係者，每考諸史傳，旁及諸文籍記載。或録爲總評，或列於旁批，俾讀者兩相証印，亦尚友古人之一助焉。若稗官野乘，不敢泛入。

一、文有評點，以清眉目，有勾乙截住，段落井然。然必窺其立言之意，與前後提掇照應、往來順逆、斷續離合諸法，本文中固有者，一爲指畫，非敢取古人之文，强就臆説也。且恐覼縷紛紜，轉岐學者心目，故語從其簡。

一、前人評論，故宜采入。然必議論精當，有知人論世之識者，始搜擇之，無容誇多鬭靡也。至於徵引典故，語屬艱深，及關切時事，有待考核者，亦注釋一二。若人人意中語，胥從闕如。

一、文不嫌於熟，然太熟而薄，則不能味美於回。昌黎如《與張僕射書》《與李秀才書》《送何堅序》之類，廬陵如《醉翁亭記》，東坡如《喜雨亭記》之類，編中汰之，嫌其熟，實嫌其薄也。若昌黎《上于襄陽書》、後二次《上宰相書》、《與陳給事書》、《代張籍與李浙東書》之類，此又因其摧挫浩然之氣，當分别觀之。

一、字有四聲，初學誤讀者多矣。兹按其平上去入，加一小圈，閲時心目了然。然此爲黄小計也，若大雅君子，亦何需乎此。

一、八家文中相沿譌字譌音，習而不察，如『中興』之誤『中與』、『蒼黄』之誤『倉皇』、『疑丞』之誤『凝丞』、『閤下』之誤『閣下』、『孤負』之誤『辜負』、『剌剌（從朿，音七）不能休』誤爲『刺刺（從束，音辣）』、『汩汩（從曰，音聿）然來矣』誤爲『汨汨（從日，音骨）』，如此之類，不可枚舉。已於本文中更定注明，復匯録於此。學者反求其元本思之，則爽然矣。

一、是編爲少時所讀，隨手點定。共書二十四卷。雍正乙卯，攜之京師，又增八卷，評點略有更易。乾隆己未，復之京師，又删去二卷。己巳歸吴，顧子禄百見之，謂是書簡而明，可以問世。惜乎鋟版多費，未能也。與陸太守闇亭商之，闇亭捐貲，力任其事，十閱月告成。中間斟酌參訂，兩君爲將伯之助云。

唐宋八家文讀本卷一

韓愈退之著

後學沈德潛確士評點

原道

博愛之謂仁，行而宜之之謂義，由是而之焉之謂道，足乎己無待於外之謂德。（握定仁義作主，此單刀直入法也。）仁與義爲定名，道與德爲虚位，故道有君子、小人，而德有凶、有吉。老子之小仁義，（老子云：『大道廢，有仁義。』）非毁之也，其見者小也。坐井而觀天，曰天小者，非天小也。彼以煦煦爲仁，孑孑爲義，其小之也亦宜。其所謂道，（如『道可道，非常道』是也。）道其所道，非吾所謂道也；其所謂德，（如『上德不德，是以有德』是也。）德其所德，非吾所謂德也。凡吾所謂道德云者，合仁與義言之也，天下之公言也；（入手至此，見無離仁義而可云道德者。）老子之所謂道德云者，去仁與義言之也，一人之私言也。（以上但言老子，此時佛尚未入中國也。）孔子論仁，或從體言，或從用言，此對『煦煦爲仁』立論，故云博愛，不得議其有用無體。）

周道衰，孔子没，（大關頭。）火於秦，黄老於漢，佛於晉、魏、梁、隋之間。（次點出佛。黄老盛於西漢，佛始於東漢，此參錯言之。）其言道德仁義者，不入於楊，則入於墨；不入於老，則入於佛。入於彼，必出乎此。入者主之，出者奴之；入者附之，出者汙之。噫！後之人其欲聞仁義道德之説，孰從而聽之？老者曰：『孔子，吾師之弟子也。』佛者曰：『孔子，吾師之弟子也。』爲孔子者，（爲孔氏説者。）習聞其説，樂其誕而自小也，亦曰『吾師亦嘗師之』云爾。不惟舉之於其口，而又筆之於其書。噫！後之人雖欲聞仁義道德之説，其孰從而求之？

甚矣，人之好怪也！（儲云：句足上起下。）不求其端，不訊其末，惟怪之欲聞。古之爲民者四，今之爲民者六；古之教者處其一，今之教者處其三。農之家一，而食粟之家六；工之家一，而用器之家六；賈之家一，而資焉之家六。奈之何民不窮且盜也？

古之時，人之害多矣。有聖人者立，然後教之以相生相養之道。（領起下文。）爲之君，爲之師，驅其蟲蛇禽獸，而處之中土。寒，然後爲之衣；（文法變。）饑，然後爲之食。木處而顛，土處而病也，然後爲之宫室。爲之工以贍其器用，（又變。）爲之賈以通其有無，爲之醫藥以濟其夭死，爲之葬埋、祭祀以長其恩愛，爲之禮以次其先後，爲之樂以宣其湮鬱，爲之政以率其怠倦，爲之刑以鋤其强梗。相欺也，（又變。）爲之符璽、斗斛、權衡以信之；相奪也，爲之城郭、甲兵以守之。害至而爲之備，（又變。）患生而爲之防。今其言曰：『聖人不死，大盜不止，剖斗折衡，而民不争。』（引老子言。）嗚呼！其亦不思而已矣。如古之無聖人，人之類滅久矣。何也？無羽毛、鱗介以居寒熱也，無爪牙以争食也。（此段本《並耕章》『當堯之時』數節、《好辯章》『水逆行』數節。老泉所云『長江大河滘灝流轉』，於此等文見之。）

是故，君者，出令者也；臣者，行君之令而致之民者也；民者，出粟米麻絲、作器皿、通貨財以事其上者也。君不出令，則失其所以爲君；臣不行君之令而致之民，民不出粟米麻絲、作器皿、通貨財，以事其上，則誅。今其法曰，必棄而君臣，去而父子，禁而相生養之道，（兼老、佛言。）以求其所謂清浄（指老。）、寂滅（指佛。）者。嗚呼！其亦幸而出於三代之後，不見黜於禹、湯、文、武、周公、孔子也。其亦不幸而不出於三代之前，不見正於禹、湯、文、武、周公、孔子也。

帝之與王，其號雖殊，其所以爲聖一也。夏葛而冬裘，渴飲而饑食，其事雖殊，其所以爲智一也。今其言曰：『曷不爲太古之無事？』（此闢老氏。）是亦責冬之裘者曰：『曷不爲葛之之易也？』責饑之食者曰：『曷不爲飲之之易也？』

《傳》曰：『古之欲明明德於天下者，先治其國；欲治其國者，先齊其家；欲齊其家者，先修其身；欲修其身者，先正其心；欲正其心者，先誠其意。』（宋儒譏其引經未全，不知韓子對釋氏明心見性言，所引只宜從此截住。）然則古之所謂正心而誠意者，將以有爲也。今也欲治其心，（此闢佛氏。）而外天下國家，滅其天常，子焉而不父其父，臣焉而不君其君，民焉而不事其事。（亦兼老氏言，而意專佛氏一邊。）孔子之作《春秋》也，諸侯用夷禮則夷之，進於中國則中國之。（儲云：此上本爲一段。上數句正是夷狄之法，此引孔子及《詩》以折之。）《經》曰：『夷狄之有君，不如諸夏之亡。』《詩》曰：『戎狄是膺，荆舒是懲。』今也舉夷狄之法，而加之先王之教之上，幾何其不胥而爲夷也。

夫所謂先王之教者，何也？（自此以下，將前文一齊收拾，所爲大海迴風生紫瀾也。）博愛之謂仁，行而宜之之謂義，由是而之焉之謂道，足乎己無待於外之謂德。其文，《詩》《書》《易》《春秋》；其法，禮、樂、刑、政；其民，士、農、工、賈；其位，君臣、父子、師友、賓主、昆弟、夫婦；其服，麻、絲；其居，宫、室；其食，粟米、果蔬、魚肉。其爲道易明，而其爲教易行也。（對怪誕言。）是故以之爲己，（『爲』，作『治』字解。）則順而祥；以之爲人，則愛而公；以之爲心，則和而平；以之爲天下國家，無所處而不當。是故生則得其情，死則盡其常，郊焉而天神假，廟焉而人鬼饗。曰：『斯道也，何道也？』曰：『斯吾所謂道也，非向所謂老與佛之道也。堯以是傳之舜，舜以是傳之禹，禹以是傳之湯，湯以是傳之文、武、周公，文、武、周公傳之孔子，孔子傳之孟軻。軻之死，不得其傳焉。（與『然而無有乎爾？則亦無有乎爾』同意。）荀與揚也，擇焉而不精，語焉而不詳。由周公而上，上而爲君，故其事行；由周公而下，下而爲臣，故其説長。』

然則如之何而可也？曰：『不塞不流，不止不行。人其人，火其書，廬其居，明先王之道以道之，鰥寡孤獨廢疾者有養也，其亦庶乎其可也。』（明先王之道以道之，此歐公《本論》之祖，語本《禮運》。）

儲同人云：天具二曜五星、三垣四宿，及衆星之繁然者，太史公《天官》一書綜而舉之；地具高山大川、州域土壤，與其生植之物，《禹貢》一書綜而舉之；人具帝王師相、周公孔子所相生養經訓之理，《原道》一書綜而舉之。詞少義該，蓋三才之檃括。

吾道別於異教，在有爲無爲。以有爲爲教，合仁義而言道者也；以無爲爲教，去仁義而言道者也。先言老，次及佛，後或兼言老、佛之害，或分言老、佛之害，見俱屬怪誕不經，爲生民蠹。而堯、舜、禹、湯、文、武、周、孔相傳之道，教以相生相養而除民之害者，誠有易明易行，而斯須不能離者也。本布帛菽粟之理，發日星河嶽之文，振筆直書，忽擒忽縱。董之醇粹，運以賈之雄奇，爲《孟子》七篇後第一篇大文字。

原性

性也者，與生俱生也；情也者，接於物而生也。（起手亦單刀直入法，與《原道》篇同。）性之品有三，而其所以爲性者五；情之品有三，而其所以爲情者七。

曰：何也？曰：性之品有上、中、下三。上焉者，善焉而已矣；中焉者，可導而上下也；下焉者，惡焉而已矣。其所以爲性者五，曰仁，曰禮，曰信，曰義，曰智。上焉者之於五也，主於一而行於四。（一者信，信即誠，存誠而四端立矣。）中焉者之於五也，一不少有焉，則少反焉，其於四也混。（言不盡失，亦不盡得。）下焉者之於五也，反於一而悖於四。（不誠而四善皆虛。）性之於情，視其品。

情之品，有上、中、下三，其所以爲情者七，曰喜，曰怒，曰哀，曰懼，曰愛，曰惡，曰欲。上焉者之於七也，動而處其中。（發皆中節。）中焉者之於七也，有所甚，有所亡，（過者甚，不及則亡。）然而求合其中者也。（約其情以復性。）下焉者之於七也，亡與甚，直情而行者也。情之於性視其品。

孟子之言性，曰人之性善；荀子之言性，曰人之性惡；楊子之言性，曰人之性善惡混。夫始善而進惡，與始惡而進善，與始也混而今也善惡，皆舉其中而遺其上下者也，得其一而失其二者也。

叔魚之生也，其母視之，知其必以賄死；楊食我之生也，叔向之母聞其號也，知必滅其宗；越椒之生也，子文以爲大戚，知若敖氏之鬼不食也。人之性果善乎？

后稷之生也，其母無災；其始匍匐也，則岐岐然，嶷嶷然。文王之在母也，母不憂；既生也，傅不勤；既學也，師不煩。人之性，果惡乎？

堯之朱，舜之均，文王之管、蔡，習非不善也，而卒爲奸；瞽瞍之舜，鯀之禹，習非不惡也，而卒爲聖人。人之性，善惡果混乎？

故曰：三子之言性也，舉其中而遺其上下者也，得其一而失其二者也。

曰：然則性之上下者，其終不可移乎？曰：上之性就學而愈明，下之性畏威而寡罪，（此論極是，尤有功於『相近』之旨。）是故上者可教，而下者可制也。其品，則孔子謂不移也。曰：今之言性者異於此，何也？曰：今之言者雜佛、老而言也。雜佛、老而言也者，奚言而不異？

孟子云性善，以本然之理言也。韓子三品之説，以雜乎氣質言也。本孔子『性相近』二章而推勘之。至云『上之性就學而明，下之性畏威而寡罪』，理倍足，論倍圓矣。直舉直劈，老榦無枝，有壁立千仞之槩。

原人

形於上者謂之天，形於下者謂之地，命於其兩間者謂之人。形於上，日月星辰皆天也；形於下，草木山川皆地也；命於其兩間，夷狄禽獸皆人也。

曰：然則吾謂禽獸人，可乎？曰：非也。指山而問焉，曰：山乎？曰山可也。山有草木禽獸，皆舉之矣。指山之一草而問焉，曰：山乎？曰山則不可。

故天道亂，而日月星辰不得其行；地道亂，而草木山川不得其平；人道亂，而夷狄禽獸不得其情。天者，日月星辰之主也；地者，草木山川之主也；人者，夷狄禽獸之主也。主而暴之，不得其爲主之道矣。是故聖人一視而同仁，篤近而舉遠。（主意在此二語）

上闡《中庸》，下包《西銘》，『五原』中奇而法者。東坡駁『一視同仁』爲近於墨氏，其論甚辯。

然『一視而同仁』，體也，即天地萬物本吾一體也；『篤近而舉遠』，用也，即親親而仁民、仁民而愛物也。本無罅隙可攻。

原鬼

有嘯於梁，（突然而來。）從而燭之，無見也，斯鬼乎？曰：非也，鬼無聲。有立於堂，從而視之，無見也，斯鬼乎？曰：非也，鬼無形。有觸吾躬，從而執之，無得也，斯鬼乎？曰：非也，鬼無聲與形，安有氣？

曰：鬼無聲也，無形也，無氣也，果無鬼乎？曰：有形而無聲者，物有之矣，土石是也；有聲而無形者，物有之矣，風霆是也；有聲與形者，物有之矣，人獸是也；無聲與形者，物有之矣，鬼神是也。

曰：然則有怪而與民物接者，何也？曰：是有二：有鬼，有物。（鬼以物爲憑依，故云有鬼有物。）漠然無形與聲者，鬼之常也。民有忤於天，有違於民，有爽於物，逆於倫而感於氣，（此戾氣所召，鬼實生於心也。）於是乎鬼有形於形，有憑於聲以應之，而下殃禍焉，皆民之爲之也。其既也，又反乎其常。

曰：何謂物？曰：成於形與聲者，土石、風霆、人獸是也；反乎，無聲與形者，鬼神是也；不能有形與聲，不能無形與聲者，（如石、言之類。）物怪是也。故其作而接於民也無恒，故有動於民而爲禍，亦有動於民而爲福，亦有動於民而莫之爲禍福，（句補得完。）適丁民之有是時也。作《原鬼》。

無形與聲，鬼神之常，此《中庸》所言鬼神也；憑於物而爲形聲，鬼神之變，此《左氏》所言鬼神也。篇中説得周密，可以知鬼神之情狀矣。

原毁

古之君子，（提。）其責己也重以周，（先提綱，後發揮。）其待人也輕以約。重以周，故不怠；輕以約，故人樂爲善。

聞古之人有舜者，其爲人也，仁義人也。求其所以爲舜者，責於己，曰：『彼人也，予人也，彼能是，而我乃不能是？』早夜以思，去其不如舜者，就其如舜者。

聞古之人有周公者，其爲人也，多才與藝人也。求其所以爲周公者，責於己，曰：『彼人也，予人也，彼能是，而我乃不能是？』早夜以思，去其不如周公者，就其如周公者。

舜，大聖人也，後世無及焉；周公，大聖人也，後世無及焉。是人也，乃曰：『不如舜，不如周公，吾之病也。』是不亦責於身者重以周乎？

其於人也，曰：『彼人也，能有是，是足爲良人矣；能善是，是足爲藝人矣。』取其一，不責其二；即其新，不究其舊。恐恐然，惟懼其人之不得爲善之利。一善，易修也；一藝，易能也。其於人也，乃曰：『能有是，是亦足矣。』曰：『能善是，是亦足矣。』不亦待於人者輕以約乎？（二段似時文二股連下，『今之君子』二段，看又是二大股。）

今之君子則不然。（與入手同法。）其責人也詳，其待己也廉。詳，故人難於爲善；廉，故自取也少。己未有善，曰：『我善是，是亦足矣。』己未有能，曰：『我能是，是亦足矣。』外以欺於人，内以欺於心，未少有得而止矣。不亦待其身者已廉乎？其於人也，曰：『彼雖能是，其人不足稱也；彼雖善是，其用不足稱也。』舉其一，不計其十；究其舊，不圖其新。恐恐然，惟懼其人之有聞也。是不亦責於人者已詳乎？

夫是之謂不以衆人待其身，而以聖人望於人，吾未見其尊己也。（『不以衆人待其身』，謂以庸陋自待也。『不』字非衍文，乃進一層意。）雖然，爲是者有本有原，怠與忌之謂也。（唯怠故忌，天下無怠而不忌者。）怠者不能修，而忌者畏人修。

吾嘗試之矣。（以下但頂『忌』一層。）嘗試語於衆曰：『某良士，某良士。』其應者，必其人之與也；不然，則其所疏遠，不與同其利者也；不然，則其畏也。不若是，强者必怒於言，懦者必怒於色矣。

又嘗語於衆曰：『某非良士，某非良士。』其不應者，必其人之與也；不然，則其所疏遠，不與同其利者也；不然，則其畏也。不若是，强者必說於言，懦者必說於色矣。是故事修而謗興，（猶行也。）德高而毁來。（明點。）嗚呼！士之處此世，而望名譽之光、道德之行，難已！將有作於上者，得吾說而存之，其國家可幾而理歟！（并爲君相言之，見如此，聽言，可以用人理國矣。）

此即後代對偶排比之祖也，於韓文爲降格。而賓主開合，荆川得之，已足雄視一代矣。

對禹問

或問曰：『堯、舜傳之賢，禹傳之子，信乎？』曰：『然。』『然則，禹之賢不及於堯與舜也歟？』曰：『不然。堯、舜之傳賢也，欲天下之得其所也；禹之傳子也，憂後世爭之之亂也。堯、舜之利民也大，禹之慮民也深。』（雖有傳賢、傳子不同，然皆爲民起見。）

口：『然則堯、舜何以不憂後世？』曰：『舜如堯，堯傳之；禹如舜，舜傳之。得其人而傳之，堯、舜也；無其人，慮其患而不傳者，禹也。舜不能以傳禹，堯爲不知人；禹不能以傳子，舜爲不知人。堯以傳舜，爲憂後世；禹以傳子，爲慮後世。』

曰：『禹之慮也則深矣，傳之子而當不淑，則奈何？』曰：『時益以難理。傳之人則争，未前定也；傳之子則不争，前定也。前定，雖不當賢，猶可以守法；不前定，而不遇賢，則争且亂。天之生大聖也不數，其生大惡也亦不數。傳諸人，得大聖，然後人莫敢争；傳諸子，得大惡，然後人受其亂。禹之後四百年，然後得桀；亦四百年，然後得湯與伊尹。湯與伊尹，不可待而傳也。與其傳不得聖人，而争且亂，孰若傳諸子，雖不得賢，猶可守法。』（傳子雖不賢，苟非大惡，亦可免於争亂，以前定故也。）

曰：『孟子之所謂「天與賢，則與賢；天與子，則與子」者，何也？』曰：『孟子之心，以爲聖人不苟私於其子以害天下。求其説而不得，從而爲之辭。』

傳子自是常法。堯、舜傳賢，適遇同時有舜、禹耳。若漫云禪授，而不得聖人，未有不生禍亂者也。文胎源《孟子》，而議論尤爲周密。

伯夷頌

士之特立獨行，適於義而已，不顧人之是非，皆豪傑之士，信道篤而自知明者也。一家非之，力行而不惑者，寡矣；至於一國、一州非之，力行而不惑者，蓋天下一人而已矣；若至於舉世非之，力行而不惑者，則千百年乃一人而已耳。若伯夷者，窮天地、亘萬世而不顧者也。昭乎日月不足爲明，崒乎泰山不足爲高，巍乎天地不足爲容也。（再拓三語，文氣備足。）

當殷之亡、周之興，微子，賢也，抱祭器而去之；武王、周公，聖也，從天下之賢士與天下之諸侯而往攻之，未嘗聞有非之者也。彼伯夷、叔齊者，乃獨以爲不可。殷既滅矣，天下宗周，彼二子乃獨耻食其粟，餓死而不顧。由是而言，夫豈有求而爲哉？信道篤而自知明也。

今世之所謂士者，一凡人譽之，則自以爲有餘；一凡人沮之，則自以爲不足。彼獨非聖人而自是如此。（彼因人言而自是者，正其胸中無特識，而苟且從俗也。）夫聖人，乃萬世之標準也。予故曰：若伯夷者，特立獨行，窮天地、亘萬世而不顧者也。雖然，微二子，亂臣賊子接迹於後世矣。（得此掉尾，通體有力。）

夷、齊何待稱揚？頌夷、齊，爲千古臣道立之坊也，用意全於掉尾見之。

武王伐紂，所以救天下也；夷、齊耻食周粟，所以存臣道也。二者並行不悖。乃王介甫駁夷、齊無餓死事，謂與太公同有伐紂之心，是將使亂臣賊子，公然以伐暴爲詞，而賈充、褚淵輩俱得藉口矣。君子立言，可如此顛倒耶？

師説

古之學者必有師。師者，所以傳道、受業、解惑也。（以『道』字爲主。）人非生而知之者，孰能無惑？惑而不從師，其爲惑也，終不解矣。生乎吾前，其聞道也固先乎吾，吾從而師之；生乎吾後，其聞道也亦先乎吾，吾從而師之。吾師道也，夫庸知其年之先後生於吾乎？是故無貴無賤，無長無少，道之所存，師之所存也。（收應『道』字。）

嗟乎！師道之不傳也久矣，欲人之無惑也難矣！古之聖人，其出人也遠矣，猶且從師而問焉；今之衆人，其下聖人也亦遠矣，而恥學於師。是故聖益聖，愚益愚。聖人之所以爲聖，愚人之所以爲愚，其皆出於此乎？

愛其子，擇師而教之；（儲云：陡起。）於其身也，則恥師焉，惑矣！彼童子之師，授之書而習其句讀者，非吾所謂傳其道、解其惑者也。句讀之不知，惑之不解，或師焉，或不焉，小學而大遺，吾未見其明也。

巫醫、樂師、百工之人，不恥相師。（儲云：陡起。）士大夫之族，曰師曰弟子云者，則群聚而笑之。問之，則曰：彼與彼年相若也，道相似也，位卑則足羞，官盛則近諛。嗚呼！師道之不復，可知矣。巫醫、樂師、百工之人，君子不齒，今其智乃反不能及，其可怪也歟！

聖人無常師。孔子師郯子、萇弘、師襄、老聃。郯子之徒，其賢不及孔子。孔子曰：『三人行，則必有我師。』是故弟子不必不如師，師不必賢於弟子。（歸宿。）聞道有先後，術業有專攻，如是而已。

李氏子蟠，年十七，好古文，六藝經傳，皆通習之，不拘於時，學於余。余嘉其能行古道，作《師説》以貽之。

漢人經學之傳，宋人理學之傳，維其授受各有淵源也。唐人獨耻相師，故昌黎切直言之。參柳子《與韋中立論師道書》，愈見。

讀《荀子》

始吾讀孟軻書，然後知孔子之道尊，聖人之道易行，王易王，霸易霸也。以爲孔子之徒没，尊聖人者，孟氏而已。晚得揚雄書，益尊信孟氏。因雄書而孟氏益尊，則雄者亦聖人之徒歟！（雄書可取，以尊信孟子故。）

聖人之道，不傳於世。周之衰，好事者各以其説干時君，紛紛籍籍相亂，六經與百家之説錯雜，然老師大儒猶在。火於秦，黄老於漢，其存而醇者，孟軻氏而止耳，揚雄氏而止耳。及得荀氏書，於是又知有荀氏者也。考其辭，時若不粹；要其歸，與孔子異者鮮矣。抑猶在軻、雄之間乎？（抑揚俱有分寸。）

孔子删《詩》《書》，筆削《春秋》，合於道者著之，離於道者黜去之，故《詩》《書》《春秋》無疵。余欲削荀氏之不合者，附於聖人之籍，亦孔子之志歟！

孟氏，醇乎醇者也；荀與揚，大醇而小疵。（荀、揚大醇，亦對戰國時著書者言。）

伊川程子云：荀卿才高，而其言多過，子雲才短，而其言多失，然皆未免夫駁者也。退之以大醇歸之，蓋韓子待人以恕。

戰國時，著書能明王道者，孟子外惟荀子一人，中間《性惡篇》顯與吾道相悖，餘可議者實尠也。昌黎欲削荀氏之不合者，附於聖人之籍，不没其醇，不掩其疵，是何等識力！

近日靈皋方氏，删荀、管二子，荀子俱近於醇，可云成韓公之志矣。

雜説一

龍嘘氣成雲，雲固弗靈於龍也。然龍乘是氣，茫洋窮乎玄間，（青霄也。）薄日月，伏光景，（匿也。）感震電，神變化，水下土，汩陵谷，雲亦靈怪矣哉！（見雲之靈。）雲，龍之所能使爲靈也。若龍之靈，則非雲之所能使爲靈也。然龍弗得雲，無以神其靈矣。失其所憑依，信不可歟！異哉！其所憑依，乃其所自爲也。（龍能使雲靈，實自神其靈也。）《易》曰：『雲從龍。』既曰龍，雲從之矣。（仍歸重龍上。）

李厚庵云：此條寄託至深，取類至廣。精而言之，則如道義之生氣、德行之發爲事業文章，皆是也；大而言之，則如君臣之遇合、朋友之應求、聖人之興起於百世之下，皆是也。

龍是主，雲是賓，層層轉换。每下一轉，令人駭絶。

雜説四

世有伯樂，然後有千里馬。（提二句，以下反説到底。）千里馬常有，而伯樂不常有。故雖有名馬，秖辱於奴隸人之手，駢死於槽櫪之間，不以千里稱也。

馬之千里者，一食或盡粟一石。食馬者，不知其能千里而食也。是馬也，雖有千里之能，食不飽，力不足，才美不外見。且欲與常馬等不可得，安求其能千里也？

策之不以其道，食之不能盡其材，鳴之不能通其意，執策而臨之，曰：『天下無馬！』嗚呼！

其真無馬邪？其真不知馬也！（宕漾作結。）

寥寥短章，寫盡庸耳俗目。

連『龍説』一篇，六義中比體。

獲麟解

麟之爲靈，昭昭也。詠於《詩》，書於《春秋》，雜出於傳記、百家之書，雖婦人小子，皆知其爲祥也。然麟之爲物，不畜於家，不恒有於天下。其爲形也不類，非若馬、牛、犬、豕、豺、狼、麋、鹿然。然則雖有麟，不可知其爲麟也。角者，吾知其爲牛；（文家馳驟法。）鬣者，吾知其爲馬；犬、豕、豺、狼、麋、鹿，吾知其爲犬、豕、豺、狼、麋、鹿。（省句，變化。）惟麟也，不可知。不可知，則其謂之不祥也亦宜。雖然，麟之出，必有聖人在乎位，麟爲聖人出也。聖人者，必知麟，麟之果不爲不祥也。

又曰：麟之所以爲麟者，以德不以形。（主意。）若麟之出，不待聖人，則謂之不祥也亦宜。

意重『不祥』邊。見有德而非時者，俱近不祥，孔孟以降，不勝數也。將盡忽轉，將絶復生，極文章之詭幻。

進學解

國子先生晨入太學，（元和六年，公復降博士。）招諸生立館下，誨之曰：『業精於勤，荒於嬉；行成於思，毁於隨。方今聖賢相逢，（伏『宰臣』一段。）治具畢張。拔去兇邪，登崇畯良。占小善者率以録，名一藝者無不庸。（伏『惟器是適』。）爬羅剔抉，刮垢磨光。蓋有幸而獲選，孰云多而不揚？（伏『登明選公』。）諸生業患不能精，無患有司之不明；行患不能成，無患有司之不公。』（進學正義止此，跌起翻駁。）

言未既，有笑於列者曰：『先生欺予哉！弟子事先生，於兹有年矣。（前已爲博士三年。）先生口不絶吟於六藝之文，手不停披於百家之編。記事者必提其要，纂言者必鈎其玄。貪多務得，細大不捐。（讀經史之法。）焚膏油以繼晷，恒兀兀以窮年。先生之業，可謂勤矣。觝排異端，攘斥佛老，補苴罅漏，張皇幽眇。尋墜緒之茫茫，獨旁搜而遠紹。障百川而東之，迴狂瀾於既倒。先生之於儒，可謂有勞矣。沈浸醲郁，含英咀華。作为文章，其書滿家。上規姚姒，渾渾無涯。周誥殷盤，佶屈聱牙。《春秋》謹嚴，《左氏》浮誇。（浮誇，見《左氏》之浩博，非貶詞也。看上下文，無貶意。）《易》奇而法，《詩》正而葩。下逮《莊》《騷》，太史所録，子雲、相如，同工異曲。先生之於文，可謂閎其中而肆其外矣。（六經、《左》、《國》、《史》、《漢》，不獨意到，無不鍊字鍊句。韓、柳文，猶多鍊者。至宋人，純是策論氣習，時文非古文矣。宋人中，曾南豐間有鍊句。）少始知學，勇於敢爲。長通於方，左右具宜。先生之於爲人，可謂成矣。然而公不見信於人，私不見助於友。跋前躓後，動輒得咎。暫爲御史，遂竄南夷。（陽山令。）三年博士，冗不見治。命與仇謀，取敗幾時。冬暖而兒號寒，年豐而妻啼饑。頭童齒豁，竟死何裨？不知慮此，而反教人爲？」

先生曰：「吁！子來前。（以下是解。）夫大木爲宋，細木爲桷，欂櫨侏儒，椳闑扂楔，各得其宜，施以成室者，匠氏之工也。玉札丹砂，赤箭青芝，牛溲馬勃，敗鼓之皮，俱收並蓄，待用無遺者，醫師之良也。登明選公，雜進巧拙，紆餘爲妍，卓犖爲傑，較短量長，惟器是適者，宰相之方也。昔者孟軻好辯，孔道以明，轍環天下，卒老於行。荀卿守正，大論是弘，逃讒於楚，廢死蘭陵。是二儒者，吐辭爲經，舉足爲法，絶類離倫，優入聖域，其遇於世何如也？今先生學雖勤而不繇其統，（解前四段。）言雖多而不要其中，文雖奇而不濟於用，行雖修而不顯於衆，猶且月費俸錢，歲縻廩粟。子不知耕，婦不知織，乘馬從徒，安坐而食。踵常途之促促，窺陳編以盜竊。然而聖主不加誅，宰臣不見斥，兹非其幸歟？動而得謗，名亦隨之，投閒置散，乃分之宜。若夫商財賄之有亡，計班資之崇庳，忘己量之所稱，指前人之瑕疵，（前輩當路之人。）是所謂詰匠氏之不以杙爲楹，而訾醫師以昌陽引年，欲進其豨苓也。」（藏過正意，只以喻意作收。）

首段發端，中段是駁，後段是解。胸中抑鬱，反借他人説出，而已則心和氣平以解之。宜當時宰相讀之，旋生悔心，改公爲史館修撰也。按元和六七年，宰相爲權德輿、李絳，本有愛才之心，故其言易入。

多用韻語，揚子雲《解嘲》已然，蓋用韻語，則鏗鏘作金石聲也。

愛直贈李君房别

左右前後皆正人也，欲其身之不正，烏可得邪？吾觀李生在南陽公（張建封。）之側，有所不知，知之未嘗不爲之思；有所不疑，疑之未嘗不爲之言。勇不動於氣，義不陳乎色。（是直之有養者。）南陽公舉措施爲不失其宜，天下之所窺觀稱道洋洋者，抑亦左右前後有其人乎！

凡在此趨公之庭、議公之事者，吾既從而遊矣。言而公信之者，謀而公從之者，四方之人，則既聞而知之矣。李生，南陽公之甥也。人不知者，將曰：『李生之託婚於富貴之家，將以充其所求而止耳。』故吾樂爲天下道其爲人焉。

今之從事於彼也，（指所往之處。）吾爲南陽公愛之，（惜也。）又未知人之舉李生於彼者何辭，彼之所以待李生者何道。舉不失辭，待不失道。雖失之此足愛惜，而得之彼爲歡忻，於李生道猶若也。（總期直道之行，不論在彼在此也。何等胸次。）舉之不以吾所稱，待之不以吾所期，李生之言不可出諸其口矣。吾重爲天下惜之。

愛直，惜直也。張公任其去，爲張公惜；恐天下不能行其道，又爲天下惜。中間並有激勵李生、使益堅志節意。

唐宋八家文讀本卷二

韓愈退之著
後學沈德潛確士評點

論佛骨表

臣某言：伏以佛者，夷狄之一法耳，自後漢時流入中國，上古未嘗有也。昔者黄帝在位百年，年百一十歲；少昊在位八十年，年百歲；顓頊在位七十九年，年九十八歲；帝嚳在位七十年，年百五歲；帝堯在位九十八年，年百一十八歲；帝舜及禹，年皆百歲。（舜年，《尚書》可考。此云百歲，未合。）此時天下太平，百姓安樂壽考，然而中國未有佛也。（一意分兩層説。）其後殷湯亦年百歲；湯孫太戊在位七十五年，武丁在位五十九年，書史不言其年壽所極，推其年數，蓋亦俱不減百歲。周文王年九十七歲，武王年九十三歲，穆王在位百年。此時佛法亦未入中國，非因事佛而致然也。

漢明帝時，始有佛法。明帝在位，才十八年耳。其後亂亡相繼，運祚不長。宋、齊、梁、陳、元魏以下，事佛漸謹，年代尤促。惟梁武帝在位四十八年，前後三度舍身施佛，宗廟之祭，不用牲牢，晝日一食，止於菜果。其後竟爲侯景所逼，餓死臺城，國亦尋滅。事佛求福，乃更得禍。由此觀之，佛不足事，亦可知矣。（文勢一頓。）

高祖始受隋禪，則議除之。當時群臣，材識不遠，不能深知先王之道、古今之宜，推闡聖明，以救斯弊，其事遂止。（如蕭瑀之類，傅奕不能勝之也。然傅奕亦欲揚道教以抑釋教，所以不能勝之。）臣常恨焉。

伏惟睿聖文武皇帝陛下（入憲宗），神聖英武，數千百年已來，未有倫比。即位之初，即不許度人爲僧尼道士，又不許創立寺觀。臣常以爲高祖之志，必行於陛下之手。（作反勢跌。）今縱未能即行，豈可恣之轉令盛也？

今聞陛下令群僧迎佛骨於鳳翔，御樓以觀，舁入大内，又令諸寺遞迎供養。臣雖至愚，必知陛下不惑於佛，作此崇奉，以祈福祥也。直以年豐人樂，徇人之心，爲京都士庶設詭異之觀、戲玩之具耳。（於立言爲回護，於行文爲倒跌。）安有聖明若此，而肯信此等事哉！然百姓愚冥，易惑難曉。苟見陛下如此，將謂真心事佛，皆云：『天子大聖，猶一心敬信；百姓何人，豈合更惜身命！』焚頂燒指，百十爲群，解衣散錢，自朝至暮，轉相倣效，惟恐後時，老少奔波，棄其業次。若不即加禁遏，更歷諸寺，必有斷臂臠身，以爲供養者。傷風敗俗，傳笑四方，非細事也。（淋漓痛切。）

夫佛本夷狄之人，與中國言語不通，衣服殊制。口不言先王之法言，身不服先王之法服；不知君臣之義、父子之情。假如其身至今尚在，奉其國命，來朝京師，陛下容而接之，不過宣政（殿名。）一見，禮賓一設，賜衣一襲，衛而出之於境，不令惑衆也。况其身死已久，枯朽之骨，凶穢之餘，豈宜令入宮禁？

孔子曰：『敬鬼神而遠之。』古之諸侯，行弔於其國，尚令巫祝先以桃茢祓除不祥，然後進弔。今無故取朽穢之物，親臨觀之，巫祝不先，桃茢不用，群臣不言其非，御史不舉其失，臣實耻之。乞以此骨付之有司，投諸水火，永絕根本，斷天下之疑，絕後代之惑。（此是處置佛骨之法。）使天下之人，知大聖人之所作爲，出於尋常萬萬也。豈不盛哉！豈不快哉！佛如有靈，能作禍祟，凡有殃咎，宜加臣身，（轟雷掣電之筆。）上天鑒臨，臣不怨悔。無任感激懇悃之至，謹奉表以聞。

此表上於從平淮西作侍郎時後也。詞嚴義正，千載下尚有生氣。明儒謂其未説到論佛宗旨，當時憲宗意在祈壽，則直言事佛得禍，以破其惑可矣，何暇論佛宗旨耶？言有似是而無關緊要者，此類是也。

潮州刺史謝上表

臣以狂妄戇愚，不識禮度，上表陳佛骨事，言涉不敬，正名定罪，萬死猶輕。陛下哀臣愚忠，恕臣狂直，謂臣言雖可罪，心亦無他，特屈刑章，以臣爲潮州刺史。（自占地步。）既免刑誅，又獲禄食，聖恩弘大，天地莫量，破腦刳心，豈足爲謝。臣某誠惶誠恐，頓首頓首。

臣以正月十四日，蒙恩除潮州刺史。即日奔馳上道，經涉嶺海，水陸萬里，以今月二十五日到州上訖。與官吏百姓等相見，具言朝廷治平，（『具言』二字領起，貫到『得以上陳』。）天子神聖，威武慈仁，子養億兆人庶，無有親疏遠邇。雖在萬里之外、嶺海之陬，待之一如畿甸之間、輦轂之下。（儲云：近臣出爲刺史，宣布德意，大體固然。）有善必聞，有惡必見，早朝晚罷，兢兢業業，惟恐四海之内、天地之中，一物不得其所。故遣刺史面問百姓疾苦，苟有不便，得以上陳。國家憲章完具，爲治日久，守令承奉詔條，違犯者鮮，雖在蠻荒，無不安泰。聞臣所稱聖德，惟知鼓舞讙呼，不勞施爲，坐以無事。臣某誠惶誠恐，頓首頓首。

臣所領州，在廣府極東界上，（提。）去廣府雖云纔二千里，然來往動皆經月。過海口，下惡水，濤瀧壯猛，難計程期。颶風鰐魚，患禍不測。州南近界，漲海連天，毒霧瘴氛，日夕發作。臣少多病，年纔五十，髮白齒落，理不久長。加以罪犯至重，所處又極遠惡，憂惶慚悸，死亡無日。單立一身，朝無親黨。居蠻夷之地，與魑魅爲群。苟非陛下哀而念之，誰肯爲臣言者？

臣受性愚陋，人事多所不通，惟酷好學問文章，（提。）未嘗一日暫廢，實爲時輩所見推許。臣於當時之文，亦未有過人者。（論述功德，乃金石之文，故與時下之文有别。）至於論述陛下功德，與《詩》《書》相表裏；作爲詩歌，薦之郊廟，紀泰山之封，鏤白玉之牒。鋪張對天之閎休，揚厲無前之偉績；編之乎《詩》《書》之策而無愧，措之乎天地之間而無虧，雖使古人復生，臣亦未肯多讓。

伏以大唐受命有天下，四海之内，莫不臣妾。（儲云：跟定述功德，拓開詳叙。）南北東西，地各萬里。自天寶之後，政治少懈，文致未優，武尅不剛。孽臣姦隸，蠹居棊處，摇毒自防，外順内悖，父死子代，以祖以孫。如古諸侯自擅其地，不貢不朝，六七十年。四聖傳序，以至陛下。陛下即位以來，躬親聽斷，旋乾轉坤，關機闔開，（古。）雷厲風飛，日月清照。天戈所麾，莫不寧順；大宇之下，生息理極。高祖創制天下，其功大矣，而治未太平也。（此文章游衍法。）太宗太平矣，而大功所立，咸在高祖之代。非如陛下承天寶之後，接因循之餘，六七十年之外，赫然興起，南面指麾，而致此巍巍之治功也。宜定樂章，（應。）以告神明，東巡泰山，奏功皇天，具著顯庸，明示得意，使永年代，服我成烈。

當此之時，所謂千載一時，不可逢之嘉會，而臣負罪嬰釁，（忽接。）自拘海島，戚戚嗟嗟，日與死迫。曾不得奏薄技於從官之内、隸御之間，窮思畢精，以贖罪過。懷痛窮天，死不閉目。瞻望宸極，魂神飛去。伏惟皇帝陛下，天地父母，哀而憐之，無任感恩戀闕慚惶懇迫之至。謹附表陳謝以聞。

儲同人云：人臣依戀闕廷，自是愛君，非徒爲禄位計也。且以遠竄之苦，入告天子，此亦呼天呼父母之意。東坡云：『與其靦顔忍耻，哀求於衆人，不若歸命投誠，控告於君父。』與此同義。

必若去不反顧，窮不告哀，此小丈夫倖倖者之所爲，而謂賢者爲之耶？世儒之議此表者衆矣，故略爲言之。

前叙至潮一段，寫刺史宣布德化，父老扶杖懽呼，古致淋漓，直逼西漢；後自表文章所長，能稱誦有唐功德，情詞哀惻，不啻人子眷念父母而呼號於膝下也。

爲裴相公讓官表元和十年六月，以裴度爲相。

臣某言：伏奉今日制書，以臣爲朝議大夫，守中書侍郎同中書門下平章事。承命驚惶，魂爽飛越，俯仰天地，若無所容。臣某誠惶誠恐，頓首頓首。

臣少涉經史，粗知古今，天與朴忠，性惟愚直。知事君以道，無憚殺身；慕當官而行，不求利己。人以爲拙，臣行不疑。元和之初，始拜御史，旋以論事過切，爲宰臣所非，移官府廷，因佐戎幕。陛下恕臣之罪，憐臣之心，拔居侍從之中，遂掌絲綸之重。受恩益大，顧己益輕。苟耳目所聞知，心力所追及，少關政理，輒以陳聞。於裨補無涓埃之微，而讒謗有丘山之積。陛下知其孤立，賞其微誠，獨斷不謀，奬待踰量。

臣誠見陛下具文武之德，有神聖之姿，啓中興之宏圖，當太平之昌曆。勤身以儉，與物無私。威怒如雷霆，容覆如天地。實群臣盡節之日，才智效能之時。聖君難逢，重德宜報，苦心焦思，以日繼夜。苟利於國，知無不爲，徒欲竭愚，未免妄作。（淮西事，群臣俱請罷兵，度决計進討。）陛下不加罪責，更極寵光。既領臺綱，又毗邦憲。聖君所厚，兇逆所讐，缺於防虞，幾至斃踣。（李師道刺客殺武元衡，並傷度。）恩私所被，性命獲全。忝累祖先，玷塵班列。未知所措，只自內慚。豈意陛下擢臣於傷殘之餘，委臣以燮和之任，忘其陋污，使佐聖明。

此雖成湯舉伊尹於庖厨，高宗登傅説於版築，周文用吕望於屠釣，齊桓起寧戚於飯牛，雪耻蒙光，去辱居貴，以今準古，擬議非倫。陛下有四君之明，行四君之事。微臣無四子之美，獲四子之榮。豈可叨居，以彰非據。

方今干戈未盡戢，夷狄未盡賓，麟鳳龜龍未盡游郊藪，草木魚鼈未盡被雍熙。當大有爲之時，得非常人之佐，然後能上宣聖德，以代天工。如臣等類，實不克堪。伏願博選周行，旁及巖穴。天生聖主，必有賢臣，得而授之，乃可致理。乞回所授，以叶群情，無任懇欵之至。

淮西之役，刺客傷裴度後，當日廷臣，有請罷度官以安王承宗、李師道之議。而憲宗决計征討，遂欲相之。度慢讒畏譏，不得不出於讓也。文能曲體度心，聲光熒熒，流露紙墨；而對偶中渾浩流轉，仍是漢京氣味，所以獨高。

論今年停舉選狀

右，臣伏見今月十日敕：今年諸色舉選，宜權停者。道路相傳，皆云以歲之旱，陛下憐憫京師之人，慮其乏食，故權停舉選，以絶其來者，所以省費而足食也。

臣伏思之：竊以爲十口之家，益之以一二人，於食未有所費。今京師之人，不啻百萬。都計舉者，不過五七千人，並其僮僕畜馬，不當京師百萬分之一。以十口之家計之，誠未爲有所損益。又今年雖旱，去歲大豐。商賈之家，必有儲蓄。舉選者皆齎持資用，以有易無，未見其弊。今若暫停舉選，或恐所害實深：一則遠近驚惶，二則人士失業。

臣聞古之求雨之詞曰『人失職與』，（六事自責之一。）然則人之失職，足以致旱。今緣旱而停舉選，是使人失職而召災也。臣又聞：君者陽也，臣者陰也，（語本董子《繁露》。）獨陽爲旱，獨陰爲水。今者陛下聖明在上，雖堯舜無以加之。而群臣之賢，不及於古，又不能盡心於國，與陛下同心，助陛下爲理。有君無臣，是以久旱。

以臣之愚，以爲宜求純信之士、骨鯁之臣，憂國如家、忘身奉上者，超其爵位，置在左右，如殷高宗之用傅説，周文王之舉太公，齊桓公之拔寧戚，漢武帝之取公孫弘。（不類。）清閒之餘，時賜召問，必能輔宣王化，銷殄旱災。

臣雖非朝官，（時爲御史。）月受俸錢，歲受禄粟，苟有所知，不敢不言。〔一〕

朱子《考異》云：貞元十九年，自正月至五月不雨，分命祈禱山川。秋七月戊午，以關輔饑，罷吏部選、禮部貢舉。公時爲四門博士，抗疏論之。

以停選舉爲救荒奇策，舉朝無人可知。文先説停選舉正『足以致旱』，更將『有君無臣』『足以致旱』，痛切言之。然鋒芒太露矣。既而不從公議，卒停科舉。見唐代《登科記》中。

復讎狀

元和六年，富平梁悦爲父報讎殺人，自投縣請罪。敕群臣定議，後配流循州。見《舊唐書·憲宗紀》。

右伏奉今月五日敕：『復讎，據《禮經》，則義不同天；征法令，則殺人者死。禮、法二事，皆王教之端，有此異同，必資論辯，宜令都省集議聞奏者。』（以上敕旨。）

朝議郎行尚書職方員外郎上騎都尉韓愈議曰：伏以子復父讎，見於《春秋》，見於《禮記》，又見《周官》，又見諸子、史，不可勝數，未有非而罪之者也。最宜詳於律，而律無其條。非闕文也，蓋以爲不許復讎，則傷孝子之心而乖先王之訓；許復讎，則人將倚法專殺，無以禁止其端矣。

〔一〕 日本安政刊本《增評唐宋八家文讀本》文末有『謹詣光順門，奉狀以聞，伏聽聖旨』句，原本無。

（所以不便著於律。）夫律雖本於聖人，然執而行之者，有司也。經之所明者，制有司者也。丁寧其義於經，而深没其文於律者，其意將使法吏一斷於法，而經術之士得引經而議也。（欲使並行不悖，所以律無其條。）

《周官》曰：『凡殺人而義者，令勿讎，讎之則死。』義，宜也。則殺人而不得其宜者，子得復讎也。此百姓之相讎者也。《公羊傳》曰：『父不受誅，子復讎可也。』不受誅者，罪不當誅也。誅者，上施於下之辭，非百姓之相殺者也。又《周官》曰：『凡報仇讎者，書於士，殺之無罪。』言將復讎，必先言於官，則無罪也。

今陛下垂意典章，思立定制，惜有司之守，憐孝子之心，示不自專，訪議群下。臣愚以爲復讎之名雖同，而其事各異。或百姓相讎，如《周官》所稱，可議於今者；或爲官所誅，如《公羊》所稱，不可行於今者；（恐涉於犯分。）又《周官》所稱，將復讎先告於士則無罪者。若孤稚羸弱，抱微志而伺敵人之便，恐不能自言於官，未可以爲斷於今也。（既恐不能自言，又恐言之於官，事泄而反受其害。）然則殺之與赦，不可一例，宜定其制曰：『凡有復父讎者，事發，具其事申尚書省，尚書省集議奏聞，酌其宜而處之。』則經、律無失其指矣。

『丁寧其義於經，而深没其文於律』，欲使所犯之時，聚群議而取諸上裁也。行文簡練精核，近陸宣公奏疏。柳子厚所駁，在誅與旌不可並行；昌黎所議，見經與律可以參用，皆有功世教之文。

禘祫議

唐高祖父名昞，於周封爲唐公，爲世祖。景皇帝祖名虎，仕西魏，封爲隴西公，爲太祖。曾祖名天錫，爲懿祖。高祖名熙，爲獻祖。

右今月十六日敕旨，宣令百僚議，限五日内聞奏者。將仕郎守國子監四門博士臣韓愈謹獻議曰：

伏以陛下追孝祖宗，肅敬祀事。凡在擬議，不敢自專。聿求厥中，延訪群下。然而禮文繁漫，所執各殊。自建中之初，迄至今歲，屢經禘祫，未合適從。臣生遭聖明，涵泳恩澤，雖賤不及議，而志切效忠。今輒先舉衆議之非，（先提清。）然後申明其説。

一曰：『獻、懿廟主，宜永藏之夾室。』（裴郁議。）臣以爲不可。夫祫者，合也。毁廟之主，皆當合食於太祖。獻、懿二祖，即毁廟主也。今雖藏於夾室，至禘祫之時，豈得不食於太廟乎？（五年一禘，三年一祫。毁廟之主，陳於太祖廟。）名曰合祭，而二祖不得祭焉，不可謂之合矣。

二曰：『獻、懿廟主，宜毁之瘞之。』（李嶸議。）臣又以爲不可。謹按《禮記》，天子立七廟，一壇一墠。其毁廟之主，皆藏於祧廟，雖百代不毁，祫則陳於太廟而饗焉。自魏晉以降，始有毁瘞之議，事非經據，竟不可施行。今國家德厚流光，創立九廟，（開元十年，立太廟九室：獻祖，懿祖，太祖，世祖，高祖，太宗，高宗，中宗，睿宗。）以周制推之，獻、懿二祖猶在壇墠之位，况於毁瘞而不禘祫乎？

三曰：『獻、懿廟主，宜各遷於其陵所。』（裴樞議。）臣又以爲不可。二祖之祭於京師，列於太廟也，二百年矣。今一朝遷之，豈惟人聽疑惑，抑恐二祖之靈眷顧依遲，不即（就也。）饗於下國也。

四曰：『獻、懿廟主，宜附於興聖廟（景皇帝。）而不禘祫。』（陳京議。）臣又以爲不可。《傳》曰：『祭如在。』景皇帝雖太祖，其於屬乃獻、懿之子孫也。今欲正其子東向之位，廢其父之大祭，固不可爲典矣。

五曰：『獻、懿二祖，宜別立廟於京師。』（柳冕議。）臣又以爲不可。夫禮有所降，情有所殺，是故去廟爲祧，去祧爲壇，去壇爲墠，去墠爲鬼，漸而之遠，其祭益稀。昔者，魯立煬宮，《春秋》非之，（《公羊傳》：定公九年九月立煬宮，非禮也。）以爲不當取已毁之廟、既藏之主，而復築宮以祭。今之所議，與此正同。又雖違禮立廟，至於禘祫也，合食則禘無其所，廢祭則於義不通。

此五説者，皆所不可。故臣博采前聞，求其折中，以爲殷祖玄王、周祖后稷，太祖之上，皆自爲帝，又其代數已遠，不復祭之。（諸侯不得祖天子，故祭不上千，非爲代數之遠。）故太祖得正東向之位，子孫從昭穆之列。《禮》所稱者，蓋以紀一時之宜，非傳於後代之法也。《傳》曰：『子雖齊聖，不先父食。』蓋言子爲父屈也。景皇帝雖太祖也，其於獻、懿，則子孫也。當禘祫之時，獻祖宜居東向之位，（百世不遷。）景皇帝宜從昭穆之列。（懿祖亦在此列。）祖以孫尊，孫以祖屈，求之神道，豈遠人情？又常祭甚衆，合祭甚寡，則是太祖所屈之祭至少，所伸之祭至多，比於伸孫之尊、廢祖之祭，不亦順乎？事異殷周，禮從而變，非所失禮也。

臣伏以制禮作樂者，天子之職也。陛下以臣議有可采，粗合天心，斷而行之，是則爲禮。如以爲猶或可疑，乞召臣對，面陳得失，庶有發明。謹議。

真西山云：按韓公本意，獻祖始祖，其主當居初室，百世不遷。懿祖之主，當遷於太廟之西夾室。四時之享，惟懿祖不與，而獻祖、太祖以下，各祭於其室，室自爲尊，不相降厭，所謂所伸之祭至多者也。禘祫則推獻祖居東向之位，而懿祖、太祖以下，皆敘昭穆，南北相向於前，所謂祖以孫尊、孫以祖屈，而所屈之祭，至少者也。韓公禮學精深，蓋諸儒所不及，故其所議，獨深得夫孝子慈孫報本反始、不忘其所由生之本意。但其文字簡嚴，讀者或未遽曉，故竊推之，以盡其言云。

開元十年，詔立九廟，以景帝之祖、父，謚爲懿、獻，乖於殷周之禮矣。然有其舉之，莫敢廢焉，不得以臣子而進退列祖也。公意謂懿、獻非不當祧，但合祭時，當暫屈太祖，從昭南穆北之列耳。唐代議禮文，誰有此深切著明者？真西山極賞之。

争臣論

或問諫議大夫陽城（字亢宗。）於愈：可以爲有道之士乎哉？學廣而聞多，不求聞於人也。

行古人之道，居於晉之鄙。（成進士，後隱中條山柳谷。）晉之鄙人，熏其德而善良者幾千人。大臣（李泌。）聞而薦之，天子以爲諫議大夫。人皆以爲華，陽子不色喜。居於位五年矣，視其德如在野。（伏。）彼豈以富貴移易其心哉？

愈應之曰：是《易》所謂『恒其德貞』而『夫子凶』者也，惡得爲有道之士乎哉？（直詞折之。）在《易·蠱》之『上九』云：『不事王侯，高尚其事。』《蹇》之『六二』則曰：『王臣蹇蹇，匪躬之故。』夫不以所居之時不一，而所蹈之德不同也。若《蠱》之『上九』，居無用之地，（賓意。）而致匪躬之節；以《蹇》之『六二』，在王臣之位，（主意。）而高不事之心，則冒進之患生，（二語分頂上。）曠官之刺興，志不可則，而尤不終無也。（《蛊》『上九』象，曰志不可則也；《蹇》『六二』象，曰終无尤也。）今陽子在位不爲不久矣，聞天下之得失不爲不熟矣，天子待之不爲不加矣，而未嘗一言及於政。視政之得失，若越人視秦人之肥瘠，忽焉不加喜戚於其心。問其官，則曰諫議也；問其禄，則曰下大夫之秩也；問其政，則曰我不知也。有道之士，固如是乎哉。且吾聞之：有官守者，不得其職則去；有言責者，不得其言則去。今陽子以爲得其言乎哉？得其言而不言，與不得其言而不去，無一可者也。陽子將爲禄仕乎？（波紋疊起。儲云：不言不去，不爲仕禄，責陽城正旨已盡此。後三段問答，俱游兵制人。）古之人有云：『仕不爲貧，而有時乎爲貧。』謂禄仕者也。宜乎辭尊而居卑，辭富而居貧，若抱關擊柝者可也。蓋孔子嘗爲委吏矣，嘗爲乘田矣，亦不敢曠其職，必曰『會計當而已矣』，必曰『牛羊遂而已矣』。若陽子之秩禄，不爲卑且貧，章章明矣，而如此，其可乎哉？

或曰：否，非若此也。夫陽子惡訕上者，惡爲人臣招（音翹。）其君之過而以爲名者。故雖諫且議，使人不得而知焉。（二段設爲寬解，正使之無可藉口也。）《書》曰：『爾有嘉謨嘉猷，則入告爾後於内，爾乃順之於外，曰：斯謨斯猷，惟我后之德。』夫陽子之用心，亦若此者。

愈應之曰：若陽子之用心若此，滋所謂惑者矣。入則諫其君，出不使人知者，大臣、宰相者之事，非陽子之所宜行也。夫陽子本以布衣隱於蓬蒿之下，主上嘉其行誼，擢在此位，官以諫爲名，誠宜有以奉其職，使四方後代知朝廷有直言骨鯁之臣，天子有不僭賞、從諫如流之美，庶巖穴之士聞而慕之，束帶結髮，願進於闕下，而伸其辭説，致吾君於堯舜，熙鴻號於無窮也。（破『使人不得而知』句，議論明快。）若《書》所謂，則大臣、宰相之事，非陽子之所宜行也。且陽子之心，將使君人者惡聞其過乎？（收筆又蹙波瀾。）是啓之也。

或曰：陽子之不求聞而人聞之，不求用而君用之，不得已而起，守其道而不變，何子過之深也？

愈曰：自古聖人賢士，皆非有求於聞、用也。閔其時之不平、（以天命言。）人之不乂，（以人窮言。）得其道，不敢獨善其身，而必以兼濟天下也。孜孜矻矻，死而後已。故禹過家門不入，孔席不暇暖，而墨突不得黔。（本班固《答賓戲》，然《淮南子》云：孔子無黔突，墨子無暖席。班用《淮南》語，而偶未之檢也。）彼二聖一賢者，豈不知自安逸之爲樂哉？誠畏天命而悲人窮也。夫天授人以賢聖才能，豈使自有餘而已？誠欲以補其不足者也。耳目之於身也，耳司聞而目司見，聽其是非，視其險易，然後身得安焉。（儲云：精義妙論，從《尚書》『汝聽』『汝明』句悟出。）聖賢者，時人之耳目也；時人者，聖賢之身也。且陽子之不賢，則將役於賢以奉其上矣；若果賢，則固畏天命而閔人窮也，惡得以自暇逸乎哉？

或曰：吾聞君子不欲加諸人，而惡訐以爲直者。若吾子之論，直則直矣，無乃傷於德而費於辭乎？好盡言以招人過，國武子之所以見殺於齊也，吾子其亦聞乎？

愈曰：君子居其位，則思死其官；未得位，則思修其辭以明其道。我將以明道也，非以爲直而加人也。且國武子不能得善人，而好盡言於亂國，是以見殺。《傳》曰：『惟善人能受盡言。』謂其聞而能改之也。子告我曰：『陽子可以爲有道之士也。』今雖不能及己，陽子將不得爲善人乎哉？（留餘地，冀其收後效也。）

四問四答，首尾關應。本篇作法，應本《過秦》《辨亡》《王命》《六代》諸論得來。

後裴延齡逐陸贄，城守延英閣上言。帝欲相延齡，城語人曰：果爾，吾當取白麻裂之，哭於廷。延齡卒不相。夫國家最重，無如任相。城力爭而陸贄得以保全，延齡不得顯然執政，其功大矣。則城前此不言，正擇其事之大者言之，非不能言也。然韓公此論，爲諫官者當敬聽之，不得執亢宗藉口以入於脂韋之流。此義須分別觀之。

諱辯

愈與李賀書，勸賀舉進士。賀舉進士有名，（名在州縣，未成進士。）與賀争名者毁之，曰：「賀父名晉肅，賀不舉進士爲是，勸之舉者爲非。」聽者不察也，和而唱之，同然一辭。皇甫湜曰：「若不明白，子與賀且得罪。」愈曰：「然。」

律曰：「二名不偏諱。」（二律俱出《曲禮》意，唐人引之入律也。）釋之者曰：「謂若言「徵」不稱「在」，言「在」不稱「徵」是也。」律曰：「不諱嫌名。」釋之者曰：「謂若「禹」與「雨」、「丘」與「蓲」之類是也。」今賀父名晉肅，賀舉進士，爲犯二名律乎？爲犯嫌名律乎？父名晉肅，子不得舉進士；若父名「仁」，子不得爲人乎？（對流俗人言，正須出以詼嘲。）

夫諱始於何時？作法制以教天下者，非周公、孔子歟？周公作詩不諱，孔子不偏諱二名，（即言「徵」不稱「在」二語。）《春秋》不譏不諱嫌名。康王釗之孫，實爲昭王。曾參之父名皙，（名點。皙，其字也。）曾子不諱「昔」。周之時有騏期，漢之時有杜度，此其子宜如何諱？將諱其嫌，遂諱其姓乎？將不諱其嫌者乎？漢諱武帝名「徹」爲「通」，不聞又諱「車轍」之「轍」爲某字也。諱吕后名「雉」爲「野鷄」，不聞又諱治天下之「治」爲某字也。（乃持非既治之「治」。）今上章及詔，不聞諱「滸」「勢」「秉」「機」也，惟宦官、宫妾乃不敢言「諭」及「機」，（高祖之祖名虎，父名昞，太宗名世民，玄宗名隆基。諭，近代宗名；機，近玄宗名。）以爲觸犯。士君子言語行事，宜何所法守也？今考之於經，質之於律，稽之以國家之典，賀舉進士爲可邪？爲不可邪？（總收上文。）

凡事父母得如曾參，可以無譏矣；作人得如周公、孔子，亦可以止矣。今世之士，不務行曾參、周公、孔子之行，而諱親之名則務勝於曾參、周公、孔子，亦見其惑也。（文凡五轉，越轉越顯，亦越見筆力。）夫周公、孔子、曾參卒不可勝，勝周公、孔子、曾參，乃比於宦官、宮妾，則是宦官、宮妾之行孝於其親，賢於周公、孔子、曾參者耶？

先引律，次引經，次引國家之典，層層詰辨，一結筆墨夭矯，如神龍卷舒於絳霄。

張中丞傳後序

元和二年四月十三日夜，愈與吴郡張籍閲家中舊書，（伏末段。）得李翰（瀚，誤。）所爲《張巡傳》。翰以文章自名，爲此傳頗詳密，然尚恨有闕者：不爲許遠立傳，（許遠係敬宗之後。）又不載雷萬春事首尾。（疑作南霽雲。）

遠雖材若不及巡者，開門納巡，位本在巡上，授之柄而處其下，無所疑忌，竟與巡俱守死，成功名。城陷而虜，與巡死先後異耳。（後遠死於偃師。）兩家子弟材智下，不能通知二父志，以爲巡死而遠就虜，疑畏死而辭服於賊。遠誠畏死，何苦守尺寸之地，食其所愛之肉，以與賊抗而不降乎？當其圍守時，外無蚍蜉蟻子之援，所欲忠者國與主耳，而賊語以國亡主滅。遠見救援不至，而賊來益衆，必以其言爲信。外無待而猶死守，人相食且盡，雖愚人亦能數日而知死處矣。遠之不畏死，亦明矣。烏有城壞，其徒俱死，獨蒙愧耻求活？雖至愚者不忍爲。（因守時之知死不降，决其被執後，必無降賊之理。）嗚呼！而謂遠之賢而爲之邪！（以上詳辯許遠，補李翰所未及。）

說者又謂遠與巡分城，而守城之陷，自遠所分始。以此訴遠，此而與兒童之見無異。人之將死，其臟腑必有先受其病者。引繩而絶之，其絶必有處。觀者見其然，從而尤之，其亦不達於理矣。小人之好議論，不樂成人之美如是哉！如巡、遠之所成就，如此卓卓，猶不得免，其他則又何說？

當二公之初守也，寧能知人之卒不救、棄城而逆遁？苟此不能守，雖避之他處何益？（當時論者，或責巡、遠死守，與其食人，不若棄城全人之説，故備論之。）及其無救而且窮也，將其創殘餓羸之餘，雖欲去，必不達。二公之賢，其講之精矣。守一城，捍天下，以千百就盡之卒，戰百萬日滋之師，蔽遮江淮，沮遏其勢，天下之不亡，其誰之功也？（若當日無二公死守，江淮以下，俱爲賊有，李、郭亦難成功矣。）當是時，棄城而圖存者，不可一二數；擅强兵坐而觀者，相環也。不追議此，而責二公以死守，亦見其自比於逆亂，設淫詞而助之攻也。

愈嘗從事於汴、徐二府，屢道於兩府間，親祭於其所謂雙廟者。其老人往往説巡、遠時事

（老人言，紀南霽雲事。）云：南霽雲之乞救於賀蘭（進明。）也，賀蘭嫉巡、遠之聲威功績出己上，不肯出師救。愛霽雲之勇且壯，不聽其語，强留之，具食與樂，延霽雲坐。霽雲慷慨語曰：『雲來時，睢陽之人不食月餘日矣，雲雖欲獨食，義不忍；雖食，且不下咽。』因拔所佩刀，斷一指，血淋漓，以示賀蘭。（此段毛髮森動，千載下尚有生氣。）一座大驚，皆感激爲雲泣下。雲知賀蘭終無爲雲出師意，即馳去。將出城，抽矢射佛寺浮圖，矢著其上磚半箭，曰：『吾歸破賊，必滅賀蘭，此矢所以志也。』愈貞元中過泗州，船上人猶指以相語。（指浮圖上箭也。）城陷，賊以刃脅降巡，巡不屈，即牽去，將斬之。又降霽雲，雲未應。巡呼雲曰：『南八，男兒死耳，不可爲不義屈。』雲笑曰：『欲將以有爲也。公有言，雲敢不死！』即不屈。（此段叙南霽雲事，補李翰所不及。）

張籍曰：有于嵩者，少依於巡。及巡起事，嵩常在圍中。籍大曆中，於和州烏江縣見嵩，嵩時年六十餘矣。（從張籍聞于嵩語，叙張巡軼事，補李翰所不及。）以巡初嘗得臨涣縣尉，好學，無所不讀。籍時尚小，粗問巡、遠事，不能細也。云：巡長七尺餘，鬚髯若神。嘗見嵩讀《漢書》，謂嵩曰：『何爲久讀此？』嵩曰：『未熟也。』巡曰：『吾於書，讀不過三遍，終身不忘也。』因誦嵩所讀書，盡卷不錯一字。嵩驚，以爲巡偶熟此卷，因亂抽他帙以試，無不盡然。嵩又取架上諸書，試以問巡，巡應口誦無疑。嵩從巡久，亦不見巡常讀書也。爲文章，操紙筆立書，未嘗起草。初守睢陽時，士卒僅萬人，城中居人户亦且數萬，巡因一見問姓名，其後無不識者。巡怒，鬚髯輒張。

及城陷，（轉入正文。）賊縛巡等數十人，坐，且將戮。巡起旋，其衆見巡起，或起或泣。巡曰：『汝勿怖。死，命也。』衆泣，不能仰視。巡就戮時，顔色不亂，陽陽如平常。遠，寬厚長者，貌如其心。與巡同年生，月日後於巡，呼巡爲兄，死時年四十九。嵩貞元初死於亳、宋間。或傳嵩有田在亳、宋間，武人奪而有之，嵩將詣州訟理，爲所殺。嵩無子。張籍云。（並收拾于嵩。）

辨許遠無降賊之理，全用議論。後於老人言，補南霽雲乞師，全用叙事。末從張籍口中述于嵩述張巡軼事。拉雜錯綜，史筆中變體也。争光日月，氣薄雲霄，文至此可云不朽。

釋言

《國語》『驪姬使奄楚以環釋言』，注：『以言自解釋也。』此二字所本。

元和元年六月十日，愈自江陵法曹詔拜國子博士，始進見今相國鄭公（絪）。公賜之坐，且曰：『吾見子某詩，吾時在翰林，職親而地禁，不敢相聞。今爲我寫子詩書爲一通以來。』愈再拜謝，退録詩書若干篇，擇日時以獻。（已上伏案。）於後之數月，有來謂愈者曰：『子獻相國詩書乎？』曰：『然。』曰：『有爲讒於相國之座者，曰：「韓愈曰：相國徵余文，余不敢匿，相國豈知我哉？」子其慎之。』

愈應之曰：『愈爲御史，得罪德宗朝，同遷於南者凡三人，（張署、李方叔及公。）獨愈爲先收用，相國之賜大矣；百官之進見相國者，或立語以退，而愈辱賜坐語，相國之禮過矣；四海九州之人，自百官以下，欲以其業徹相國左右者多矣，皆憚而莫之敢，獨愈辱先索相國之知至矣。賜之大，禮之過，知之至，是三者於敵以下受之，宜以何報？况在天子之宰乎？』（總頓。）

『人莫不自知，（提起。）凡適於用之謂才，堪其事之謂力。愈於二者，雖日勉焉而不迨。束帶執笏，立士大夫之行，不見斥以不肖，幸矣，其何敢敖於言乎？夫敖雖凶德，必有恃而敢行。愈之族親鮮少，無扳聯之勢。於今，不善交人，無相先相死之友。於朝，無宿資蓄貨以釣聲勢。弱於才而腐於力，不能奔走乘機抵巇以要權利。夫何恃而敖？（慷慨激昂，過於子長矣。）若夫狂惑喪心之人，蹈河而入火，妄言而罵詈者，則有之矣。而愈，人知其無是疾也，雖有讒者百人，相國將不信之矣，愈何懼而慎歟？』

既累月，又有來謂愈曰：『有讒子於翰林舍人李公（吉甫）與裴公（垍）者，子其慎歟！』

愈曰：『二公者，吾君朝夕訪焉，以爲政於天下而階太平之治。居則與天子爲心膂，出則與天子爲股肱。四海九州之人，自百官以下，其孰不願忠而望賜。愈也不狂不愚，不蹈河而入火，病風而妄罵，（即用前語，便甚。）不當有如讒者之説也。雖有讒者百人，二公將不信之矣，愈何懼而慎？』

既以語應客，（此段是作文本意。）夜歸，私自尤曰：『咄！市有虎而曾參殺人，讒者之效也。《詩》曰：「取彼讒人，投畀豺虎。豺虎不食，投畀有北。有北不受，投畀有昊。」傷於讒，疾而甚之之辭也。（得此段作波瀾變化，便覺通體皆活。文章於板處求靈，須得此意。）又曰：「亂之初生，僭始既涵。亂之又生，君子信讒。」始疑而終信之之謂也。孔子曰：「遠佞人。」夫佞人不能遠，則有時而信之矣。今我恃直而不戒，禍其至哉。』

徐又自解之，曰：『市有虎，聽者庸也；曾參殺人，以愛惑聽也；（解妙。）《巷伯》之傷，亂世是逢也。（三句用韻。）今三賢，方與天子謀所以施政於天下，而階太平之治，聽聰而視明，公正而敦大。夫聰明則聽視不惑，公正則不邇讒邪，敦大則有以容而思。彼讒人者，孰敢進而爲讒哉？雖進而爲之，亦莫之聽矣。我何懼而慎？』

既累月，上命李公相。客謂愈曰：『子前被言於一相，今李公又相，子其危哉。』愈曰：『前之謗我於宰相者，翰林不知也；後之謗我於翰林者，宰相不知也。今二公合處而會，（一紐作收局。）言若及愈，必曰：「韓愈亦人耳。彼敖宰相，又敖翰林，其將何求？必不然。」吾乃今知免矣。』既而，讒言果不行。

先説讒言之不足畏，次説讒言之可畏，末段自歎自解，仍見讒言之不足畏。此憂讒畏譏之辭，不得已而托爲寬解以自慰也。然誠至動物，究何損於韓公。彼譖人者，徒見其如鬼如蜮而已。

唐宋八家文讀本卷三

韓愈退之著
後學沈德潛確士評點

上宰相書

正月二十七日，前鄉貢進士韓愈，謹伏光範門下，再拜，獻書相公閣下：

《詩》之序曰：『菁菁者莪，樂育材也。君子能長育人材，則天下喜樂之矣。』其詩曰：『菁菁者莪，在彼中阿。既見君子，樂且有儀。』説者曰：菁菁者，盛也；莪，微草也；阿，大陵也。言君子之長育人材，若大陵之長育微草，能使之菁菁然盛也。『既見君子，樂且有儀』云者，天下美之之辭也。其三章曰：『既見君子，錫我百朋。』説者曰：百朋，多之之辭也，言君子既長育人材，又當爵命之，賜之厚禄，以寵貴之云爾。其卒章曰：『汎汎楊舟，載沉載浮。既見君子，我心則休。』説者曰：載，載也；沉浮者，物也。言君子之於人材，無所不取。若舟之於物，浮沉皆載之云爾。『既見君子，我心則休』云者，言若此則天下之心美之也。君子之於人也，既長育之，又當爵命寵貴之，而於其才無所遺焉。（於每段後作一小束。）孟子曰：『君子有三樂，王天下不與存焉。』其一曰『樂得天下之英才而教育之』。此皆聖人賢士之所極言至論，古今之所宜法者也。然則孰能長育天下之人材，將非吾君與吾相乎？孰能教育天下之英才，將非吾君與吾相乎？（總結上，起下。）幸今天下無事，小大之官，各守其職，錢穀甲兵之問，不至於廟堂，論道經邦之暇，舍此宜無大者焉。

今有人，生二十八年矣，名不著於農、工、商、賈之版，其業則讀書、著文，歌頌堯、舜之道。鷄鳴而起，孜孜焉亦不爲利。其所讀皆聖人之書，楊、墨、釋、老之學，無所入於其心。其所著，皆約六經之旨而成文，抑邪與正，辨時俗之所惑。（惟韓子能自道。）居窮守約，亦時有感激、怨懟、奇怪之辭，以求知於天下。（妙在不諱。）亦不悖於教化，妖淫、諛佞、譸張之説，無所出於其中。四舉於禮部，乃一得；三選於吏部，卒無成。九品之位其可望，一畝之宫其可懷。遑遑乎四海無所歸，恤恤乎饑不得食，寒不得衣，濱於死而益固，得其所者争笑之。忽將棄其舊而新是圖，求老農老圃而爲師。悼中志之變化，中夜涕泗交頤。雖不足當《詩》人、孟子之謂，抑長育之使成材，其亦可矣；教育之使成才，其亦可矣。

抑又聞古之君子相其君也，（文勢頓住，又隨手起波。）一夫不獲其所，若已推而内之溝中。今有人，生七年而學聖人之道，以修其身，積二十年，不得已一朝而毁之，是亦不獲其所矣。伏念今有仁人在上位，若不往告之而遂行，是果於自棄，而不以古之君子之道待吾相也，其可乎？寧往告焉。若不得志，則命也，其亦行矣。（一句一折。）

《洪範》曰：『凡厥庶民，有猷、有爲、有守，汝則念之。不協於極，不罹於咎，（所謂中人。）皇則受之。而康而色，曰：予攸好德。汝則錫之福。』是皆與善之辭也。抑又聞古之人有自進者，而君子不逆之矣，曰『予攸好德，汝則錫之福』之謂也。抑又聞上之設官制禄，必求其人而授之者，非苟慕其才，而富貴其身也，蓋將用其能理不能，用其明理不明者耳。下之修己立誠，必求其位而居之者，非苟没於利而榮於名也，蓋將推己之所餘，以濟其不足者耳。（儲云：偏説到正大處。然公平日所見實如此，非虚爲之辭。）然則上之於求人，下之於求位，交相求而一其致焉耳。苟以是而爲心，則上之道不必難其下，下之道不必難其上。可舉而舉焉，不必讓其自舉也；可進而進焉，不必廉於自進也。

抑又聞上之化下，（提筆。）得其道，則勸賞不必偏加乎天下，而天下從焉，因人之所欲爲而遂推之之謂也。今天下不由吏部而仕進者幾希矣，主上感傷山林之士有逸遺者，屢詔内外之臣，旁求於四海，而其至者蓋闕焉。豈其無人乎哉？亦見國家不以非常之道禮之，而不來耳。彼之處隱就閑者，亦人耳。其耳、目、鼻、口之所欲，其心之所樂，其體之所安，豈有異於人乎哉？今所以惡衣食，窮體膚，麋鹿之與處，猨狖之與居，固自以其身不能與時從順俯仰，故甘心自絶而不悔焉。而方聞國家之仕進者，必舉於州縣，然後昇於禮部、吏部，試之以繡繪雕琢之文，考之以聲勢之逆順、章句之短長。中其程式者，然後得從下士之列。雖有化俗之方、安邊之策，不由是而稍進，萬不有一得焉。彼惟恐入山之不深，入林之不密，其影響昧昧，惟恐聞於人也。今若聞有以書進宰相而求仕者，而宰相不辱焉，而薦之天子，而爵命之，而布其書於四方，枯槁、沉溺、魁閎、通達之士，必且洋洋焉動其心，峨峨焉纓其冠，于于焉而來矣。此所謂勸賞不必徧加乎天下，而天下從焉者也。因人之所欲爲，而遂推之之謂者也。（此見舉一士而天下激勸。收應前文。）

伏惟覽《詩》《書》《孟子》之所指，念育才錫福之所以，（總收通篇作束，匡、劉時有之。）考古之君子相其君之道，而忘自進自舉之罪，思設官制禄之故，以誘致山林逸遺之士，庶天下之行道者知所歸焉。（反若推開自己。）小子不敢自幸，其嘗所著文，輒采其可者若干首，録在異卷，冀辱賜觀焉。干瀆尊嚴，伏地待罪。愈再拜。

儲同人云：文章至西漢，極盛矣。然西漢文原有兩種，其一爲鄒陽、枚乘之徒，屬辭綴事，藻耀風流，一家之美也。東京以後，轉相倣傚，遂爲誇多鬬靡、駢四儷六之祖。其一晁、賈之論事，司馬相如之從諛，子長之發憤，雖體裁各出，要皆雄偉頓挫，直寫胸臆。其尤醇者，則董仲舒、劉向、揚雄，原本經術，不爲浮辭，雍雍乎儒者之言、大家之美也。東京以後，追配者罕，沿及魏晉，而遺響絶矣。公此文，是以漢法掃六朝，尤以漢大家之美掃鄒、枚也。學者概言公文紹西漢，不知六朝之文，其濫觴亦在西漢時，顧所擇何如耳。

大指謂，宰相宜長養教育人材。君子既抱負在已，宜出其所成就，以見用於世。上不必待其自舉，下亦不嫌於自進。心事如青天白日，不同於後世樹私人、干禄位已也。通體紆餘端厚，最近劉子政文。無如時相爲趙憬、賈耽、盧邁庸劣之徒，故三上書而竟無一報。

二篇陳情以感之，故情隘辭蹙。三篇直辭以折之，故聲色近厲。文極變態，而身份不無太貶矣，所以獨存首篇。外間選本獨去首篇，何也？

應科目時與人書

月日愈再拜。天池之濱、大江之濆，曰有怪物焉，（突起濤瀾。）蓋非常鱗凡介之品彙匹儔也。其得水，變化風雨，上下於天不難也；其不及水，蓋尋常尺寸之間耳。（一氣旋掣，不能乙斷。）無高山大陵、曠途絶險爲之關隔也，（轉。）然其窮涸不能自致乎水，（韓文善轉，故濤頭蹴湧，人比之於潮。）爲猵獺之笑者，蓋十八九矣。（轉。）如有力者，哀其窮而運轉之，蓋一舉手一投足之勞也。然是物也，（轉。）負其異於衆也，且曰：『爛死於沙泥，吾寧樂之；若俛首帖耳、摇尾而乞憐者，非我之志也。』是以有力者遇之，熟視之若無覩也。其死其生，固不可知也。

今又有有力者當其前矣，聊試仰首一鳴號焉，庸詎知有力者不哀其窮，而忘一舉手一投足之勞，而轉之清波乎？其哀之，命也；其不哀之，命也；知其在命而且鳴號之者，亦命也。愈今者實有類於是，是以忘其疏愚之罪，而有是説焉。閣下其亦憐察之。

此文以『窮』字爲眼目。

金人善戰，選鐵騎衝突，爲長技，如鐵浮圖、拐子馬皆是。韓文中，周公、水火、怪物、伯樂、疏廣數篇，慣用突陣法也。此吾友周武青之言。

上兵部李侍郎書名巽。

十二月九日，將仕郎守江陵府法曹參軍韓愈，謹上書侍郎閣下：愈少鄙鈍，於時事都不通曉，家貧不足以自活。應舉覓官，凡二十年矣。薄命不幸，動遭讒謗，進寸退尺，（造句。）卒無所成。性本好文學，因困厄悲愁，無所告語，遂得究窮於經傳史記百家之説，沉潛乎訓義，反復乎句讀，礱磨乎事業，而奮發乎文章。凡自唐虞已來，編簡所存，大之爲河海，高之爲山嶽，明之爲日月，幽之爲鬼神，纖之爲珠璣華實，變之爲雷霆風雨，（篇中疊句，原本漢人。）奇辭奥旨，靡不通達。惟是鄙鈍，不通曉於時事，學成而道益窮，年老而智益困。私自憐悼，悔其初心，髮禿齒豁，不見知己。（領下。）

夫牛角之歌，辭鄙而義拙；（寧戚。）堂下之言，不書於傳記。（鬷明。）齊桓舉以相國，叔向携手以上。然則非言之難，爲聽而識之者難遇也。（所以貴乎知己。）

伏以閣下内仁而外義，行高而德鉅，尚賢而舉能，哀窮而悼屈。自江而西，（江西觀察使。）既化而行矣。今者入守内職，爲朝廷大臣，當天子新即位，（順宗立，晉兵部侍郎。）汲汲於理化之日，出言舉事，宜必施設。既有聽之之明，又有振之之力，甯戚之歌，鬷明之言，不發於左右，則後而失其時矣。（遇其人而不加振拔，終無致身之時矣。）

謹獻舊文一卷，扶樹教道，（自譽。）有所明白；南行詩一卷，舒憂娛悲，雜以瓌怪之言、時俗之好，所以諷於口而聽於耳也。如賜覽觀，亦有可采。干黷嚴尊，伏增惶恐，愈再拜。

得力古文，於逢迎世故，自不通曉，不得不有望於知己之振拔也。格律謹嚴，光焰騰上。第李巽庸劣，而以知己望之，未可謂之知人。

與少室李拾遺書

渤隱於中岳少室時，以書徵之。

十二月某日，愈頓首。伏承天恩，詔河南敦諭拾遺公。朝廷之士，引頸東望，若景星鳳凰之始見也，争先覩之爲快。方今天子仁聖，小大之事，皆出宰相，樂善言如不得聞。自即大位以來，於今四年，凡所施者，無不得宜。勤儉之聲，寬大之政，幽閨婦女、草野小人，皆飽聞而厭道之。愈不通於古，請問先生：世非太平之運與？加又有非人力而至者，年穀熟衍，符貺委至。若干紀之姦，不戰而拘纍；（擒李錡、劉闢。）强梁之兇，銷鑠縮栗，迎風而委伏。（王承宗獻德、棣二州。）其有一事未就正，自視若不成人。四海之所環，無一夫甲而兵者。若此時也，拾遺公不疾起，與天下之士君子樂成而亨之，斯無時矣。

昔者孔子知不可爲而爲之不已，足迹接於諸侯之國。即可爲之時，自藏深山，牢關而固距，即與仁義者異守矣。想拾遺公冠帶就車，惠然肯來，舒所蓄積，以補綴盛德之有闕遺。利加於時，名垂於將來，踊躍悚企，傾刻以冀。

又竊聞：朝廷之議，必起拾遺公。使者往，若不許，即河南必繼以行。拾遺徵君若不至，必加高秩。如是則辭少就多，傷於廉而害於義，拾遺公必不爲也。（又進一層，使之不得不從。）善人斯進，其類皆有望於拾遺公。拾遺公倘不爲起，使衆善人不與斯人施也。（文勢又一曲折。）由拾遺公而使天子不盡得良臣，君子不盡得顯位，人庶不盡被惠利，其害不爲細。必望審察而遠思之，務使合於孔子之道。幸甚！愈再拜。

勸復出，復激之，使不得不出。後渤雖辭疾，然朝政有得失，輒附奏陳論，未必非有感於韓公之言也。

答元侍御書 名稹。

微之足下：前歲辱書，論甄逢父濟（《唐史》，甄濟在《忠義傳》。）識安禄山必反，即詐爲喑，棄去。禄山反，有名號，又逼致之，濟死執不起，卒不污禄山父子事。又論逢知讀書，刻身立行，勤己取足，不干州縣，斥其餘以救人之急。足下由是與之交，欲令逢父子名迹，存諸史氏。

足下以抗直喜立事，斥，（稹奏河南尹房式不法，擅令停務，貶江陵士曹。）不得立朝，失所不自悔，喜事益堅。微之乎，子真安而樂之者！謹詳足下所論載，校之史法，若濟者，固當得附書。今逢又能行身，幸於方州大臣，以標白其先人事，載之天下耳目，徹之天子，追爵其父第四品，赫然驚人。逢與其父俱當得書矣。

濟、逢父子，自吾人發。《春秋》美君子樂道人之善，夫苟能樂道人之善，則天下皆去惡爲善。善人得其所，其功實大。足下與濟父子，俱宜牽連得書。足下勉逢令終始其窮，而足下年尚彊，嗣德有繼，將大書特書，屢書不一書而已也。（見逢與微之皆可入史，不止因濟以傳。惜微之晚節不終，史只書其敗闕也。）愈既承命，又執筆以俟。

守志不屈，與樂道人善，見史得並書。表甄濟，亦以勉侍御也。濟，字孟成，安祿山封刀召之，以佯疾免。繼安慶緒致之，亦不屈。後肅宗使受僞命者，遥望見濟以愧其心，蓋重之也。

與孟尚書書 名簡，字幾道。

愈白：行官自南迴，過吉州，得吾兄二十四日手書，數番，忻悚兼至，未審入秋來眠食何似，伏惟萬福。

來示云，有人傳愈近少信奉釋氏，此傳之者妄也。潮州時有一老僧，號大顛，頗聰明，識道理。遠地無可與語者，故自山召至州郭，留十數日。實能外形骸，以理自勝，不爲事物侵亂。與之語，（不妄許。）雖不盡解，要自胸中無滯礙。以爲難得，因與來往。及祭神至海上，遂造其廬，及來袁州，留衣服爲別。乃人之情，非崇信其法，求福田利益也。

孔子云：『丘之禱久矣。』凡君子行己立身，自有法度。聖賢事業，具在方册，可效可師。仰不愧天，俯不愧人，内不愧心，積善積惡，殃慶自各以其類至。何有去聖人之道，舍先王之法，而從夷狄之教，以求福利也？

《詩》不云乎：『愷悌君子，求福不回。』（儲云：貼上。）《傳》又曰：『不爲威惕，不爲利疚。』（儲云：引下。）假如釋氏能與人爲禍祟，非守道君子之所懼也，况萬萬無此理。且彼佛者，果何人哉？其行事類君子耶？小人耶？若君子也，必不妄加禍於守道之人；如小人也，其身已死，其鬼不靈。天地神祇，昭布森列，非可誣也，又肯令其鬼行胸臆，作威福於其間哉？（明快。公大聲疾呼如此，而宋人猶謂惑於大顛禍福之説，謬矣。）進退無所據，而信奉之，亦且惑矣。

且愈不助釋氏而排之者，其亦有説。（一語提起，開下半篇。真大起大落文。）孟子云：今天下不之楊則之墨，楊、墨交亂，而聖賢之道不明，則三綱淪而九法斁，禮樂崩而夷狄横，幾何其不爲禽獸也？故曰：『能言距楊、墨者，皆聖人之徒也。』揚子雲云：『古者楊、墨塞路，孟子辭而闢之，廓如也。』夫楊、墨行，正道廢，且將數百年以至於秦，卒滅先王之法，燒除其經，坑殺學士，天下遂大亂。及秦滅漢興，且百年，尚未知修明先王之道。其後始除挾書之律，稍求亡書，招學士。

（文帝時未及百年。）經雖少得，尚皆殘缺，十亡二三，故學士多老死，新者不見全經，不能盡知先王之事。各以所見爲守，分離乖隔，不合不公，二帝、三王、群聖人之道，於是大壞。（如申公、夏侯氏、毛、韓之屬。）後之學者，無所尋逐，以至於今泯泯也。其禍出於楊、墨肆行，而莫之禁故也。（倒勒。）孟子雖賢聖，不得位，空言無施，雖切何補？然賴其言，而今學者尚知宗孔氏，崇仁義，貴王賤霸而已。（忽揚忽抑，忽抑忽揚，筆下有生龍虎氣。太史公後，不多見此種文。）其大經大法，皆亡滅而不救，壞亂而不收，所謂存十一於千百，安在其能廓如也？然向無孟氏，則皆服左衽而言侏離矣。故愈嘗推尊孟氏，以爲功不在禹下者，爲此也。

漢氏已來，群儒區區修補，百孔千瘡，隨亂隨失，其危如一髮引千鈞，綿綿延延，浸以微滅。於是時也，而唱釋、老於其間，鼓天下之衆而從之，嗚呼！其亦不仁甚矣。釋、老之害，過於楊、墨，韓愈之賢，不及孟子。孟子不能救之於未亡之前，而韓愈乃欲全之於已壞之後，嗚呼！其亦不量其力，且見其身之危，莫之救以死也。雖然，使其道由愈而粗傳，雖滅死，萬萬無恨。天地鬼神，臨之在上，質之在傍，又安得因一摧折，自毁其道，以從於邪也？（下半，一句提起，一句收挽。）千回百折，只以一氣行之。）籍、湜輩雖屢指教，不知果能不叛去否？辱吾兄眷厚，而不獲承命，惟增慚懼，死罪死罪，愈再拜。

此文乃《原道》根柢，以『道』字爲骨子。上半言不因貶後，信奉佛法以求福利，答來書『少信奉釋氏』句；下半大明所以闢佛之故，要於明道。熟讀此等文，增長識見，亦增長筆力。

與鄂州柳中丞書

元和十年正月，命宣武等十道軍討吴元濟。二月，命鄂岳觀察使柳公綽，以兵五千援安州刺史李聽并力。公綽曰：朝廷以我書生不知兵耶？即奏請自行，許之。

淮右殘孽，（吴元濟。）尚守巢窟，環寇之師，殆且十萬，嗔目語難。自以爲武人不肯循法度，頡頏作氣勢，竊爵位，自尊大者，肩相摩，地相屬也。不聞有一人援桴鼓，誓衆而前者，但日令走馬來求賞給，助寇爲聲勢而已。（極寫武夫之驕悍，正襯出書生之有用。）

閣下，書生也，《詩》《書》《禮》《樂》是習，仁義是修，法度是束。一旦去文就武，鼓三軍而進之，陳師鞠旅，親與爲辛苦，慷慨感激，同食下卒，將二州之牧以壯士氣，斬所乘馬以祭踶死之士，雖古名將，何以加兹！此由天資忠孝，鬱於中而大作於外，動皆中於機會，以取勝於當世。（正與武人相反。）而爲戎臣師，豈常習於威暴之事，而樂其戰鬭之危也哉？

愈誠怯弱，不適於用，聽於下風，竊自增氣，誇於中朝稠人廣衆會集之中，所以羞武夫之顔，令議者知，將國兵而爲人之司命者，不在彼而在此也。臨敵重慎，誡輕出入，良用自愛，以副見慕之徒之心，而果爲國立大功也。幸甚，幸甚！

文獨爲書生吐氣。時諸將無功；韓公因論淮西事宜，爲執事所疾，故於此書中暢言之。

次年，公綽爲京兆尹，杖殺神策軍將，帝謂左右曰：此人朕亦畏之。則當日將兵之略，嚴明可知。

再與鄂州柳中丞書

愈愚，不能量事勢可否。比常念淮右以靡弊困頓，三州之地，（申、光、蔡。）蚊蚋蟻蟲之聚，感兇竪喣濡飲食之惠，（西漢文氣，又絶無摹擬之迹。）提童子之手，坐之堂上，奉以爲帥，（董重質爲吴元濟謀主。）出死力以抗逆明詔，戰天下之兵，乘機逐利，四出侵暴，屠燒縣邑，賊殺不辜。環其地數千里，莫不被其毒。洛、汝、襄、荆、許、潁、淮、江，爲之騷然。丞相、公卿、士大夫，勞於圖議。握兵之將、熊羆貙虎之士，畏懦蹴踏，莫肯杖戈爲士卒前行者。獨閣下奮然率先，揚兵界上，將二州之守，親出入行間，與士卒均辛苦，生其氣勢。見將軍之鋒潁，凛然有向敵之意。用儒雅文字章句之業，取先天下武夫，關其口而奪之氣。愚初聞時方食，不覺棄匕箸起立，豈以爲閣下真能引孤軍單進，與死寇角逐，争一旦僥幸之利哉！就令如是，亦不足貴。其所以服人心，在行事適機宜，而風采可畏愛故也。（歸重在此。）是以前狀輒述鄙誠，眷惠手翰遠答，益增忻悚。

夫一衆人心力耳目，使所至如時雨，三代用師，不出是道。閣下果能充其言，繼之以無倦，得形便之地，甲兵足用，雖國家故所失地，旬歲可坐而得。（如河西、隴右。）況此小寇，安足置齒牙間？勉而卒之，以俟其至，幸甚。

夫遠徵軍士，行者有羈旅離别之思，居者有怨曠騷動之憂，本軍有饋餉煩費之難，地主多姑息形迹之患。（論客兵之害、土兵之利。）急之則怨，緩之則不用命。浮寄孤懸，形勢銷弱，又與賊不相諳委，臨敵恐駭，難以有功。若召募土人，必得豪勇，與賊相熟，知其氣力所極，無望風之驚，愛護鄉里，勇於自戰。徵兵滿萬，不如召募數千。（以一人可抵數人故。）閣下以爲何如，儻可上聞行之否？

計已與裴中丞（度。）相見，行營事宜，不惜時賜示，幸甚！不宣。

雄深雅健，弘我漢京。末以招募勝於徵兵，欲其甲兵足用，以圖進取，此韓公經濟。《上淮西事宜》已見此意，而此篇又切實言之。

與孟東野書

與足下别久矣，以吾心之思足下，知足下懸懸於吾也。各以事牽，不可合并，其於人人，非足下之爲見，而日與之處，足下知吾心樂否也。吾言之，而聽者誰歟？吾唱之，而和者誰歟？言無聽也，唱無和也，獨行而無徒也，是非無所與同也，足下知吾心樂否也。（逸調。）

足下才高氣清，行古道，處今世，無田而衣食，事親左右無違。足下之用心勤矣，足下之處身勞且苦矣。混混與世相濁，獨其心追古人而從之。（老子『和光同塵』意。）足下之道，其使吾悲也！

去年春，脱汴州之亂，幸不死，無所於歸，遂來於此。主人（張建封。）與吾有故，哀其窮，居吾於符離睢上。及秋，將辭去，因被留以職事，（時薦辟府推官。）默默在此，行一年矣。到今年秋，聊復辭去，江湖，余樂也，與足下終，幸矣。（短句法。）

李習之（翱。）娶吾亡兄之女，（雲卿之子弇。）期在後月，朝夕當來此。張籍在和州居喪，家甚貧，恐足下不知，故具此白，冀足下一來相視也。自彼至此雖遠，（東野時居湖州之武康。）要皆舟行可至。速圖之，吾之望也。

只澹澹一二語，傳出深情。篇中三『樂』字，一『悲』字，一『幸』字，天然關照。

上襄陽于相公書

名頔，爲襄陽大都督，驕蹇不法。卒以入朝，坐其子敏殺人失位，自囚死，謚爲厲。其人不足稱也。

伏蒙示《文武順聖樂辭》《天保樂詩》《讀蔡琰胡笳辭詩》《移族從》，並《與京兆書》。自幕府至鄧之北境，凡五百餘里；自庚子至甲辰，凡五日。手批目視，口咏其言，心維其義，且恐且懼，忽若有亡，不知鞍馬之勤、道途之遠也。

夫澗谷之水，深不過咫尺，丘垤之山，高不能逾尋丈，人則狎而翫之；及至臨泰山之懸崖，窺鉅海之驚瀾，莫不戰掉悼慄，眩惑而自失：所觀變於前，所守易於内，亦其理宜也。閣下負超卓之奇材，蓄雄剛之俊德，渾然天成，無有畔岸，而又貴窮乎公相，威動乎區極，天子之毗，諸侯之師。故其文章，言語與事相侔，憚赫若雷霆，浩汗若河漢，正聲諧韶濩，勁氣沮金石。盈而不餘一言，約而不失一辭。（非天下之至文，不易當此二語。）其事信，其理切。孔子之言曰：有德者必有言。信乎其有德且有言也。揚子雲曰：《商書》灝灝爾，《周書》噩噩爾。信乎其能灝灝而且噩噩也。

昔者，齊君行而失道，管子請釋老馬而隨之；樊遲請學稼，孔子使問之老農。夫馬之智，不賢於夷吾；農之能，不聖於尼父。然且云爾者，聖賢之能多，農、馬之知專故也。今愈雖愚且賤，其從事於文，實專且久，則其贊王公之能，而稱大君子之美，不爲僭越也。伏惟詳察。愈恐懼再拜。

稱道于公，實爲過情。而論文語，至當切要。非真有得於其中者，不足以形也。

與衛中行書

大受足下：辱書，爲賜甚大，然所稱道過盛，豈所謂誘之而欲其至於是歟？不敢當，不敢當。

其中擇其一二近似者而竊取之，則於交友忠而不反於背面者，少似近焉，亦其心之所好耳。行之不倦，則未敢自謂能爾也。不敢當，不敢當。

至於汲汲於富貴，以救世爲事者，皆聖賢之事業，知其智能謀，力能任者也。如愈者，又焉能之？始相識時，方甚貧，衣食於人。其後相見於汴、徐二州，僕皆爲之從事，日月有所入，比之前時，豐約百倍，足下視吾飲食衣服，亦有異乎？然則僕之心，或不爲此汲汲也。其所不忘於仕進者，亦將小行乎其志耳。（揭出濟天下本懷。）此未易遽言也。

凡禍福吉凶之來，似不在我。惟君子得禍爲不幸，而小人得禍爲恒；（此論常理。）君子得福爲恒，而小人得福爲幸。以其所爲，似有以取之也，必曰『君子則吉，小人則凶』者，（此論氣數。）不可也。賢不肖存乎己，貴與賤、禍與福存乎天，名聲之善惡存乎人。（三語刀砍斧劈。）存乎己者，吾將勉之；存乎天、存乎人者，吾將任彼而不用吾力焉。其所守者，豈不約而易行哉？足下曰『命之窮通，自我爲之』，吾恐未合於道。足下徵前世而言之，則知矣。若曰『以道德爲己任，窮通之來不接吾心』，則可也。（四語一篇大旨。）

窮居荒涼，草樹茂密，出無驢馬，因與人絶。一室之内，有以自娱。足下喜吾復脱禍亂，（張建封卒後軍亂，公已先去。）不當安安而居、遲遲而來也。

衛書意，大率勸公亟取禄位以救天下，不當諉爲時命。公意濟世本我素懷，然謂必得禄位，恐流入於枉道詭遇一途。惟盡其在我，而付窮達於不可知之數，則隨在皆樂天安命之時也。直截了當，不爲支詞，此公信道能篤處。

答崔立之書

斯立足下：僕見險不能止，動不得時，顛頓狼狽，失其所操持。困不知變，以至辱於再三。君子小人之所憫笑，天下之所背而馳者也。足下猶復以爲可教，貶損道德，乃至手筆以問之，扳援古昔，辭義高遠，且進且勸，足下之於故舊之道得矣。雖僕亦固望於吾子，不敢望於他人者耳，然尚有似不相曉者，非故欲發余乎？不然，何子之不以丈夫期我也。（『丈夫』二字，眼目。）不能默默，聊復自明。

僕始年十六七時，未知人事。讀聖人之書，以爲人之仕者，皆爲人耳，非有利乎己也。及年二十時，苦家貧，衣食不足，謀於所親，然後知仕之不唯爲人耳。及來京師，見有舉進士者，人多貴之。僕誠樂之，就求其術。或出禮部所試賦詩策等以相示，僕以爲可無學而能，因詣州縣求舉。有司者好惡出於其心，四舉而後有成，亦未即得仕。聞吏部有以博學宏辭選者，人尤謂之才，且得美仕。就求其術，或出所試文章，亦禮部之類。私怪其故，然猶樂其名，因又詣州府求舉。凡二試於吏部，一既得之，而又黜於中書。雖不得仕，人或謂之能焉。退自取所試讀之，乃類於俳優者之辭，（《文苑英華》所載之文，少磊落出群者。）顏忸怩而心不寧者數月。既已爲之，則欲有所成就，《書》所爲『恥過作非』者也。因復求舉，亦無幸焉。乃復自疑，以爲所試與得之者，不同其程度。及得觀之，余亦無甚愧焉。

夫所謂博學者，豈今之所謂者乎？夫所謂宏辭者，豈今之所謂者乎？誠使古之豪傑之士，若屈原、孟軻、司馬遷、相如、揚雄之徒，進於是選，必知其懷慚，乃不自進而已耳。（沉鬱頓挫，借五子以自況也。）設使與夫今之善進取者，競於蒙昧之中，僕必知其辱焉。然彼五子者，（一轉，倍有精神。）且使生於今之世，其道雖不顯於天下，其自負何如哉？肯與夫斗筲者决得失於一夫之目，而爲之憂樂哉？故凡僕之汲汲於進者，其小得，蓋欲以具裘葛、養窮孤。其大得，蓋欲以同吾之所樂於人耳。其他可否，自計已熟，誠不待人而後知。今足下乃復比之獻玉者，以爲必俟工人之剖，然後見知於天下，雖兩刖足不爲病，且無使勍者再刓，誠足下相勉之意厚也。然仕進者，豈舍此而無門哉？足下謂我必待是而後進者，尤非相悉之辭也。僕之玉固未嘗獻，而足固未嘗刖，足下無爲爲我戚戚也。

方今天下，風俗尚有未及於古者，邊境尚有被甲執兵者，主上不得怡，而宰相以爲憂。僕雖不賢，亦且潛究其得失，致之乎吾相，薦之乎吾君，上希卿大夫之位，下猶取一障而乘之。若都不可得，猶將畊於寬閑之野，釣於寂寞之濱，求國家之遺事，考賢人、哲士之終始，作唐之一經，垂之於無窮，誅姦諛於既死，發潛德之幽光。二者將必有一可。（立功朝廷與塞下，或立言以垂不朽，乃見丈夫本領。）（立功、立言，兩意並行，而注意又在後段。）足下以爲僕之玉凡幾獻，而足凡幾刖也，又所謂勍者果誰哉？再刻之刑信如何也？士固信於知己，微足下無以發吾之狂言。

制科不遇，不得以獻玉刖足比。能宏濟時艱，著書垂後，丈夫本領，故自在也。胸中鬱律，借此書傾吐，讀去，疑有風霆繞其筆端。

當時善進取者安在？而公名與日月並光。人之所重，果在科名耶？

與崔群書字敦詩。

自足下離東都，凡兩度枉問，尋承已達宣州，（時崔衍爲宣歙觀察使。）主人仁賢，同列皆君子。雖抱羈旅之念，亦且可以度日，無入而不自得。樂天知命者，固前修（猶前哲。）之所以禦外物者也。況足下度越此等百千輩，豈以出處近遠，累其靈台（心也。）耶？宣州雖稱清涼高爽，然皆大江之南，風土不並以北。將息之道，當先理其心。心閑無事，然後外患不入。（予有句云：『諸病從心生，心静始可醫。』）風氣所宜，可以審備，小小者（指疾病。）亦當自不至矣。足下之賢，雖在窮約，猶能不改其樂。況地至近，官榮禄厚，親愛盡在左右者耶。所以如此云云者，以爲足下賢者，宜在上位，託於幕府，則不爲得其所。是以及之，乃相親重之道耳，非所以待足下者也。（非以怨尤之徒相待也。）

僕自少至今，從事於往還朋友間，一十七年矣，日月不爲不久；所與交往相識者千百人，非不多；其相與如骨肉兄弟者，亦且不少。或以事同，或以藝取；或慕其一善，或以其久故；或初不甚知，而與之已密，其後無大惡，因不復決捨；或其人雖不皆入於善，而於己已厚，雖欲悔之不可。凡諸淺者固不足道，深者止如此。至於心所仰服，考之言行而無瑕尤，窺之閫奥而不見畛域，明白淳粹，輝光日新者，惟吾崔君一人。僕愚陋無所知曉，然聖人之書無所不讀，其精粗巨細，出入明晦，雖不盡識，然不可謂不涉其流者也。以此而推之，以此而度之，誠知足下出群拔萃，無謂僕何從而得之也。與足下情義，寧須言而後自明耶？所以言者，懼足下以爲吾所與深者多，不置白黑於胸中耳。既謂能粗知足下，而復懼足下之不我知，亦過也。（以宕颺爲收束。）

比亦有人説足下誠盡善盡美，抑猶有可疑者。僕謂之曰：『何疑？』疑者曰：『君子當有所好惡，好惡不可不明。如清河者，（崔所居在廣平府。）人無賢愚，無不説其善，服其爲人，以是而疑之耳。』（疑其鄉愿。）僕應之曰：『鳳皇芝草，賢愚皆以爲美瑞；青天白日，奴隸亦知其清明。譬之食物，至於遐方異味，則有嗜者，有不嗜者；至於稻也，粱也，膾也，胾也，豈聞有不嗜者哉？』疑者乃解。解不解，於吾崔君無所損益也。（又復宕颺。）

自古賢者少，不肖者多。自省事已來，又見賢者恒不遇，不賢者比肩青紫。賢者恒無以自存，不賢者志滿氣得。賢者雖得卑位，則旋而死；不賢者或至眉壽。不知造物者意竟如何，無乃所好惡與人異心哉？又不知無乃都不省記，（此即柳子《天説》。）任其死生壽夭邪？未可知也。人固有薄卿相之官、千乘之位，而甘陋巷菜羹者。同是人也，猶有好惡如此之異者，况天之與人，當必異其所好惡無疑也。（此即《莊子》『人之小人，天之君子』之意。）合乎天而乖於人，何害？況又時有兼得者耶。崔君崔君，無怠無怠。（以賢自勉。）

僕無以自全活者。從一官於此，轉困窮甚。思自放於伊、潁之上，當亦終得之。近者尤衰憊，左車第二牙，無故動摇脱去。目視昏花，尋常間便不分人顔色。兩鬢半白，頭髪五分亦白其一，鬚亦有一莖兩莖白者。僕家不幸，諸父諸兄，皆康强早世。如僕者，又可以圖於久長哉？以此忽忽，思與足下相見，一道其懷。小兒女滿前，能不顧念！足下何由得歸北來？僕不樂江南，官滿便終老嵩下。足下可相就，僕不可去矣。（不能往宣州矣。）珍重自愛，慎飲食，少思慮，惟此之望。愈再拜。

屈身幕府，非敦詩所樂，與己落拓一官相似。末段以賢愚食報，每每倒置，舉而歸之不可知之天，而仍以立身行己自勉。蓋不可知者，聽之無可如何；所可主者，盡其在我。初無責報之心也。此昌黎高於莊子、柳州處，與《致衛中行書》可以參看。

答李翊書

六月二十六日，愈白，李生足下：

生之書辭甚高，而其問何下而恭也。能如是，誰不欲告生以其道？道德之歸也有日矣，況其外之文乎？抑愈所謂望孔子之門墻而不入於其宮者，焉足以知是且非邪？雖然，不可不爲生言之。

生所謂立言者，是也；生所爲者，與所期者，甚似而幾矣。抑不知生之志，蘄勝於人而取於人耶？將蘄至於古之立言者邪？蘄勝於人而取於人，則固勝於人而可取於人矣。將蘄至於古之立言者，則無望其速成，無誘於勢利。養其根而俟其實，加其膏而希其光。根之茂者，其實遂；膏之沃者，其光曄。（立言本領。）仁義之人，其言藹如也。

抑又有難者。（折一句，以引下文。）愈之所爲，不自知其至猶未也。雖然，學之二十餘年矣。始者，非三代兩漢之書不敢觀，（讀書。）非聖人之志不敢存。（立志。）處若忘，行若遺。儼乎其若思，茫乎其若迷。當其取於心而注於手也，惟陳言之務去，（臨文細心檢擇。）戛戛乎其難哉。其觀於人，不知其非笑之爲非笑也。如是者亦有年，猶不改。然後識古書之正僞，與雖正而不至焉者，（荀、揚、馬、班之類。）昭昭然白黑分矣，而務去之，乃徐有得也。當其取於心而注於手也，汩汩（汩，音聿。與『汩』異。）然來矣。其觀於人也，笑之則以爲喜，譽之則以爲憂，以其猶有人之説者存也。（獨頂『譽之』句。）如是者亦有年，然後浩乎其沛然矣。吾又懼其雜也，迎而距之，（於易處求難。）平心而察之，其皆醇也，然後肆焉。雖然，不可以不養也。行之乎仁義之途，游之乎《詩》《書》之源，（與前『養其根』一段關照。）無迷其途，無絶其源，終吾身而已矣。氣，水也；言，浮物也。水大而物之浮者大小畢浮。氣之與言猶是也，氣盛，則言之短長與聲之高下者皆宜。（千古行文之樂，爲公指出。作文根柢，則云約六經之旨而成文；作文神境，則云言之短長與聲之高下皆宜。評韓文者，不能外此矣。）

雖如是，其敢自謂幾於成乎？雖幾於成，（以下蜿蜒屈曲，不可捉摸。）其用於人也奚取焉？雖然，待用於人者，其肖於器邪，用與舍屬諸人。（此世俗之學。）君子則不然，處心有道，行己有方，用則施諸人，舍則傳諸其徒，垂諸文而爲後世法。如是者，其亦足樂乎？其無足樂也？

有志乎古者希矣。志乎古必遺乎今，吾誠樂而悲之。亟稱其人，所以勸之，非敢褒其可褒而貶其可貶也。（見古文之不重於今，無限感慨。）問於愈者多矣，念生之言不志乎利，聊相爲言之。

以古之立言爲期，自道甘苦，而終之以養氣。究之所以養氣者，行乎仁義之途，游乎《詩》《書》之源，與孟子所云養氣異而未嘗不同也。後蘇明允上歐陽公書，末段全學此處，而生平得力，又自各别。

答劉正夫書

愈白進士劉君足下：辱牋教以所不及，既荷厚賜，且愧其誠然。幸甚，幸甚！

凡舉進士者，於先進之門，何所不往？先進之於後輩，苟見其至，寧可以不答其意邪？來者則接之，舉城士大夫莫不皆然。而愈不幸，獨有接後輩名。名之所存，謗之所歸也。有來問者，不敢不以誠答。

或問：爲文宜何師？必謹對曰：宜師古聖賢人。曰：古聖賢人所爲書具存，辭皆不同，宜何師？必謹對曰：師其意，不師其辭。又問曰：文宜易？宜難？必謹對曰：無難易，惟其是爾。如是而已，非固開其爲此，而禁其爲彼也。

夫百物朝夕所見者，人皆不注視也；及覩其異者，則共觀而言之。夫文豈異於是乎？漢朝人莫不能爲文，獨司馬相如、太史公、劉向、揚雄爲之最。（引証總不及賈、董，何也？）然則，用功深者，（古聖賢人爲法。）其收名也遠。若皆與世沉浮，不自樹立，雖不爲當時所怪，亦必無後世之傳也。足下家中百物，皆賴而用也，然其所珍愛者，必非常物。（取前意，又申言之。）夫君子之於文，豈異於是乎？今後進之爲文，能深探而力取之，以古聖賢人爲法者，雖未必皆是，要若有司馬相如、太史公、劉向、揚雄之徒出，必自於此，不自於循常之徒也。若聖人之道，不用文則已，用則必尚其能者。能者非他，能自樹立，不因循者是也。有文字來，誰不爲文？然其存於今者，必其能者也。顧常以此爲説耳。（所得在此，告人亦在此。）

愈於足下，忝同道而先進者，又常從遊於賢尊給事，（劉伯刍，公之前輩。）既辱厚賜，又安得不進其所有以爲答也。足下以爲何如？愈白。

儲同人云：《答劉正夫》是作文要旨，《答李翊》是用功節奏。二書闕一不可。

『師古聖賢人』『師其意』『惟其是』三層，即是立異。立異即是能自樹立者。作文要領，拈出示人，不似後人但云『鴛鴦綉出從君看』也。

不師古聖賢人，雷同勦説而已，如何立異？如何能自樹立？近人將『師古』與『立異』看作兩層，所以詭幻百出，文品日下。

答尉遲生書名汾。

愈白尉遲生足下：夫所謂文者，必有諸其中，是故君子慎其實。（爲文根本。）實之美惡，其發也不揜。本深而末茂，形大而聲宏，行峻而言厲，心醇而氣和。昭晰者無疑，優遊者有餘；（一段渾括平日論文之旨。）體不備不可以爲成人，辭不足不可以爲成文。愈之所聞者如是，有問於愈者，亦以是對。

今吾子所爲皆善矣，謙謙然若不足，而以徵於愈，愈又敢有愛於言乎？抑所能言者，皆古之道。（如『慎其實』以下所言。）古之道不足以取於今，吾子何其愛之異也？

賢公卿大夫在上比肩，始進之賢士在下比肩。彼其得之，必有以取之也。（應時之文。）子欲仕乎？其往問焉，皆可學也。若獨有愛於是而非仕之謂，則愈也嘗學之矣，請繼今以言。（將徐述古文之道。）

文必本乎其實，猶白賁無飾，自然致飾而亨也。若其實不存，同於木無根，水無源，立見其枯涸而已。入手一段，論文之義已盡。『繼今以言』，引而申之云爾，豈外此別有文章之道耶？

答呂毉山人書

愈白：惠書，責以不能如信陵執轡者。夫信陵，戰國公子，欲以取士，聲勢傾天下而然耳。（破其立論之非。）如僕者，自度若世無孔子，不當在弟子之列。（不讓。）以吾子始自山出，有朴茂之美意，恐未礱磨以世事。又自周後文弊，百子爲書，各自名家，亂聖人之宗，後生習傳，雜而不貫，故設問以觀吾子。其已成熟乎，將以爲友也；其未成熟乎，將以講去其非而趨是耳。不如六國公子，有市於道者也。

方今天下入仕，惟以進士、明經，及卿大夫之世耳。其人率皆習熟時俗，工於語言，識形勢，善候人主意，故天下靡靡，日入於衰壞。恐不復振起，務欲進足下趨死不顧利害去就之人於朝，以争救之耳，非謂當今公卿間，無足下輩文學知識也。不得以信陵比。（筆勢如截奔馬。）

然足下衣破衣，繫麻鞋，率然叩吾門。吾待足下，雖未盡賓主之道，不可謂無意者。足下行天下，得此於人蓋寡，乃遂能責不足於我，此真僕所汲汲求者。（即此見趨死不顧利害本領。）議雖未中節，其不肯阿曲以事人者，灼灼明矣。方將坐足下三浴而三熏之，聽僕之所爲，少安無躁。

或擒或縱，束段即以責己者卜其立朝氣節。眼界不同，總欲裁山人之狂簡，而進以道也。

與汝州盧郎中論薦侯喜狀郎中，名虔。侯喜，字叔記。

右其人，爲文甚古，立志甚堅。行止取舍，有士君子之操。家貧親老，無援於朝，在舉場十餘年，竟無知遇。愈常慕其才，而恨其屈，與之還往，歲月已多，嘗欲薦之於主司，言之於上位，（古人用心，光明正大如是。）名卑官賤，其路無由。觀其所爲文，未嘗不掩卷長歎。

去年，愈從調選，本欲携持同行，適遇其人自有家事，迍邅坎坷，又廢一年。及春末，自京還，怪其久絶消息。五月初至此，自言爲閣下所知，辭氣激揚，面有矜色，曰：『侯喜死不恨矣。喜辭親入關，羈旅道路，見王公數百，未嘗有如盧公之知我也。比者分將委棄泥涂，老死草野，今胸中之氣勃勃然，復有仕進之路矣。』

愈感其言，（空中設色。）賀之以酒，謂之曰：『盧公，天下之賢刺史也，未嘗有所推引，蓋難其人而重其事。今子鬱爲選首，其言「死不恨」，固宜也。古所謂知己者，正如此耳。身在貧賤，（淋漓悲壯。）爲天下所不知，獨見遇於大賢，乃可貴耳。若自有名聲，又託形勢，此乃市道之事，又何足貴乎。子之遇知於盧公，真所謂知己者也。士之修身立節，而竟不遇知己，前古已來，不可勝數。或日接膝而不相知，或異世而相慕，（所謂同居離心，一室千里。）以其遭逢之難，故曰「士爲知己者死」，不其然乎？不其然乎！』（以上皆賀以酒之詞。）

閣下既已知侯生，而愈復以侯生言於閣下者，非爲侯生謀也，感知己之難遇。（總收。）大閣下之德，而憐侯生之心，故因其行而獻於左右焉。謹狀。

薦侯生耳，偏寫出知己之感，古今所難。若不專爲侯生起見，最有地步。

唐宋八家文讀本卷四

韓愈退之著
後學沈德潛確士評點

送鄭尚書序名權，字復常。

嶺之南，其州七十。（提。）其二十二隸嶺南節度府，其四十餘分四府。府各置帥，然獨嶺南節度爲大府。大府始至，四府必使其佐啓問起居，謝守地不得即賀以爲禮。歲時必遣賀問，致水土物。大府帥或道過其府，府帥必戎服，左握刀，右屬弓矢，帕首袴鞾迎郊。及既至，大府帥先入據館，帥守屏，若將趨入拜庭之爲者。大府與之爲讓，至一再，乃敢改服，以賓主見。適位執爵，皆興拜，不許，乃止。虔若小侯之事大國。（以上體統之尊。）有大事，諮而後行。

隸府之州，離府遠者至三千里，（以下責任之重。）懸隔山海，使必數月而後能至。蠻夷悍輕，易怨以變。其南州皆岸大海，多洲島，颿風一日踔數千里，漫瀾不見蹤跡。控御失所，依險阻，結黨仇，機毒矢，以待將吏。撞搪呼號，以相和應，蜂屯蟻雜，不可爬梳，（作意造句。）好則人，怒則獸。故常薄其征入，簡節而疏目。時有所遺漏，不究切之。長養以兒子，（憐其無知也。）至紛不可治，乃草薙（造句。）而禽獮之，盡根株痛斷乃止。其海外雜國，若耽浮羅、流求、毛人、夷亶之州，林邑、扶南、真臘、于陀利之屬，東南際天地以萬數。（括《山海經》。）或時候風潮朝貢，蠻胡賈人，舶交海中。若嶺南帥得其人，則一邊盡治，不相寇盜賊殺，無風魚之災、水旱癘毒之患。外國之貨日至，珠香、象犀、玳瑁、奇物，溢於中國，不可勝用。故選帥常重于他鎮，非有文武威風、知大體，可畏信者，則不幸往往有事。（收卷上無數文字，恰起下鄭公。）

長慶三年四月，以工部尚書鄭公爲刑部尚書，兼御史大夫，往踐其任。鄭公嘗以節鎮襄陽，又帥滄、景、德、棣。歷河南尹、華州刺史，皆有功德可稱道。（虚句。）入朝爲金吾將軍、散騎常侍、工部侍郎、尚書。家屬百人，無數畝之宅，僦屋以居，可謂貴而能貧，爲仁者不富之效也。（稱其廉以勵之，語不在多。）

及是命，朝廷莫不悦。將行，公卿、大夫、士，苟能詩者，咸相率爲詩，以美朝政，以慰公南行之思。韻必以『來』字者，所以祝公成政而來歸疾也。

蔡聞之云：首叙其權之大，足以有爲；次叙關係之重，勉以處置之宜在言外；末規其廉，祝其成政而來。筆極雅。

古奥錯綜，法度亦極嚴整。

鄭權因鄭注通王守澄以得節鎮，非清節者。文中以廉風之，稱其『仁而不富』，即岑參送人南海作尉，謂『此鄉多寶玉，慎勿厭清貧』也。立言之妙如此。

送幽州李端公序

端公，侍御也，名益。時爲幽州節度使劉濟從事，歸壽其親，公作序送之。

元年，今相國李公（名藩。）爲吏部員外郎。愈嘗與偕朝，道語幽州司徒公（節度使劉濟。）之賢，曰：『某前年被詔（德宗崩，告哀之詔。）告禮幽州，入其地，迓勞之使畢至，每進益恭。及郊，司徒公紅帓首，鞾袴，握刀，左右雜佩，弓韔服，矢插房，俯立迎道左。某禮，辭曰：「公天子之宰，禮不可如是。」及府，又以其服即事。某又曰：「公三公，不可以將服承命。」卒不得辭。上堂即客階，坐必東向。』（已上皆李公述劉濟之賢。）

愈曰：『國家失太平，于今六十年。夫十日十二子（地支）相配，數窮六十，其將復平。（貞下又起元之意。）平必自幽州始，亂之所出也。（安禄山亂始此。）今天子大聖，司徒公勤於禮，庶幾帥先河南北之將，來覲奉職，如開元時乎？』李公曰：『然。』今李公既朝夕左右，必數數焉爲上言，元年之言始合矣。

端公歲時來壽其親東都，（此處才點出端公奉使而來。）東都之大夫士莫不拜于門。其爲人佐甚忠，意欲司徒公功名流千萬歲，請以愈言爲使歸之獻。（欲劉公聞之。）

憲宗五年，劉濟自將以擊王承宗，其無背朝廷可知也。濟果能率先奉職，是濟之忠；端公能佐之，是端公之忠。説到亂極當治之時，見機會尤不可不知，此文章立意最高處。

送水陸運使韓侍御歸治所序

六年冬，振武軍（即朔方節度使。）吏走驛馬詣闕告饑。公卿廷議，以轉運使不得其人，宜選才幹之士往換之，（李絳議。）吾族子重華（後改名約，與甘露之變。）適當其任。

至則出贓罪吏九百餘人，脱其桎梏，給耒耜與牛，使耕其旁便近地，以償所負，釋其粟之在吏者四十萬斛不徵。吏得去罪死，假耕種，齒平人，有以自效，莫不涕泣感奮，相率盡力以奉其令。而又爲之奔走經營，相原隰之宜，指授方法。故連二歲大熟，吏得盡償其所亡失四十萬斛，而私其贏餘，得以蘇息，軍不復饑。

君曰：『此未足爲天子言。請益募人爲十五屯，屯置百三十人，而種百頃。令各就高爲堡，東起振武，轉而西，過雲州界，極於中受降城，出入河山之際，六百餘里，屯堡相望。寇來不能爲暴，人得肆耕其中，少可以罷漕挽之費。』朝廷從其議，秋，果倍收，歲省度支錢千三百萬。

八年，詔拜殿中侍御史，錫服朱銀。其冬來朝，奏曰：『得益開田四千頃，則盡可以給塞下五城矣。（五城：一長城，二蘇武城，三受降城，四雲中城，五白羊城。）田五千頃，法當用人七千。

臣令吏於無事時，督習弓矢爲戰守備，因可以制虜，庶幾所謂兵、農兼事，務一而兩得者也。』大臣方持其議。（格而不下。時李絳已罷相矣。）吾以爲邊兵皆不知耕作，開口望哺。有司常僦人，以車船自他郡往輸。乘沙逆河，遠者數千里。人畜死，蹄踵交道，費不可勝計。中國坐耗，而邊吏恒苦食不繼。今君所請田，皆故秦漢時郡縣地，其課績又已驗白。若從其言，其利未可遽以一二數也。今天子方舉群策以收太平之功，寧使士有不盡用之歎，懷奇見而不得施設也？君又何憂？而中臺士大夫，亦同言侍御韓君，前領三縣，紀綱二州，奏課常爲天下第一。行其計於邊，其功烈又赫赫如此。使盡用其策，西北邊故所没地，（代宗時吐蕃所取者。）可指期而有也。聞其歸，皆相勉爲詩以推大之，而屬予爲序。

開營田之法而行之，前此已有成效，則八年冬入朝所奏，不過推此而廣之，可以卜其兵農兼得者也。乃大臣持議不下，深爲可惜。公於篇末歸美天子，又引中臺士大夫公論，致不能盡用之意，有君無臣，隱然言外矣。文筆朴老，猶近西京。

送殷員外序

殷侑，陳州人，素通經術，元年八年使回鶻。

唐受天命爲天子，（莊重得體。）凡四方萬國，不問海内外，無小大，咸臣順於朝，時節貢水土百物，大者特來，小者附集。

元和睿聖文武皇帝既嗣位，悉治方内，就法度。十二年，詔曰：『四方萬國，惟回鶻於唐最親，奉職尤謹，丞相其選宗室四品一人，持節往賜君長，告之朕意。又選學有經法、通知時事者一人，（伏。）與之爲貳。』由是，殷侯侑自太常博士，遷尚書虞部員外郎，兼侍御史，朱衣象笏，承命以行。朝之大夫，莫不出餞。

酒半，右庶子韓愈執盞言曰：『殷大夫，今人適數百里，出門惘惘，有離别可憐之色。持被入直三省，（三省：中書令、尚書令、侍中之政事堂也。當宿曰『入直』。）丁寧顧婢子，語刺刺不能休。今子使萬里外國，獨無幾微出於言面，豈不真知輕重大丈夫哉？（公他日折王庭凑，本領已見於此。）丞相以子應詔，真誠知人。士不通經，果不足用。』（收應有力。）於是相屬爲詩，以道其行云。

通知時事，自然知輕重，而總由於學有經術，立言有體。

正使爲宗正少卿李孝誠，殷侑其副也。是役，侑以言折可汗無禮，虜憚其言。可謂不辱君命。

送區册序音歐。

陽山，天下之窮處也。（發議在此。）陸有丘陵之險，虎豹之虞；江流悍急，横波之石，廉利侔劍戟，舟上下失勢，破碎淪溺者往往有之。縣郭無居民，官無丞、尉。夾江荒茅篁竹之間，小吏十餘家，皆鳥言夷面。始至，言語不通，畫地爲字，然後可告以出租賦，奉期約。是以賓客遊從之士，無所爲而至。愈待罪於斯，且半歲矣。

有區生者，誓言相好，自南海挐舟而來，升自賓階，儀觀甚偉。坐與之語，文義卓然。莊周云：『逃空虛者，聞人足音，跫然而喜矣。』況如斯人者，豈易得哉。入吾室，聞《詩》《書》仁義之說，欣然喜，若有志於其間也。與之翳嘉林，坐石磯，投竿而漁，陶然以樂，若能遺外聲利，而不厭乎貧賤也。（唯有志有守，故能之窮境定交。）歲之初吉，歸拜其親，酒壺既傾，序以識別。

處極窮之境，而能不顧險阻，以後輩禮，定交世外，真能遺外勢利，求得於《詩》《書》仁義之說者也。前鋪叙窮境，鑱鑱造化，筆筆有神。

送石處士序 名洪，字濬川。

河陽軍節度御史大夫烏公，（重胤。）爲節度之三月，求士於從事之賢者。有薦石先生者，公曰：『先生何如？』曰：『先生居嵩、邙、瀍、穀之間，冬一裘，夏一葛，食朝夕飯一盂，蔬一盤。（描寫生色。）人與之錢，則辭；請與出遊，未嘗以事免。勸之仕，不應。坐一室，左右圖書。與之語道理，辯古今事當否，論人高下、事後當成敗，若河決下流而東注，（一句一件。）若駟馬駕輕車就熟路，而王良造父爲之先後也，（三句一件。）若燭照數計而龜卜也。（一句三件。）』大夫曰：『先生有以自老，無求於人，其肯爲某來耶？』從事曰：『大夫文武忠孝，求士爲國，不私於家。方今寇聚於恒，（王承宗叛，我師討之。恒，州名。）師環其疆，農不耕收，財粟殫亡。吾所處地，歸（猶饋。）輸之塗，治法征謀，宜有所出。先生仁且勇，若以義請而强委重焉，其何説之辭？』於是譔書詞，具馬幣，卜日以授使者，求先生之廬而請焉。

先生不告於妻子，不謀於朋友，冠帶出見客，拜受書禮於門内。宵則沐浴，戒行事，載書册，問道所由，告行於常所來往。晨則畢至，張上東門外。酒三行，且起，有執爵而言者曰：『大夫真能以義取人，先生真能以道自任，決去就。爲先生别。』又酌而祝曰：『凡去就出處何常，惟義之歸。遂以爲先生壽。』又酌而祝曰：『使大夫恒無變其初，無務富其家而飢其師，無甘受佞人而外敬正士，無昧於諂言，惟先生是聽，以能有成功，保天子之寵命。』（與勸之仕不應相反，非前後不相照管也。韓公《寄盧仝》詩，原不滿於石、温二處士。然温處士立朝頗見風采，又不得一例待之。）又祝曰：『使先生無圖利於大夫，而私便其身。』先生起拜，祝辭曰：『敢不敬蚤夜以求從祝規。』（句似《左傳》。）

於是東都之人士，咸知大夫與先生果能相與以有成也，（注出此句，猶『群山萬壑赴荆門』也。前一段祝，後二段規，以一語收之，非此便無力。）遂各爲歌詩六韻。退，愈爲之序云。

或叙事，或議論，一路虚景，而總結以相與有成，所謂不以頌而以規。

送温處士赴河陽軍序　名造，字簡輿，大雅五世孫。

伯樂一過冀北之野，而馬群遂空。（憑空作奇語。）夫冀北馬多天下，伯樂雖善知馬，安能空其群耶？解之者曰：吾所謂空，非無馬也，無良馬也。伯樂知馬，遇其良，輒取之，群無留良焉。苟無良，雖謂無馬，不爲虚語矣。

東都，固士大夫之冀北也。（入句正喻，雙到。）恃才能深藏而不市者，洛之北涯曰石生，其南涯曰温生。大夫烏公，以鈇鉞鎮河陽之三月，以石生爲才，以禮爲羅，羅而致之幕下。未數月也，以温生爲才，於是以石生爲媒，以禮爲羅，又羅而致之幕下。東都雖信多才士，朝取一人焉，拔其尤；暮取一人焉，拔其尤。（儲云：四層寫『空』字，錯綜變化。）自居守河南尹以及百司之執事，與吾輩二縣之大夫，政有所不通，事有所可疑，奚所諮而處焉？士大夫之去位而巷處者，誰與嬉遊？小子後生，於何考德而問業焉？（一段暢發『空群』意，正喻關照。）縉紳之東西行，過是都者，無所禮於其廬。若是而稱曰：大夫烏公一鎮河陽，而東都處士之廬無人焉，豈不可也。（束住。）

夫南面而聽天下，其所託重而恃力者，惟相與將耳。相爲天子得人於朝廷，將爲天子得文武士於幕下，求内外無治，不可得也。愈縻於兹，不能自引去，資二生以待老。今皆爲有力者奪之，其何能無介然於懷耶。生既至，拜公於軍門，其爲吾以前所稱爲天下賀，（應『求内外無治』二語。）以後所稱爲吾致私怨於盡取也。（應『有力者奪之』二語。）

留守相公，首爲四韻詩歌其事，愈因推其意而序之。

是篇爲正喻夾寫之祖，蘇氏行文，每從此出。

造劾大金吾李祐違詔進馬，祐曰：吾夜入蔡州擒吴元濟，未嘗心動，今膽落於温御史矣。造故矯矯有風裁者，若石處士，其後無考，未可以同論。

送楊少尹序

楊巨源，新、舊書無傳，《藝文志》云字景山。

昔疏廣、受二子以年老，一朝辭位而去。（借古人作引。）於時公卿設供帳，祖道都門外。車數百兩，道傍觀者多歎息泣下，共言其賢。漢史既傳其事，而後世工畫者，又圖其迹，至今照人耳目，赫赫若前日事。國子司業楊君巨源，方以能詩訓後進，一旦以年滿七十，亦白丞相去歸其鄉。世常説古、今人不相及，今楊與二疏，其意豈異也？（虚筆頓住。）

予忝在公卿後，遇病不能出，（借病作波，盡成虚境。）不知楊侯去時，城門外送者幾人？車幾輛？馬幾疋？道傍觀者亦有歎息知其爲賢與否？而太史氏又能張大其事，爲《傳》，繼二疏蹤迹否？不落莫否？見今世無工畫者，而畫與不畫，固不論也。

然吾聞楊侯之去，丞相有愛而惜之者，白以爲其都少尹，不絶其禄，又爲歌詩以勸之。京師之長於詩者，亦屬而和之。又不知當時二疏之去，有是事否？（又用反勢回掉。）古、今人同不同，未可知也。

中世士大夫，以官爲家，罷則無所於歸。楊侯始冠，舉於其鄉，歌《鹿鳴》而來也。今之歸，指其樹曰：某樹，吾先人之所種也；某水，某丘，吾童子時所釣遊也。（此正發明楊侯賢處，莫作餘波看。）鄉人莫不加敬，誡子孫以楊侯不去其鄉爲法。古之所謂『鄉先生没而可祭於社』者，其在斯人歟？其在斯人歟！

儲同人云：只『楊與二疏不異』一句便了，憑空撰出『不知楊侯去時』一段，又轉出『不知二疏』云云，奇幻極矣。要寫楊與二疏之同，反從未知其同不同，以極寫其同。此種文心，最有補於後學。

前説二疏所有，或少尹所無，後説少尹所有，或二疏所無，婉轉迴環，無中生有。看破韓公勝人處，只是翻空。若沾沾粘滯實説，乃後人應酬文字，而近代以此爲得體，可怪也。

送李愿歸盤谷序

太行之陽有盤谷，盤谷之間，泉甘而土肥，草木叢茂，居民鮮少。或曰：『謂其環兩山之間，故曰盤。』或曰：『是谷也，宅幽而勢阻，隱者之所盤旋。』友人李愿居之。

愿之言曰：（通篇述愿之言，開一章法。）『人之稱大丈夫者，我知之矣。利澤施於人，名聲昭於時，坐於廟朝，進退百官，而佐天子出令。其在外，則樹旄旗，羅弓矢，武夫前呵，從者塞途，供給之人，各執其物，夾道而疾馳。喜有賞，怒有刑。才俊滿前，道古今而譽盛德，入耳而不煩。曲眉豐頰，清聲而便體，秀外而惠中，飄輕裾，翳長袖，粉白黛緑者，列屋而閒居，妒寵而負恃，争妍而取憐。（文吐詞帶六朝氣習，非公疎宕本色。深於文者辨之。）大丈夫之遇知於天子，用力於當世者之所爲也。吾非惡此而逃之，是有命焉，不可幸而致也。』（此段賓。）

『窮居而閒處，升高而望遠，坐茂樹以終日，濯清泉以自潔。採於山，美可茹；釣於水，鮮可食。起居無時，惟適之安。與其有譽於前，孰若無毁於其後。與其有樂於身，孰若無憂於其心。車服不維，刀鋸不加，理亂不知，黜陟不聞。大丈夫不遇於時者之所爲也，我則行之。（此段主。）伺候於公卿之門，奔走於形勢之途，足將進而趦趄，口將言而囁嚅，處穢污而不羞，觸刑辟而誅戮，傲倖於萬一，老死而後止者，其於爲人，賢不肖何如也。』（此段餘波。）

昌黎韓愈，聞其言而壯之，與之酒，而爲之歌曰：

『盤之中，維子之宫。盤之土，可以稼。（押古。）盤之泉，可濯可沿。盤之阻，誰争子所。窈而深，廓其有容。繚而曲，如往而復。嗟盤之樂兮，樂且無央。虎豹遠迹兮，蛟龍遁藏。鬼神守護兮，呵禁不祥。飲且食兮壽而康，無不足兮奚所望。膏吾車兮秣吾馬，從子於盤兮，終吾生以徜徉。』

不下斷語，間間成文，又是一格。

西平之子，李愬之兄，亦名愿。史言其以荒侈敗，結納權近，與篇中所述，正復相反，明非一人矣，應必當時適同姓名，而樂於高隱者。公又有《和盧郎中送盤谷子詩》。序作於貞元十七年，西平子方官朝列；詩和於元和七年，西平子正擁節旄，更非棄官高蹈者可知。蔡尚書聞之之言云然，附録於此。

送王塤序

吾常以爲孔子之道大而能博，門弟子不能偏觀而盡識也，故學焉而皆得其性之所近。其後離散分處諸侯之國，又各以所能授弟子，原遠而末益分。（經一再傳，所以不得其宗。）

蓋子夏之學，其後有田子方；子方之後，流而爲莊周。故周之書，喜稱子方之爲人。荀卿之書，語聖人，必曰孔子、子弓。子弓之事業不傳，惟太史公書《弟子傳》有姓名字，曰馯（音寒。）臂子弓。子弓受《易》於商瞿。孟軻師子思，子思之學蓋出曾子。（孔、曾、思、孟一脉相承，前此無人見及。）自孔子没，群弟子莫不有書，獨孟軻氏之傳得其宗，（主意。）故吾少而樂觀焉。

太原王塤，示予所爲文，好舉孟子之所道（道，言也。）者。與之言，信悦孟子，而屢贊其文辭。夫沿河而下，苟不止，雖有遲疾，必至於海。如不得其道也，雖疾不止，終莫幸而至焉。故學者必慎其所道。（道，由也。）道於楊、墨、老、莊、佛之學，而欲之聖人之道，猶航斷港絶潢以望至於海也。故求觀聖人之道，必自孟子始。今塤之所由，既幾於知道，如又得其船與檝，知沿而不止，（以勉詞作結。）嗚呼！其可量也哉。

李厚菴云：此韓子之文，醇乎醇者也。前無所承，而斷置分明如此，亦頗采揚雄之意。然揚不能如此條暢，故《原道》譏雄『語焉不詳』，洵然。

學以孟子爲歸，而孟子得統於孔子，曾、思、孟正傳，歷歷指出。此昌黎見道親切處，公以前無持此論者。

送王秀才序

吾少時讀《醉鄉記》，（《記》係王績無功所作。）私怪隱居者無所累於世，而猶有是言，豈誠旨於味耶？及讀阮籍、陶潛詩，乃知彼雖偃蹇，不欲與世接，然猶未能平其心，（無得於聖人之道，則心未免不平。）或爲事物是非相感發，於是有託而逃焉者也。若顔氏子操瓢與簞，曾參歌聲若出金石，彼得聖人而師之，汲汲每若不可及，於其外也固不暇，尚何麴蘗之託而昏冥之逃耶？（道味可甘，其心自平，何須逃於酒以自遣耶？）吾又以爲悲醉鄉之徒不遇也。

建中初，天子嗣位，有意貞觀、開元之丕績，在廷之臣爭言事。當此時，醉鄉之後世又以直廢。（姓名不傳。）吾既悲醉鄉之文辭，而又嘉良臣之烈，思識其子孫。今子之來見我也，無所挾，吾猶將張之，况文與行不失其世守，渾然端且厚。惜乎吾力不能振之，而其言不見信於世也。於其行，姑與之飲酒。（收應，有意無意。）

借醉鄉點染，中將阮、陶、顔、曾校量一番，見得聖人爲師，其心自平，必不以不遇爲悲也。此行文最占地步處。離迷變滅，一片雲烟。

送許郢州序

郢州，今安陸府。許，名志雍。時於頔節制山南東道，斂民方急。韓公於送志雍時，序以規之。

愈嘗以書自通於于公，累數百言。其大要言先達之士，得人而託之，則道德彰而名問（同『聞』。）流。後進之士，得人而託之，則事業顯而爵位通。下有矜乎能，上有矜乎位，雖恒相求而喜（『喜』，字或訛。）不相遇。（括前《與于襄陽書》大意。）于公不以其言爲不可，復書曰：『足下之言，是也。』于公身居方伯之尊，蓄不時之材，而能與卑鄙庸陋，相應答如影響，是非忠乎君而樂乎善，以國家之務爲己任者乎？愈雖不敢私其大恩，抑不可不謂之知己，恒矜而誦之。情已至而事不從，小人之所不爲也。故於使君之行，（忽借勢折入于公。）道刺史之事，以爲于公贈。

凡天下之事，成於自同，而敗於自異。爲刺史者，恒私於其民，不以實應乎府；爲觀察使者，恒急於其賦，不以情信乎州。繇是，刺史不安其官，觀察使不得其政，財已竭而斂不休，（因于公急賦税，故痛切言之。）人已窮而賦愈急，其不去爲盗也，亦幸矣。（自異之弊。）誠使刺史不私於其民，觀察使不急於其賦，刺史曰：吾州之民，天下之民也，惠不可以獨厚。觀察使亦曰：某州之民，天下之民也，斂不可以獨急。如是而政不均，令不行者，未之有也。（自同之效。）

其前之言者于公，既已信而行之矣；（迴繞有情。不如此，便脱却入手意。）今之言者，其有不信乎？縣之於州，猶州之於府也。有以事乎上，有以臨乎下，同則成、異則敗者，皆然也。非使君之賢，其誰能信之？愈於使君，非燕游一朝之好也，故其贈行，不以頌而以規。（仍不脱于公。）

送郢州則郢州是主，于公是賓；然借郢州以規于公重斂，又于公是主，郢州是賓矣。末段仍規郢州，却隱然帶着于公。作法之妙，不可思議。

贈崔復州序

復州，今湖北之沔陽州。

有地數百里，趨走之吏，自長史、司馬以下數十人，其禄足以仁其三族，及其朋友故舊。樂乎心，則一境之人喜；不樂乎心，則一境之人懼。丈夫官至刺史，亦榮矣。

雖然，幽遠之小民，其足迹未嘗至城邑，苟有不得其所，能自直於鄉里之吏（吏胥黨正之屬。）者鮮矣，况能自辨於縣吏乎？能自辨於縣吏者鮮矣，况能自辨於刺史之庭乎？繇是，刺史有所不聞，小民有所不宣，賦有常而民産無恒，水旱癘疫之不期，民之豐約懸於州，縣令不以言，連帥不以信，民就窮而斂愈急，吾見刺史之難爲也。（州在縣之上、連帥之下，有臨下事上之責，所以難爲。）

崔君爲復州，其連帥則于公。（頓。）崔君之仁足以蘇復人，于公之賢足以庸崔君。有刺史之榮而無其難爲者，將在於此乎？（收上二層。）愈嘗辱于公之知，而舊遊於崔君，慶復人之將蒙其休澤也，于是乎言。

極言民窮斂急，見刺史之難爲。後轉到崔君之仁，又遇于公之賢，則難者不難，而復人可蒙其休澤矣。篇中有頌無規，而規即寓頌中。與《送許郢州》作，意同而作法又别。

送孟東野序 時郊爲江南溧陽尉。

大凡物不得其平則鳴。（一句提起作局。）草木之無聲，風撓之鳴；水之無聲，風蕩之鳴，其躍也或激之，其趨也或梗之，其沸也或炙之；（儲云：本三疊文字，於水一條獨帶三句，便變。）金石之無聲，或擊之鳴。人之於言也亦然，有不得已者而後言，其歌也有思，其哭也有懷。凡出乎口而爲聲者，其皆有弗平者乎！（一束。）樂也者，鬱于中而泄于外者也，擇其善鳴者而假之鳴。（肯綮。）金、石、絲、竹、匏、土、革、木八者，物之善鳴者也。維天之於時也亦然，擇其善鳴者而假之鳴，是故以鳥鳴春，以雷鳴夏，（造句。）以蟲鳴秋，以風鳴冬，四時之相推敚，其必有不得其平者乎？

其於人也亦然。人聲之精者爲言，文辭之於言，又其精也，尤擇其善鳴者而假之鳴。（前概説人之言；此就人言中説到文辭，領起下半篇。）其在唐虞，咎陶、禹，其善鳴者也，而假以鳴。夔弗能以文辭鳴，又自假於韶以鳴。夏之時，五子以其歌鳴。伊尹鳴殷，周公鳴周。凡載於《詩》《書》六藝，皆鳴之善者也。周之衰，孔子之徒鳴之，其聲大而遠。《傳》曰：『天將以夫子爲木鐸。』其弗信矣乎？其末也，莊周以其荒唐之辭鳴。楚，大國也，其亡也，以屈原鳴。臧孫辰、孟軻、荀卿，以道鳴者也。楊朱、墨翟、管夷吾、晏嬰、老聃、申不害、韓非、慎到、田駢、鄒衍、尸佼、孫武、張儀、蘇秦之屬，皆以其術鳴。秦之興，李斯鳴之。漢之時，司馬遷、相如、揚雄，最其善鳴者也。其下，魏晉氏，鳴者不及於古，然亦未嘗絶也。就其鳴善者，其聲清以浮，其節數以急，其辭淫以哀，其志弛以肆，其爲言也，亂雜而無章。（公詩云：『齊梁及陳隋，衆作等蟬噪。』真大眼界。）將天醜其德，莫之顧耶？何爲乎不鳴其善鳴者也？（故作摇曳，以入有唐。）

唐之有天下，（先入本朝。）陳子昂、蘇源明、元結、李白、杜甫、李觀，皆以其所能鳴。（唐人中獨數六人，何等識力。）其存而在下者，孟郊東野始以其詩鳴，（次入東野本位。）其高出魏、晉，不懈而及於古，（古，謂三代。）其他浸淫乎漢氏矣。（指郊詩中稍降者。）從吾游者，李翺、張籍，（牽及二人。）其尤也。三子者之鳴信善矣，抑不知天將和其聲，而使鳴國家之盛耶？抑將窮餓其身，思愁其心腸，而使自鳴其不幸耶？三子者之命則懸乎天矣。其在上也奚以喜，其在下也奚以悲？（進以不加不損之學，文章歸宿。）東野之役於江南也，有若不釋然者，（不平意。）故吾道其命於天者以解之。

從物聲説到人聲，從人聲説到文辭。從上古之文辭，歷數以下説到有唐，然後轉落東野。位置秩然，而出以離奇惝怳，使讀者河漢其言。其實法律謹嚴，無踰此文也。

通篇表其文辭，末以所性分定，解其中懷抑鬱。此竿頭更進，非餘波游衍可比。外間但賞其連用四十『鳴』字，猶皮相也。

送董邵南序 壽州安豐人。

燕、趙古稱多感慨悲歌之士。（伏望諸君、荆軻一流人。）董生舉進士，連不得志於有司，懷抱利器，鬱鬱適兹土，（時藩鎮得辟士，故董生欲往。）吾知其必有合也。董生勉乎哉！

夫以子之不遇時，（承。）苟慕義彊仁者，皆愛惜焉，矧燕、趙之士出乎其性者哉？然吾嘗聞風俗與化移易，吾惡知其今不異於古所云耶？聊以吾子之行卜之也。董生勉乎哉！

吾因之有所感矣。爲我弔望諸君之墓，而觀於其市，復有昔時屠狗者乎？（樂毅去燕後，不忘故國，此言外意也。）爲我謝曰：『明天子在上，可以出而仕矣。』（并諷燕、趙歸順朝廷，則董生之不當往，更可知矣。）

儲同人云：河北自安史以後，習於僭亂。公送董邵南，因稱古燕趙之士之美，而今恐不同，風俗與化移易，所以譏切其不臣，末復道上威德，以警動而招徠之，其旨微矣。『古今』二字是關鍵，『吾知』『吾惡知』是俯仰呼應處。

嗚咽馳驟，既愛才，亦憂國。

韓公又有《嗟哉董生行》，極言其孝行，其人應不苟就者，故作送行序以風之。

送齊皞下第序

古之所謂公無私者，其取舍進退，無擇於親疎遠邇，惟其宜可焉。其下之視上也，亦惟視其舉黜之當否，不以親疎遠邇疑乎其上之人。故上之人，行志擇誼，坦乎其無憂於下也；下之人，克己慎行，確乎其無惑於上也。是故爲君不勞，而爲臣甚易。見一善焉，可得詳而舉也；見一不善焉，可得明而去也。及道之衰，上下交疑，於是乎舉仇、舉子之事，載之傳中而稱美之，而謂之忠。見一善焉，若親與邇，不敢舉也；見一不善焉，若疎與遠，不敢去也。衆之所同好焉，矯而黜之，乃公也；衆之所同惡焉，激而舉之，乃忠也。（極言似公而私之弊。）於是乎有違心之行，有佛志之言，有内愧之名。若然者，俗所謂良有司也。膚受之訴，不行於君；巧言之誣，不起於人矣。

烏虖！今之君天下者，不亦勞乎！爲有司者，不亦難乎！爲人鄉道（猶汲引。）者，不亦勤乎！是故端居而念焉，非君人者之過也。則曰有司焉，則非有司之過也。則曰今舉天下人焉，則非今舉天下人之過也。蓋其漸有因，其本有根。生於私其親，成於私其身，以己之不直，而謂人皆然。其植之也固久，其除之也實難。非百年必世，不可得而化也；非知命不惑，不可得而改也。已矣乎，其終能復古乎？

若高陽齊生者，其起予者乎？齊生之兄，（名映。）爲時名相。出藩於南，朝之碩臣，皆其舊交。齊生舉進士，有司用是連枉齊生。齊生不以云，乃曰：『我之未至也，有司其枉我哉？我將利吾器而俟其時耳。』抱負其業，東歸於家。吾觀於人，有不得志，則非其上者衆矣，亦莫計其身之短長也。若齊生者，既至矣，而曰『我未也』，不以閔於有司，其不亦鮮乎哉！吾用是知，齊生後日，誠良有司也，能復古者也，公無私者也，知命不惑者也。（以今日之言，卜後日之公正，即以收卷全文。）

送齊生下第，故力言避嫌之私。其實唐代取人，不盡然也。文之輕快流美，最利舉業，而於韓文中爲平調。

送浮屠文暢師序

人固有儒名而墨行者，問其名則是，校其行則非，可以與之遊乎？如有墨名而儒行者，問其名則非，挍其行則是，可以與之遊乎？揚子雲稱：『在門墻則揮之，在夷狄則進之。』吾取以爲法焉。

浮屠師文暢，喜文章，（把柄。）其周遊天下，凡有行，必請於縉紳先生，以求咏歌其所志。貞元十九年春，將行東南，柳君宗元爲之請。解其裝，得所得叙詩累百餘篇。非至篤好，其何能致多如是耶？惜其無以聖人之道告之者，（此句是全篇眼目。）而徒舉浮屠之説贈焉。夫文暢，浮屠也，如欲聞浮屠之説，當自就其師而問之，何故謁吾徒而來請也？彼見吾君臣父子之懿、文物事爲之盛，其心有慕焉。拘其法而未能入，故樂聞其説而請之。（誘進苦心。）如吾徒者，宜當告之以二帝三王之道、日月星辰之行、天地之所以著、（二帝三王所仰觀俯察者也。）鬼神之所以幽、人物之所以蕃、（二帝三王所撫綏平治者也。）江河之所以流而語之，（三字作美文。）不當又爲浮屠之説而瀆告之也。

民之初生，固若禽獸夷狄然。聖人者立，然後知宫居而粒食，親親而尊尊，生者養而死者藏。是故道莫大乎仁義，教莫正乎禮樂刑政。施之於天下，萬物得其宜；措之於其躬，體安而氣平。堯以是傳之舜，舜以是傳之禹，禹以是傳之湯，湯以是傳之文、武，文、武以是傳之周公、孔子，書之於册，中國之人世守之。今浮屠者，孰爲而孰傳之耶？

夫鳥俛而啄、仰而四顧，夫獸深居而簡出，（蒙上『固若禽獸』句。）懼物之爲己害也，猶且不脱焉弱之肉强之食。（造句。）今吾與文暢，安居而暇食、優游以生死，與禽獸異者，寧可不知其所自耶？夫不知者，非其人之罪也；知而不爲者，惑也；悦乎故，不能即乎新者，弱也；知而不以告人者，不仁也；告而不以實者，不信也。（收卷前文，文暢與贈文暢者，一齊俱到。）余既重柳請，又嘉浮屠能喜文辭，於是乎言。

將衆人投贈之文撇開，引入聖人之道。以下約《原道》之旨成文，而語更遒鍊。如《原道》篇『古無聖人，人之類滅久矣』云云，此約以『弱之肉，强之食』六字，尤使人驚心動目也。末收束前文，一絲不走。

送高閑上人序

苟可以寓其巧智，使機應於心，不挫於氣，則神完而守固，雖外物至，不膠於心。堯、舜、禹、湯治天下，（賓中賓。）養叔治射，庖丁治牛，師曠治音聲，扁鵲治病，僚之於丸，秋之於奕，伯倫之於酒，（拉雜言之，妙在不倫。）樂之終身不厭，奚暇外慕？夫外慕徙業者，皆不造其堂，不嚌其胾者也。

往時張旭善草書，（賓。）不治他技，喜怒、窘窮、憂悲、愉快、怨恨、思慕、酣醉、無聊、不平，有動於心，必於草書焉發之。（文勢略頓，旋用縱筆。）觀於物，見山水、崖谷、鳥獸、蟲魚、草木之花實、日月、列星、風雨、水火、雷霆、霹靂、歌舞、戰鬭、天地事物之變，可喜可愕，一寓於書。故旭之書，變動猶鬼神，不可端倪，以此終其身而名後世。

今閑之於草書，有旭之心哉？不得其心，而逐其迹，未見其能旭也。爲旭有道，利害必明，無遺錙銖，情炎於中，利欲鬬進，有得有喪，勃然不釋，然後一決於書，而後旭可幾也。今閑師浮屠氏，一死生，解外膠。是其爲心，必泊然無所起；其於世，必淡然無所嗜。泊與淡相遭，頹墮委靡，潰敗不可收拾，則其於書，得無象之然乎？（爲浮屠氏説法，故言及此。若爲儒者言，又須去其利欲得喪，乃可入道。）然吾聞浮屠人（轉更不測。）善幻，多技能。閑如通其術，則吾不能知矣。

汪洋恣肆，善學莊子之文，亦可謂文中之顛矣。

送廖道士序

五嶽於中州，（劈空而起。）衡山最遠。南方之山，巍然高而大者以百數，獨衡爲宗。最遠而獨爲宗，其神必靈。衡之南八九百里，地益高，山益峻，水清而益駛，其最高而横絶南北者嶺。郴之爲州，在嶺之上，測其高下，得三之二焉。中州清淑之氣，於是焉窮。氣之所窮，盛而不過，必蜿蟺扶輿，磅礴而鬱積。衡山之神既靈，（總上開下，千鈞筆力。）而郴之爲州，又當中州清淑之氣，蜿蟺扶輿，磅礴而鬱積。其水土之所生，（又借生物，引出生人。）神氣之所感，白金、水銀、丹砂、石英、鍾乳、橘柚之包，竹箭之美，千尋之名材，不能獨當也。意必有魁奇、忠信、材德之民生其間，吾又未見也。其無乃迷惑溺没於佛、老之學而不出耶？（千迴百折而來，此方折入。）

廖師，郴人，而學於衡山。氣專而容寂，多藝而善遊，豈吾所謂魁奇而迷溺者耶？廖師善知人，（末路又起一波。）若不在其身，必在其所與遊。訪之而不吾告，何也？（總不下一煞語，言盡而不盡。）於其别，申以問之。（後果有濂溪、周子生於其地。）

來龍過脉，結穴去路，井井有條。而後半出没變化，使人目眩。韓文中絶奇之作。

鄆州谿堂詩序

憲宗之十四年，始定東平，三分其地，（劉悟殺李師道，青、淄十二州皆平。）以華州刺史禮部尚書，兼御史大夫扶風馬公，（名總。）爲鄆、曹、濮節度觀察等使，鎮其地。既一年，褒其軍，號曰『天平軍』。上（穆宗。）即位之二年，召公入，且將用之，以其人之安公也，復歸之鎮。上之三年，公爲政於鄆、曹、濮也，適四年矣。治成制定，衆志大固，惡絶於心，仁形於色，竱心一力，以供國家之職。於時，沂、密始分而殘其帥。其後，幽、鎮、魏不悦於政，相扇繼變，復歸於舊。徐亦乘勢，逐帥自置，同於三方。（王弁殺觀察使王遂，幽州朱克融囚節度使張弘靖，鎮將王庭湊殺節度田弘正，魏博節度田正殺史憲成，自稱留後，徐將王智興逐帥崔群。）惟鄆也，截然中居，四鄰望之，若防之置水，恃以無恐。

然而皆曰：鄆爲虜巢，且六十年，將彊卒武。曹、濮於鄆，州大而近，軍所根柢，皆驕以易怨。而公承死亡之後、掇拾之餘，剥膚椎髓，公私掃地赤立，新舊不相保持，萬目睽睽，公於此時能安以治之，其功爲大。若幽、鎮、魏、徐之亂，不扇而變，其功反小，何也？公之始至，衆未熟化，以武則忿以憾，以恩則横而肆。一以爲赤子，（至誠無僞。）一以爲龍蛇，（變化不測。）憊心罷精，磨以歲月，然後致之，難也。乃教之行，衆皆戴公爲親父母。夫叛父母從仇讎，非人之情，故曰易。

於是，天子以公爲尚書右僕射，（陡接。）封扶風縣開國伯，以褒嘉之。公亦樂衆之和，知人之悦，而侈上之賜也。於是爲堂於其居之西北隅，號曰溪堂，以饗士大夫，通上下之志。既饗，其從事陳曾謂其衆言：『公之畜此邦，其勤不亦至乎？此邦之人，纍公之化，惟所令之，不亦順乎？上勤下順，遂躋登兹，不亦休乎？昔者人謂斯何，今者人謂斯何！雖然，斯堂之作，意其有謂，而喑無詩歌，是不考引公德而接邦人於道也。』（以上皆陳曾言。）乃使來請，其詩曰：

帝奠九壥，有葉有年。有荒不條，河岱之間。及我憲考，一收正之。視邦選侯，以公來尸。公來尸之，人始未信。公不飲食，以訓以徇。孰饑無食，孰呤孰歎。孰冤不問，不得分願？孰爲邦蟊，節根之螟。羊狠狼貪，以口覆城？吹之喣之，摩手拊之。箴之石之，膊而磔之。（言鋤其强。）凡公四封，既富以彊。謂公吾父，孰違公令。（叶『良』。）可以師征，不寧守邦。公作谿堂，播播流水。淺有蒲蓮，深有蒹葦。公以賓燕，其鼓駭駭。公燕谿堂，賓校醉飽。（寫通上下之志。）流有跳魚，岸有集鳥。既歌以舞，其鼓考考。公在谿堂，公御琴瑟。公暨賓贊，稽經諏律。施用不差，人用不屈。谿有蕢苽，有龜有魚。公在中流，右《詩》左《書》。無我斁遺，此邦是庥。

敘事夾議論，字字鏤心雕肝而出。詩亦古峭，不受李、杜束縛，宜皇甫持正豎降旗，歎爲無人能及也。

荆潭唱和詩序

從事有示愈以《荆潭酬和詩》者，愈既受而卒業，因仰而言曰：

夫和平之音淡薄，而愁思之聲要妙。懽愉之辭難工，（頂『和平』。）而窮苦之言易好也。（頂『愁思』。）是故文章之作，恒發於羈旅草野。至若王公貴人，氣滿志得，非性能而好之，則不暇以爲。今僕射裴公，（名均。）開鎮蠻荆，統郡惟九；（荆州觀察使。）常侍楊公，（名憑。）領湖之南壤，地二千里。（衡州觀察使。）德刑之政並勤，爵禄之報兩崇。乃能存志乎《詩》《書》，寓辭乎咏歌，往復循環，有唱斯和，搜奇抉怪，雕鏤文字。與韋布里閭，憔悴專一之士，較其毫釐分寸，鏗鏘發金石，幽渺感鬼神，信所謂材全而能巨者也。（此真性能好之者。）兩府之從事，與部屬之吏，屬而和之，苟在編者，咸可觀也。宜乎施之樂章，紀諸册書。

從事曰：子之言是也。告於公，書以爲《荊潭唱和詩序》。

作詩非較量毫釐分寸，必不能工。燕、許故是大家，然比杜陵之『新詩改罷自長吟』『晚歲漸於詩律細』『何時一尊酒，重與細論文』，終有別也。以此美裴、楊二公，見性能好之，合燕、許、杜陵爲一手矣。時昌黎爲江陵府法曹參軍，序長官詩，如此立論，乃爲得體。

唐宋八家文讀本卷五

韓愈退之著
後學沈德潛確士評點

河南府同官記

永貞（順宗。）元年，愈自陽山移江陵法曹參軍，獲事河東公。公嘗與其從事言：（託河東公言。）

建中初，天子（德宗。）始紀年更元，命官司舉貞觀、開元之烈。群臣惕慄奉職，命材登良，不敢私違。當時自齒朝之士而上，以及下百職事，官闕一人，將補，必取其良。然而河南同時於天下稱多，獨得將相五人。故於府之參軍，則得我公。於河南主簿則得故相國范陽盧公。（邁。）於汜水主簿，則得故相國，今太子賓客滎陽鄭公。（餘慶。）於陸渾主簿，則得相國，今吏部侍郎天水趙公。（宗儒。）於登封主簿，則得故吏部尚書，東都留守吳郡顧公。（少連。）

盧公去河南，爲右補闕。其後由尚書左丞，至宰相。鄭公去汜水，爲監察御史，佐山南軍。其後由工部侍郎至宰相，罷而又爲。趙公去陸渾，爲右拾遺。其後由給事中，爲宰相。顧公去登封，爲監察御史，其後由京兆尹至吏部尚書、東都留守。我公去府，爲長水尉。其後由膳部郎中，爲荊南節度、行軍司馬，遂爲節度使。自工部尚書，至吏部尚書。（文爲裴作，敘次自見賓主。）

三相國之勞在史册。（此段叙官績。）顧吏部慎職小心，於時有聲。我公愿潔而沉密，開亮而卓偉。行茂於家，事修於官。嗣紹家烈，不違其先。作帥南荊，厥聞休顯。武志既揚，文教亦熙。登槐贊元，其慶且至。故好語故事者，以爲五公之始迹也同，其後進而偕大也亦同，其稱名臣也又同。官職雖分，而功德有巨細，其有忠勞於國家也同。有若將同其後，而先同其初也。有聞而問者，於是焉書。（若無此空際數語，恐近於板，此工於布置者。）

既五年，始立石，刻其語河南府參軍舍庭中。於時河東公爲左僕射宰相，出藩大邦，開府漢南。鄭公以工部尚書，留守東都。趙公以吏部尚書，鎮江陵。漢南地連七州，戎士十萬。其官宰相也。留守之官，居禁省中。歲時出旌旗，序留司文武百官於宫城門外而衙之。江陵，故楚都也，戎士五萬。三公同時，千里相望，可謂盛矣。河東公名均，姓裴氏。（一語。）

西番叙述而不見其冗，轉見其勁，是大手筆。

五人錯綜叙次，而主意全在河東公，却又不顯露痕迹，故妙。

新修滕王閣記

愈少時，側聞江南多游觀之美，而滕王閣獨爲第一，有瑰偉絶特之稱。及得三王所爲序、賦、記等，（王勃序，王緒賦，今太原王公爲從事日作記。）壯其文辭，益欲往一觀而讀之，以忘吾憂。係官於朝，願莫之遂。十四年，以言事斥守揭陽，便道取疾以至海上，又不得過南昌而觀所謂滕王閣者。其冬，以天子進大號，加恩區内，移刺袁州。袁於南昌爲屬邑，私喜幸自語，以爲當得躬詣大府，受約束於下執事。及其無事，且還，儻得一至其處，竊寄目，償所願焉。

至州之七月，詔以中書舍人太原王公（名仲舒。）爲御史中丞，觀察江南西道，洪、江、饒、虔、吉、信、撫、袁，悉屬治所。八州之人，前所不便，及所願欲而不得者，公至之日，皆罷行之。（句法。）大者驛聞，小者立變，春生秋殺，陽開陰閉，令修於庭户。數日之間，而人自得於湖山千里之外。（儲云：就自叙因緣中，順手叙王公德政，後省多少補綴。即此可悟駕馭之法。古人文何嘗廢稱頌、應酬，但使人不覺耳。若平實叙去，便成俗筆。）吾雖欲出意見，論利害，聽命於幕下，而吾州乃無一事可假而行者，又安得捨己所事以勤館人？則滕王閣又無因而至焉矣。

其歲九月，人吏浹和。公與監軍使燕於此閣，文武賓士，皆與在席。酒半，合辭言曰：『此屋不修，且壞。前公爲從事此邦，適理新之，公所爲文，實書在壁。今三十年，而公來爲邦伯，適及期月，公又來燕於此，公烏得無情哉。』公應曰：『諾。』於是棟楹梁桷板檻之腐黑撓折者，蓋瓦級甎之破缺者，赤白之漫漶不鮮者，治之則已。無侈前人，無廢後觀。

工既訖功，公以衆飲，而以書命愈，曰：『子其爲我記之。』愈既以未得造觀爲歎，（總收上文。）竊喜載名其上，詞列三王之次，有榮耀焉，乃不辭而承公命。其江山之好，登望之樂，雖老矣，如獲從公游，尚能爲公賦之。（餘波。）

總以未得造觀，生情作態。此記體中別行一路法也。末段意言俱不盡，讀者徘徊賞之。

燕喜亭記

王弘中，名仲舒。

太原王弘中在連州，與學佛人景常、元慧游。異日，從二人者行於其居之後，荒丘之間，上高而望，得異處焉。斬茅而嘉樹列，發石而清泉激。輦糞壤，燔椔翳，却立而視之：出者突然成丘，陷者呀然成谷，窪者爲池，而缺者爲洞，若有鬼神異物，陰來相之。自是，弘中與二人者，晨往而夕忘歸焉，乃立屋以避風雨寒暑。

既成，愈請名之。其丘曰『俟德之丘』，蔽於古而顯於今，有俟之道也；（用《爾雅》體。）其石谷曰『謙受之谷』，瀑曰『振鷺之瀑』，谷言德，瀑言容也；其土谷曰『黄金之谷』，瀑曰『秩秩之瀑』，谷言容，瀑言德也；洞曰『寒居之洞』，志其入時也；池曰『君子之池』，虚以鍾其美，盈以出其惡也；泉之源曰『天澤之泉』，出高而施下也；合而名之以屋曰『燕喜之亭』，取《詩》所謂『魯侯燕喜』者《頌》也。

於是州民之老，聞而相與觀焉，曰：『吾州之山水名天下，然而無與「燕喜」者比。經營於其側者相接也，而莫直其地。』凡天作而地藏之，以遺其人乎？（應『鬼神異物陰來相之』意。）弘中自吏部郎貶秩而來，次其道途所經，自藍田入商洛，涉淅湍，臨漢水，升峴首以望方城；（如風雨驟至。）出荆門，下岷江，過洞庭，上湘水，行衡山之下；繇郴踰嶺，猿狖所家，魚龍所宮，極幽遐瑰詭之觀，宜其於山水飫聞而厭見也。今其意乃若不足，《傳》曰：『智者樂水，仁者樂山。』弘中之德，與其所好，可謂協矣。智以謀之，仁以居之，吾知其去是而羽儀於天朝也不遠矣。遂刻石以記。

以途中所經山水，拉雜成文，正藉以形仁知之德也。文章平中求奇，每在此處，得此一段，通體俱添精采。

藍田縣丞廳壁記

丞之職所以貳令，於一邑無所不當問。其下主簿、尉，主簿、尉乃有分職。丞位高而偪，例以嫌，不可否事。文書行，吏抱成案詣丞，卷其前，鉗以左手，右手摘紙尾，雁鶩行以進，平立，睨丞曰：『當署。』丞涉筆占位署，惟謹，目吏，問：『可不可？』吏曰『得』，則退。不敢略省，漫不知何事。（叙事何減《史》《漢》。）官雖尊，力勢反出主簿、尉下。諺數慢，必曰『丞』，至以相訾謷。丞之設，豈端使然哉？

博陵崔斯立，種學績文，以蓄其有，泓涵演迤，日大以肆。貞元初，挾其能，戰藝於京師，再進，再屈於人。元和初，以前大理評事，言得失，黜官。再轉，而爲丞茲邑。始至，喟曰：『官無卑，顧材不足塞責。』既噤，不得施用，又喟曰：『丞哉，丞哉，余不負丞，而丞負余。』則盡枿去牙角，一躡故迹，破崖岸而爲之。

丞廳故有記，壞漏，污不可讀。斯立易桷與瓦，墁治壁，悉書前任人名氏。庭有老槐四行，南墻鉅竹千挺，儼立若相持，水㶁㶁循除鳴。斯立痛掃溉，對樹二松，日哦其間。有問者，輒對曰：『余方有公事，子姑去。』（即以無事爲公事，語妙。）

末寫出從容無悶意，最占身分。

斯立，貞元四年進士，六年中博學宏詞科，未嘗屈也。『屈』字，疑『出』字之誤。

畫記

雜古今人物小畫共一卷。

騎而立者五人，騎而被甲載兵立者十人，一人騎執大旗前立，騎而被甲載兵行且下牽者十人，騎而負者二人，騎執器者二人，騎擁田犬者一人，騎而牽者二人，騎而驅者三人，執羈靮立者二人，騎而下、倚馬臂隼而立者人，騎而驅涉者二人，徒而驅牧者二人，坐而指使者一人，甲冑手弓矢鈇鉞植者七人，甲冑執幟植者十人，負者七人，偃寢休者二人，甲冑坐睡者一人，方涉者一人，坐而脱足者一人，寒附火者一人，雜執器物役者八人，奉壺矢者一人，舍而具食者十有一人，挹且注者四人，牛牽者二人，驢驅者四人，一人杖而負者，（變化句法。）婦人以孺子載而可見者六人，載而上下者三人，孺子戲者九人。凡人之事三十有二，爲人大小百二十有三，而莫有同者焉。（記人之狀與數。）

馬大者九匹。於馬之中，又有上者、下者、行者、牽者、涉者、陸者、翹者、顧者、鳴者、寢者、訛者、立者、人立者、齕者、飲者、溲者、陟者、降者、痒磨樹者、嘘者、嗅者、喜相戲者、怒相踶囓者、秣者、騎者、驟者、走者、載服物者、載狐兔者。凡馬之事二十有七，爲馬大小八十有三，而莫有同者焉。（記馬之狀與數。）

牛大小十一頭。橐駝三頭。驢如橐駝之數，而加其一焉。隼一。犬、羊、狐、兔、麋、鹿，共三十。旃車三兩。雜兵器、弓矢、旌旗、刀劍、矛楯、弓服、矢房、甲冑之屬，缾盂、簦笠、筐筥、錡釜、飲食、服用之器，壺矢、博奕之具，二百五十有一。皆曲極其妙。（記諸畜及器物之數。）

貞元甲戌年，余在京師，甚無事，同居有獨孤生申叔者，始得此畫，而與余彈棋，余幸勝而獲焉。意甚惜之，以爲非一工人之所能運思，蓋蓃集衆工人之所長耳，雖百金不願易也。明年，出京師，至河陽，與二三客論畫品格，因出而觀之。座有趙侍御者，君子人也。見之戚然，若有感然，少而進曰：『噫！余之手模也，亡之且二十年矣。余少時常有志乎兹事，得國本，絶人事而模得之，遊閩中而喪焉。居閒處獨，時往來余懷也，以其始爲之勞，而夙好之篤也。今雖遇之，力不能爲已，且命工人存其大都焉。』余既甚愛之，又感趙君之事，因以贈之，而記其人物之形狀與數，而時觀之，以自釋焉。（序作記之因，一語收盡通篇。）

敘次錯綜，後因趙侍御之戚然有感，卷而歸之，尤見曠懷高識，不同尋常處。

太學生何蕃傳

太學生何蕃，入太學者廿餘年矣。歲舉進士，學成行尊。自太學諸生推頌，不敢與蕃齒，相與言於助教、博士，助教、博士以狀申於司業、祭酒，司業、祭酒撰次蕃之群行焯焯者數十餘事，以之升於禮部而以聞於天子。京師諸生以薦蕃名文説者，不可選紀。公卿大夫知蕃者比肩立，莫爲禮部；（禮部知貢舉，開元中始。）爲禮部者，率蕃所不合者，以是無成功。

蕃，淮南人，父母具全。初入太學，歲率一歸，父母止之。其後間一二歲乃一歸，又止之。不歸者，五歲矣。蕃，純孝人也，閔親之老，不自克。一日，揖諸生，歸養於和州。諸生不能止，乃閉蕃空舍中。於是太學六館之士百餘人，又以蕃之義行，言於司業陽先生城，請諭留蕃。於是太學闕祭酒，會陽先生出道州，不果留。（聽其歸養。儲云：接得超。）

歐陽詹生言曰：「蕃，仁勇人也。」或者曰：『蕃居太學，諸生不爲非義，葬死者之無歸，哀其孤而字焉。惠之大小，必以力復，斯其所謂仁歟。蕃之力不任其體，其貌不任其心，吾不知其勇也。』（作一波，轉下。）歐陽詹生曰：『朱泚之亂，太學諸生舉將從之，來請起蕃。蕃正色叱之，六館之士不從亂，茲非其勇歟？』」

惜乎蕃之居下，其可以施於人者不流也。（使人不失身，是施於人。位卑，不能廣之天下，故不流。）譬之水，其爲澤，不爲川乎？川者高，澤者卑；高者流，卑者止。是故，蕃之仁義充諸心，行諸太學，積者多，施者不遐也。天將雨，水氣上，無擇於川澤、澗谿之高下，然則澤之道其亦有施乎？抑有待於彼者歟？（彼，指大得志者。）故凡貧賤之士，必有待然後能有所立，獨何蕃歟？吾是以言之，無亦使其無傳焉。（言積誠動物，雖無位者亦有利澤及人，然終不如登高而呼者之易也。）

見士必取科名，然後能有所施設以傳於世，否則純孝仁勇如蕃，不如斗筲之夫，徒工對偶聲律者爲有用也。末以川澤爲喻，謂士必待時而所施及遠。惜之者深，悲之者至矣。

圬者王承福傳

圬之爲技，賤且勞者也。有業之，其色若自得者。聽其言，約而盡。問之，王其姓，承福其名，世爲京兆長安農夫。天寶之亂，發人爲兵，持弓矢十三年。有官勳，棄之來歸。（議論從此發出。）喪其土田，手鏝衣食，餘三十年。舍於市之主人，而歸其屋食之當焉。視時屋食之貴賤，而上下其圬之，傭以償之，有餘，則以與道路之廢疾餓者焉。

又曰：粟，稼而生者也；若布與帛，必蠶績而後成者也；其他所以養生之具，皆待人力而後完也，吾皆賴之。然人不可徧爲，宜乎各致其能以相生也。故君者，理吾所以生者也；而百官者，承君之化者也。任有小大，惟其所能，若器皿焉。食焉而怠其事，必有天殃，（二句主意。）故吾不敢一日舍鏝以嬉。夫鏝，易能，可力焉，又誠有功。取其直，雖勞無愧，吾心安焉。夫力，易强而有功也；心，難强而有智也。用力者使於人，用心者使人，亦其宜也。吾特擇其易爲而無愧者取焉。

嘻！吾操鏝以入富貴之家有年矣。有一至者焉，又往過之，則爲墟矣；有再至、三至者焉，而往過之，則爲墟矣。（就操鏝上發出如許波瀾。『驕淫矜誇，將由惡終』；高明之家，鬼瞰其室』，古人已先言之矣。予於朱門見亦屢矣，大約旁觀者每逆料之，而享逸樂者全不知也。）問之其鄰，或曰：『噫！刑戮也。』或曰：『身既死，而其子孫不能有也。』或曰：『死而歸之官也。』吾以是觀之，非所謂食焉怠其事，而得天殃者邪？非强心以智而不足，不擇其才之稱否而冒之者邪？非多行可愧，知其不可而强爲之者邪？將富貴難守，薄功而厚饗之者邪？抑豐悴有時，一去一來而不可常者邪？吾之心憫焉，是故擇其力之可能者行焉。樂富貴而悲貧賤，我豈異於人哉？（反束有力。）

又曰：功大者，其所以自奉也博。妻與子，皆養於我者也，吾能薄而功小，不有之可也。又吾所謂勞力者，若立吾家而力不足，則心又勞也。一身而二任焉，雖聖者不可能也。

愈始聞而惑之，又從而思之，蓋賢者也，蓋所謂獨善其身者也。然吾有譏焉，謂其自爲也過多，其爲人也過少，其學楊朱之道者邪？楊之道，不肯拔我一毛而利天下。而夫人以有家爲勞心，不肯一動其心以畜其妻子，其肯勞其心以爲人乎哉？雖然，其賢於世之患不得之而患失之者，以濟其生之欲、貪邪而亡道以喪其身者，其亦遠矣。又其言有可以警余者，故余爲之傳而自鑒焉。（作傳本意。收上文貴富之家一段。）

中間說得凜凜可畏，享貴富而無功者，宜奉以爲箴銘。

此史家記言體也。

毛穎傳

毛穎者，中山（多産兔。）人也。其先明眎，（見《禮記》。）佐禹治東方土，養萬物有功，因封於卯地，死爲十二神。（東方房宿在卯宫。）嘗曰：『吾子孫神明之後，不可與物同，當吐而生。』（見《本草》。）已而果然。明眎八世孫䨲（奴侯切），世傳當殷時居中山，得神仙之術，能匿光使物，（見《淮南子》。）竊姮娥，騎蟾蜍入月，（月中兔，見《天問》。）其後代遂隱不仕云。居東郭者曰㕙，（見《國策》。）狡而善走，與韓盧争能，盧不及。盧怒，與宋鵲（宋之犬也。）謀而殺之，醢其家。

秦始皇時，蒙將軍恬南伐楚，次中山，將大獵以懼楚。召左右庶長與軍尉，以《連山》（夏《易》名。）筮之，得天與人文之兆。（猶《賁》卦云『天文』『人文』。）筮者賀曰：『今日之獲，不角不牙，衣褐之徒，缺口而長鬚，八竅而趺居，獨取其髦，簡牘是資，天下其同書，秦其遂兼諸侯乎！』（筮之繇詞。）遂獵，圍毛氏之族，拔其豪，載穎而歸，獻俘於章臺宫，聚其族而加束縛焉。秦皇帝使恬賜之湯沐，而封之管城，號曰管城子，日見親寵任事。

穎爲人强記而便敏，自結繩之代以及秦事，（縱横恣肆。）無不纂録。陰陽、卜筮、占相、醫方、族氏、山經、地志、字書、圖畫、九流百家、天人之書，及至浮圖、老子、外國之説，皆所詳悉。又通於當代之務，官府簿書、市井貨錢注記，惟上所使。自秦皇帝及太子扶蘇、胡亥、丞相斯、中車府令高，下及國人，無不愛重。又善隨人意，正直邪曲巧拙，一隨其人，雖見廢棄，終默不洩。惟不喜武士，然見請，亦時往。

累拜中書令，與上益狎，上嘗呼爲中書君。上親決事，以衡石自程，雖宫人不得立左右，獨穎與執燭者常侍，上休方罷。穎與絳人陳玄、（墨。）弘農陶泓（硯。）及會稽褚先生（紙。）友善相推致，其出處必偕。上召穎，三人者不待詔，輒俱往，上未嘗怪焉。後因進見，上將有任使，拂拭之，因免冠謝。上見其髮秃，又所摹畫不能稱上意。上嘻笑曰：『中書君老而秃，不任吾用。吾嘗謂君中書，君今不中書耶？』對曰：『臣所謂盡心者。』因不復召，歸封邑，終於管城。其子孫甚多，散處中國夷狄，皆冒管城，惟居中山者，能繼父祖業。

太史公曰：毛氏有兩族。其一姬姓，文王之子，封於毛，所謂魯、衛、毛、聃者也。戰國時有毛公、毛遂。獨中山之族，不知其本所出，子孫最爲蕃昌。《春秋》之成，見絶於孔子，而非其罪。及蒙將軍拔中山之豪，始皇封之管城，世遂有名，而姬姓之毛無聞。穎始以俘見，卒見任使，秦之滅諸侯，穎與有功，賞不酬勞，以老見疏，秦真少恩哉。（感慨。）

游戲文字，章法謹嚴。後人擬作，不直一笑矣。

柳州云：讀之，若捕龍蛇，搏虎豹，急與之角而力不敢暇。引重者至也。

平淮西碑

天以唐克肖其德，聖子神孫，繼繼承承，於千萬年，敬戒不怠。全付所覆，四海九州，罔有内外，悉主悉臣。（起，大手筆！必如此，才領得一篇文字起。視張説作《宋廣平碑》，猶凡語矣。）高祖、太宗，既除既治。高宗、中、睿，休養生息。至於玄宗，受報收功，極熾而豐。物衆地大，孽牙其間。（唐室之亂，自玄宗始。）肅宗、代宗，德祖順考，以勤以容。大慝適去，稂莠不薅。相臣將臣，文恬武嬉，習熟見聞，以爲當然。

睿聖文武皇帝，既受群臣朝，乃考圖數貢，曰：『嗚呼！天既全付予有家，（莊重。）今傳次在予，予不能事事，其何以見於郊廟？』群臣震懾，奔走率職。明年，平夏；（楊惠林。）又明年，平蜀；（劉闢。）又明年，平江東；（李錡。）又明年，平澤潞；（盧從史。）遂定易定，（張茂昭。）致魏、博、貝、衛、澶、相，無不從志。皇帝曰：『不可究武，予其少息。』（頓挫。）

九年，蔡將死，（吴少陽。）蔡人立其子元濟以請，不許。遂燒舞陽，犯葉、襄城，以動東都，放兵四劫。皇帝歷問於朝，一二臣外（裴度、李吉甫、武元衡皆主討，一二臣之外皆不欲討也。）皆曰：『蔡帥之不廷授，於今五十年，傳三姓四將，（李忠臣、陳奇、吴少誠爲三姓，李忠臣、吴少誠、李希烈、吴少陽爲四將。）其樹本堅，兵利卒頑，不與他等。因撫而有，順且無事。』大官臆决唱聲，萬口和附，並爲一談，牢不可破。

皇帝曰：『惟天惟祖宗所以付任予者，（一段伏明與斷之案。）庶其在此，予何敢不力？況一二臣同，（領下，指裴度。）不爲無助。』曰：『光顔，汝爲陳許帥，維是河東、魏博、郃陽三軍之在行者，汝皆將之。』（李以下，命將，得《虞書》命官體。）曰：『重胤（烏。），汝故有河陽、懷，今益以汝，維是朔方、義成、陝、益、鳳翔、延慶七軍之在行者，汝皆將之。』曰：『弘，（韓。）汝以卒萬二千屬而子公武往討之。』曰：『文通，（李。）汝守壽，維是宣武、淮南、宣、歙、浙西四軍之行於壽者，汝皆將之。』曰：『道古，（李。）汝其觀察鄂、岳。』曰：『愬，（李。）汝帥唐、鄧、隨，各以其兵進戰。』曰：『度，（裴。）汝長御史，其往視師。』曰：『度，（即前云一二臣。）惟汝予同，汝遂相予，以賞罰用命不用命。』曰：『弘，汝以其節都統諸軍。』曰：『守謙（梁。），汝出入左右，汝惟近臣，其往撫師。』曰：『度，汝其往，（凡三次丁寧，重於他臣也。）衣服飲食予士，無寒無饑。以既厥事，遂生蔡人。賜汝節斧、通天御帶，衛卒三百。凡茲廷臣，汝擇自從，惟其賢能，無憚大吏。庚申，予其臨門送汝。』曰：『御史，（虛。）予閔士大夫戰甚苦，自今以往，非郊廟祠祀，其無用樂。』

顔、胤、武合攻其北，（此戰功。）大戰十六，得柵城縣二十三，降人卒四萬。道古攻其東南，八戰，降萬三千；再入申，破其外城。文通戰其東，十餘遇，降萬二千。愬入其西，得賊將，（丁士良，李憲。）輒釋不殺，用其策，戰比有功。（叙愬功特詳。）十二年八月，丞相度至師，都統弘責戰益急，顔、胤、武合戰，益用命，元濟盡並其衆洄曲以備。（賊將董重質。）十月壬申，愬用所得賊將，（李祐。）自文城，因天大雪，疾馳百二十里，用夜半到蔡。破其門，取元濟以獻，盡得其屬人卒。辛巳，丞相度入蔡，以皇帝命，赦其人，淮西平。大饗賚功，師還之日，因以其食賜蔡人。凡蔡卒三萬五千，其不樂爲兵，願歸爲農者十九，悉縱之。斬元濟京師。

册功：（此賞功。）弘加侍中；愬爲左僕射，帥山南東道；顏、胤皆加司空；公武以散騎常侍，帥鄜、坊、丹、延；道古進大夫；文通加散騎常侍；丞相度朝京師，道封晉國公，進階金紫光禄大夫，以舊官相，而以其副總（馬總。）爲工部尚書領蔡任。（即留後也。）既還奏，群臣請紀聖功，被之金石，皇帝以命臣愈。臣愈再拜稽首，而獻文曰：

唐承天命，遂臣萬邦。孰居近土，襲盜以狂。往在玄宗，崇極而圮。河北悍驕，河南附起。四聖（肅、代、德、順。）不宥，屢興師征。有不能克，益戍以兵。夫耕不食，婦織不裳。輸之以車，爲卒賜糧。外多失朝，曠不嶽狩。百隸怠官，事亡其舊。

帝時繼位，顧瞻咨嗟。惟汝文武，孰恤予家。既斬吴、蜀，（客。）旋取山東。魏將首義，六州降從。淮、蔡不順，（主。）自以爲强。提兵叫讙，欲事故常。始命討之，遂連奸鄰。（補叙李師道。）陰遣刺客，來賊相臣。（刺死武元衡，傷裴度。）方戰未利，内驚京師。群公上言，莫若惠來。帝爲不聞，與神爲謀。乃相同德，以訖天誅。

乃敕顏、胤，愬、武、古、通，咸統於弘，各奏汝功。三方分攻，五萬其師。大軍北乘，厥數倍之。常兵時曲（地名。），軍士蠢蠢。既翦陵雲，（栅名。）蔡卒大窘。勝之邵陵，郾城來降。自夏入秋，復屯相望。兵頓不勵，告功不時。（二語一折。）帝哀征夫，命相往釐。士飽而歌，馬騰於槽。試之新城，賊遇敗逃。盡抽其有，聚以防我。西師躍入，（不没李愬。）道無留者。

額額蔡城，其疆千里。既入而有，莫不順俟。帝有恩言，相度來宣。誅止其魁，釋其下人。蔡之卒大，投甲呼舞。蔡之婦女，迎門笑語。（傳出太平氣象。）蔡人告饑，船粟往哺。蔡人告寒，賜以繒布。始時蔡人，禁不往來。今相從戲，里門夜開。始時蔡人，進戰退戮。今旰而起，左餐右粥。爲之擇人，以收餘憊。選吏賜牛，教而不税。

蔡人有言，始迷不知。今乃大覺，羞前之爲。蔡人有言，天子明聖。不順族誅，順保性命。汝不吾信，視此蔡方。（誓各方鎮。時淄、青李師道等，尚抗朝命也。）孰爲不順，往斧其吭。凡叛有數，聲勢相倚。吾强不支，汝弱奚恃。其告而長，而父而兄，奔走偕來，同我太平。淮、蔡爲亂，天子伐之。既伐而饑，天子活之。（總收。）

始議伐蔡，卿士莫隨。既伐四年，小大並疑。不赦不疑，由天子明。凡此蔡功，惟斷乃成。（以明斷作結，見君相一德也。）既定淮蔡，四夷畢來。遂開明堂，坐以治之。

儲同人云：序如《書》，文如《詩》。李斯勒石，變《詩》《書》爲碑文者也。韓公此篇，復碑文爲《詩》《書》者也。

李義山詩云：『點竄《堯典》《舜典》字，涂改《清廟》《生民》詩。』嗚呼，盡之矣。段文昌以駢四儷六、蛙鳴蟬噪之音，易鈞天之奏，直不知人間有羞耻事。（彼亦奉詔而作，不必以此責之。惟體格既卑，叙李愬功轉不明快，爲闕闕耳。）

記畔亂，記廷議，記命將，記戰功，記赦宥，記論功，而總歸於天子之明且斷。井井整整，肅肅穆穆，如讀《江漢》《常武》之詩，西京後第一篇大文字。

東坡《臨江驛詩》云：『淮西功業冠吾唐，吏部文章日月光。千載斷碑人膾炙，不知世有段文昌。』文昌奉詔作，載《唐文粹》中。

《舊史》云：李愬不平歸功裴度，愬妻唐安公主出入禁中，訴碑詞不實。詔令磨去原文，命段文昌改作。又羅隱記石烈士事，云部將石姓不平，仆其碑，時廟堂無主，不罪仆碑之人，因命段文昌改作。今觀碑文中，愬部將姓名，如史旻、仇良輔、李祐、李誠義、田進誠之類，一一臚列，理或然也。不然，愬入蔡時，具櫜鞬迎晉公，以明上下之分，而此必欲争功於文字間耶？羅紀似可從。

宋代汝寧守陳珦，命工磨去段作，重刻原文，真爲千古快事。

南海神廟碑

海於天地間，爲物最鉅。（作文先争入手，昌黎不肯平平説入。）自三代聖王，莫不祀事。考於傳記，而南海神次最貴，在北東西三神、河伯之上，號爲祝融。天寶中，天子以爲古爵莫貴於公侯，故海嶽之祝，犧幣之數，放而依之，所以致崇極於大神。今王亦爵也，而禮海嶽尚循公侯之事，虚王儀而不用，非致崇極之意也。由是册尊南海神爲廣利王。祝號祭式，與次俱昇，因其故廟，易而新之，在今廣州治之東南，海道八十里，扶胥之口，黄木之灣。常以立夏氣至，命廣州刺史，行事祠下，事訖驛聞。

而刺史當節度五嶺諸軍，仍觀察其郡邑，於南方事無所不統。地大以遠，故常選用重人。既貴而富，且不習海事，又當祀時，海常多大風，將往，皆憂慼。（開下波瀾。怪怪奇奇，俱從此生出。）既進，觀顧怖悸，故常以疾爲解，而委事於其副，其來已久。故明宫齋廬，上雨旁風，無所蓋障。牲酒瘠酸，取具臨時。水陸之品，狼籍籩豆。薦裸興俯，不中儀式。吏滋不供，神不顧享。盲風怪雨，發作無節，人蒙其害。

元和十二年，始詔用前尚書、右丞國子祭酒魯國孔公，（名戣。）爲廣州刺史，兼御史大夫，以殿南服。公正直方嚴，中心樂易。祇慎所職，治人以明，事神以誠。（先成民，而後致力於神。）内外單盡，不爲表襮。至州之明年，將夏，祝册自京師至。吏以時告，公乃齋祓視册，誓群有司曰：『册有皇帝名，乃上所自署。其文曰：嗣天子某，謹遣官某敬祭。其恭且嚴如是，敢有不承。明日，吾將宿廟下，以供晨事。』明日，吏以風雨白，不聽。於是州府文武吏士凡百數，交謁更諫，皆揖而退。

公遂陞舟，風雨少弛。棹夫奏功，雲陰解駁，（以下，語語反對前文。）日光穿漏，伏波不興。省牲之夕，載暘載陰。將事之夜，天地開除，月星明概。五鼓既作，牽牛正中，公乃盛服執笏，以入即事。文武賓屬，俯首聽位，各執其職。牲肥酒香，罇爵静潔。降登有數，神具醉飽。海之百靈秘怪，慌惚畢出，蜿蜿虵虵，來享飲食。（鬼怪之氣滿紙，漢樂府時或有之。）闔廟旋艫，祥飆送飃。旗纛旄麾，飛揚晻藹。鐃鼓嘲轟，高管噭譟。武夫奮櫂，工師唱和。穹龜長魚，踴躍後先。乾端坤倪，軒豁呈露。（萬里無雲景象。）

祀之之歲，風災熄滅。人厭魚蟹，五穀胥熟。明年祀歸，又廣廟宫而大之。治其庭壇，改作東西兩序，齋庖之房，百用具脩。明年其時，公又固往，不懈益虔。歲仍大和，耋艾歌咏。（以上事神。）始公之至，盡除他名之税，罷衣食於官之可去者。（公之政績，只用補叙，故高。）四方之使，不以資交。以身爲帥，燕享有時，賞與以節。公藏私畜，上下與足。於是免屬州負逋之緡錢廿有四萬，米三萬二千斛。賦金之州，耗金一歲八百，困不能償，皆以丐之。加西南守長之俸，誅其尤無良，不聽令者，由是皆自重慎法。人士之落南不能歸者，與流徙之胄百廿八族，用其才良，而廪其無告者。其女子可嫁，與之錢財，令無失時。刑德並流，方地數千里，不識盜賊。山行海宿，不擇處所。（以上治人。）事神治人，其可謂備至耳矣。咸願刻廟石，以著厥美，而繫以詩，乃作詩曰：

南海陰墟，祝融之宅；即祀於旁，帝命南伯。吏惰不躬，正自今公；明用享錫，右我家邦。惟明天子，惟慎厥使。我公在官，神人致喜。海嶺之陬，既足既濡。胡不均弘，俾執事樞。公行勿遲，公無遽歸。匪我私公，神人具依。

《平淮西碑》似《書》、似《詩》，此篇似漢賦。通體文瀾，俱從『祀時海常多大風』一語生出。奇光異采，令人心目俱眩。

黄陵廟碑

湘旁有廟，曰黄陵，自前古以祠堯之二女——舜二妃者。庭有石碑，斷裂分散在地，其文剥缺。考《圖記》，言『漢荆州牧劉表景升之立』，題曰『湘夫人碑』。今驗其文，乃晉太康九年。又其額曰『虞帝二妃之碑』，非景升立者。

秦博士對始皇帝云：『湘君者，堯之二女，舜妃者也。』劉向、鄭玄亦皆以二妃爲湘君，而《離騷》《九歌》，既有《湘君》，又有《湘夫人》。王逸之解，以爲湘君者，自其水神而謂，（疑案。）湘夫人，乃二妃也。從舜南征三苗，不及，（『不及』，《唐文粹》作『不反』。）道死沅、湘之間。《山海經》曰：『洞庭之山，帝之二女居之。』郭璞疑二女者，帝舜之后，不當降小水爲其夫人，因以二女爲天帝之女。（疑案。）以余考之，璞與王逸俱失也。（掃去。）堯之長女娥皇，爲舜正妃，故曰『君』；其二女女英，自宜降曰『夫人』也。（尊無二上。）故《九歌》辭謂娥皇爲『君』，謂女英『帝子』，各以其盛者推言之也。（實証。）《禮》有『小君君母』，明其正自得稱君也。（此一段以湘君、湘夫人分屬娥皇、女英，正郭璞之誤。）

《書》曰：『舜陟方乃死。』《傳》謂『舜昇道南方以死。』或又曰：『舜死葬蒼梧，二妃從之，不及，溺死沅、湘之間。』（疑案。）余謂《竹書紀年》帝王之没皆曰『陟』。陟，昇也，謂昇天也。《書》曰：『殷禮陟配天。』（引《君奭》篇証。）言以道終，其德協天也。《書》紀舜之没，云『陟』者，與《竹書》《周書》同文也。其下言『方乃死』者，所以釋『陟』爲死也。地之勢東南下，如言舜南巡而死，宜言『下方』，不得言『陟方』也。以此謂舜死葬蒼梧，於時二妃從之，不及而溺者，皆不可信。（此一段言二妃無從舜道死沅、湘之事，正王逸之失。）

二妃既曰以謀語舜，脱舜之厄，成舜之聖。（補二妃平生，見死宜廟食。）堯死而舜有天下，爲天子，二妃之力，宜常爲神，食民之祭。今之渡湖江者，莫敢不進禮廟下。

元和十四年春，余以言事得罪，黜爲潮州刺史。其地於漢南海之揭陽，厲毒所聚，懼不得脱死，過廟而禱之。其冬，移袁州刺史。明年九月，拜國子祭酒，使以私錢十萬抵岳州，願易廟之圮桷腐瓦於刺史王堪。長慶元年，刺史張愉自京師往，與予故善，謂曰：『丐我一碑石，載二妃廟事，且令後世知有子名。』愉曰：『諾。』既至州，報曰：『碑謹具。』遂篆其事，俾刻之。

純用訓詁體，朴老簡古，掃去郭璞、王逸之説，真乃讀書得間。

孟子云：舜卒於鳴條。鳴條在安邑西北，屬平陽，則舜之死於蒼梧，見《史記正義》者，恐亦後世傳聞之譌也。舜未死於蒼梧，二妃安得有從死沅湘之事乎？篇中辨明快甚。

柳州羅池廟碑

羅池廟者，故刺史柳侯廟也。柳侯爲州，不鄙夷其民，動以禮法。三年，民各自矜奮：『兹土雖遠京師，吾等亦天氓。今天幸惠仁侯，若不化服，我則非人。』（承上『矜奮』言。）於是老少相教語，莫違侯令。凡有所爲於其鄉閭及於其家，皆曰：『吾侯聞之，得無不可於意否？』莫不忖度而後從事。凡令之期，民勸趨之，無有後先，必以其時。於是民業有經，公無負租，流逋四歸，樂生興事。宅有新屋，步有新船，池園潔修，猪牛鴨鷄，肥大蕃息。子嚴父詔，婦順夫指。嫁娶葬送，各有條法。出相弟長，入相慈孝。（承上『樂生』言。）先時民貧，以男女相質，久不得贖，盡没爲隸。我侯之至，按國之故，以傭除本，悉奪歸之。大修孔子廟，城郭巷道，皆治使端正，樹以名木。柳民既皆悦喜。（以上叙侯之德與政，見理宜爲神。）

常與其部將魏忠、謝寧、歐陽翼飲酒驛亭，謂曰：『吾棄於時而寄於此，與若等好也。明年，吾將死，死而爲神。後三年，爲廟祀我。』及期而死。三年孟秋辛卯，侯降於州之後堂，歐陽翼等見而拜之。其夕，夢翼而告曰：『館我於羅池。』其月景辰，廟成，大祭。過客李儀醉酒，慢侮堂上，得疾，扶出廟門即死。（未死知死，已死見形，受侮行罰，非儒者立言體也，不必曲爲之説。）

明年春，魏忠、歐陽翼，使謝寧來京師，請書其事於石。余謂柳侯生能澤其民，死能驚動福禍之以食其土，可謂靈也已。作迎享送神詩，遺柳民，俾歌以祀焉，而并刻之。柳侯，河東人，諱宗元，字子厚，賢而有文章。嘗位於朝，光顯矣，已而擯不用。其辭曰：

荔子丹兮蕉黃，雜肴蔬兮進侯堂。侯之船兮兩旗，度中流兮風泊之。待侯不來兮，不知我悲。侯乘駒兮入廟，慰我民兮不嚬以笑。鵝之山兮柳之水，桂樹團團兮白石齒齒。侯朝出遊兮暮來歸，春與猨吟兮秋鶴與飛。（句法變。）北方之人兮爲侯是非，（在朝排斥子厚者，公之神必不往游也。）千秋萬歲兮侯無我違。福我兮壽我，驅厲鬼兮山之左。下無苦濕兮高無乾，秔稌充羨兮蛇蛟結蟠。我民報事兮無怠其始，自今兮欽于世世。

以死勤民，宜列祀典中。『吾將死，死而爲神』三段，似非儒者之言，劉昫貶爲紕繆者此也。迎送神詞，宛然《九歌》，宜朱子采附《楚辭》之後。

曹成王碑

王姓李氏，諱皋，字子蘭，謚曰成。其先王明，以太宗子國曹，（巢剌王妃所生。）絕復封，傳五王至成王。成王嗣封在玄宗世，蓋於時年十七八。紹爵三年，而河南北兵作，（安史之亂。）天下震擾。王奉母太妃逃禍民伍，（孝。）得間走蜀，從天子。（忠。）天子念之，自都水使者，拜左領軍衛將軍，轉貳國子秘書。

王生十年而失先王，哭泣哀悲，弔客不忍聞。喪除，痛刮磨豪習，委己於學。稍長，重知人情，急世之要，耻一不通。（即『一物不知，引爲己耻』意。）侍太妃從天子於蜀，既孝既忠。（一篇眼目。）持官持身，内外斬斬，由是朝廷滋欲試之於民。上元元年，除温州長史，行刺史事。江東新刳於兵，郡旱饑，民交走，死無弔。王及州，不解衣，下令掊鎖擴門，（擊鎖鑰，開城門。）悉棄倉實與民，活數十萬人。奏報，升秩少府。與平袁賊，（袁晁。）仍徙秘書，兼州别駕，部告無事。（治所曰『部』。）

遷真于衡，（實授其職曰『遷真』。）法成令脩，治出張施，（同『弛』。）聲生勢長。（不用力而自治。）觀察使噎媢不能出氣，誣以過犯，御史助之，貶潮州刺史。楊炎起道州，相德宗，還王於衡，以直（仲也。）前謾。（誣也。）王之遭誣在理，念太妃老，將驚而戚，出則囚服就辯，入則擁笏垂魚，坦坦施施。（掩簿對之迹。）即貶於潮，以遷入賀，（掩降謫之迹。）至是然後跪謝告實。（以上詳言其孝。）

初，觀察使虐，使將國良往戍界，（王姓。）良以武岡叛，戍衆萬人，斂兵荆、黔、洪、桂伐之，二年尤張。於是以王帥湖南，將五萬士以討良爲事。（此段虚言其方略。）王至，則屏兵，投良以書，中其忌諱。（不可告人之私。）良羞畏乞降，狐鼠進退。（言欲降不降之意。）王即假爲使者，從一騎，踔五百里，抵良壁，鞭其門，大呼：『我曹王，來受良降，良今安在？』良不得已，錯愕迎拜，盡降其軍。（言用兵之善。）太妃薨，王棄部，隨喪之河南葬。及荆，被詔責還。會梁崇義反，王遂不敢辭以還，升秩散騎常侍。

明年，李希烈反，遷御史大夫，授節帥江西，以討希烈。命至，王出止外舍，禁無以家事關（白也。）我。裒兵大選江洲，群能著職，王親教之搏力、勾卒、嬴越之法，（登山陟險，對面接戰，所用曹列而責之，分伍而授之。）曹誅五畀，艦步二萬人，以與賊遌（遇也。）。嘬鋒蔡山（山名。），踣之，剜（削平也。）蘄之黄梅，大鞣（音柔。）長平，鏺（音潑。）廣濟，掀（取也。）蘄春，撇（引也。）蘄水，掇（拾也。）黄岡，筴（夾舉也。）漢陽，行跐（音采，踏也。）汊川，還大膊蘄水界中，披（開也。）安山縣，拔其州，斬僞刺史，標光之北山，踏（音沓，大食曰踏，言民之貪饕附賊者皆化。）隨光化，梏其州，十抽一推，救兵州東北屬鄉，（其行十人中抽一人，推爲各州東北鄉之救兵。）還開軍受降。大小之戰三十有二，取五州十九縣，民老幼婦女不驚，市賈不變，田之果穀，下無一迹。（言其兵民相安。）加銀青光禄大夫、工部尚書，改户部。再換節，臨荆及襄，真食（實封也。）三百。王之在兵，天子西巡於梁，（李懷光反，帝奔梁州。）希烈北取汴、鄭，東略宋，圍陳，西取汝，薄東都。王坐南方北向，落其角距，賊死咋，（死鬭。）不能入寸尺，（不能少進也。）亡將卒十萬，盡輸其南州。（此段實叙戰功。）

王始政於温，終政於襄，恒平物估，賤斂貴出，民用有經。一吏軌民，使令家聽户視，奸宄無所宿。府中不聞急步疾呼。治民用兵，各有條次，世傳爲法。任馬彝（掌幕府官。），將慎、將鍔、將潛，偕盡其力能。薨，贈右僕射。元和初，以子道古在朝，更贈太子太師。（此段總括其始終治行。）

道古進士，司門郎。刺利、隨、唐、睦，徵爲少宗正，兼御史中丞，以節督黔中。朝京師，改命觀察鄂、岳、蘄、沔、安、黄，提其師以伐蔡。且行，泣曰：『先王討蔡，實取沔、蘄、安、黄，寄惠未忘。（恩澤寄於四州。）今予亦受命有事於蔡，而四州適在吾封，庶其有集。先王薨，於今二十五年，吾昆弟在，而墓碑不刻，無文，其實有待，子無用辭。』乃序而詩之，辭曰：

太文十三，（太宗十三子。）曹於弟季。或亡或微，曹始就事。曹之祖王，畏塞絶遷。零王黎公，（長子俊嗣王零陵，次子傑封黎國公，空名也。）不聞僅存。子父易封，三王守名。延延百載，以有成王。成王之作，一自其躬。文被明章，武薦畯功。蘇枯弱强，齦其奸猖。以報於宗，以昭於王。王亦有子，處王之所，惟舊之視。蹶蹶陛陛，（動也，有次叙也。）實取實似，刻詩其碑，爲示無止。

朱子云：《曹成王碑》，造語法子雲也。退之性不喜書，然嘗云凡爲文詞，宜略識字，如此碑中所用『剜』『鞣』『鏺』『掀』『撇』『掇』『筴』『跐』等字是也。

忠君孝親，治民用兵，爲篇中眼目。而遣詞鍊字，割削生新，令人口吻俱棘。然尋其脈絡，繹其辭義，即韓子所謂『文從字順』者也。若有可以汰損增加，便非高文。

烏氏廟碑銘

元和五年，天子曰：『盧從史始立議用師於恒，（討王承宗。）乃陰與寇連，夸謾兇驕，出不遜言，其執以來。』其四月，中貴人承璀（吐突承璀。）即誘而縛之，其下皆甲以出，操兵趨譁。牙門都將烏公重胤當軍門，叱曰：『天子有命，從有賞，敢違者斬。』於是士皆斂兵還營，卒致從史京師。壬辰，詔用烏公爲銀青光禄大夫、河陽軍節度使，兼御史大夫，封張掖郡開國公。居三年，河陽稱治，詔贈其父工部尚書，且曰：『其以廟享。』即以其年營廟於京師崇化里。軍佐竊議曰：『先公既位常伯，而先夫人無加命，號名差卑，於配不宜。』語聞，詔贈先夫人劉氏沛國太夫人。八年八月，廟成，三室同宇，祀自左領府君而下，作主於第。乙巳，升於廟。（以上叙廟享之由。）

烏氏著於《春秋》，譜於《世本》，列於《姓苑》，在莒者存，在齊有餘枝鳴，皆爲大夫。秦有獲，爲大官。其後世之江南者，家鄱陽；處北者，家張掖；或入夷狄，（烏桓。）爲君長。唐初，察爲左武衛大將軍，實張掖人。其子曰令望，爲左領軍衛大將軍。孫曰蒙，爲中郎將，是生贈尚書，諱承玼，字某。（字德潤。）烏氏自莒、齊、秦大夫以來，皆以材力顯。（束筆可挽千鈞。）及武德以來，始以武功爲名將家。（以上叙世次。）

開元中，尚書管平盧先鋒軍屬，破奚、契丹；從戰捺禄（山名。），走可突干。（契丹將。）渤海

（遼海國〔〕）擾海上，至馬都山，吏民逃徙失業，尚書領所部兵塞其道，塹（塹，掘坑，使深也。）原累石，緜四百里，深高皆三丈。寇不得進，民還其居，歲罷運錢三千萬餘。黑水室韋，（室韋，部落之號。）以騎五千來屬麾下，邊威益張。其後與耿仁智謀，説史思明降。思明復叛，尚書與兄承恩謀殺之。事發，族夷，尚書獨走免。（以上叙尚書功伐忠義。）李光弼以聞，詔拜冠軍將軍，守右威衛將軍，檢校殿中監，封昌化郡王、左嶺軍使。積粟厲兵，出入耕戰，以疾去職。貞元十一年二月丁巳，薨於華陰告平里，年若干，即葬於其地。二子：大夫爲長，季曰重元，爲某官。銘曰：

烏氏在唐，有家於初；左武左領，二祖紹居。中郎少卑，屬於尚書。不償其勞，乃相大夫。授我戎節，制有疆墟。數備禮登，以有宗廟。作廟天都，以致其孝。右祖左孫，爰饗其報。云誰無子，其有無孫。克對無羞，乃惟有人。（言對越在天，纔算有子孫。）念昔平盧，爲艱爲瘁；大夫承之，危不棄義。四方其平，士有怠息。來覲來齋，以饋黍稷。

高文典册，老幹無枝。入手寫重胤義勇，毛髮欲動。

魏博節度觀察使沂國公先廟碑銘

元和八年十一月壬子，上命丞相元衡、丞相吉甫、丞相絳，召太史尚書比部郎中韓愈，至政事堂，傳詔曰：『田弘正始有廟京師，朕惟弘正先祖父，厥心靡不嚮帝室，訖不得施，乃以教付厥子。

維弘正銜訓嗣事，朝夕不怠，以能迎天之休，顯有丕功。維父子繼忠孝，（父田延玠，因田悦叛逆，力諫，悦不聽，憤鬱而卒。）予維寵嘉之。是以命汝愈銘。欽哉！』維時臣愈承命悸恐。明日，詣東上閤門，拜疏辭謝，不報。退，伏念昔者魯僖公能遵其祖伯禽之烈，（端重得體，《雅》《頌》之遺。）周天子實命其史臣克作爲《駉》《駜》《泮》《閟》之詩，使聲於其廟，以假魯靈。今天子嘉田侯服父訓不違，用康靖我國家，蓋寵銘之，所以休寧田氏之祖考。而臣適執筆隸太史，奉明命，其可以辭？

謹案：魏博節度使、銀青光禄大夫、檢校工部尚書，兼魏州大都督府長史、御史大夫、沂國公田弘正，北平盧龍人。故爲魏博諸將，忠孝畏慎。田季安卒，其子幼弱，（田承嗣子緒，緒子季安，季安子懷諫。）用故事代父，人吏不附，迎弘正於其家，使領軍事。弘正籍其軍之衆與六州之人，還之朝廷，（舉其事之大者。）悉除河北故事，比諸州，故得用爲帥。已而復贈其父故滄洲刺史兵部尚書，母夫人鄭氏，梁國太夫人，得立廟祭三代：曾祖都水使者（名璟。）府君，祭初室；祖安東司馬，贈襄州刺史（名延惲。）府君祭二室；兵部府君（名延玠。）祭東室。其銘曰：

唐繼古帝，海外受制。狎於大寧，燕盜以驚。群黨相維，河北失平。號登元和，大聖載營。風揮日舒，咸順指令。桀桀魏土，嬰兒戲兵。吏戎愁毒，莫保腰頸。（叶平。）人曰田侯，其德可倚，叫噪奔趨，乘門請起。田侯攝事，奉我天明。束縛弓戈，考校度程。提壇籍户，來復邦經。帝欽良臣，曰維錫予。（叶平。）嗟我六州，始復古初。告慶於宗，以降命書。旌節有韜，豹尾神旗。

櫜兆戟纛，以長魏師。田侯稽首，臣愚不肖。迨兹有成，祖考之教。帝曰俞哉，維汝忠孝。予思乃父，追秩夏卿。媲德娠賢，梁國是榮。田侯作廟，相方視阯。見於蓍龜，祖考咸喜。暨暨（果毅也。）田侯，兩有文武。訖其外庸，可作承輔。咨汝田侯，勿亟勿遲。覲饗式時，爾祖爾思。（以念先德作結。）

奉敕撰文，自應典重肅穆。入手一段，公故以吉甫史克自任也。叙事簡貴，銘亦入雅。

古人叙事，舉其重且大者。帥河南北六州歸命，此忠孝之大，餘俱可删棄也。作古文者，宜知棄取之法。

唐故相權公墓碑

上之元和六年，其相曰權公，諱德輿，字載之。其本出自殷帝武丁，武丁之子降封於權。權，江漢間國也。周衰，入楚爲權氏。楚滅徙秦，而居天水略陽。苻（堅。）秦之王中國，其臣有安丘公翼者，有大臣之言。後六世至平涼公文誕，爲唐上庸太守、荆州大都督長史，焯有聲烈。平涼曾孫諱倕，贈尚書禮部郎中，以藝學與蘇源明相善，卒官羽林軍録事參軍，於公爲王父。郎中生贈太子太保，諱皋，以忠孝致大名，去官，（不受安禄山汙。）累以官徵不起，追謚貞孝，是實生公。

公在相位三年，其後以吏部尚書授節鎮山南，（在襄陽。）年六十以薨，贈尚書左僕射，謚文公。

公生三歲，知變四聲。四歲能爲詩。七歲而貞孝公卒，來弔哭者，見其顏色聲容，皆相謂權氏世有其人。及長，好學（文之本），孝敬祥順。（行之本。）貞元八年，以前江西府監察御史，徵拜博士，朝士以得人相慶，改左補闕，章奏不絶，譏排姦倖，與陽城爲助。轉起居舍人，遂知制誥，凡撰命詞九年，以類集爲五十卷，天下稱其能。十八年，以中書舍人典貢士，拜尚書礼部侍郎。薦士於公者，其言可信，不以其人布衣不用；即不可信，雖大官勢人交言，一不以綴意。奏廣歲所舉進士明經，在得人，（得大體。）不以員拘。轉户、兵、吏三曹侍郎，太子賓客，復爲兵部，遷太常卿，天下愈推爲鉅人長德。

时天子以爲宰相宜參用道德人，（與李绛、李吉甫同相。）因拜禮部尚書，同中書門下平章事。公既謝辭，不許。其所設張舉措，必本於寬大。以幾教化，多所助與。（扶民風。）維匡調娱，不失其正。（成君德。）中於和節，不爲聲章。（不立名。）因善與賢，不矜主己。（不矜伐。）以吏部尚書留守東郡，東方諸帥有利病不能自請者，公常與疏陳，不以露布。復拜太常，轉刑部尚書，考定新舊令式爲三十編，舉可長用。其在山南、河南，勤於選付，（得人助理。）治以和簡，人以寧便。

以疾求還，十三年某月甲子，道薨於洋之白草。奏至，天子痌傷，爲之不御朝，郎官致贈錫。官居野處，上下弔哭，皆曰：『善人死矣。』其年某月日，葬河南北山，在貞孝東五里。

公由陪屬升列，年除歲遷，以至公宰，人皆喜聞，若己與有，無忌嫉者。于頔坐子殺人，失位自囚，親戚莫敢過門省顧，朝莫敢言者。公將留守東都，爲上言曰：『頔之罪既貫不竟，（未結案。）宜因賜寬詔。』上曰：『然，公爲吾行諭之。』頔以不憂死。前後考第進士，及庭所策試士，踵相躡爲宰相達官，與公相先後，其餘布處臺閣外府，凡百餘人。自始學至疾未病，未嘗一日去書不觀。公既以能爲文辭，擅聲於朝，多銘卿大夫功德，然其爲家不視簿書，未嘗問有亡，費不偫（音雉。）餘。（見專於文辭，不暇及治家也。）

公娶清河崔氏女，其父造，嘗相德宗，號爲名臣。既葬，其子監察御史璩，纍然服喪來有請，乃作銘文曰：

權在商周，世無不存。滅楚徙秦，嬴劉之間。甘泉始侯，以及安丘。詆訶浮屠，皇極之扶。貞孝之生，鳳鳥不至。爵位豈多，半塗以稅。（息也。）壽考豈多，四十而逝。惟其不有，以惠厥後。是生相君，爲朝德首。行世祖之，（孝敬祥順。）文世師之；（好學。）流連六官，出入屏毗。無黨無讐，舉世莫疵。人所憚爲，公勇爲之。人所競馳，公絶不窺。孰克知之，德將在斯。刻詩墓碑，以永厥垂。

不立異，不傾軋，累遷至相位，而人無忌嫉，由好學善文而行之以孝敬祥順也。然恐近於模棱，故提出助陽城、救于頔二事以表之。叙次一生，不嫌平直，韓文之和易中正者。

唐宋八家文讀本卷六

韓愈退之著
後學沈德潛確士評點

唐故江西觀察使韋公墓誌銘

公諱丹，字某，（文明。）姓韋氏。六世祖孝寬，仕周有功，以公開號於鄖。鄖公之子孫，世爲大官，惟公之父政，卒雒縣丞，贈虢州刺史。

公既孤，以甥孫從太師魯公真卿學，（淵源有自。）太師愛之。舉明經第，選授陝州遠安令，以讓其庶兄，入紫閣山，事從父熊。通五經，登科，歷校書郎、咸陽尉，佐邠寧軍。自監察御史爲殿中侍御史，徵拜太子舍人，益有名，遷起居郎。吴少誠襲許州，拜河陽行軍司馬，未行，少誠死，改駕部員外郎。新羅國君死，公以司封郎中兼御史中丞、紫衣金魚往弔，立其嗣。故事使外國者，常賜州縣官十員，使以名上，以便其私，號『私覿官』。公將行，曰：『吾天子吏，使海外國，不足於資，宜上請，安有賣官以受錢耶？』即具疏所以。上以爲賢，命有司與其費。至鄆州，會新羅告所當立君死，還拜容州刺史，容管經略招討使。始城容州，周十三里，置屯田二十四所，（略叙。）化大行，詔加太中大夫。順宗嗣位，拜河南少尹，行未至，拜鄭滑行軍司馬。始至襄陽，詔拜諫議大夫。既至，日言事，不阿權臣，（王伾、王叔文等。）奮然有直名，遂號爲才臣。

劉闢反，圍梓州，詔以公爲東川節度使、御史大夫。公行至漢中，上疏言：『梓州在圍間，守方盡力，不可易將。』徵還，入議蜀事。劉闢去梓州，因以梓州讓高崇文，拜晉、慈、隰等州觀察防禦使，自扶風縣男，進封武陽郡開國公，食邑二千户。將行，上言：『臣所治三州，非要害地，不足張職（開大也。）爲國家費，不如屬之河東便。』上以爲忠。一歲，拜洪州刺史、江南西道觀察使，以晉、慈、隰屬河東。公既至，則計口受俸錢，委其餘於官。罷八州無事之食者，（以下詳叙。）以聚其財。始教人爲瓦屋，（一事。）取材於山，召陶工，教人陶，聚材瓦於場，度其費以爲估，不取贏利。凡取材瓦於官，業定而受其償，從令者免其賦之半，逃未復者，官與爲之，貧不能者畀之財。載食與漿，親往勸之，爲瓦屋萬三千七百，爲重屋四千七百，民無火憂，暑濕則乘其高。（瓦屋之利。）別命置南北市，營諸軍。（二事。商歸市，軍歸營。）歲旱，種不入土，（指屯田。）募人就功，厚與之直而給其食，業成，人不病飢。爲長衢，南北夾兩營，東西七里，人去渫污，氣益蘇。復作南昌縣，徙廐於高地，（三事。）因其廢倉大屋，馬以不連死。明年，築堤捍江，（四事。）長十二里，疏爲斗門，以走潦水。公去位之明年，江水平堤，老幼泣而思曰：『無此隄，吾屍其流入海矣。』灌陂塘五百九十八，（五事。）得田萬有二千頃。（二事之利俱見身後，然須叙入於此。）凡爲民去害興利，若嗜慾。居三年，於江西八州無遺使。其大如是，其細可略也。

卒有違令當死者，公不果於誅，杖而遣之去。上書告公所爲不法若干條，朝廷方勇於治，且以爲公名才能臣，治功聞天下，不辨則受垢，（斡旋以存國體。）詔罷官，留江西待辨。使未至月餘，公以疾薨。使至，辨凡卒所告事若干條，皆無絲毫實，詔笞卒百，流嶺南，公能益明。春秋五十八，薨於元和五年八月六日。

公好施與，家無賸財。自校書郎至爲觀察使，擁吏卒，前，（前，導也。）走七州刺史，與賓客處，如布衣時，自持卑一不易。

娶清河崔氏，故支江令諷之女，某官某之孫。有子曰寘，年十五，明經及第，嗣其家業。後夫人蘭陵蕭氏，中書令華之孫，殿中侍御史恒之女，皆先公終。有女一人。凡公男若干人，女若干人。明年七月壬寅，後葬萬年縣少陵原。將葬，其從事東平吕宗禮，與其子寘謀曰：『我公宜得直而不華者銘傳於後，固不朽矣。』寘來請銘，銘曰：

武陽受業，始於太師；以官讓兄，自待不疑。勤於紫闥，取益以卑。可謂有源，卒用無疵。慊慊爲人，矯矯爲官。爰及江西，功德具完。名聲之下，獨處爲難；辨而益明，仇者所歎。（以有罪之卒，上訐觀察使，遂至去官質審，且是非既白，不聞復職，時必有大臣從而主持者。前不明言，而於銘詞中發之，用意微而顯矣。）碑於墓前，維昭美故；納銘墓中，以識公墓。

此白樂天所謂『韋丹之碑，無媿辭』者也。碑係杜牧所作，《新唐書·循吏傳》取杜碑及此誌爲本。篇中叙教人爲瓦屋，至築隄、扞江、灌陂塘，一切興利除害諸政，綱舉目張，條分縷晰，真可謂才能𠂤，謂忠臣矣。没後四十年，老幼思之不忘，有以也夫。

司徒兼侍中中書令贈太尉許國公神道碑銘

韓，姬姓，以國氏。其先有自潁川徙陽夏者，其地於今爲陳之太康。太康之韓，其稱蓋久，然自公始大著。公，諱弘。公之父曰海，爲人魁偉沈塞，以武勇游仕許、汴之間，寡言自可，不與人校，衆推以爲鉅人長者，官至游擊將軍，贈太師。娶鄉邑劉氏女，生公，是爲齊國太夫人。

夫人之兄曰司徒玄佐，（根。）有功建中、貞元之間，爲宣武軍帥，有汴、宋、亳、潁四州之地，兵士十萬人。公少依舅氏，讀書、習騎射，事親孝謹，侃侃（同侃。）自將，不縱爲子弟華靡遨放事。出入敬恭，軍中皆目之。嘗一抵京師，就明經試，退曰：『此不足發名成業。』復去從舅氏學，將兵數百人，悉識其材鄙怯勇，（伏誅劉鍔之由。）指付必堪其事。司徒歎奇之，士卒屬心，諸老將自以爲不及。司徒卒，去爲宋南城將。比六七歲，汴軍連亂不定。貞元十五年，劉逸淮死，軍中皆曰：『此軍司徒所樹，必擇其骨肉，爲士卒所慕賴者付之，今見在人，莫如韓甥，且其功最大，而材又俊。』即柄授之，而請命於天子。天子以爲然，遂自大理評事，拜工部尚書，代逸淮爲宣武軍節度使，悉有其舅司徒之兵與地。

當此時，陳、許帥曲環死，而吴少誠反，自將圍許，求援於逸淮，啗之以陳歸汴，使數輩在館。公悉驅出斬之，選卒三千人，會諸軍擊少誠許下。少誠失勢以走，河南無事。公曰：『自吾舅殁，五亂於汴者，吾苗薅而髮櫛之，幾盡。然不一揃刈，不足令震駴。』命劉鍔以其卒三百人，待命於門，數之以數，與於亂，自以爲功，並斬之以狥，血流波道。自是訖公之朝京師，廿有一年，（插後事一筆。）莫敢有讙呶叫號於城郭者。

李師道作言起事，屯兵於曹，以嚇滑帥，且告假道。公使謂曰：『汝能越吾界而爲盗耶？有以相待，無爲空言。』滑帥告急，公使謂曰：『吾在此，公無恐。』或告曰：『翦棘夷道，兵且至矣，請備之。』公曰：『兵來不除道也。』（此兵機，蘇老泉常言之。）不爲應。師古詐窮變索，遷延旋軍。

少誠以牛皮鞾材遺師古，師古以鹽資少誠，潛過公界，覺，皆留，輸之庫，曰：『此於法不得以私相餽。』田弘正之開魏博，李師道使來告曰：『我代與田氏約相保援，今弘正非其族，又首變兩河事，亦公之所惡，我將與成德（王承宗。）合軍討之，敢告。』公謂其使曰：『我不知利害，知奉詔行事耳。若兵北過河，我即東兵以取曹。』師道懼不敢動，弘正以濟。誅吴元濟也，命公都統諸軍，曰：『無自行以遏北寇。』公請使子公武，以兵萬三千人，會討蔡下，歸財與糧，以濟諸軍，卒擒蔡姦。於是以公爲侍中，而以公武爲鄜坊、丹延節度使。

師道之誅，公以兵東下，進圍考城，克之。遂進迫曹，曹寇乞降。鄆部既平，（即師道所統。）公曰：『吾無事於此，其朝京師。』天子曰：『大臣不可以暑行，其秋之待。』公曰：『君爲仁，臣爲恭，可矣。』遂行。既至，獻馬三千匹，絹五十萬匹，他錦紈綺纈又三萬，金銀器千。（此表其大節。前代帥不由天子命，故須以此湔刷之。）而汴之庫廄，錢以貫數者，尚餘百萬，絹亦合百餘萬匹，馬七千，糧三百萬斛，兵械多至不可數。初，公有汴，承五亂之後，掠賞之餘，且斂且給，恒無宿儲。至是，公私充塞，至於露積不垣。（應由時和節用之故。）

冊拜司徒兼中書令，進見上殿，拜跪給扶，贊元經體，（贊元化，持大體。）不治細微，天子敬之。元和十五年，今天子（穆宗。）即位，公爲冢宰，又除河中節度使。在鎮三年，以疾乞歸，復拜司徒中書令，病不能朝。以長慶二年十二月三日，薨於永崇里第，年五十八。天子爲之罷朝三日，贈太尉，賜布粟，其葬物有司官給之，京兆尹監護。明年七月某日，葬於萬年縣少陵原京城東南三十里，楚國夫人翟氏祔。子男二人：長曰肅元，某官；次曰公武，某官。肅元早死。公之將薨，公武暴病先卒，公哀傷之，月餘，遂薨。無子，以公武子——孫紹宗爲主後。

汴之南則蔡，（補法。）北則鄆，二寇（吴少誠，李師道。）患公居間，爲己不利，卑身佞辭，求與公好。薦女請昏，使日月至。既不可得，則飛謀釣謗，以間染我。公先事候情，壞其機牙，姦不得發，王誅以成。最功定次，孰與高下。

公子公武，與公一時俱授弓鉞，處藩爲將，疆土相望。公武以母憂去鎮，公母弟充，自金吾代，將渭北。公以司徒中書令治蒲，於時，弟充自鄭滑節度，平宣武之亂，以司空居汴。自唐以來，莫與爲比。

公之爲治，嚴不爲煩，止除害本，不多教條。與人必信，吏得其職。賦入無所漏失，人安樂之，所在以富。公與人有畛域，不爲戲狎，人得一笑語，重於金帛之賜。其罪殺人，不發聲色，問法何如，不自爲輕重，故無敢犯者。其銘曰：

在貞元世，汴兵五猘；將得其人，衆乃一愒。其人爲誰，韓姓許公。磔其梟狼，養以雨風。桑穀奮張，厥壤大豐。貞元元孫，命正我宇。公爲臣宗，處得其所。河流兩壖，盜連爲群。雄唱雌和，首尾一身。公居其間，爲帝督姦。察其顰呻，與其睨眴。左顧失視，右顧而跽。蔡先鄆鉏，三年而墟。槁乾四呼，（吴元濟勢窮也。）終莫敢濡。常山幽都，孰陪孰扶。天施不留，其討不逋。許公預焉，其賚如何。悠悠四方，既廣既長。無有外事，朝廷之治。許公來朝，車馬干戈。相乎將乎，威儀之多。將則是矣，相則三公。釋師十萬，歸居廟堂。上之宅憂，公讓太宰。養安蒲坂，萬邦絶等。有弟有子，提兵守藩。一時三侯，（弟充，子公武。）人莫敢扳。生莫與榮，殁莫與令。刻文此碑，以鴻厥慶。（昌黎銘詞，每於碑志外别出一意。此獨括其生平。）

擊吴少誠，走外寇也；誅劉鍔，靖内亂也；距李師道，不助逆也；衛田弘正，能助順也；討吴元濟，同除叛也；朝京師，盡臣職也。逐段叙次，自成章法。而以爲治之嚴整、用刑之帖服，收住通篇，倍覺結束有力。

唐正議大夫尚書左丞孔公墓誌銘

孔子之後，三十八世，有孫曰戣，字君嚴，事唐，爲尚書左丞。年七十三，三上書去官，天子以爲禮部尚書，禄之終身，而不敢煩以政。吏部侍郎韓愈，常賢其能，謂曰：『公尚壯，上三留，奚去之果？』曰：『五敢要君？吾年至，一宜去；吾爲左丞，不能進退郎官，唯相之爲，二宜去。』愈又曰：『古之老於鄉者，將自佚，非自苦。閭井田宅具在，親戚之不仕，與倦而歸者，不在東阡，在北陌，可杖屨來往也。（唐世以官爲家，故無歸田之樂。）今異於是，公誰與居？且公雖貴，而無留資，何恃而歸？』曰：『吾負二宜去，尚奚顧子言？』愈面歎曰：『公於是乎賢遠於人。』

明日，奏疏曰：『臣與孔戣，同在南省，數與相見。戣爲人守節清苦，論議正平，年纔七十，筋力耳目，未覺衰老。憂國忘家，用意至到。如戣輩，在朝不過三數人，陛下不宜苟順其求，不留自助也。』不報。明年，長慶四年正月己未，公年七十四，告薨於家，贈兵部尚書。

公始以進士佐三府，官至殿中侍御史。元和元年，以大理正徵，累遷江州刺史、諫議大夫。事有害於政者，無所不言。加皇太子侍讀，改給事中。言京兆尹阿縱罪人，詔奪京兆尹三月之俸。權知尚書右丞。明年，拜右丞，改華州刺史。明州歲貢海蟲、淡菜、蛤蚶可食之屬，自海抵京師，道路水陸，遞夫積功，歲爲四十三萬六千人，奏疏罷之。下邽令笞外按小兒，繫御史獄，公上疏理之，詔釋下邽令，而以華州刺史爲大理卿。

十二年，自國子祭酒拜御史大夫、嶺南節度等使，約以取足，境内諸州，負錢至二百萬，悉放不收。蕃舶之至，泊步有下碇之税，（碇，同『矴』，船所也。）始至，有閲貨之燕，（燕，同『讌』。）犀珠磊落，賄及僕隸，公皆罷之。絶海之商，有死於吾地者，官藏其貨，滿三月，無妻子之請者，盡没有之。公曰：『海道以年計往復，何月之拘？苟有驗者，悉推與之，無筭遠近。』厚守宰俸，而嚴其法。嶺南以口爲貨，（貨賣人口。）其荒阻處，父子相縛爲奴，公一禁之。有隨公吏，得無名兒，蓄不言官，有訟者，公召殺之。

山谷諸黄，世自聚爲豪，觀吏厚薄緩急，或叛或從。容、桂二管，利其虜掠，（唐有容管節度使、桂管節度使。）請合兵討之，冀一有功，有所指取。當是時，天子以武定淮西、河南北，用事者以破諸黄爲類，（小人迎合君心，千古如一。）向意助之。公屢言，遠人急之則惜性命，相屯聚爲寇，緩之，則自相怨恨而散。此禽獸耳，但可自計利害，不足與論是非。天子入先言，遂斂兵江西、岳鄂、湖南、嶺南，會容、桂之吏以討之。被霧露毒，相枕籍死，百無一還。安南乘勢，殺都護李象古。桂將裴行立、容將楊旻皆無功，（二人罪魁。）數月自死。嶺南囂然。（處苗夷之計，只宣示以威，撫以恩，使之爲中國藩衛足矣。後代生事邊疆，皆喜立功者致之也。此段文字，當國者最宜留心。）祠部歲下廣州，祭南海廟，（見《南海神庿碑》文。）廟入海口，爲州者皆憚之，不自奉事，常稱疾，命從事自代。唯公歲常自行，官吏刻石，爲詩美之。

十五年，遷尚書吏部侍郎。公之北歸，不載南物，（表公清節。）奴婢之籍，不增一人。長慶元年，改右散騎常侍。二年，而爲尚書左丞。曾祖諱務本，滄州東光令；祖諱如珪，海州司户參軍，贈尚書工部郎中；皇考諱岑父，秘書省著作佐郎，贈尚書左僕射；公夫人京兆韋氏，父种，大理評事。有四子：長曰温質，四門博士；遵儒、遵憲、温裕皆明經。女子，長嫁中書舍人平陽路隋，其季者幼。公之昆弟五人，載、戡、戢、戳，公於次爲第二。公之薨，戢自湖南入爲少府監。其年八月甲申，戢與公子，葬公於河南河陰廣武原，先公僕射墓之左。銘曰：

孔世卅八，吾見其孫。白而長身，寡笑與言。其尚類也，莫與之倫。德則多有，請考於文。

大概略叙，而獨詳嶺南諸政，乃見輕重。不似後代文字，縷述生平，刺刺不休也。中間處黄家賊一段，描寫生事邀功之心，腑肝如揭，此尤通體着力處。

昌黎潮州還，有《上黄家賊事宜狀》，議與孔公同，故於草志時極表之。

故幽州節度判官贈給事中清河張君墓誌銘

張君，名徹，字某，以進士累官至范陽府監察御史。（先佐宣武軍節度使張弘靖。及李師道平，弘靖移幽州，徹爲判官。）長慶元年，今牛宰相（僧孺。）爲御史中丞，奏君名迹，中御史選，詔即以爲御史。其府惜不敢留，遣之，而密奏：『幽州將父子繼續，不廷選且久，今新收，（李師道以前，皆自置留後。）臣又始至，孤怯，須强佐乃濟。』（皆密奏語，使伏下軍亂。）發半道，有詔以君還之，仍遷殿中侍御史，（依所奏，還幽州。）加賜朱衣銀魚。

至數日，軍亂，怨其府從事，（幕僚韋雍召亂。）盡殺之，而囚其帥。（張弘靖也。）且相約：『張御史長者，毋侮辱轢蹙我事，無庸殺。』置之帥所，（與弘靖同囚一處。）居月餘，聞有中貴人自京師至。君謂其帥（謂弘靖。）：『公無負此土人，上使至，可因請見自辯，幸得脱免歸。』即推門求出，（代弘靖出，見中貴。）守者以告其魁。魁與其徒皆駭曰：『必張御史。張御史忠義，必爲其帥告此餘人，（此『餘人』疑衍。或謂告中貴刑餘人也。）不如遷之别館。』即與衆出君。君出門，罵衆曰：『汝何敢反？前日吴元濟斬東市，今日李師道斬於軍中，同惡者，父母妻子皆屠死，肉餧狗鼠鴟鴉。汝何敢反？汝何敢反！』行且罵，衆畏惡其言，不忍聞，且虞生變，即擊君以死。君抵死，口不絶罵。衆皆曰：『義士義士。』或收瘞之以俟。

事聞，天子壯之，贈給事中。其友侯雲長佐鄆使，請於其帥馬僕射，（名總。）爲之選於軍中，得故與君相知張恭、李元實者，使以幣請之范陽，范陽人義而歸之。以聞，詔所在給船轝，傳歸其家，賜錢物以葬。長慶四年四月某日，其妻子以君之喪，葬於某州某所。

君弟復，亦進士，佐汴宋，得疾，變易喪心，驚惑不常。君得間，即自視衣褥厚薄，節時其飲食，而匕箸進養之，禁其家無敢高語出聲。醫餌之藥，其物多空青、雄黄，諸奇怪物，劑錢至數十萬。（補平日友愛，總無凡語。）營治勤劇，皆自君手，不假之人。家貧，妻子常有飢色。

祖某，某官。父某，某官。妻韓氏，禮部郎中某之孫，汴州、開封尉某之女，於余爲叔父孫女。君常從余學，選於諸生而嫁與之。孝順祇修，群女效其所爲。男若干人，曰某。女子曰某。

銘曰：

嗚呼，徹也，世慕顧以行，（慕利顧愛。）子揭揭也。噎喑以爲生，子獨割也。爲彼不清，作玉雪也。仁義以爲兵，用不缺折也。知死不失名，得猛厲（音『烈』。）也。自申（同『伸』）於明，闇莫之奪也。我銘以貞之，不肖者之呾（同『呵』。）也。（上下隔句各自爲韻。上庚韻，下物月至屑，通韻也。）

中一段，凛凛有生氣，何減太史公。銘詞古奥，亦韓公獨創此格。

施先生墓銘

貞元十八年十月十一日，太學博士施先生士丏卒，其寮太原郭伉，買石誌其墓，昌黎韓愈爲之辭，曰：

先生明毛、鄭《詩》，通《春秋左氏傳》，善講説。朝之賢士大夫，從而執經考疑者，繼於門，太學生習毛、鄭《詩》、《春秋左氏傳》者，皆其弟子。貴游之子弟，時先生之説二經，來太學，帖帖坐諸生下，恐不得卒聞。（歐公作《胡安定墓表》，同此意。）先生死，二經生喪其師，仕於學者亡其朋，故自賢士大夫、老師宿儒、新進小生，聞先生之死，哭泣相弔，歸衣服貨財。

先生年六十九，在太學者十九年，由四門助教，爲太學助教，由助教爲博士。太學秩滿當去，諸生輒拜疏乞留。或留或遷，凡十九年，不離太學。

祖曰旭，袁州宜春尉。父曰婼（丑略切。），豪州定遠丞。妻曰太原王氏，先先生卒。子曰友直，明州鄮縣主簿；曰友諒，太廟齋郎。系曰：

先生之祖，氏自施父。（見《左氏》。）其後施常，事孔子以彰。（見《史記·孔子弟子列傳》。）讐爲博士，（讐，漢宣時人。）延爲太尉。（延，漢順時人。）太尉之孫，始爲吳人。曰然曰績，亦載其跡。（見《吳志》。）先生之興，公車是召。纂序前聞，於光有曜。古聖人言，其旨密微。箋注紛羅，顛倒是非。聞先生講論，如客得歸。卑讓肫肫，出言孔揚。今其死矣，誰嗣爲宗。（叶。）縣曰萬年，原曰神禾。高四尺者，先生墓邪。（禾、邪，用歌、麻通韻。）

只就通二經，爲太學師，已足傳先生，不在羅列生平也。作誌銘須得此意。

箋注太多，本義轉晦，所謂説經經亡也。昌黎不勝慨歎。

貞曜先生墓誌銘

唐元和九年，歲在甲午，八月己亥，（起鄭重，重其人也。）貞曜先生孟氏卒，無子，其配鄭氏以告，愈走位哭，（哭於寢門外。）且召張籍會哭。明日，使以錢如東都，供葬事。諸嘗與往來者，咸來哭弔，韓氏遂以書告興元尹故相餘慶。（一路縷叙。）閏月，樊宗師使來弔，告葬期，徵銘。愈哭曰：『嗚呼！吾尚忍銘吾友也夫。』興元人以幣如孟氏賻，（餘慶所使。）且來商家事。樊子使來速銘，曰：『不則無以掩諸幽。』乃序而銘之。

先生諱郊，字東野。父庭玢，娶裴氏女，而選爲崑山尉，生先生及二季酆、郢而卒。先生生六七年，端序則，見長而愈騫，（『端序則』三字成句，言幼即端倫序之則也。『見長』句，見識日長而愈騰騫，然能自斂抑，如下所云『涵而揉之』也。）涵而揉之，内外完好，色夷氣清，可畏而親。（隱然有中和氣象。以上言『揭德』。）及其爲詩，劌目鉥心，刃迎縷解，鉤章棘句，掐擢胃腎，（二語承『劌目鉥心』。）神施鬼設，間見層出。唯其大翫於詞，而與世抹摋，人皆劫劫，我獨有餘。（不自愛惜，塗抹揮散，任人取去也。）有以後時開先生者，（以傳後之説開示之。）曰：『吾既擠而與之矣，其猶足存耶。』（推以與人也。以上言『振華』。）

年幾五十，始以尊夫人之命，來集京師，從進士試。既得，即去。間四年，又命來選，爲溧陽尉，迎侍溧上。去尉二年，而故相鄭公尹河南，奏爲水陸運從事，試協律郎，親拜其母於門内。（大僚拜母，以朋友待之。）母卒五年，而鄭公以節領興元軍，奏爲其軍參謀，試大理評事，挈其妻，行之興元。次於閿（音文。）鄉，暴疾卒，年六十四。買棺以斂，以二人輿歸。酆、郢皆在江南。十月庚申，樊子合凡贈賻而葬之洛陽東，其先人墓左，以餘財附其家而供祀。

將葬，張籍曰：『先生揭德振華，（言中充外曜也。）於古有光，賢者故事有易名，况士哉！如曰貞曜先生，（揭德爲貞，振華爲曜。）則姓名字行有載，不待講説而明。』皆曰然，遂用之。

初，先生所與俱學同姓簡，於世次爲叔父，由給事中觀察浙東，曰：『生吾不能舉，死吾知恤其家。』（述孟尚書語，有餘哀焉。）銘曰：

於戲貞曜，維執不猗，維出不訾，維卒不施，以昌其詩。（四語中無限層折。）

無事業，故叙其行之貞，與詩之可傳，而東野已傳矣。句削字錬，此公極用意文。『猗』『倚』同。『維執不猗』，言所守之正也；『維出不訾』，言不可訾議其才也；『維卒不施』，言在下位，不能有功於人也。既已不訾、不施，則維昌其詩而已。東野詩無一字猶人，公之銘恰與相配。

南陽樊紹述墓誌銘

樊紹述既卒且葬，愈將銘之，從其家求書，得書號《魁紀公》者三十卷，曰《樊子》者又三十卷，《春秋集傳》十五卷，表牋、狀策、書序、傳記、紀誌、説論、今文讚銘，凡二百九十一篇。道路所遇，及器物門里雜銘，二百二十；賦十；詩七百一十九。曰：多矣哉！古未嘗有也。然而必出於己，不襲蹈前人一言一句，又何其難也。必出入仁義，其富若生蓄，萬物必具，（衆理畢該。）海含地負，（言其大。）放恣橫從，無所統紀，然而不煩於繩削而自合也。（言其自然。）嗚呼！紹述於斯術，其可謂至於斯極者矣。

生而其家貴富，長而不有其藏一錢，妻子告不足，顧且笑曰：『我道蓋是也。』皆應曰然，無不意滿。（化及妻子。）嘗以金部郎中告哀南方，還言某師不治，罷之，（以越職言事故。）以此出爲鄜州刺史。一年，徵拜左司郎中。又出刺絳州，綿、絳之人，至今皆曰於我有德。以爲諫議大夫，命且下，遂病以卒，年若干。

紹述，諱宗師，父諱澤，嘗帥襄陽、江陵，官至右僕射，贈某官。祖某官，諱泳。自祖及紹述三世，皆以軍謀堪將帥，策上第以進。

紹述無所不學，於辭於聲，大得也。在衆若無能者，嘗與觀樂，問曰何如，曰後當然，已而果然。銘曰：

惟古於詞必己出，降而不能乃剽賊。後皆指前公相襲，從漢迄今用一律。寥寥久哉莫覺屬，（無接屬古人者。）神徂聖伏道絶塞。既極乃通發紹述，文從字順各識職，（推許無乃太過。）有欲求之此其躅。

韓公於文，無傾倒至斯者，又所載卷帙如許之多，而今所傳樊紹述文，惟《絳守居園池記》一篇，又極僻澀。王晟、劉忱各爲句讀，未必有當，與所云『文從字順』者不合。豈今所傳者，只傳其僻澁，而文從字順者俱亡失邪？不然，以韓公之修辭立誠，不應反言之以誤來學也。誌銘字必生新，字必獨造，可云『陳言務去』。

柳子厚墓誌銘

子厚，諱宗元。七世祖慶，爲拓跋魏侍中，封濟陰公。曾伯祖奭，爲唐宰相，與褚遂良、韓瑗，俱得罪武后，死高宗朝。皇考諱鎮，以事母棄太常博士，求爲縣令江南，其後以不能媚權貴，失御史。權貴人死，乃復拜侍御史，號爲剛直。所與游，皆當世名人。（儲云：子厚有《先友記》。）

子厚少精敏，無不通達，逮其父時，雖少年，已自成人，能取進士第，嶄然見頭角，衆謂柳氏有子矣。其後以博學宏詞，授集賢殿正字，儁傑廉悍。議論證據今古，出入經史百子，踔厲風發，率常屈其座人。名聲大振，一時皆慕與之交。諸公要人，争欲令出我門下，交口薦譽之。（名重亦是一累。苟非壁立千仞，罕有不入黨援者。士君子遇此等處，須立定脚跟。）貞元十九年，由藍田尉拜監察御史。順宗即位，拜禮部員外郎。遇用事者得罪，例出爲刺史。（王叔文黨。）未至，又例貶永州司馬。（坐貶非一人，故云『例』，後又云『偕』。）居閑，益自刻苦，務記覽，爲詞章，汎濫停蓄，爲深博無涯涘，而自肆於山水間。（在永州無政事，故但叙其文章與遊覽山水。）元和中，嘗例召至京師，又偕出爲刺史，而子厚得柳州。既至，歎曰：『是豈不足爲政邪！』因其土俗，爲設教禁，州人順賴。其俗以男女質錢，約不時贖，子本相侔，則没爲奴婢。子厚與設方計，悉令贖歸。

其尤貧，力不能者，令書其傭，足相當，則使歸其質。觀察使下其法於他州，比一歲，免而歸者且千人。衡、湘以南爲進士者，悉以子厚爲師。其經承子厚口講指畫爲文詞者，悉有法度可觀。（此叙政績，且及文辭。）

其召至京師，而復爲刺史也。（於前文中獨提一事言之，此左史法也。得此，乃不傷於平直。）中山劉夢得禹錫亦在遣中，當詣播州。子厚泣曰：『播州非人所居，而夢得親在堂，吾不忍夢得之窮，無辭以白其大人，且萬無母子俱往理。』請於朝，將拜疏，願以柳易播，雖重得罪，死不恨。遇有以夢得事白上者，（中丞裴度爲夢得請。）夢得於是改刺連州。嗚呼！士窮乃見節義。今夫平居里巷相慕悦，酒食游戲相徵逐，詡詡强笑語以相取下，握手出肝肺相示，指天日涕泣，誓生死不相背負，真若可信，一旦臨小利害，僅如毛髮比，反眼若不相識，落陷穽，不一引手救，反擠之，又下石焉者，皆是也。此宜禽獸夷狄所不忍爲，而其人自視以爲得計，聞子厚之風，亦可以少愧矣。（感慨欷歔，得《伯夷列傳》《屈原傳》之神。必謂當日子厚交遊中實有此事，亦刻舟求劍之説也。）

子厚前時少年，勇於爲人，（一層。）不自貴重顧藉，（猶顧惜也。『顧藉』處成句，安溪相公曾辨之。公又嘗上鄭相公啓云：『無一分顧藉心。』可以爲証。『勇於爲人』下，不隱所短，其長乃見。近人文字，語語贊揚，俱成通套矣。）謂功業可立就。故坐廢退。既退，又無相知有氣力得位者推挽，（兩層。）故卒死於窮裔。材不爲世用，道不行於時也。使子厚在臺省時，（轉。）自持其身，已能如司馬刺史時，亦自不斥。斥時，有人力能舉之，且必復用不窮。然子厚斥不久，（又轉。）窮不極，雖有出於人，其文學辭章，必不能自力，以致必傳於後，如今無疑也。雖使子厚得所願，（又轉。）爲將相於一時，以彼易此，孰得孰失，必有能辨之者。

子厚以元和十四年十一月八日卒，年四十七，以十五年七月十日，歸葬萬年先人墓側。子厚有子男二人：長曰周六，始四歲；季曰周七，子厚卒乃生。女子二人，皆幼。其得歸葬也，費皆出觀察使河東裴君行立。（牽連及之。）行立有節概，重然諾。與子厚結交，子厚亦爲之盡，竟賴其力。葬子厚於萬年之墓者，舅弟盧遵。遵，涿人，性謹順，學問不厭。自子厚之斥，遵從而家焉，逮其死，不去，既往葬子厚，又將經紀其家，庶幾有始終者。銘曰：

是惟子厚之室，既固既安，以利其嗣人。（志已詳，銘宜從略。真、寒通韻。）

子厚之失足於叔文，躁進則有之，阿黨則非也。昌黎不没其事，感慨惋惜，在隱躍間。先表其好學，次詳其政績，次述其交誼，而歸結於文章之必傳。噫鬱蒼涼，墓誌中千秋絶調。

殿中少監馬君墓誌銘

君諱繼祖，司徒贈太師北平莊武王之孫，（王名燧。）少府監贈太子少傅諱暢之子。生四歲，以門功拜太子舍人，積三十四年，五轉而至殿中少監，年三十七以卒。有男八人，女二人。（數語了正文。）

始余初冠，應進士，貢在京師。窮不自存，以故人稚弟，拜北平王於馬前。王問而憐之，因得見於安邑里第。王軫其寒饑，賜食與衣，召二子使爲之主。其季遇我特厚，少府監贈太子少傅者也。姆抱幼子立側，眉眼如畫，髮漆黑，肌肉玉雪可念，殿中君也。當是時，見王於北亭，猶高山深林鉅谷，龍虎變化不測，傑魁人也。退見少傅，翠竹碧梧，鸞鵠停峙，能守其業者也。幼子娟好静秀，瑶環瑜珥，蘭茁其芽，稱其家兒也。（此一段如圖畫中着色。近人無之，所以日流於薄弱，俱成時文矣。）

後四五年，吾成進士，去而東游，哭北平王於客舍。後十五六年，吾爲尚書都官郎，分司東都而分府，少傅卒，哭之。又十餘年，至今哭少監焉。（哭三世，用筆轉换。）嗚呼！吾未耄老，自始至今，未四十年，而哭其祖子孫三世，於人世何如也！人欲久不死，而觀居此世者，何也？（意、言俱不盡。）

哭少監，並哭其父、祖，將三世官位、三世交情、三世死喪，層疊傳寫，字字嗚咽，墓誌中變體也。

北平王燧子暢，暢子繼祖。暢爲宦官竇文場所讒，暢懼進宅，廢爲奉誠園，白太傅詩謂『不見馬家宅，今作奉誠園』是也。暢之後，有流爲丐者，吴融遇於敷水，作詩閔之。唐之待功臣，亦云少恩矣。昌黎作誌時，馬氏已衰，文中不便説明，以含蓄出之，讀者須領於意言之外。

附録吴融詩：『天地塵昏九鼎危，大貂曾出武侯師。一心忠赤山河見，百戰功名日月知。舊宅已聞栽禁樹，諸孫仍見丐征岐。而今不要教人識，正藉將軍死鬭時。』

河南少尹李公墓誌銘

元和七年二月一日，河南少尹李公卒，年五十八。斂之三月某甲子，葬河南伊闕鳴皋山下。前事之月，其子道敏哭再拜，授使者公行狀，以幣走京師，乞銘於博士韓愈曰：『少尹將以某月日葬，宜有銘。其不肖嗣道敏，杖而執事，不敢違次，不得跣以請。』愈曰：『公行應銘法，（句法。）子又禮葬，敢不諾而銘諸？』（不敢違次也。）

公諱素，字某。生七歲，喪其父，貧不能家，母夫人提以歸，教育於其外氏。以明經選，主虢之弘農簿，又尉陝之芮城。李丞相泌觀察陝、虢，以材署運使從事，以課遷尉京兆鄠。考滿，以書判出其倫，選主萬年簿，而母夫人固在，食其禄。母夫人卒三年，改尉長安，遷監察御史，奏貶九卿一人。改詹事丞，遷殿中侍御史，由度支員外郎選令萬年。公主奪驛田，京兆尹符縣割畀之，（行符於縣。）公不與，改度支郎中。使侍郎介恃，（貴介恃勢。）不禮其屬大夫士，擅喜怒賞罰，公獨入讓，不受。（中使不受。）劉闢平，上以蜀賞高崇文。尚書省以崇文幕府，爭鹽井因革便不便，命公使崇文，崇文命幕府唯公命從，即其日事已。疏奏，侍郎外稱其能，竟坐前敢抗己。（緣此必欲陷之。）衢州饑，擇刺史，侍郎曰：『莫如郎李某。』遂刺衢州。（即盧杞陷顔魯公法。）至一月，遷蘇州。李錡前反，（反之前。）權將之戍諸州者，刺史至，斂手無敢與敵。（未受朝命而攝將者，皆錡心腹。）公至十二日，錡反，（蘇刺史杜兼奏錡必反，舉朝知其將反矣。忽遷於其地，欲藉錡手殺之也，小人可畏如此。）公將左右與賊戰州門，不勝，賊呼入，公端立，責以義，皆斂兵立，不逼。（屈於義故。）錡命械致公軍，將斬以徇。及境，錡適敗縛，公脱械還走，州賊急卒不暇走死，民抱扶迎盡出。（謂走死於不暇也。倒句法。）天子使貴人持紫衣金魚以賜。居三年，州稱治，拜河南少尹，行大尹事。吕氏子炅（音『耿』。），棄其妻，著道士衣冠，謝母曰：『當學仙王屋山。』去數月，復出。間詣公，公立之府門外，使吏卒脱道士冠，給冠帶，送付其母。（此扶持正教處。）黜屬令二人以贜，減民賦錢歲五千萬，請緩民輸期一月，詔天下輸皆緩一月。公一斷治不收聲，事常出名上。（不取名，實過其名。）

曾祖弘泰，簡州刺史。祖乾秀，伊闕令。父燮，宣州長史，贈絳州刺史。母夫人燉煌張氏，其舅參，有大名。公之配曰彭城劉氏夫人，夫人先卒，其葬以夫人祔。夫人曾祖曰子伭，祖曰餗，皆有大名。公之子男四人：長曰道敏，舉進士；其次曰道樞；其次曰道本、道易，皆好學而文。女一人，嫁蘇之海鹽尉韋潛。自簡州而下，皆葬鳴皋山下。銘曰：

高其山而坎其中，以爲公之宫，奈何乎公。（言既死，小人亦無奈何也。）

只一不屈中使，必欲陷之，使崇文，刺衢州，猶以紛争饑饉困之。至刺蘇州，直欲借李錡之手以逞其毒。小人害正，古今一轍。銘詞出之以冷語，簡而可思。

祭馬僕射文名總。

維年月日，吏部侍郎韓愈，謹以清酌庶羞之奠，敬祭於故僕射馬公十二兄之靈。惟公弘大温恭，全然德備。天故生之，其必有意。將明將昌，實艱初試。佐戎滑臺，斥由尹寺。適彼甌閩，𩝐飢跋躓。顛而不踒，乃得其地。於泉於虔，始執郡符。遂殿交州，抗節番禺。去其螟蠹，蠻越大蘇。

擢亞秋官，朝得碩士。人謂其崇，我勢始起。東征淮、蔡，相臣是使。公兼邦憲，以副經紀。殲彼大魁，厥勳孰似。丞相歸治，留長蔡師。茫茫黍稷，昔實棘茨。鳩鳴雀乳，不見梟鴟。（《平淮西碑》中幾行，括以四語。）惟蔡及許，舊爲血仇。命公並侯，耕借之牛。（舉一以概。）束其弓矢，禮讓優優。始誅鄆戎，（誅李師道。）厥墟腥臊。公往滌之，兹惟樂郊。惟東有𤢖，（朱克融。）惟西有虺。（王庭湊。）顛覆朋鄰，我餘有幾。嵂崒中居，斬其脊尾，岱定河安，惟公之踶。

帝念厥功，還公於朝。陟於地官，且長百僚。度彼四方，孰樂可據。顧瞻衡鈞，將舉以付。惟公積勤，以疾以憂。及其歸時，當謝之秋。賀門未歸，弔廬以萃。未燕於堂，已哭於次。昔我及公，實同危事。且死且生，誓莫捐棄。歸來握手，曾不三四。曾不濡翰，酬酢文字；（未得盡情於生前也。）曾不醉飽，以勸酒胾。奠以叙哀，其何能致。嗚呼哀哉，尚饗。

光焰騰上，不露平叙之迹。

參看《鄆州谿堂詩序》，其義更明。

祭柳子厚文

維年月日，韓愈謹以清酌庶羞之奠，祭於亡友柳子厚之靈。

嗟嗟子厚，而至然耶？自古莫不然，我又何嗟？人之生世，如夢一覺。其間利害，竟亦何校？當其夢時，有樂有悲。及其既覺，豈足追惟。

凡物之生，不願爲材。犧（音莎。）尊青黄，乃木之災。子之中棄，天脱羈羈，玉珮瓊琚，大放厥辭。（言放之山水間，俾以文章名世。）富貴無能，磨滅誰記。子之自著，表表愈偉。不善爲斲，血指汗顔。巧匠旁觀，縮手袖間。子之文章，而不用世。乃令吾徒，掌帝之制。子之視人，自以無前。一斥不復，群飛刺天。（言群小高飛。）

嗟嗟子厚，今也則亡。臨絶之音，一何琅琅。遍告諸友，以寄厥子。不鄙謂余，亦託以死。凡今之交，觀勢厚薄。余豈可保，（恐己不永年。）能承子託。非我知子，子實命我。猶有鬼神，寧敢遺墮。（不負所託。）念子永歸，無復來期。設祭棺前，矢心以辭。嗚呼哀哉，尚饗。

服其文，悲其遇，而允其所託。懇懇勤勤，不負死友。

祭河南張員外文名署。

維年月日，彰義軍行軍司馬，守（守，本職。）太子右庶子兼（兼，尊官。）御史中丞韓愈，謹遣某乙，以庶羞清酌之奠，祭於亡友故河南縣令張十二員外之靈。

貞元十九，君爲御史，余以無能，同詔並跱。君德渾剛，標高揭已，有不吾如，唾猶泥滓。余戇而狂，年未三紀，乘氣加人，無挾自恃。

彼婉孌者，（謂群小。）實憚吾曹，側肩帖耳，有舌如刀。我落陽山，以尹鼯猱；君飄臨武，山林之牢。（公與張以讒貶南方縣令。）歲弊寒兇，雪虐風饕，顛於馬下，我泗君咷。夜息南山，同卧一席。守隸防夫，觝頂交跖。（以上同陸行。）洞庭漫汗，粘天無壁，風濤相豗。中作霹靂，追程盲進，颿船箭激。南上湘水，屈氏所沉。二妃行迷，泪蹤染林。山哀浦思，鳥獸叫音。（以上同水行。）余唱君和，百篇在吟。

君止於縣，我又南踰。把觴相飲，後期有無。（暫别。）期宿界上，一又相語。自别幾時，遽變寒暑。枕臂欹眠，加余以股。（復合。）僕來告言，虎入厩處。無敢驚逐，以我𩧐（驢也。）去。君云是物，不駿於乘。虎取而往，來寅其征。（寅屬虎，明年寅月，有遷官兆。）我預在此，與君俱膺。猛獸果信，惡禱而憑。（惡禱偏可憑據。）

余出嶺中，君竢州下。偕掾江陵，（俱徙掾江陵。）非余望者。郴山奇變，其水清寫。泊沙倚石，有罾（音晤。）無捂。衡陽放酒，熊咆虎嗥。不存令章，罰籌蝟毛。（此段寫江陵時飲酒遊覽事。『能咆虎嗥』，號呶聲也。『令章』，飲酒之令也。不在令章，罰籌如蝟毛之多也，故云放酒。）委舟湘流，往觀南嶽。雲壁潭潭，穹林攸擢。（泊舟也。）避風太湖，七日鹿角。（地名。）鈎登大鮎，怒頰豕豞（許角切，豕聲。），臠盤炙酒，群奴餘啄。走官階下，首下尻高。下馬伏塗，從事是遭。

余徵博士，君以使已。（奉使入都而已。）相見京師，過願之始。分教東生，（東都國子生。）君掾雍首。（雍爲各郡之首。）兩都相望，於別何有。解手背面，遂十一年。君出我入，如相避然。生闊死休，吞不復宣。

刑官屬郎，（張改刑部員外郎。）引章訐奪。權臣不愛，南昌是斡。（以守法故，改處州刺史。）明條謹獄，氓獠户歌。用遷澧浦，（改澧州。）爲人受瘥。還家東都，起令河南。（又改河南令。）屈拜後生，憤所不堪。屢以正免，（以病辭免。）身伸事蹇。竟死不昇，（公卿欲其至京師。不往，死於家。）孰勸爲善。

丞相南討，余辱司馬。議兵大梁，走出洛下。哭不憑棺，奠不親斝。不撫其子，葬不送野。望君傷懷，有隕如瀉。銘君之績，納石壤中。爰及祖考，紀德事功。外著後世，鬼神與通。君其奚憾，不余鑒衷。嗚呼哀哉，尚饗。

公與張同貶廣南縣令，同掾江陵，一路山岨水惡，旅食虎患，縷縷形容，而張之負氣嚴正自見。詞句瑰麗，與《祭彬州李使君》同。

祭十二郎文 公兄會，無子，以弟介之子老成爲後，即十二郎也。

年月日，季父愈，聞汝喪之七日，乃能銜哀致誠，使建中遠具時羞之奠，告汝十二郎之靈。

嗚呼！吾少孤，及長，不省所怙，惟兄嫂是依。中年，兄殁南方，吾與汝俱幼，從嫂歸葬河陽。既又與汝就食江南，零丁孤苦，未嘗一日相離也。吾上有三兄，皆不幸早世，承先人後者，在孫惟汝，在子惟吾，兩世一身，形單影隻。嫂常撫汝指吾而言曰：『韓氏兩世，惟此而已。』汝時尤小，當不復記憶；吾時雖能記憶，亦未知其言之悲也。

吾年十九，始來京城。（始離。）其後四年，而歸視汝。又四年，吾往河陽省墳墓，遇汝從嫂喪來葬。又二年，吾佐董丞相於汴州，（在董晉幕。）汝來省吾，止一歲，請歸取其孥。明年，丞相薨，吾去汴州，汝不果來。（離。）是年，吾佐戎徐州，（在張建封幕。）使取汝者始行，吾又罷去，汝又不果來。（離。）吾念汝從於東，東亦客也，不可以久。圖久遠者，莫如西歸。將成家而致汝，嗚呼！孰謂汝遽去吾而殁乎？吾與汝俱少年，以爲雖暫相别，終當久與相處，故捨汝而旅食京師，以求斗斛之禄。誠知其如此，雖萬乘之公相，吾不以一日輟汝而就也。

去年，孟東野往，吾書與汝曰：『吾年未四十，而視茫茫，而髮蒼蒼，而齒牙動摇。念諸父與諸兄，皆康强而早世，如吾之衰者，其能久存乎？吾不可去，汝不肯來，恐旦暮死，而汝抱無涯之戚也。』孰謂少者殁而長者存，强者夭而病者全乎？嗚呼！其信然耶？其夢耶？其傳之非其真邪？信也，吾兄之盛德而夭其嗣乎？汝之純明而不克蒙其澤乎？（恍恍惚惚，驚疑無定。極哀痛時，每有此情。）少者、强者而夭没，長者、衰者而存全乎？未可以爲信也。夢也，傳之非其真也，東野之書，耿蘭之報，何爲而在吾側也？嗚呼！其信然矣，吾兄之盛德而夭其嗣矣！汝之純明宜業其家者，不克蒙其澤矣！所謂天者誠難測，而神者誠難明矣！所謂理者不可推，而壽者不可知矣！雖然，吾自今年來，蒼蒼者或化而爲白矣，動摇者或脱而落矣，毛血日益衰，志氣日益微，幾何不從汝而死也。死而有知，其幾何離？其無知，悲不幾時，而不悲者無窮期矣。汝之子（湘。）始十歲，吾之子（昶。）始五歲，少而强者不可保如此，孩提者又可冀其成立耶？嗚呼哀哉！嗚呼哀哉！

汝去年書云：『比得軟脚病，往往而劇。』吾曰：『是疾也，江南之人常常有之。』未始以爲憂也。嗚呼，其竟以此而殞其生乎？抑别有疾而至斯乎？汝之書，六月十七日也。東野云汝殁以六月二日，耿蘭之報無月日。蓋東野之使者，不知問家人以月日，如耿蘭之報，不知當言月日。東野與吾書，乃問使者，使者妄稱以應之耳。其然乎？其不然乎？

今吾使建中祭汝，弔汝之孤與汝之乳母。（慰也。）彼有食，可守以待終喪，則待終喪而取以來；如不能守以終喪，則遂取以來。其餘奴婢，並令守汝喪。吾力能改葬，終葬汝於先人之兆，然後惟其所願。

嗚呼！汝病，吾不知時；汝殁，吾不知日。生不能相養以共居，殁不得撫汝以盡哀。斂不憑其棺，窆不臨其穴。吾行負神明，而使汝夭。不孝不慈，而不得與汝相養以生，相守以死。一在天之涯，一在地之角。生而影不與吾形相依，死而魂不與吾夢相接，吾實爲之，其又何尤。彼蒼者天，曷其有極。（人世本幻，故大悲大歡，俱驚疑爲夢。『夜闌更秉燭，相對如夢寐』，歡也；文中一段，悲也。又思念之極，則反無夢，如迫近耳目，則反不能聞見，此中自有微理。『魂不與夢相接』，此語千真萬真。）

自今以往，吾其無意於人世矣。當求數頃之田於伊、潁之上，以待餘年，教吾子與汝子，幸其成；長吾女與汝女，待其嫁，如此而已。嗚呼！言有窮而情不可終，汝其知也邪？其不知也邪？嗚呼哀哉，尚饗。

直舉胸臆，情至文生，是祭文變體，亦是祭文絶調。

祭文誄辭，六朝以來，無不用韻者。此以散體行之，故曰變體。

鱷魚文

維年月日，潮州刺史韓愈，使軍事衙推秦濟，以羊一、豬一，投惡谿之潭水，以與鱷魚食，而告之曰：

昔先王既有天下，（大頭腦。）列山澤，罔繩擉刃，以除蟲蛇惡物爲民害者，驅而出之四海之外。及後王德薄，不能遠有，則江、漢之間，尚皆棄之，以與蠻夷楚越，况潮，嶺海之間，去京師萬里哉？鱷魚之涵淹卵育於此，亦固其所。

今天子嗣唐位，神聖慈武，（故作緩勢，跌出今天子，高山墜石之勢。）四海之外，六合之内，皆撫而有之，况禹迹所揜，揚州之近地，刺史、縣令之所治，出貢賦以供天地、宗廟、百神之祀之壤者哉？（長句法。）鱷魚其不可與刺史雜處此土也。刺史受天子命守此土，（提掇。）治此民，而鱷魚睅然不安谿潭，據處食民畜、熊、豕、鹿、麞，以肥其身，以種其子孫，與刺史抗拒，争爲長雄。刺史雖駑弱，亦安肯爲鱷魚低首下心，伈伈睍睍，爲民吏羞，以偷活於此邪？且承天子命以來爲吏，（又提掇。）固其勢不得不與鱷魚辯。

鱷魚有知，其聽刺史言：潮之州，大海在其南，鯨、鵬之大，蝦、蟹之細，無不容歸，以生以食。鱷魚朝發而夕至也。今與鱷魚約：盡三日，其率醜類，南徙於海，以避天子之命吏。三日不能，至五日；五日不能，至七日；七日不能，是終不肯徙也，是不有刺史、聽從其言也。不然，則是鱷魚冥頑不靈，刺史雖有言，不聞不知也。夫傲天子之命吏，不聽其言，不徙以避之，與冥頑不靈而爲民物害者，皆可殺。（總束。）刺史則選材技吏民，操强弓毒矢，以與鱷魚從事，必盡殺乃止，其無悔。

從天子説到刺史，如高屋之建瓴水，一路逼拶而來。到後段，運以雷霆斧鉞之筆，凛不可犯。相傳明初鱷魚復來，潮州夏侍郎原吉，令漁舟五百隻，各載礦灰，以擊鼓爲令，聞鼓聲，漁人齊覆其舟，奔竄遠避。少頃如山崩龍戰，至暮，寂然無聲，鱷魚種類，皆死於海濱矣。前後二公，一感以誠，一行其謀，並足千古。而韓公浩然之氣，尤有不可及云。

歐公作《陳文惠神道碑》，亦載其擒鱷魚，告以文而戮之事，可參看。

唐宋八家文讀本卷七

柳宗元子厚著
後學沈德潛確士評點

獻平淮夷雅表

臣宗元言：臣負罪竄伏，違尚書牋奏，十有四年。聖恩寬宥，命守遐壤，懷印曳紱，有社有人。臣宗元誠感誠荷，頓首頓首。

伏惟睿聖文武皇帝陛下，天造神斷，克清大憝，金鼓一動，萬方畢臣。太平之功，中興之德，推校千古，無所與讓。因伏自忖度，有方剛之力，不得備戎行，致死命。況今已無事，思報國恩，獨惟文章。

伏見周宣王時稱中興，（『中興』之『中』，《漢書》注『衆』音，謂理當興也。杜少陵『今朝漢社稷，新數中興年』『萬里傷心嚴譴日，百年垂死中興時』可証，無平聲讀者。）其道彰大，於後罕及。然徵於《詩》大、小《雅》，其選徒出狩，則《車攻》《吉日》；命官分土，則《崧高》《韓奕》《烝人》；（即鏗鍧炳耀，盪人耳目。故宣王之形容與其輔佐，由今望之，若神人然，此無他，以《雅》故也。

臣伏見陛下自即位以來，平夏州，（楊惠林。）夷劍南，（劉闢。）取江東，（李錡。）定河北。（田弘正。）今又發自天衷，克翦淮右，而《大雅》不作。臣誠不佞，然不勝憤踊。伏以朝多文臣，不敢盡專數事，謹撰《平淮夷雅》二篇，雖不及尹吉甫、召、穆公等，庶施諸後代，有以佐唐之光明。謹昧死再拜以獻。臣宗元誠恐誠懼，頓首頓首，謹言。

《皇武》，命丞相度董師，集大功也。

皇耆其武，於溵於淮。既巾乃車，環蔡其來。狡衆昏嚚，甚毒於酲。狂奔叫呶，以干大刑。

皇咨於度，惟汝一德。曠誅四紀，其徯汝克。錫汝斧鉞，其往視師。師是蔡人，以宥以釐。

度拜稽首，廟於元龜。既禡既類，於社是宜。金節煌煌，錫盾雕戈。犀甲熊旂，威命是荷。（叶平。）

度拜稽首，出次於東。天子餞之，罍斝是崇。鼎臑俎胾，五獻百籩。凡百卿士，班以周旋。

既涉於滻，乃翼乃前。孰圖厥猶，其佐多賢。苑苑周道，於山於川。遠揚邇昭，陟降連連。

我旆我旟，於道於陌。訓於群帥，拳勇來格。公曰徐之，（得體。）無恃額額。式和爾容，惟義之宅。

進次於郾，彼昏卒狂。裒兇鞠頑，鋒蝟斧螗。赤子匍匐，厥父是亢。（即率其子弟，攻其父母意。）怒其萌芽，以悖太陽。

王旅渾渾，是佚是怙。既獲敵師，若饑得餔。（不詳李愬功，有下篇在也。）蔡兇伊窘，悉起來聚。左擣其虛，靡愆厥虞。

載闢載祓，丞相是臨。弛其武刑，諭我德心。其危既安，有長如林。曾是讙譊，化爲謳吟。

皇曰來歸，汝復相予。爵之成國，胙以夏墟。度拜稽首，天子聖神。度拜稽首，皇祐下人。

淮夷既平，震是朔南。宜廟宜郊，以告德音。歸牛休馬，豐稼於野。我武惟皇，永保無疆。

《方城》，命愬守也。卒入蔡，得其大醜，以平淮右。

方城臨臨，士卒峙之。匪徼匪競，皇有正命。皇命於愬，往舒余仁。踣彼艱頑，柔惠是馴。

愬拜即命，於皇之訓。既礪既攻，以後厥刃。王師嶷嶷，熊羆是式。銜勇韜力，日思予殛。

寇昏以狂，敢蹈愬疆。士獲厥心，大祖高驤。長戟酋矛，粲其綏章。右剪左屠，聿禽其良。

其良既宥，（獲李祐而用之也。）告以父母。恩柔於肌，卒貢爾有。維彼攸恃，乃偵乃誘。維彼攸宅，乃發乃守。

其恃爰獲，我功我多。陰諜厥圖，以究爾訛。雨雪洋洋，大風來加。於燠其寒，於邇其遐。

汝陰之茫，（茫，大也。）懸瓠（蔡城。）之峩。（峩，高也。）是震是拔，大殘厥家。（叶。）狡虜既縻，輸於國都。示之市人，即社行誅。

乃諭乃止，蔡有厚喜。完其室家，仰父俯子。汝水沄沄，既清而瀰。蔡人行歌，我步逶遲。

蔡人歌矣，蔡風和矣，孰纇蔡礽，胡甂爾居。式慕以康，爲願有餘。是究是咨，皇德既舒。皇曰咨愬，裕乃父功。昔我文祖，惟西平是庸。（歸美於晟，猶周宣美召、穆公而曰召祖是似也。東、江，通韻。）内誨於家，外刑於邦。孰是蔡人，而不率從。蔡人率止，惟西平有子。西平有子，惟我有臣。疇允大邦，俾惠我人。於廟告功，以顧萬方。（叶。）

穆伯長云：《平淮夷雅》非只詞似古人，要其理亦不詘於古，如『公曰徐之』『往舒於仁』等語，其於古者『勝殷遏劉』『止戈爲武』之義，豈爽毫髮。吾知聖人復起，采而録之，以續正雅，决矣。韓《碑》古而質，原本《典》《謨》；柳《雅》清而健，原本周《雅》。要其歸美朝廷，頌揚皇仁，俱得仁武不殺之意。後追念西平，又補韓碑所未及。

駁復讎議

臣伏見天后時，有同州下邽人徐元慶者，父爽，爲縣尉趙師韞所殺，卒能手刃父讎，束身歸罪。當時諫臣陳子昂，建議誅之而旌其閭，且請編之於令，永爲國典。臣竊獨過之。

臣聞禮之大本，以防亂也。若曰無爲賊虐，凡爲子者殺無赦。刑之大本，亦以防亂也。若曰無爲賊虐，凡爲治者，殺無赦。其本則合，其用則異，旌與誅莫得而並焉。誅其可旌兹謂濫，黷刑甚矣；旌其可誅茲謂僭，壞禮甚矣。果以是示於天下、傳於後代，趨義者不知所向，違害者不知所立，以是爲典可乎？（總見旌與誅無並行之理。）

蓋聖人之制，窮理以定賞罰，本情以正褒貶，統於一而已矣。嚮使刺讞其誠僞，考正其曲直，原始而求其端，則刑、理之用，判然離矣。何者？若元慶之父，不陷於公罪，師韞之誅，獨以其私怨，奮其吏氣，虐於非辜，州牧不知罪，刑官不知問，上下蒙冒，籲號不聞。而元慶能以戴天爲大恥，枕戈爲得禮，處心積慮，以衝讎人之胸，介然自克，即死無憾，是守禮而行義也。（鄭虎臣殺賈似道，亦是此義。）執事者宜有慚色，將謝之不暇，而又何誅焉？（見宜旌不宜誅。）其或元慶之父不免於罪，師韞之誅，不愆於法，是非死於吏也，是死於法也。法其可讎乎？讎天子之法，而戕奉法之吏，是悖驁而凌上也。執而誅之，所以正邦典，而又何旌焉？（見宜誅不宜旌。）

且其議曰：『人必有子，子必有親，親親相仇，其亂誰救？』（相讎看得混甚。）是惑於禮也甚矣。禮之所謂讎者，蓋其冤抑沉痛，而號無告也；非謂抵罪觸法，陷於大戮。而曰『彼殺之，我乃殺之』，不議曲直，暴寡脅弱而已。其非經背聖，不亦甚哉。《周禮》：調人掌司萬人之讎，『凡殺人而義者，令勿讎；讎之則死』，『有反殺者，邦國交讎之』，又安得親親相讎也？《春秋公羊傳》曰：『父不受誅，子復讎可也；（吴入郢，伍子胥復父讎事。）父受誅，子復讎，此推刃之道，復讎不除害。』（事見定公四年。復讎不除害，謂仍許其復讎，則害無時已也。總見受誅者不許復讎。）今若取此以斷兩下相殺，則合於禮矣。（以上平説。）

且夫不忘讎，孝也；不愛死，義也。元慶能不越於禮，服孝死義，是必達理而聞道者也。夫達理聞道之人，豈其以王法爲敵讎者哉？議者反以爲戮，黷刑壞禮，其不可以爲典明矣。請下臣議，附於令，有斷斯獄者，不宜以前議從事。謹議。（此段見元慶之父不死於法，側在不宜誅一邊。）

理無兩是，旌與誅，判是非以行賞罰也。天下有是非賞罰並行之理哉？元慶手刃父讎，束身歸罪，宜旌不宜誅，明矣。前半論平旨側，後見元慶非敵讎王法之人。論懸日月，可以不朽。

桐葉封弟辯 事載《史記》及劉向《説苑》。

古之傳者有言：成王以桐葉與小弱弟，戲曰：『以封汝。』周公入賀，王曰：『戲也。』周公曰：『天子不可戲。』乃封小弱弟於唐。吾意不然。

王之弟當封耶，周公宜以時言於王，不待其戲而賀以成之也；不當封耶，周公乃成其不中之戲，以地以人與小弱者，爲之主，其得爲聖乎？（以『得中』爲歸。）且周公以王之言，不可苟焉而已，必從而成之耶？設有不幸，王以桐葉戲婦寺，亦將舉而從之乎？（快語。）凡王者之德，在行之何若。設未得其當，雖十易之不爲病。要於其當，不可使易也，而況以其戲乎？若戲而必行之，是周公教王遂過也。

吾意周公輔成王，宜以道，從容優樂，要歸之大中而已，（與『不中』應。）必不逢其失而爲之辭。又不當束縛之，馳驟之，使若牛馬然，急則敗矣。且家人父子，尚不能以此自克，況號爲君臣者耶？是直小丈夫缺缺者之事，非周公所宜用，故不可信。（《老子》：『其政察察，其民缺缺。』謂小明也。）

或曰：封唐叔，史佚成之。

一層進一層，一語緊一語，筆端有鋒，無堅不破。

晉文公問守原議

晉文公既受原於王，難其守，問寺人勃鞮，以畀趙衰。

余謂守原，政之大者也。所以承天子，樹霸功，致命諸侯，不宜謀及媟近，以忝王命。而晉君擇大任，不公議於朝，而私議於宫；不博謀於卿相，而獨謀於寺人。（四語正斷晉文之失。）雖或衰之賢足以守，國之政不爲敗，而賊賢失政之端，由是滋矣。況當其時，不乏言議之臣乎？（開一層。）狐偃爲謀臣，先軫將中軍，晉君疏而不咨，外而不求，乃卒定於内豎，其可以爲法乎？

且晉君將襲齊桓之業，以翼天子，乃大志也，（又開一層。）然而齊桓任管仲以興，進豎刁以敗，則獲原啓疆，適其始政，所以觀視諸侯也，而乃背其所以興，迹其所以敗。然而能霸諸侯者，以土則大，以力則强，以義則天子之册也。誠畏之矣，烏能得其心服哉？其後景監得以相衛鞅，弘、石得以殺望之，（其流失必至於此。）誤之者，晉文公也。

嗚呼！得賢臣以守大邑，則問非失舉也，蓋失問也。（無意不搜。）然猶羞當時，陷後代若此，況於問與舉又兩失者，其何以救之哉？（末又推出一層。）余故著晉君之罪，以附《春秋》許世子止、趙盾之義。

文極謹嚴，森然法戒。前人謂借晉文之失以諷當時宦者之禍，按時勢誠有之。唐不以此鑒，後甘露、白馬之變，所以迭興也。

捕蛇者説

永州之野産異蛇，黑質而白章，觸草木盡死；以齧人，無禦之者。然得而腊之以爲餌，可以已大風、攣踠、瘻癘，去死肌，殺三蟲。（三尸蟲。）其始，太醫以王命聚之，歲賦其二。募有能捕之者，當其租入。永之人争奔走焉。

有蔣氏者，專其利三世矣。問之，則曰：『吾祖死於是，吾父死於是，今吾嗣爲之十二年，幾死者數矣。』言之貌若甚慼者。余悲之，且曰：『若毒之乎？余將告於莅事者，更若役，復若賦，則何如？』

蔣氏大戚，汪然出涕，曰：『君將哀而生之乎？則吾斯役之不幸，未若復吾賦不幸之甚也。（立說本指。）嚮吾不爲斯役，則久已病矣。自吾氏三世居是鄉，（申上意，暢。）積於今六十歲矣，而鄉鄰之生日蹙，殫其地之出，竭其廬之入。號呼而轉徙，飢渴而頓踣。觸風雨，犯寒暑，呼噓毒癘，往往而死者，相藉也。曩與吾祖居者，今其室十無一焉；與吾父居者，今其室十无二三焉；與吾居十二年者，今其室十无四五焉。非死則徙爾，而吾以捕蛇獨存。悍吏之來吾鄉，叫囂乎東西，隳突乎南北，譁然而駭者，雖鷄狗不得寧焉。（善於形容。）吾恂恂而起，視其缶，而吾蛇尚存，則弛然而卧。（說捕蛇之樂，愈形出賦斂之苦。）謹食之，時而獻焉，退而甘食其土之有，以盡吾齒。蓋一歲之犯死者二焉，其餘則熙熙而樂，豈若吾鄉鄰之旦旦有是哉？今雖死乎此，比吾鄉鄰之死，則已後矣，（本此句立說。）又安敢毒耶？』

余聞而愈悲。孔子曰：『苛政猛於虎也。』（揭明作《說》本旨。）吾嘗疑乎是，今以蔣氏觀之，猶信。嗚呼！孰知賦斂之毒，有甚是蛇者乎？故爲之說，以俟夫觀人風者得焉。

儲同人云：余按唐賦法本輕於宋、元，永州又非財賦地，爲國家所仰給，然其困如此！况以近世之賦，處財賦之邦，酷毒當何如耶？讀此能不黯然！

前極言捕蛇之害，後說富斂之毒，反以捕蛇之樂形出，作文須如此頓跌。『悍吏之來吾鄉』一段，後東坡亦嘗以虎狼比之。有察吏安民之責者，所宜時究心也。

觀八駿圖説

古之書，有記周穆王馳八駿、升崑崙之墟者。後之好事者爲之圖，宋、齊以下傳之。觀其狀甚怪，咸若騫若翔、若龍鳳麒麟、若螳螂然。其書尤不經，世多有，然不足采。世聞其駿也，因以異形求之，則其言聖人者亦類是矣。（一語引入。）故傳伏羲曰牛首，女媧曰其形類蛇，孔子如倛頭，若是乎甚衆。孟子曰：『何以異於人哉？堯、舜與人同耳。』

今夫馬者，駕而乘之，或一里而汗，或十里而汗，或千百里而不汗者；視之，毛物尾鬣，四足而蹄，齕草飲水，一也。推是而至於駿，亦類也。今夫人有不足爲負販者，有不足爲吏者，有不足爲士大夫者，有足爲者；視之，圓首橫目，食穀而飽肉，絺而清，裘而燠，一也。推是而至於聖，亦類也。然則伏羲氏、女媧氏、孔子氏，是亦人而已矣。驊騮、白羲、山子之類，若果有之，是亦馬而已矣，又烏得爲牛、爲蛇、爲倛頭、爲龍鳳、麒麟、螳螂然也哉？

然而世之慕駿者，不求之馬，而必是圖之似，故終不能有得於駿也。慕聖人者，不求之人，而必若牛、若蛇、若倛頭之問，故終不能有得於聖人也。誠使天下有是圖者，（單收圖。）舉而焚之，則駿馬與聖人出矣。（雙收馬與聖人。）

只堯舜與人同意，借駿馬圖説入聖人，剥去異説，獨標正論，筆力矯然。

箕子碑

凡大人之道有三：一曰正蒙難，二曰法授聖，三化曰及民。殷有仁人曰箕子，實具茲道，以立於世，故孔子述六經之旨，尤殷勤焉。（三峰如削，先用總提。）

當紂之時，大道悖亂，天威之動不能戒，聖人之言無所用。進死以併命，（比干。）誠仁矣，無益吾祀，故不爲；委身以存祀，（微子。）誠仁矣，與亡吾國，故不忍。具是二道，有行之者矣。是用保其明哲，與之俯仰；晦是謨範，辱於囚奴；昏而無邪，隤而不息，故在《易》曰『箕子之明夷』：正蒙難也。及天命既改，生人以正，乃出大法，用爲聖師，周人得以序彝倫而立大典，故在《書》曰『以箕子歸作《洪範》』：法授聖也。及封朝鮮，推道訓俗，惟德無陋，（造句。）惟人無遠，用廣殷祀，俾夷爲華：化及民也。（箕子之朝鮮，教民以禮義田桑。）率是大道，藂於厥躬，天地變化，我得其正，其大人歟？

於虖！當其周時未至，殷祀未殄，比干已死，微子已去，向使紂惡未稔而自斃，武庚念亂以圖存，國無其人，誰與共理？（於三柱外另發一意，窺見宗臣心事。）是固人事之或然者也。然則先生隱忍而爲此，其有志於斯乎？（孔子云：『箕子之貞明，不可息也。』此即窺『不可息』意而推闡之。）

唐某年，作廟汲郡，歲時致祀，嘉先生獨列於《易象》，作是頌，云：

蒙難以正，授聖以謩。宗祀用繁，夷民其蘇。憲憲大人，顯晦不渝。聖人之仁，道合隆汙。明哲在躬，不陋爲奴。冲讓居禮，不盈稱孤。高而無危，卑不可踰。非死非去，有懷故都。時詘而伸，卒爲世模。《易象》是列，文王爲徒。大明宣昭，崇祀式孚。古闕頌辭，繼在後儒。

整潔峻峭，近東漢人。開天明道者爲聖人。箕子闡《洪範》天人感應之理，捷於影響，切於布帛菽粟，固聖人也，乃因亡國之臣而忽之。又其時，周家父子兄弟，聖人聚於一堂，故自古及今，無以聖人目箕子者。以柳子之特識，而只稱大人，然則聖人殆有幸不幸耶。愚作《箕子論》暢言之，識其大略於此。

封建論

天地果無初乎？（發端便奇傑。）吾不得而知之也。生人果有初乎？吾不得而知之也。然則孰爲近？曰：有初爲近。孰明之？由封建而明之也。彼封建者，更古聖王，堯、舜、禹、湯、文、武，而莫能去之。蓋非不欲去之也，勢不可也。（『勢』字，爲一篇主腦。）勢之來，其生人之初乎？不初，無以有封建。封建，非聖人意也。（『非聖人意』，即是『勢』。）

彼其初，與萬物皆生，草木榛榛，鹿豕狉狉，人不能搏噬，而且無毛羽，莫克自奉自衛。荀卿有言：『必將假物以爲用者也。』（如衣食之類。）夫假物者，必争；争而不已，必就其能斷曲直者而聽命焉。其智而明者，所伏必衆。告之以直而不改，必痛之而後畏，由是君長刑政生焉。又有大者，衆群之長又就而聽命焉，以安其屬，於是有諸侯之列，則其争又有大者焉。德又大者，諸侯之列又就而聽命焉，以安其封，於是有方伯、連帥之類；則其争又有大者焉，德又大者，方伯、連帥之類，又就而聽命，以安其人，然後天下會於一。是故有里胥而後有縣大夫，有縣大夫而後有諸侯，有諸侯而後有方伯、連帥，有方伯、連帥而後有天子。自天子至於里胥，其德在人者死，必求其嗣而奉之。故封建，非聖人意也，勢也。（以上原封建所由始，見勢不得不然。）（逐層寫出『不得已』。）

夫堯、舜、禹、湯之事遠矣，及有周而甚詳。（以下實指封建廢置之得失。）周有天下，裂土田而瓜分之，設五等，邦群后。布履星羅，四周於天下，輪運而輻集；合爲朝覲會同，離爲守臣扞城。然而降於夷王，害禮傷尊，下堂而迎覲者。歷於宣王，挾中興復古之德，雄、南征北伐之威，卒不能定魯侯之嗣。（魯武公以二子括與戲見宣王，王立戲，後魯人殺戲立括。）陵夷迄於幽、厲，王室東徙，而自列爲諸侯矣。厥後，問鼎之輕重者有之，射王中肩者有之，伐凡伯、誅萇弘者有之，天下乖盭，無君君之心。余以爲周之喪久矣，徒建空名於公侯之上耳，得非諸侯之盛强，末大不掉之咎歟？遂判爲十二，合爲七國，威分於陪臣之邦，國殄於後封之秦。則周之敗端，其在乎此矣。

秦有天下，裂都會而爲之郡邑，廢侯衛而爲之守宰，據天下之雄圖，都六合之上游，攝制四海，運於掌握之内，此其所以爲得也。（原郡縣之所由始，見有不得不變之勢。）不數載而天下大壞，其有由矣：亟役萬人，暴其威刑，竭其貨賄。負鋤梃謫戍之徒，圜視而合從，大呼而成群。時則有叛人而無叛吏，人怨於下而吏畏於上，天下相合，殺守劫令而並起。咎在人怨，非郡邑之制失也。

漢有天下，矯秦之枉，徇周之制，剖海内而立宗子、封功臣，數年之間，奔命扶傷之不暇。困平城，病流矢，陵遲不救者三代，後乃謀臣獻畫，而離削自守矣。（此見漢變秦制之失。）然而封建之始，郡國居半，時則有叛國而無叛郡，秦制之得亦以明矣。繼漢而帝者，雖百代可知也。

唐興，制州邑，立守宰，此其所以爲宜也。然猶桀猾時起，虐害方域者，失不在於州而在於兵，時則有叛將而無叛州。州縣之役，固不可革也。（『無叛吏』『無叛郡』『無叛州』，總見變封建爲郡縣之良法。）

或者曰：『封建者，必私其土，子其人，適其俗，修其理，施化易也。守宰者，苟其心，思遷其秩而已，何能理乎？』余又非之。（儲云：前排四代，示利害之門；此設三難，破庸人之論。）

周之事跡，斷可見矣：列侯驕盈，黷貨事戎。大凡亂國多，理國寡，侯伯不得變其政，天子不得變其君，私土、子人者，百不有一。失在於制，不在於政，周事然也。

秦之事迹，亦斷可見矣：有理人之制，而不委郡邑，是矣。有理人之臣，而不使守宰，是矣。

郡邑不得正其制，守宰不得行其理，酷刑苦役，而萬人側目。失在於政，不在於制，秦事然也。

漢興，天子之政行於郡，不行於國。制其守宰，不制其侯王。侯王雖亂，不可變也；國人雖病，不可除也。及夫大逆不道，然後掩捕而遷之，勒兵而夷之耳。大逆未彰，姦利浚財，怙勢作威，大刻於民者，無如之何。及夫郡邑，可謂理且安矣。何以言之？且漢知孟舒於田叔，得魏尚於馮唐，聞黄霸之明審，覩汲黯之簡靖，拜之可也，（孟舒。）復其位可也，（魏尚。）卧而委之以輯一方可也。（汲黯。）有罪得以黜，有能得以賞。朝拜而不道，夕斥之矣；夕受而不法，朝斥之矣。設使漢室盡城邑而侯王之，縱令其亂，人戚之而已。孟舒、魏尚之術，莫得而施；黄霸、汲黯之化，莫得而行。明譴而導之，拜受而退已違矣；下令而削之，締交合從之謀，周於同列，則相顧裂眦，勃然而起。幸而不起，則削其半；削其半，民猶瘁矣，曷若舉而移之以全其人乎？漢事然也。

今國家盡制郡邑，連置守宰，其不可變也固矣。善制兵，謹擇守，則理平矣。

或者又曰：『夏、商、周、漢，封建而延，秦郡邑而促。』尤非所謂知理者也。魏之承漢也，封爵猶建；晉之承魏也，因循不革；而二姓陵替，不聞延祚。今矯而變之，垂二百祀，大業彌固，何繫於諸侯哉？

或者又以爲：『殷、周，聖王也，而不革其制，固不當復議也。』是大不然。

夫殷、周之不革者，是不得已也。蓋以諸侯歸殷者三千焉，資以黜夏，湯不得而廢；歸周者八百焉，資以勝殷，武王不得而易。徇之以爲安，仍之以爲俗，湯、武之所不得已也。夫不得已，非公之大者也，私其力於己也，私其衛於子孫也。秦之所以革之者，其爲制，公之大者也。其情，私也，私其一己之威也，私其盡臣畜於我也。然而，公天下之端自秦始。（此最平允。用三句跌出『公天下』句，覺天驚石破，筆挽千鈞。）

夫天下之道，理安，斯得人者也。使賢者居上，不肖者居下，而後可以理安。今夫封建者，繼世而理。繼世而理者，上果賢乎？下果不肖乎？則生人之理亂，未可知也。將欲利其社稷，以一其人之視聽，則又有世大夫世食禄邑，以盡其封略。（又推論一層。）聖賢生於其時，亦無以立於天下，封建者爲之也。豈聖人之制，使至於是乎？吾固曰：非聖人之意也，勢也。

儲同人云：第一段，原封建由起，在生人之初，非聖人之得已。第二段，援周、秦、漢、唐已然之利害以明之。已下辨駁他説，洗發己意。第一辨，極言封建有害於民，而郡縣不然，仍引周、秦、漢事，帶説本朝，與前第二段相照。第二辨，破庸人之見。至第三辨，而論愈奇，文愈肆，己心亦極盡無餘矣。『湯武非公，公天下之端自秦始』，乍聽大足駭人，説來却有至理。賢不肖云云，蓋理之不可易者，亦一篇精神歸宿處也。後學熟讀深思，最長識見筆力。

郡縣既設以後，自有不能封建之勢，於此而欲復成周之制，雖聖人不能一朝安也。然謂三代聖人不得已而封建，是將聖人公天下之心，盡情説壞矣！蓋謂非聖人不能行封建則可，謂封建本聖人之不得已，則不可。特其筆力峭拔，可以雄視一切，目無前人。

劍門銘

惟蜀都重險多貨，混同戎蠻，人尨俗剽，嗜爲寇亂。皇帝元年八月，帥喪衆暴，群疑不制，妖孽搧行。（時韋臯卒，劉闢亂。）怙恃富强，滔天阻兵；攻陷他部，北包劍門；憑負丘陵，以張鷙猛；堅利鋒鏑，以拒大順，謂雷霆之誅，莫己加也。

惟梁守臣禮部尚書嚴公，（時嚴礪爲山南西道節度使。）以國害爲私讎，以天討爲己任，推仁仗信，不待司死，而人致其命；立義抗憤，不待喋血，而士一其心。悉師出次，只俟明詔。凡諸侯之師，必出於是。儲峙饗賚，取其豐穰。乃遣前軍嚴秦，（礪命秦收劍州。）奉揚王誅，延告南土。十一月，右師逾利州，蹈寇地，乘山斬虜，以遏奔衝。左師出於劍門，大攘頑嚚，諭引劫脅，蟻潰鼠駭，險無以固，收奪利地，以須王師。刲刳腎腸，振拔根柢，俾無以肆毒，用集我勳力。鼖鼓一振，元戎啓行，取其渠魁，以爲大戮。由公忠勇憤悱，授任堅明，謀猷弘長，用能啓闢險阸，夷爲大途，衰沮害氣，對乎天意。

帝用休嘉，議功居首，增秩師長，進爲大藩，宅是南服。將校群吏，願刊山石，昭著公之功，垂號無窮。銘曰：

井絡坤垠，時惟外區。介山爲門，環於蜀都。叢險積貨，混並羌髳。狂猾窺隙，狺狺嘯呼。

憑據勢勝，厚其兇徒。皇帝之仁，宥而不誅。暴非德馴，害及巴渝。乃出王旅，乃司列岳。（命高崇文與礪同討。）牧臣司梁，當其要束。器備攸積，糗糧是蓄。人無增賦，師以饒足。喋血誓士，玄機在握。分命貔貅，陳爲掎角。右逾岷山，左直劍門。攻出九地，上披重雲。攀天蹈空，夷視阻艱。破裂層壘，殄殲群頑。内獲固圉，外臨平原。天兵徐驅，卒乘嘽嘽。大憝囚戮，戎夏咸歡。帝圖厥功，惟良是先。開國進位，南服於藩。邦之清夷，人以完安。銘功鑒亂，永代是觀。

擒劉闢者高崇文，而峙糗糧、守險要者，嚴礪也。礪用明叙，崇文暗叙。鏗鍧炳耀，上追漢人。

寄許京兆孟容書

宗元再拜五丈座前：伏蒙賜書誨諭，微悉重厚，欣踊恍惚，疑若夢寐，捧書叩頭，悸不自定。伏念得罪來五年，未嘗有故舊大臣肯以書見及者。何則？罪謗交積，群疑當道，誠可怪而畏也。是以兀兀忘行，尤負重憂，殘骸餘魂，百病所集。痞結伏積，不食自飽。或時寒熱，水火互至，内消肌骨，非獨瘴癘爲也。忽奉教命，乃知幸爲大君子所宥，欲使膏肓沉没，復起爲人。夫何素望，敢以及此？

宗元早歲與負罪者親善，（王伾，王叔文。）始奇其能，謂可以共立仁義，裨教化。（此非飾詞，因知己之感，欲相與共立功業也。然一時失足，不能自拔矣。遇此等事，正須立定跟脚。）過不自料，懃懃勉勵，唯以中正信義爲志，以興堯、舜、孔子之道，利安元元爲務。不知愚陋，不可力强，其素意如此也。末路厄塞臲卼，事既壅隔，狠忤貴近，狂疏繆戾，蹈不測之辜。群言沸騰，鬼神交怒。加以素卑賤，暴起領事，人所不信。射利求進者，填門排户，百不一得，一旦快意，更造怨讟。以此大罪之外，詆訶萬端，旁午構扇，便爲敵讎，協心同攻，外連强暴失職者以致其事。此皆丈人所聞見，不敢爲他人道説。懷不能已，復載簡牘。此人雖萬被誅戮，不足塞責，而豈有賞哉？今其黨與，幸獲寬貸，各得善地，無公事，坐食俸禄，明德至渥也，尚何敢更俟除棄廢痼，以希望外之澤哉？年少氣鋭，不識幾微，不知當否，但欲一心直遂，果陷刑法，皆自所求取得之，又何怪也？（儲云：已上自訟得罪以前緣由，已下訴得罪以後衷曲。）

宗元於衆黨人中，罪狀最甚。神理降罰，又不能即死。猶對人言語，求食自活。迷不知耻，日復一日。然亦有大故。自以得姓來二千五百年，代爲冢嗣。今抱非常之罪，居夷獠之鄉，卑濕昏霧，恐一旦填委溝壑，曠墜先緒，以是怛然痛恨，心骨沸熱。煢煢孤立，未有子息。荒陬中少士人女子，無與爲婚，世亦不肯與罪人親昵，（子厚本楊凝女夫，時已失偶。）以是嗣續之重，不絶如縷。每當春秋時饗，孑立捧奠，顧眄無後繼者，懍懍然，欷歔惴惕，恐此事便已，摧心傷骨，若受鋒刃。此誠丈人所共憫惜也。（以上，宗祀之慮。）先墓在城南，無異子弟爲主，獨托村鄰。自譴逐來，消息存亡，不一至鄉閭，主守者固以益怠。晝夜哀憤，懼便毀傷松柏，芻牧不禁，以成大戾。近世禮重拜掃，今已闕者四年矣。每遇寒食，則北向長號，以首頓地。想田野道路，士女遍滿，皂隸庸丐，皆得上父母丘墓，馬醫夏畦之鬼，無不受子孫追養者。然此已息望，又何以云哉？（以上，念先塋無主。）城西有數頃田，樹果數百株，多先人手自封植，今已荒穢。恐便斬伐，無復愛惜。家有賜書三千卷，尚在善和里舊宅，宅今已三易主，書存亡不可知。皆付受所重，常繫心腑，然無可爲者。（以上念室廬手澤之無托。）立身一敗，萬事瓦裂，身殁家破，爲世大僇。復何敢更望大君子撫慰收卹，尚置人數中耶？是以當食不知辛醎節適，洗沐盥潄，動逾歲時，一搔皮膚，塵垢滿爪。誠憂恐悲傷，無所告愬，以至此也。（總收上三段。）

自古賢人才士，秉志遵分，被謗議不能自明者，僅以百數，（儲云：此下以雪洗望許京兆。）故有無兄盜嫂、娶孤女云撾婦翁者，然賴當世豪傑，分明辯別，卒光史籍。管仲遇盜，升爲功臣；匡章被不孝之名，孟子禮之。今已無古人之實爲，而有詬，欲望世人之明，已不可得也。（將上所引四人，一束。）直不疑買金以償同舍，劉寬下車，歸牛鄉人，此誠知疑似之不可辯，非口舌所能勝也。鄭詹束縛於晉，終以無死；鐘儀南音，卒獲返國；叔向囚虜，自期必免；范痤騎危，以生易死；蒯通據鼎耳，爲齊上客；張蒼、韓信伏斧躓，終取將相；鄒陽獄中，以書自活；賈生斥逐，復召宣室；倪寬擯死，後至御史大夫；董仲舒、劉向下獄當誅，爲漢儒宗。此皆瑰偉博辯奇壯之士，能自解脱。（將上所引十四人，又一束。）今以恇怯湨涊，下才末伎，又嬰恐懼痼病，雖欲慷慨攘臂，自同昔人，愈疏闊矣。

賢者不得志於今，（又提。）必取貴於後，古之著書者皆是也。宗元近欲務此，然力薄才劣，無異能解。雖欲秉筆覼縷，神志荒耗，前後遺忘，終不能成章。往時讀書，自以不至抵滯，今皆頑然，無復省録。每讀古人一傳，數紙已後，則再三伸卷，復觀姓氏，旋又廢失。假令萬一除刑部囚籍，復爲士列，亦不堪當世用矣。伏惟興哀於無用之地，垂德於不報之所，但以存通家宗祀爲念，（應宗祀。）有可動心者，操之勿失。雖不敢望歸掃塋域，（應先塋。）退托先人之廬，以盡餘齒，（應室廬。）姑遂少北，益輕瘴癘，就婚娶，求胤嗣，有可付託，即冥然長辭，如得甘寢，無復恨矣。（總收前文，尤以宗祀爲重。）書辭繁委，無以自道。然即文以求其志，君子固得其肺肝焉。無任懇戀之至。不宣。宗元再拜。

儲同人云：子長以無罪被刑，故言之慷慨激烈，其辭憤；子厚以有罪見譎，故反覆怨艾，其詞哀。然人自罹於罪而自引咎者罕矣，此子厚所以爲賢也。

先述負罪之由，次述得罪以後之苦，次述不能如古人之始屈終伸，思著書以自表見，則用世之念久已斷絶，惟冀宗祀有托，以盡餘年，他非所望也。感憤嗚咽，令讀者於百世下，惻然起矜憫之心。

與蕭翰林俛書

思謙兄足下：昨祁縣王師範過永州，爲僕言得張左司書，道思謙蹇然有當官之心，（爲後段伏筆。）乃誠助太平者也。僕聞之喜甚，然微王生之説，僕豈不素知耶？所喜者耳與心叶，果於不謬焉耳。

僕不幸，嚮者進當臲卼不安之勢，平居閉門，口舌無數，况又有久與游者，（伾、叔之輩。）乃岌岌而操其間。其求進而退者，皆聚爲讎怨，造作粉飾，蔓延益肆。非的然昭晰，自斷於内，則孰能了僕於冥冥之間哉？然僕當時年三十三，甚少，自御史裏行，得禮部員外郎，超取顯美，欲免世之求進者，怪怒媢嫉，其可得乎？凡人皆欲自達，僕先得顯處，才不能踰同列，名不能壓當世，世之怒僕，宜也。與罪人交十年，官又以是進，辱在附會。聖朝弘大，貶黜甚薄，不能塞衆人之怒，謗語轉移，囂囂嗷嗷，漸成怪民。飾智求仕者，更詈僕以悦仇人之心，目爲新奇，務相喜可，自以速援引之路。而僕輩坐益困辱，萬罪横生，不知其端。伏自思念，過大恕甚，乃以致此。悲夫！人生少得六七十者，今已三十七矣！（帶魏晉人氣息。）長來覺日月益促，歲歲更甚，大都不過數十寒暑，則無此身矣。是非榮辱，又何足道。云云不已，秖益爲罪。兄知之，勿爲他人言也。

居蠻夷中久，慣習炎毒。昏眊重膇，意以爲常。忽遇北風，晨起，薄寒中體，則肌革慘懍，毛髮蕭條，瞿然注視，怵惕以爲異候，意緒殆非中國人。楚、越間聲音特異，鴂舌啅譟，今聽之，怡然不怪，已與爲類矣。家生小童，皆自然曉曉，晝夜滿耳，聞北人言則啼呼走匿，雖病夫，亦怛然駭之。出門，見適州閭市井者，其十有八九，杖而後興。自料居此尚復幾何，豈可更不知止，言説長短，重爲一世非笑哉？讀《周易·困卦》至『有言不信，尚口乃窮』也，往復益喜，曰：『嗟乎！余雖家置一喙以自稱道，詬益甚耳。』用是更樂瘖默，思與木石爲徒，不復致意。

今天子興教化，定邪正，海内皆欣欣怡愉，而僕與四五子者獨淪陷如此，豈非命歟？命乃天也，非云云者所制，余又何恨？獨喜思謙之徒，遭時言道。（以下望其昭雪。）道之行，物得其利。僕誠有罪，然豈不在一物之數耶？身被之，目覩之，足矣，何必攘袂用力，而矜自我出耶？果矜之，又非道也，事誠如此。（又一折。）然居理平之世，終身爲頑人之類，猶有少耻，未能盡忘。儻因賊平慶賞之際，（是時，吐突承璀討王承宗。）得以見白，使受天澤餘潤，雖朽枿敗腐不能生植，猶足蒸出芝菌，以爲瑞物。一釋廢錮，移數縣之地，則世必曰罪稍解矣。然後收召魂魄，置土一廛爲耕甿，朝夕謌謡，使成文章，庶木鐸者采取，獻之法官，增聖唐大雅之什，（與昌黎同意。）雖不得位，亦不虚爲太平之人矣。（映入手『助太平』句。）此在望外，然終欲爲兄一言焉。宗元再拜。

儀曹得罪，爲世指斥，故以思謙之相知，不敢望其顯然昭雪，祇云既遇遭時利物主君子，决不至棄我於一物之外。其情誠可悲也。須看其難下筆時，不顯言而自達之妙。

與韓愈論史官書

正月二十一日，某頓首十八丈退之侍者：前獲書言史事，云具《與劉秀才書》，及今乃見書藁，私心甚不喜，與退之往年言史事甚大謬。

若書中言，退之不宜一日在館下，安有探宰相意，以爲苟以史榮一韓退之耶？若果爾，退之豈宜虛受宰相榮己，而冒居館下，近密地，食奉養，役使掌故，（掌護之吏。）利紙筆爲私書，取以供子弟費？古之志於道者，不宜若是。（一句截。）

且退之以爲紀録者有刑禍，避不肯就，尤非也。史以名爲褒貶，猶且恐懼不敢爲。設使退之爲御史中丞大夫，（拓開。）其褒貶成敗人愈益顯，其宜恐懼尤大也，則又將揚揚入臺府，美食安坐，行呼唱於朝廷而已耶？在御史猶爾，設使退之爲宰相，生殺出入，升黜天下士，其敵益衆，則又將揚揚入政事堂，美食安坐，行呼唱於内庭外衢而已耶？何以異不爲史，而榮其號、利其禄者也？（已上駁人禍之説。）

又言不有人禍，則有天刑。若以罪夫前古之爲史者然，亦甚惑。凡居其位，思直其道。道苟直，雖死不可回也。如回之，莫若亟去其位。孔子之困於魯、衛、陳、蔡、宋、齊、楚者，其時暗，諸侯不能以也。其不遇而死，不以作《春秋》故也。當其時，雖不作《春秋》，孔子猶不遇而死也。若周公、史佚，雖紀言書事，猶遇且顯也，又不得以《春秋》爲孔子累。范曄悖亂，雖不爲史，其族亦赤。司馬遷觸天子喜怒，班固不檢下，崔浩沽其直，以鬥暴虜，皆非中道。左丘明以疾盲，出於不幸；子夏不爲史，亦盲，不可以是爲戒。其餘皆不出此。（已上駁天刑之説。）是退之宜守中道，不忘其直，無以他事自恐。退之之恐，（應法，收法。）唯在不直不得中道，刑禍非所恐也。

凡言二百年文武士，多有誠如此者。（韓云：唐有天下，聖聖相踵，文武士不可勝數。）今退之曰：我一人也，何能明？則同職者又所云若是，後來繼今者又所云若是，人人皆曰『我一人』，則卒誰能紀傳之耶？（駁其推諉同列。）如退之但以所聞知，孜孜不敢怠，同職者、後來繼今者，亦各以所聞知，孜孜不敢怠，則庶幾不墜，使卒有明也。不然，徒信人口語，每每異辭，日以滋久，則所云『磊磊軒天地』者，決必不沉没，（二句乃韓子書中語。）且亂雜無可考，非有志者所忍恣也。果有志，豈當待人督責迫蹙，然後爲官守耶？

又凡鬼神事，渺茫荒惑，無可準，明者所不道。（駁其惑於鬼神。）退之之智，而猶懼於此，今學如退之，辭如退之，好言論如退之，慷慨自爲正直行行焉如退之，（咏歎以激之。）猶所云如是，則唐之史述，其卒無可託乎？！明天子、賢宰相得史才如此，而又不果，甚可痛哉。退之宜更思，可爲速爲。果卒以爲恐懼不敢，則一日可引去，又何以云『行且謀』也？今當爲而不爲，又誘館中他人及後生者，此大惑已。不勉已而欲勉人，難矣哉！

孫可之云：作史者，明不顧刑辟，幽不見神怪。若梗避於其間，其書可燒也。柳州亦持此見。其攻詰處，與《諍臣論》相似，而韓則委曲條暢，柳則陗直峻削，各自不同。

通篇都照原書條駁，將原書對看更明白。

答韋中立論師道書

二十一日，宗元白：辱書云，欲相師。僕道不篤，業甚淺近，環顧其中，未見可師者。雖嘗好言論，爲文章，甚不自是也。不意吾子自京師來蠻夷間，乃幸見取。僕自卜固無取，假令有取，亦不敢爲人師；爲衆人師且不敢，况敢爲吾子師乎？（猶書法之三折筆。）

孟子稱『人之患，在好爲人師』，由魏、晉氏以下，人益不事師。今之世，不聞有師，有輒譁笑之，以爲狂人。獨韓愈奮不顧流俗，犯笑侮，收召後學，作《師説》，因抗顔而爲師。（李翺、張籍、明皆昌黎弟子，而二人哭昌黎詩文俱呼爲兄，蓋耻言師也。惡習累人，儒者不免。）世果群怪聚罵，指目牽引，而增與爲言詞。愈以是得狂名，居長安，炊不暇熟，又挈挈而東，如是者數矣。

屈子賦曰：『邑犬群吠，吠所怪也。』僕往聞庸、蜀之南，恒雨少日，日出則犬吠，予以爲過言。前六七年，僕來南，二年冬，幸大雪，踰嶺被南越中數州。數州之犬，皆蒼黄吠噬，（易『蒼黄』爲『倉皇』，後人之誤也。）狂走者累日，至無雪乃已，然後始信前所聞者。今韓愈既自以爲蜀之日，而吾子又欲使吾爲越之雪，不以病乎？（正喻夾説。）非獨見病，亦以病吾子。然雪與日豈有過哉？顧吠者犬耳。度今天下不吠者幾人，而誰敢衒怪於群目，以召鬧取怒乎？（此名流氣習，非文章佳處。）

僕自謫過以來，益少志慮。居南中九年，增脚氣病，漸不喜鬧，豈可使呶呶者，早暮咈吾耳、騷吾心？則固僵仆煩憒，愈不可過矣。平居望外，遭齒舌不少，獨欠爲人師耳。

抑又聞之，古者重冠禮，將以責成人之道，是聖人所尤用心者也。數百年來，人不復行。近有孫昌胤者，獨發憤行之。既成禮，明日造朝，至外廷，薦笏言於卿士曰：『某子冠畢。』應之者咸憮然。京兆尹鄭叔則，怫然曳笏却立，曰：『何預我耶？』廷中皆大笑。（引冠禮之不行，以例師道之不行，見古之不宜於今也。）天下不以非鄭尹而怪孫子，何哉？獨爲所不爲也。今之命師者大類此。（一語拈合。）

吾子行厚而辭深，凡所作，皆恢恢然，有古人形貌。雖僕敢爲師，亦何所增加也？假而以僕年先吾子，聞道著書之日不後，誠欲往來言所聞，則僕固願悉陳中所得者。（此師之實。）吾子苟自擇之，取某事，去某事，則可矣。若定是非以教吾子，僕材不足，而又畏前所陳者，其爲不敢也決矣。吾子前所欲見吾文，既悉以陳之，非以耀明於子，聊欲以觀子氣色，誠好惡何如也。今書來，言者既大過。吾子誠非佞譽誣諛之徒，直見愛甚故然耳。

始吾幼且少，爲文章，以辭爲工。及長，乃知文者以明道，（作文宗旨。）是固不苟爲炳炳烺烺，務采色、夸聲音而以爲能也。凡吾所陳，皆自謂近道，而不知道之果近乎，遠乎？吾子好道而可吾文，或者其於道不遠矣。故吾每爲文章，未嘗敢以輕心掉之，懼其剽而不留也；未嘗敢以怠心易之，懼其弛而不嚴也；未嘗敢以昏氣出之，懼其昧没而雜也；未嘗敢以矜氣作之，懼其偃蹇而驕也。抑之欲其奥，揚之欲其明，疏之欲其通，廉之欲其節，激而發之欲其清，固而存之欲其重，此吾所以羽翼夫道也。本之《書》以求其質，本之《詩》以求其恒，本之《禮》以求其宜，本之《春秋》以求其斷，本之《易》以求其動，此吾所以取道之原也。（六經乃取道之原，故曰『本』。）參之《穀梁氏》以厲其氣，（《穀梁》以下，乃暢道之支，故曰『參』。）參之《孟》《荀》以暢其支，參之《莊》《老》以肆其端，參之《國語》以博其趣，參之《離騷》以致其幽，參之《太史》以著其潔，此吾所以旁推交通而以爲之文也。

凡若此者，果是耶，非耶？有取乎，抑其無取乎？吾子幸觀焉，擇焉，有餘以告焉。苟亟來以廣是道，子不有得焉，則我得矣，又何以師云爾哉。取其實而去其名，（一語收足。）無招越蜀吠怪，而爲外庭所笑，則幸矣。宗元復白。

前論師道，猶作諧謔語；後示爲文根柢，傾囊倒囷而出之。辭師之名，示師之實，在中立之自得之耳。較昌黎論文，尤爲本末俱到。

唐宋八家文讀本卷八

柳宗元子厚著
後學沈德潛確士評點

送澥序古『海』字。

人咸言吾宗宜碩大，有積德焉。在高宗時，並居尚書省二十二人。遭諸武，以故衰耗。武氏敗，猶不能興。爲尚書吏者，間十數歲乃一人。永貞年，吾與族兄登，並爲禮部屬。吾黜，而季父公綽，更爲刑部郎，則加稠焉。又觀宗中爲文雅者，炳炳然以十數，仁義固其素也，意者復興乎？

自吾爲僇人，居南鄉，後之穎然出者，吾不見之也。其在道路，幸而過余者，獨得澥。澥質厚不諂，敦厚有裕。若器焉，必隆然大而後可以有受，（唯虛己，可以大受。）擇所以入之者而已矣。其文蓄積甚富，好慕甚正，若墻焉，必基之廣而後可以有蔽，擇其所以出之者而已矣。（唯學富，可以修辭。）勤聖人之道，輔以孝悌，復嚮時之美，吾於澥焉是望。汝往哉，見諸宗人，爲我謝而勉焉。無若大山之麓，止而不得升也，其唯川之不已乎？（自高，則不復升也。）吾去子，（『吾去子』三字略讀，言吾逢子之去也。此古人句法，須善會。）終老於夷矣。（黯然。）

爲學，植品，保世，短章中一一包舉，柳文絶調。

送婁圖南秀才遊淮南將入道序

僕未冠，求進士，聞婁君名甚熟。其所爲歌詩，傳咏都中。通數經及群書，當時爲文章，若崔比部、于衛尉，相與稱其文。衆皆曰納言（師德。）曾孫也，而又有是，（又長於文。）咸推讓爲先登。後十餘年，僕自尚書郎謫來零陵，覯婁君，猶爲白衣，居無室宇，出無僮御。僕深異而訊之，乃曰：『今夫取科名者，交貴勢，倚親戚，合則插羽翮，生風濤，沛焉而有餘，（此恃門第者。）吾無有也；不則，饜飲食，馳堅良，以歡於朋徒，相貿爲資，相易爲名，有不諾者，以氣排之，（此恃交遊結納而排擠人者。）吾無有也；不則，多筋力，善造請，朝夕屈折於恒人之前，走高門，邀大車，矯笑而僞言，卑陬而姁媮，偷一旦之容，以售其伎，（此恃諂屈以求進者。）吾無有也。自度卒不能堪其勞，故舍之而遊，逾湖、江，出豫章，至南海，復由桂而下也。少好道士言，餌藥爲壽，未盡其術，故行且求之。』

僕聞而愈疑。往時觀得進士者，不必若婁君之言，又不能類婁君之文學，又無納言之大德以爲之祖，無比部、衛尉以爲之知，而升名者百數十人。今婁君非不足也，顧不樂而遁耳。因爲余留三年。他日，又曰：『吾所以求於心者未克，今其行也。』（决志入道，故去。）余既異其遁於名，而又德其久留於我也，故爲之言。

夫君子之出，以行道也；其處，以獨善其身也。今天下理平，主上亟下求士之詔，婁君智可以任職用事，文可以宣風歌德。行於世，必有合其道而進薦之者。遽而爲處士，吾以爲非時。將曰老而就休耶？則甚少且鋭。羸而自養耶？則甚碩且武。問其所以處，咸無名焉。若苟焉以圖壽爲道，又非吾之所謂道也。（從一『道』字中，分出吾儒、異教二者。）夫形軀之寓於土，非吾能私之。幸而好求堯、舜、孔子之志，唯恐不得；幸而遇行堯、舜、孔子之道，唯恐不慊，若是而壽可也。求之而得，行之而慊，雖夭其誰悲？（顔子不得爲夭。）今將以呼嘘爲食，咀嚼爲神，無事爲閑，不死爲生，則深山之木石、大澤之龜蛇，皆老而久，其於道何如也？（令人噴飯。）

僕嘗學於儒，持之不得，陷於是。以出則窮，以處則乖，其不宜言道也審矣。以吾子見私於僕，而又重其去，故竊言而書之而密授焉。

前寫竊取科名情態，幾如鑄鼎象物，然未免傷於刻薄；後破求長生者之惑，不啻提其耳而警覺之也。蓋人能志聖人之道而求之，而行之，固有得壽之理。即不幸夭折，亦不得以不壽短其生平。若即以藥餌吐納爲道，則人其形而木石龜蛇其實者，何比比也。此等正論，安得令談養生者一敬聽之。

同吳武陵贈李睦州詩序李，名清臣。睦州，今嚴州。

潤之盜錡，（書法。）竊貨財，聚徒黨，爲反謀十年。今天子即位三年，大立制度。於是盜恐且奮，將遂其不善。視部中良守不爲己用者，誣陷去之，睦州由是得罪。（時李錡爲鎮海軍節度使，清臣守睦，在錡部中。）天子使御史按問，館於睦。自門及堂，皆其私卒爲衛。天子之衛不得摇手，辭卒致具。（簡中詳序。）有間，盜遂作，而廷臣猶用其文，斥睦州南海上。既上道，盜以徒百人遮於楚、越之郊，戰且走，乃得完，爲左官吏。（簡中詳序。）無幾，盜就禽，斬之於社垣之外。論者謂宜還睦州，以明其誣。既更大赦，始移永州，去長安尚四千里，睦州未嘗自言。

吳武陵，剛健士也，懷不能忍，於是踴躍其誠，鏗鏘其聲，（鍊句。）出而爲之詩，然後慊於内。余固知睦州之道也熟，（雙收。）銜匿而未發，（指未嘗自言。）且聞吳之先焉者，激於心，若鐘鼓之考，不知聲之發也，遂繫之而重以序。

錡所欲除，必能守法者也。錡既以叛誅，而守法之臣，猶棄之遠方，唐之用人，尚得謂無冤抑乎？序簡而能詳，筆力斬斬，是冗漫者對症之藥。

送薛存義之任序

河東薛存義將行，柳子載肉於俎，崇酒於觴，追而送之江滸，飲食之。且告曰：『凡吏於土者，若知其職乎？蓋民之役，非以役民而已也。（奇語至言。）凡民之食於土者，出其十一，傭乎吏，使司平於我也。（古來設官之故。正喻相化。）今我受其直，怠其事者，天下皆然。豈唯怠之，又從而盜之。向使傭一夫於家，受若直，怠若事，又盜若貨器，則必甚怒而黜罰之矣。以今天下多類此，而民莫敢肆其怒而黜罰，何哉？勢不同也。勢不同而理同，如吾民何？有達於理者，得不恐而畏乎？』

存義假令零陵二年矣。（未實授曰假令。假，借也。）蚤作而夜思，勤力而勞心，訟者平，賦者均，老弱無懷詐暴憎。（關合傭意，語不虛下。）其爲不虛取直也的矣，（語語雙關。）其知恐而畏也審矣。吾賤且辱，不得與考績幽明之説。於其往也，故賞以酒肉，而重之以辭。

前規後頌，頌不忘規。牧民者宜銘座右。

愚溪詩序

灌水之陽有溪焉，東流入於瀟水。或曰：冉氏嘗居也，故姓是溪爲冉溪。或曰：可以染也，名之以其能，故謂之染溪。余以愚觸罪，（『愚』字之根。）謫瀟水上，愛是溪，入二三里，得其尤絶者家焉。古有愚公谷，今余家是溪，而名莫能定，士之居者猶齗齗然，不可以不更也，故更之爲愚溪。

愚溪之上，買小丘爲愚丘。自愚丘東北行六十步，得泉焉，又買居之，爲愚泉。愚泉凡六穴，皆出山下平地，蓋上出也。合流屈曲而南，爲愚溝。遂負土累石，塞其隘，爲愚池。愚池之東，爲愚堂。其南爲愚亭。池之中爲愚島。嘉木異石錯置，皆山水之奇者，以余故，咸以愚辱焉。（以『奇』字，跌出『愚』字。）

夫水，智者樂也。今是溪獨見辱於愚，何哉？蓋其流甚下，不可以灌溉，又峻急多坻石，大舟不可入也。幽邃淺狹，蛟龍不屑，不能興雲雨。無以利世，而適類於余，然則雖辱而愚之，可也。（寫溪，影合自己。）

甯武子『邦無道則愚』，智而爲愚者也；顔子『終日不違如愚』，睿而爲愚者也。皆不得爲真愚。今余遭有道，而違於理，悖於事，故凡爲愚者，莫我若也。夫然，則天下莫能争是溪，余得專而名焉。（從自己証合到溪。）

溪雖莫利於世，而善鑒萬類，清瑩秀澈，鏘鳴金石，能使愚者喜笑眷慕，樂而不能去也。（偏從『愚』中傳出『不愚』，自存身分。）余雖不合於俗，亦頗以文墨自慰，漱滌萬物，牢籠百態，而無所避之。（溪與己回合。）以愚辭歌愚溪，則茫然而不違，昏然而同歸，超鴻蒙，混希夷，寂寥而莫我知也。（五語用韻。）於是作《八愚詩》，紀於溪石上。

以愚辱溪，柳子骯髒語也。後善鑒萬類，隱言其識；清瑩秀徹，隱言其清；鏘鳴金石，隱言其文。又何等自負。寫景而兩面俱到，古人用意，往往如此。

序飲

買小丘，（即愚溪之丘。）一日鋤理，二日洗滌，遂置酒溪石上。嚮之爲記，所謂牛馬之飲者，（鈷鉧。）離坐其背，實觴而流之，接取以飲。乃置監史而令曰：當飲者舉籌之十寸者三，逆而投之，能不洄於洑，不止於坻，不沉於底者，過不飲。而洄而止而沉者，飲如籌之數。既或投之，則旋眩滑汩，若舞若躍。速者遲者，去者住者，衆皆據石注視，歡忭以助其勢，突然而逝，乃得無事。（四語用韻。）於是或一飲，或再飲。客有婁生圖南者，其投之也，一洄一止一沉，獨三飲，衆乃大笑，驩甚。余病痞，不能食酒，至是醉焉。（于定國食酒，至數石不亂。）遂損益其令，以窮日夜而不知歸。

吾聞昔之飲酒者，（開。）有揖讓、酬酢、百拜以爲禮者；有叫號、屢舞、如沸如羹，以爲極者；有裸裎袒裼以爲達者；有資絲竹、金石之樂以爲和者；有以促數糺逖而爲密者。（王融《曲水詩序》：『糺逖王匿。』）今則舉異是焉。故捨百拜而禮，無叫號而極，不袒裼而達，非金石而和，去糺逖而密。簡而同，肆而恭，衎衎而從容，（三語用韻。）於以合山水之樂，成君子之心，宜也。作《序飲》，以貽後之人。

謫居中尋出樂境。先序事，後序意。鍊字，鍊句，鍊格，無一筆草草。

陪永州崔使君遊讌南池序

零陵城南，環以群山，延以林麓。其崖谷之委會，則泓然爲池，灣然爲溪。其上多楓柟竹箭、哀鳴之禽，其下多芡芰蒲蕖、騰波之魚。韜涵太虛，澹灩里閭，（是池景。）誠游觀之佳麗者已。

崔公既來，其政宅以肆，其風和以廉。既樂其人，又樂其身。於暮之春，徵賢合姻，登舟於兹水之津。（五句用韻。）連山倒垂，萬象在下，浮空泛景，蕩若無外。（少陵《渼陂行》『半陂以南純浸山，動影窈窕冲融間』數語，可以互証其妙。）横碧落以中貫，陵太虛而徑度。羽觴飛翔，匏竹激越，熙然而歌，婆然而舞，持頤而笑，瞪目而倨，不知日之將暮。則於向之物者，可謂無負矣。

昔之人，知樂之不可常，會之不可必也，當歡而戚者有之。況公之理行，宜去受厚錫，而席之賢者，率皆在官蒙澤，方將脱鱗介，生羽翮，夫豈趦趄湘中，爲顛頷客耶？余既委廢於世，恒得與是山水爲伍，而悼兹會不可再也，故爲文志之。（歆諸賢之乘時，傷一己之寥落留滯，感慨係之，倍難爲懷矣。）

從六朝文出，而能脱去肥膩，風格自高。

嶺南節度饗軍堂記

唐制，嶺南爲五府，府部州以十數。其大小之戎，（兵車。）號令之用，則聽於節度使焉。其外大海，多蠻夷，由流求、（東夷。）訶陵（南蠻。）西抵大夏、康居，（西域二國。）環水而國以百數，則統於押蕃舶使焉。內之幅員萬里，以執秩拱稽，時聽教命；外之羈屬數萬里，以譯言贄寶，歲帥貢職。合二使之重，（節度、押蕃舶二使。）以治於廣州，故賓軍之事，宜無與校大。且賓有牲牢饔餼，嘉樂好禮，以同遠合疏；軍有犒饋宴饗，勞旋勤歸，以群力一心。於是治也，闬閎階序，不可與他邦類，必厚棟大梁，夷庭高門，然後可以上充於揖讓，下周於步武。

今御史大夫扶風公廉廣州，（馬公名總。）且專二使，增德以來遠人，申威以修戎政。大饗宴合樂，從其豐盈。先是爲堂於治城西北陬，其位，公北向，賓衆南向，奏部伎於其西，視泉池於其東。隅奧庳側，庭廡下陋，日未及晡，則赫炎當目，汗眩更起，而禮莫克終。故凡大宴饗、大賓旅，則寓於外壘，儀形不稱。公於是始斥其制，爲堂南面，横八楹，縱十楹，向之宴位，化爲東序，西又如之。其外更衣之次，膳食之宇，列觀以游目，（視泉池者稱。）偶亭以展聲，（奏部伎者稱。）彌望極顧，莫究其往。泉池之舊，增浚益植，以暇以息，如在林壑。（與炎赫當目者異。）問工焉取，則師輿是供；問役焉取，則蠻隸是徵；問材焉取，則隙宇是遷。或益其闕，伐山浮海，農賈拱手，張目視具。（不勞農傷賈。）

乃十月甲子，克成，公命饗於新堂。幢牙茸纛，金節析羽，旗旗旟旞，咸飾於下。鼓以鼖（二鼓合。）晉，金以鐸鐃。公與監軍使，肅上賓，延群僚，將校士吏，咸次於位。卉裳罽衣，胡夷蜑蠻，睢盱就列者，千人以上。鉶鼎體節，（體，牲之全體；節，支節。）燔炮胾炙，羽鱗薶互之物，（『薶』同『埋』，謂埋於泥中者互有介冑者，見《周禮》。）沉泛醍盎之齊，均飫於卒士。興王之舞，服夷之伎，（舞，如七德舞、九功舞之類。伎，如西凉伎、龜兹伎之類。）揳擊吹鼓之音，飛騰幻怪之容，寰觀於遠邇。禮成樂遍，以叙而賀，且曰：『是邦臨護之大，五人合之，（嶺南節度兼五府討擊使。）非是堂之制，不可以備物，非公之德，不可以容衆。曠於往初，肇自今兹，大和有人，以觀遠方。古之戎政，其曷用如此。』

華元，名大夫也，殺羊而御者不及；霍去病，良將軍也，餘肉而士有饑色。猶克稱能，以垂到今。矧兹具美，其道不廢，願刻於金石，以永示後祀。遂相與來告，且乞辭。某讓不獲，乃刻於兹石。

陳卧子云：文如畫棟雕甍、高牙大纛，翼翼嚴嚴，觀者竦視。與昌黎《送鄭尚書之南海》及《南海神廟碑》一種筆墨，無一句一字不搥鍊刻琢而成者也。鋪陳始終，折以法度，極有典有則之文。

興州江運記

江，嘉陵江也，在漢中府鳳縣北。

御史大夫嚴公，（名礪。）牧於梁五年，嗣天子用周、漢進律增秩之典，以親諸侯，謂公有功德理行，就加禮部尚書。是年四月，使中謁者來錫公命。賓僚吏屬，將校卒士，黧老童孺，填溢公門，舞躍歡呼，願建碑紀德，垂億萬祀。公固不許，而相與怨咨，遑遑如不飲食。於是西鄙之人，密以刊山導江之事，願刻巖石。（下西鄙人之言。）曰：

維梁之西，其蔽曰某山，其守曰興州。興州之西爲戎居，歲備亭障，實以精卒。以道之險隘，兵困於食，守用不固。公患之，曰：（西鄙人述公之言。）『吾嘗爲興州，凡其土人之故，吾能知之。自長舉北至於青泥山，又西抵於成州，過栗亭川，踰寶井堡，崖谷峻隘，十里百折，負重而上，若蹈利刃。盛秋水潦，窮冬雨雪，深泥積水，相輔爲害。顛踣騰藉，血流棧道。糗糧刍藁，填谷委山，牛馬群畜，相藉物故。餫（野饋曰餫。）夫畢力，守卒延頸，嗷嗷之聲，其可哀也。（極寫山行運糧之苦，方形出興水利之有功。若平叙開江，易蹈直頭布袋之弊。）若是者，綿三百里而餘。自長舉而西，可以導江而下，二百里而至，（此言水行之便。）昔之人莫得知也。吾受命於君，而育斯人，其可已乎？』（下又西鄙人所叙。）

乃出軍府之幣，以備器用，即山僦功。由是轉巨石，僕大木，焚以炎火，沃以食醯，摧其堅剛，化爲灰燼。畚鍤之下，易甚朽壤，乃辟乃墾，乃宣乃理。隨山之曲直，以休人力；順地之高下，以殺湍悍。（治河之方，不外二語，即所謂行所無事。）其功既成，咸如其素。於是决去壅土，疏導江濤，萬夫呼忭，莫不如志。雷騰雲奔，百里一瞬，既會既遠，淡爲安流。（極形水行之樂，有『千里江陵一日還』光景。）烝徒謳歌，枕卧而至；戍人無虞，專力待寇。

惟我公之功，疇可侔也，而無以酬德，致其大願，又不可得命。矧公之始來，（又拓開，説平日致事之善。）屬當惡歲，府庾甚虚，器備甚殫，饑饉昏札，死徒充路。賴公節用愛人，克安而生，老窮有養，幼乳以遂，不問不使，咸得其志。公命鼓鑄，庫有利兵；公命屯田，師有餘糧。選徒練旅，有衆孔武；平刑議獄，有衆不黷。（一路每用韻。）增石爲防，膏我稻粱；歲無凶菑，家有積倉；傳館是飾，旅忘其歸；杠梁以成，人不履危。若是者，皆以戎隙帥士而爲之，不出四人之力，（四府也。）而百役已就。且我西鄙之職官，（又一層。）故不能具舉。惟公和恒直方，廉毅信讓，敦尚儒學，抑損貴位，率忠與仁，以厚其誠。有可以安利於人者，行之堅勇，不俟終日，其興功濟物宜如此其大也。（收到本位。）

昔之爲國者，惟水事爲重，故有障大澤，勤其官，而受封國者矣。（如臺駘之類。）西門遺利，

《史》起興歎；白圭壑鄰，孟子不與。公能夷險休勞，以惠萬代，其功烈尤章章焉不可盖也。是用假辭謁工，勒而存之，用永憲於後祀。

與《饗軍堂記》一副筆墨，皆鐫削煅煉而成者。追撫漢人，幾欲部婁燕、許。

四門助教廳壁記

周人置虞庠於四郊，以養國老，教冑子。《祭統》曰：『天子設四學。』盖其制也。《易傳·太初篇》曰：『天子旦入東學，晝入南學，夕入西學，暮入北學。』蔡邕引之，以定明堂之位焉。《大戴禮·保傅篇》曰：『帝入東學以貴仁，入南學以貴德，入西學以貴義，入北學以尊爵。』賈生述之，以明太子之教焉。故曰：爲大教之宫，而四學具焉。參明堂之政，原大教之極，其建置之道弘也。（見典之重。）

後魏太和中，立學於四門，置助教二十人。隋氏始隸於國子，而降置五人。皇朝始合於太學，又省至三人。員位彌簡，其官尤難，非儒之通者不列也。四門學之制，掌國之上士、中士、下士，凡三等，侯、伯、子、男，凡四等。其子孫之爲冑子者，（只頂上句。）及庶士、庶人之子爲俊士者，使執其業而居其次，就師儒之宫而考正焉。助教之職，佐博士以掌鼓篋榎楚之政令，分其人而教育之，其有通經力學者，必於歲之杪，升於禮部，聽簡試焉。課生徒之進退，必酌於中道，非博雅莊敬之流，固不得臨於是。（不止以文爲長。）故有去而升於朝者，賀秘書由是爲博士，歸散騎，由是爲左拾遺。舊制以拾遺爲八品清官，故必以名實者居於其位。

貞元中，王化既成，經籍少間，有司命太學之官，頗以爲易。（王化成，正興學校之日。乃因王化之成而荒經籍、輕學官，此作者之微辭也。）專名譽好文章者，咸耻爲學官。至是，河東柳立始以前進士求署兹職，天水武儒衡、閩中歐陽詹又繼之。是歲，爲四門助教，凡三人，皆文士，京師以爲異。（微辭。）余與立同祖，與武公同升於禮部，與歐陽生同志於文。四門助教署，未嘗紀前人名氏，余故爲之記，見由夫三子者始。

博士助教之官，於道則尊，於職則散，沿至後代，比於餼羊之供矣。文中先言章志興教之重，後言王化既成，無須教導。一時有文譽者，耻爲其官，何學校之衰也。至相繼得三文士，京師異之，則人文之不振可知矣。無限感慨，以回護出之，令讀者隱然遇之言外。

道州毁鼻亭神記

鼻亭神，象祠也。不知何自始立，因而勿除，完而恒新，相傳且千歲。

元和九年，河東薛公由刑部郎中刺道州，除穢革邪，敷和於下。州之罷人，去亂即治，變呻爲謡，若痿而起，若矇而瞭，騰踴相視，讙言克順。既底於理，公乃考民風，披地圖，得是祠，駭曰：

『象之道，以爲子則傲，以爲弟則賊，君有鼻而天子之吏實理。以惡德而專世祀，殆非化吾人之意哉。』命亟去之。於是撤其屋，墟其地，沉其主於江。公又懼楚俗之尚鬼而難諭也，乃徧告於人曰：『吾聞「鬼神不歆非類」，又曰「淫祀無福」，凡天子命刺史於下，（發出正論。）非以專土疆、督貨賄而已也，蓋將教孝悌，去奇邪，（教孝弟，則不孝弟者當斥。）俾斯人敦忠睦友，祇肅信讓，以順於道。吾之斥是祠也，以明教也。苟離於正，雖千載之違，吾得而更之，況今兹乎？苟有不善，雖異代之鬼，吾得而攘之，況斯人乎？』州民既諭，相與歌曰：『我有耇老，公燠其肌；我有病癃，公起其羸。髫童之囂，公實智之；鰥孤孔艱，公實遂之。孰尊惡德？遠矣自古。孰羡淫昏？俾我斯瞽。千歲之冥，公闢其户；我子洎孫，延世有慕。』

宗元時謫永州，邇公之邦，聞其歌詩，以爲古道罕用，賴公而存，斥一祠而二教興焉。明罰行於鬼神，愷悌達於蠻夷，（應前明教。）不惟禁淫祠、黜非類而已。願爲記以刻山石，俾知教之首。

斥不孝弟者，以重倫立教，議論正大。然讀王陽明《象祠記》文，謂瞽瞍底豫以後，象亦化爲孝悌，見祠之不必毁，其立意亦未嘗不正大也。作文故須獨出手眼。

零陵郡復乳穴記

石鍾乳，餌之最良者也，楚、越之山多産焉。於連於韶者，獨名於世。連之人，告盡焉者五載矣，以貢，則買諸他部。今刺史崔公至，逾月，穴人來以乳復告。邦人悅是祥也，（從『祥』字起波。）雜然謠曰：『甿之熙熙，崔公之來。公化所徹，土石蒙烈。以爲不信，起視乳穴。』

穴人笑之曰：『是惡知所謂祥耶？嚮吾以刺史之貪戾嗜利，徒吾役而不吾貨也，吾是以病而紿焉。今吾刺史令明而志潔，光賴而後力，欺誣屏息，信順休洽，吾以是誠告焉。且夫乳穴必在深山窮林，冰雪之所儲，豺虎之所廬。由而入者，觸昏霧，扞龍蛇，束火以知其物，縻繩以志其返。其勤若是，出又不得吾直，吾用是安得不以盡告？今令人而乃誠，吾告故也，何祥之爲？』（撇開『祥』。）

吾聞之曰：『謠者之祥也，乃其所爲怪者也。笑者之非祥也，乃其所謂真祥者也。君子之祥也，以政不以怪，（正論。）誠乎物而信乎道，人樂用命，熙熙然以效其有。斯其爲政也，而獨非祥也歟？』（仍結到『祥』。）

『以政不以怪』一語，可以塞千古言祥瑞者之口。知合浦珠還，亦此意也。行文譎矣，而一歸於正。

零陵三亭記

邑之有觀游，或者以爲非政，是大不然。夫氣煩則慮亂，視壅則志滯，君子必有游息之物、高明之具，使之清寧平夷，恒若有餘，然後理達而事成。

零陵縣東有山麓，泉出石中，沮洳污塗，群畜食焉，墻藩以蔽之，爲縣者積數十人，莫知發視。河東薛存義，以吏能聞荆、楚間，潭部舉之，假湘源令。會零陵政尨賦擾，民訟於牧，推能濟弊，來莅兹邑。遁逃復還，愁痛笑歌，逋租匿役，期月辨理。宿蠹藏奸，披露首服。民既卒税，相與歡歸道途，迎賀里閭。門不施胥吏之席，耳不聞鼛鼓之召。雞豚糗醑，得及宗族。州牒尚焉，旁邑倣焉。（先叙其治，次及觀。）然而未嘗以劇自撓，山水鳥魚之樂，淡然自若也。乃發墻藩，驅群畜，決疏沮洳，搜剔山麓。萬石如林，積坳爲池。爰有嘉木美卉，垂水藂峰，瓏璁蕭條，清風自生。翠煙自留，（『自留』，一作『欲留』。）不植而遂。魚樂廣閑，鳥慕静深，别孕巢穴，沉浮嘯萃，不蓄而富。伐木墜江，流於邑門。陶土以埴，亦在署側。人無勞力，土得以利。乃作三亭，陟降晦明。高者冠山巔，下者俯清池。更衣膳饔，列置備具。賓以燕好，旅以館舍。高明游息之道，具於是邑，由薛爲首。

在昔，裨諶謀野而獲，宓子彈琴而理，亂慮滯志，無所容入。則夫觀游者，果爲政之具歟？薛之志其果出於是歟？及其弊也，則以玩替政，以荒去理。（防弊。）使繼是者咸有薛之志，則邑民之福，其可既乎？余愛其始而欲久其道，乃撰其事以書於石。薛拜曰：『吾志也。』遂刻之。

學問有藏修游息，爲政亦然。蠲其煩囂，養其靈明，與屢省乃成，固並行不悖也。中間風生翠留，魚鳥自得，披讀一過，令人神往其間。

永州龍興寺東丘記

游之適，大率有二：曠如也，奧如也，如斯而已。其地之凌阻峭，出幽鬱，寥廓悠長，則於曠宜；抵丘垤，伏灌莽，迫遽迴合，則於奧宜。因其曠，雖增以崇臺延閣，迴環日星，臨瞰風雨，不可病其敞也；因其奧，雖增以茂樹叢石，穹若洞谷，蓊若林麓，不可病其邃也。（以上『曠』『奧』並列，以下側到『奧如』。）

今所謂東丘者，奧之宜者也。其始龕之外棄地，今得而合焉，以屬於堂之北垂。凡坳窪坻岸之狀，無廢其故。屏以蜜竹，聯以曲梁。桂檜、松杉、楩柟之植，幾三百本。嘉卉、美石，又經緯之。俛入綠縟，幽蔭薈蔚，步武錯迕，不知所出。（曲形『奧如』之趣。）温風不爍，清風自至，水亭狹室，曲有奧趣。然而至焉者，往往以邃爲病。

噫！龍興，永之佳寺也。登高殿可以望南極，闢大門可以瞰湘流，若是其曠也。而於是小丘，又將披而攘之，則吾所謂游有二者，無乃闕焉而喪其地之宜乎？丘之幽幽，可以處休；（以下二語一韻。）丘之窅窅，可以觀妙。溽暑遁去，兹丘之下。太和不遷，兹丘之巔。奧乎兹丘，孰從我游？余無召公之德，懼翦伐之及也，故書以祈後君子。

曠如奧如，必宜相兼，若以邃爲病，未免偏於一而闕其一矣。前平後側，句雕字鏤，情文並至。

永州新堂記

將爲穹谷、嵁巖、淵池於郊邑之中，（斗峭摩天。）則必輦山石，溝澗壑，凌絶險阻，疲極人力，乃可以有爲也。然而求天作地生之狀，咸無得焉。逸其人，因其地，全其天，（爲政之道，備此三語。）昔之所難，今於是乎在。

永州實惟九嶷之麓，其始度土者，環山爲城。有石焉，翳於奥草；有泉焉，伏於土塗。蛇虺之所蟠，狸鼠之所游，茂樹惡木，嘉葩毒卉，亂雜而争植，號爲穢墟。韋公之來，既逾月，理甚無事。望其地，且異之，始命芟其蕪，行其塗，積之丘如，蠲之瀏如。既焚既釃，奇勢迭出。清濁辨質，美惡異位。視其植，則清秀敷舒；視其蓄，則溶漾紆餘。怪石森然，周於四隅，或列或跪，或立或仆，竅穴逶邃，堆阜突怒。（一路用韻語。）乃作棟宇，（入作堂。）以爲觀游。凡其物類，無不合形輔勢，效伎於堂廡之下。外之連山高原、林麓之崖，間厠隱顯。邇延野緑，遠混天碧，咸會於譙門（城樓。）之内。

已乃延客入觀，繼以宴娱。或贊且賀，曰：『見公之作，知公之志。公之因土而得勝，豈不欲因俗以成化？公之釋惡而取美，豈不欲除殘而佑仁？公之蠲濁而流清，豈不欲廢貪而立廉？公之居高以望遠，豈不欲家撫而户曉？（語語收繳全文，用意正大，作法周密，勿以尋常頌揚語視之。）夫然，則是堂也，豈獨草木、土石、水泉之適歟？山原、林麓之觀歟？將使繼公之理者，視其細，知其大也。』

宗元請志諸石，措諸壁，編以爲二千石楷法。

起手陡然而來，倚天拔地。後段推到政治上，爲刺史作記，自應有此一番議論，非諛之，乃規之也。中有用韻語，有雕琢語，獨推作者擅長。

桂州訾家洲亭記

大凡以觀游名於代者，不過視於一方，其或傍達左右，則以爲特異。至若不鶩遠，不陵危，環山洄江，四出如一，夸奇競秀，咸不相讓，徧行天下者，唯是得之。

桂州多靈山，發地峭堅，林立四野，署之左曰灕水，水之中曰訾氏之洲。凡嶠南之山川，達於海上，於是畢出，而古今莫能知。

元和十二年，御史中丞裴公（行立。）來涖兹邦，都督二十七州諸軍州事。盜遁姦革，德惠敷施，期年政成。而當天子平淮夷，定河朔，告於諸侯。公既施慶於下，乃合僚吏，登兹以嬉。觀望悠長，悼前之遺，於是厚貨居旿，移於閑壤。伐惡木，�奥草，前指後畫，心舒目行。忽焉若飄浮上騰，以臨雲氣。萬山面内，重江束隘，聯嵐含輝，旋視具宜。常所未覩，倏然互見，以爲飛舞奔走，與遊者偕來。（只經營布置耳，寫來如許飛動。）

乃經工庀材，考極相方。南爲燕亭，延宇垂阿。步簷更衣，周若一舍。北有崇軒，以臨千里。左浮飛閣，右列閒館，比舟爲梁，與波昇降。苞灕山，含龍宮，昔之所大，蓄在亭內。日出扶桑，雲飛蒼梧，海霞島霧，來助游物。其隙則抗月檻於迴溪，出風榭於篁中。晝極其美，又益以夜。列星下布，顥氣迴合，邃然萬變，若與安期、羨門接於物外。（此一段今讀者如置身雲海間，極天下之大觀而無憾矣。）則凡名觀游於天下者，有不屈伏退讓，以推高是亭者乎？

既成以燕，歡極而賀，咸曰：『昔之遺勝概者，必於深山窮谷，人罕能至。而好事者，後得以爲己功。（入手所云『不騖遠，不陵危』也。）未有直治城，挾闤闠，車輿步騎，朝過夕視，訖千百年，莫或異顧。一旦得之，遂出於他邦，雖博物辯口，莫能舉其上者。然則人之心目，其果有遼絶特殊而不可至者耶？

蓋非桂山之靈，不足以瓌觀；非是洲之曠，不足以極視；非公之鑒，不能以獨得。噫！造物者之設是久矣，而盡之於今，余其可以無藉乎？』（宕往，須領言外意。）

齊梁、漢京，合爲一手。

游黄溪記

北之晉，西適豳，東極吴，南至楚、越之交，其間名山水而州者以百數，永最善。環永之治百里，北至於浯溪，西至於湘之源，南至於瀧泉，東至於黄溪東屯，其間名山水而村者以百數，黄溪最善。

黄溪距州治七十里，由東屯而行六百步，至黄神祠。祠之上，兩山墻立，丹碧之華葉駢植，（『丹碧』之上本有『如』字。虞伯生曰：丹碧華葉皆實景，著『如』字不得，今從之。）與上升降。其缺者，爲崖峭巖窟。水之中，皆小石平布。黄神之上，揭水八十步，至初潭，最奇麗，殆不可狀。其略若剖大甕，側立千尺。溪水即焉，（工於形容。）黛蓄膏渟。來若白虹，沉沉無聲。有魚數百尾，方來會石下。南去又行百步，至第二潭。石皆巍然臨峻流，若頦頷齗齶。其下大石離列，可坐飲食。有鳥赤首烏翼，大如鵠，方東向立。自是又南數里，地皆一狀。樹益壯，石益瘦，水鳴皆鏘然。又南一里，至大冥之川，山舒水緩，有土田。（善形平遠。）始黄神爲人時，居其地。

傳者曰：黄神，王姓，莽之世也。莽既死，神更號黄氏，逃來，擇其深峭者潛焉。始莽嘗曰：『余，黄、虞之後也。』故號其女曰黄皇室主。黄與王聲相邇，而又有本，其所以傳言者益驗。神既居是，民咸安焉，以爲有道，死乃俎豆之，爲立祠，後稍徙近乎民。今祠在山陰溪水上。（即兩山墻立處。）

元和八年五月十六日，既歸爲記，以啓後之好游者。

游黄溪，不過十餘里，却寫得如千巖萬壑，幽峭深邃平遠，無境不備。手有化工，不同畫筆。

唐宋八家文讀本卷九

柳宗元子厚著
後學沈德潛確士評點

始得西山宴游記

自余爲僇人，居是州，恒惴惴。其隟（同『隙』。）也，則施施而行，漫漫而游。日與其徒，上高山，入深林，窮迴溪，幽泉怪石，無遠不到。到則披草而坐，傾壺而醉。醉則更相枕以卧，意有所極，夢亦同趣。覺而起，起而歸。以爲凡是州之山有異態者，皆我有也，而未始知西山之怪特。（反落『始』字。）

今年九月二十八日，因坐法華西亭，望西山，始指異之。（點『始』字。）遂命僕過湘江，緣染溪，斫榛莽，焚茅茷，窮山之高而止。攀援而登，箕踞而遨，則凡數州之土壤，皆在衽席之下。其高下之勢，岈然（高。）窪然（下。），若垤（高。）若穴（下。），尺寸千里，攢蹙累積，莫得遯隱。縈青繚白，外與天際，四望如一。然後知是山之特出，（始得神理。）不與培塿爲類，悠悠乎與灝氣俱，而莫得其涯；洋洋乎與造物者游，而不知其所窮。引觴滿酌，頹然就醉，（此寫『宴游』。）不知日之入。蒼然暮色，自遠而至，至無所見，而猶不欲歸。心凝形釋，與萬化冥合。然後知吾嚮之未始游，游於是乎始，（正收『始』字。）故爲之文以志。

是歲，元和四年也。

從『始得』字着意，人皆知之。蒼勁秀削，一歸元化。人巧既盡，渾然天工矣。此篇領起後諸小記。

鈷鉧潭記

鈷鉧，熨衣器。潭以形得名。

鈷鉧潭在西山西。（因『始得』篇來。）其始蓋冉水自南奔注，抵山石，屈折東流；其顛委勢峻，盪擊益暴，齧其涯，故旁廣而中深，畢至石乃止。（句句剪削，乃有此詣。稍一放筆，便平常語矣。）流沫成輪，然後徐行。其清而平者且十畝，有樹環焉，有泉懸焉。

其上有居者，以予之亟游也，一旦款門來告，曰：『不勝官租私券之委積，既芟山而更居，願以潭上田貿財以緩禍。』

予樂而如其言。則崇其臺，延其檻，行其泉，於高者墜之潭，有聲潨然。尤與中秋觀月爲宜，於以見天之高、氣之迥。孰使予樂居夷而忘故土者，（淡然。）非兹潭也歟？

筆墨孤戛。

鈷鉧潭西小丘記

得西山後八日，（亦跟『西山』入。）尋山口西北道二百步，又得鈷鉧潭。潭西二十五步，當湍而浚者爲魚梁。梁之上有丘焉，生竹樹。其石之突怒偃蹇，負土而出，争爲奇狀者，殆不可數。其嵚然相累而下者，若牛馬之飲於溪；其衝然角列而上者，若熊羆之登於山。

丘之小，不能一畝，可以籠而有之。問其主，曰：『唐氏之棄地，貨而不售。』問其價，曰：『止四百。』余憐而售之。李深源、克己時同遊，皆大喜，出自意外。即更取器用，鏟刈穢草，伐去惡木，烈火而焚之。嘉木立，美竹露，奇石顯。（文勢勒住。）

由其中以望，（此下連潭並寫。）則山之高、雲之浮、溪之流、鳥獸魚之遨遊，舉熙熙然回巧獻伎，以効兹丘之下。枕蓆而卧，則清泠之狀與目謀，瀯瀯之聲與耳謀，悠然而虚者與神謀，淵然而静者與心謀。（句法本《考工記》。）不匝旬而得異地者二，雖古好事之士，或未能至焉。

噫！以兹丘之勝，致之澧、鎬、鄠、杜，則貴游之士争買者，日增千金而愈不可得。（全爲放臣寫照。）今棄是州也，農夫、漁父過而陋之，賈四百，連歲不能售，而我與深源、克己獨喜得之，是其果有遭乎？書於石，所以賀兹丘之遭也。

結處忽發感喟，反覆曲折，此神來之候也。記中又開一體。

至小丘西小石潭記

從小丘西行百二十步，（因上篇來）隔篁竹，聞水聲，如鳴佩環。心樂之，伐竹取道，下見小潭，水尤清洌。泉石以爲底，近岸卷石底以出，爲坻，爲嶼，爲嵁，爲巖。青樹翠蔓，蒙絡摇綴，參差披拂。

潭中魚可百許頭，皆若空遊無所依。（清極故。）日光下徹，影布石上，佁然不動，俶爾遠逝，往來翕忽，似與遊者相樂。

潭西南而望，斗折蛇行，明滅可見。其岸勢犬牙差互，不可知其源。坐潭上，四面竹樹環合，寂寥無人，凄神寒骨，悄愴幽邃。以其境過清，（『過清』二字收盡通篇。）不可久居，乃記之而去。

同遊者，吴武陵，龔古，余弟宗玄。隸而從者，崔氏二小生，曰恕己，曰奉壹。

記潭中魚數語，動定俱妙。後全在不盡，故意境彌深。

袁家渴記

由冉溪西南，水行十里，山水之可取者五，莫若鈷鉧潭。由溪口而西，陸行，可取者八九，莫若西山。由朝陽岩東南，水行至蕪江，可取者三，莫若袁家渴。皆水中幽麗奇處也。

楚、越之間，方言謂水之支流者爲渴，音若衣褐之褐。（注一語。）渴，上與南館高嶂合，下與百家瀨合。（記水。）其中重洲小溪，澄潭淺渚，間厠曲折。平者深黑，峻者沸白。（中有石故。）舟行若窮，忽又無際。（八字已抵一篇遊記。）

有小山出水中。（記山。）山皆美石，石上生青叢，冬夏常蔚然。其旁多巖洞，其下多白礫，（石子也。）其樹多楓柟、石楠、楩櫧、樟柚，（記樹。）草則蘭芷。（記草。）又有異卉，類合歡而蔓生，轇轕水石。

每風自四山而下，（記風。）振動大木。掩苒衆草，紛紅駭緑，蓊葧香氣，衝濤旋瀨，退貯谿谷，摇颺葳蕤，（《莊子》『大塊噫氣』一段善於寫風，此故不讓。）與時推移。（四時不同。）其大都如此，余無以窮其狀。（此處先逗『窮』字，爲後二篇作地。）

永之人未嘗遊焉。余得之，不敢專也，出而傳於世。其地世主袁氏，故以名焉。（補出袁家。）

記水，記山，記石，記樹，記草，無不入妙。尤在記風一段，共九句，凡性情形勢，往來動定，一一具備，可云化工。

王右丞『安知清流轉，忽與前山通』，神來之句。讀『舟行若窮』二語，故應勝之。

此與後二記，在西山南路。

石渠記

自渴西南行，（蒙上。）不能百步，得石渠，民橋其上。有泉幽幽然，（源。）其鳴乍大乍細。渠之廣，（叙石渠。）或咫尺，或倍尺，其長可十許步。其流抵大石，（流。）伏出其下。踰石而往，有石泓。（次石泓。）菖蒲被之，青蘚環周。（别本作『青鱗』，誤。）又折西行，旁陷巖石下，北墮小潭。（次石潭。）潭幅員減百步，清深，多鯈魚。又北曲行紆餘，睨若無窮，然卒入於渴。其側皆詭石怪木、奇卉美箭，可列坐而庥焉。風摇其巔，韻動崖谷，視之既静，其聽始遠。（亦善寫風。前篇『駭』『動』，此篇『静』『遠』。）

予從州牧得之，攬去翳朽，决疏土石，既崇而焚，既釃而盈。惜其未始有傳焉者，故累記其所屬，遺之其人，書之其陽，俾後好事者求之得以易。

元和七年正月八日，蠲渠至大石。十月十九日，踰石得石泓、小潭。渠之美，於是始窮也。

（應『窮』字。）

視之既静，其聽始遠。補《袁家渴》篇，寫風所未及，通體俱陗潔。

石澗記

石渠之事既窮，（亦蒙上。）上由橋西北，下土山之陰，民又橋焉。其水之大，倍石渠三之。亘石爲底，（叙石澗。）達於兩涯，若床若堂，若陳筵席，若限閫奥。水平布其上，流若織文，（形。）響若操琴。（聲。）揭跣而往，折竹掃陳葉，排腐木，可羅胡床十八九居之。交絡之流，（形。）觸激之音，（聲。）皆在床下。翠羽之木，龍鱗之石，均蔭其上。古之人，其有樂乎此耶？後之來者，有能追余之踐履耶？得意之日，與石渠同。

由渴而來者，先石渠，後石澗；由百家瀨上而來者，先石澗，後石渠。澗之可窮者，皆出石城村東南，其間可樂者數焉。其上深山幽林，逾峭險，道狹不可窮也。（去路不盡。）

連《袁家渴》《石渠》兩篇，俱以『窮』字作線索。

柳州遊山水記諸篇，有次第，有聯絡，而又不顯然露次第聯絡之跡，所以别於後人。

小石城山記

自西山道口徑北，踰黄茅嶺而下，有二道。其一西出，尋之無所得；（放開一道。）其一少北而東，不過四十丈，土斷而川分，有積石横當其垠。其上爲睥睨梁欐之形，其旁出堡塢，有若門焉。（名石城之故。）窺之正黑，投以小石，洞然有水聲，其響之激越，良久乃已。環之可上，望甚遠，無土壤而生嘉樹美箭，益奇而堅。其疏數偃仰，（四字盡山水之妙。）類智者所施設也。

噫！吾疑造物者之有無久矣，及是，愈以爲誠有。又怪其不爲之於中州，而列是夷狄，更千百年不得一售其伎，是固勞而無用，神者儻不宜如是，則其果無乎？（疑有疑無，惝恍無定。）或曰：以慰夫賢而辱於此者。或曰：其氣之靈，不爲偉人，而獨爲是物，故楚之南少人而多石。（即片石可語意。）是二者，余未信之。（不了。）

洸洋恣肆之文，善學莊子，故是借題寫意。

此西山北出一支，不與上七篇連屬。

柳州山水近治可遊者記

古之州治，在潯水南山石間，今徙在水北，直平四十里，南北東西皆水匯。

北有雙山，夾道嶄然，曰背石山。有支川，東流入於潯水。潯水因是北而東，盡大壁下。其壁曰龍壁，其下多秀石，可硯。

南絶水，有山無麓，廣百尋，高五丈，下上若一，曰甑山。山之南皆大山，多奇。又南且西，曰駕鶴山，壯聳環立，古州治負焉。有泉，在坎下，常盈而不流。南有山，正方而崇，類屏者，曰屏山；其西曰四姥山。皆獨立不倚。北流潯水瀨下。

又西曰仙奕之山。山之西可上。其上有穴，穴有屏，有室，有宇。其宇下有流石成形，如肺肝，如茄房。或積於下，如人，如禽，如器物，甚衆。東西九十尺，南北少半。東登入小穴，常有四尺，（八尺曰尋，倍尋曰常。）則廓然甚大，無竅，正黑，燭之，高僅見其宇，皆流石怪狀。由屏南室中入小穴，倍常而上，始黑，已而大明，爲上室。由上室而上，有穴，北出之，乃臨大野，飛鳥皆視其背。（極形其高。予向有句云：『群峰列眉低，俯見飛鳥背。』儀曹先得我心。）其始登者，得石枰於上，黑肌而赤脈，十有八道，可奕，故以云。其山多樫，多櫧，多篔簹之竹，多橐吾（即欵吾。）。其鳥，多秭歸。

石魚之山，全石，無大草木，山小而高，其形如立魚，在多秭歸西，有穴，類仙奕。入其穴，東出其西北，靈泉在東趾下，有麓環之。泉大類轂雷鳴，西奔二十尺，有洄，在石澗，因伏無所見，多緑青之魚，及石鯽，多鰷。（隨叙隨釋，類《水經注》。）

雷山，兩崖皆東西，雷水出焉。蓄崖中，曰雷塘，能出雲氣，作雷雨，變見有光。禱用俎魚、豆彘、修形、糈稌、酒陰，虔則應。（求神於陰也。）在立魚南，其間多美山，無名而深。（又用虚叙。）

峨山在野中，無麓，峨水出焉，東流入於潯水。

體似太史公《天官書》，句似酈道元《水經注》，零零雜雜，不立間架，不用聯絡照應，真奇作也。明王守溪《七十二峰記》，似得此意。

邕州馬退山茅亭記

冬十月，作新亭於馬退山之陽。因高丘之阻以面勢，無欂櫨節棁之華，不斲椽，不翦茨，不列墻，以白雲爲藩籬，碧山爲屏風，昭其儉也。

是山崒然起於莽蒼之中，馳奔雲矗，亘數十百里。尾蟠荒陬，首注大溪，諸山來朝，勢若星拱，蒼翠詭狀，綺綰繡錯。蓋天鍾秀於是，不限於遐裔也。然以壤接荒服，俗參夷徼，周王之馬迹不至，謝公之屐齒不及，巖徑蕭條，登探者以爲歎。

歲在辛卯，我仲兄（柳寬。）以方牧之命，試於是邦。夫其德及故信孚，信孚故人和，人和故政多暇。由是嘗徘徊北山，以寄勝概。乃塈乃塗，作我攸宇，於是不崇朝而木工告成。每風止雨收，烟霞澄鮮，輒角巾鹿裘，率昆弟友生，冠者五六人，步山椒而登焉。於是手揮絲桐，目送還雲，西山爽氣，在我襟袖，八極萬類，攬不盈掌。

夫美不自美，因人而彰。蘭亭也，不遭右軍，則清湍修竹，蕪没於空山矣。是亭也，僻介閩嶺，佳境罕到，不書所作，使盛迹鬱湮，是貽林澗之媿。故志之。

鮮秀刻露，有情有文。或云此獨孤及文，誤入柳集中者，豈因其風格少近耶。然柳寬爲子厚兄，仍是柳作無疑。

唐故御史周君碣 周君，名子諒。

有唐貞臣，汝南周氏，諱某，字某，以諫死，葬於某。貞元十二年，柳宗元立碣於其墓左。

在天寶年，有以諂諛至相位，（叙事簡老。）賢臣放退。公爲御史，抗言以白其事，得死於墀下，史臣書之。公之死，而佞者始畏公議。（筆可截鐵。）

於呼！古之不得其死者衆矣。若公之死，志匡王國，氣震姦佞，動獲其所，斯蓋得其死者歟。公之德之才，洽於傳聞，卒以不試而獨申其節，猶能奮百代之上，以爲世軌。第令生於定、哀之間，則孔子不曰『未見剛者』。出於秦、楚之後，則漢祖不曰『安得猛士』。而存不及興王之用，没不遭聖人之歎，誠立志者之所悼也。（所以作碣之故。）故爲之銘，銘曰：

忠爲美，道是履。諫而死，佞者止。史之志，石以紀，爲臣軌兮。

玄宗罷裴耀卿、張九齡，而相李林甫、牛仙客，此治亂之轉關也。子諒以直諫杖死，子諒死而諫者無人矣。乃玄宗不聞悔過，而後世不加褒封，立碣表墓，其容已乎？文中不輕下一字，表正直，誅姦諛，居然史筆。

唐故萬年令裴府君墓碣

公諱瑾，字封叔，河東聞喜人。太尉公諱行儉，實高祖。侍中公諱光庭，實曾祖。刑部員外郎府君諱稹，實祖。大理卿府君諱儆，實父。公由進士上第，校書崇文館。飭館事，修整左春坊，由是立署局。後參京兆軍事，按覆校巡，大尹恒得以取直。爲太常主簿，搜逖疑互，探抉遯隱，宿工老師，不得伏匿，皆來會堂下。耆股肱，役喉喙，以集樂事。作坐立二部伎圖。卿奇其積，奏超以爲丞。司空杜公聯奉崇陵、豐陵禮儀，再以爲佐。離紛尨，導滯塞，闢百執事，條直顯遂，司空拱手以成。自開元制禮，諱去《國恤》章，（諱去者，乃許敬宗、李義府二佞人。）累聖陵寢，皆因事攣綴，取一切乃已，有司卒無所徵。公乃撰《二陵集禮》，藏之南閣，轉殿中侍御史，仍拜尚書比部員外郎，會校成要，期歲畢具。刺金州，决高施隟，去人水禍，渚芟原茅，闢成稻粱。陟萬年令，叢劇辨肅，談晏終日，人視之若居冗官然。（極言其治煩劇有餘力也。）會金州猾吏來，揚言恐喝，以煩褻事，曰：『不得三十萬，吾能爲禍。』公大怒，召罵之，恣所爲。吏巧以聞，御史按章具獄，再謫道州、循州，爲佐掾。會赦，量移吉州長史。元和十二年七月日，病痁泄卒。

始公以唯諾聞長安中，奔人危急，輕出財力，如索水火。性開蕩，進交大官，不視齒類。挍同列，收下輩，細大畢觀。喜博奕，知聲音，飲酒甚少，而工於糺譎。謡舞擊咢，纖屑促密，皆曲中節度，而終身不以酒氣加人。晝接人事，夜讀書考禮，收捃策牘，未嘗釋手，以是重諸公間。（一段文字，學扶風，而又變其面目。子厚極得意處。）初娶范陽盧氏，無子。後夫人柳氏，德爲九族冠。生三男子，喪其二焉。貞元十六年某月日，卒祔於長安御宿之北原，冢子銑奉柩，以明年月日，克葬於墓。銑以文書來柳州，告其叔舅宗元，願碣於墓左。則涕爲之銘，其辭曰：

有鬱其馨，惟裴之卿。世服大僚，仍耀烈名。封叔申之，實惟其英。仇書宮闈，佐職於京。太常命吏，以能增秩。相儀考禮，大弁（弁，同『卞』，法也。）斯畢。鳩工展伎，爰備聲律。或圖或書，藏之府室。史於柱下，郎於會司。徽循以周，大比是宜。作牧於金，金人允懷。溝防漢滸，墊沃卒移。增我歲食，易其芋魁。游手閒民，相顧聚來。徵爲萬年，治劇於都。百務叙成，談晏以娛。誰恤誰恃，不忍悍吏。胡巧其辭，按章以遂。由道斥循，施施三年。更赦進資，廬陵是遷。人曰世德，宜慶於延。又曰良能，宜力之宣。朝有大賚，期賜其還。鬼神不享，命殞在前。長原有墓，高曾祖父，淑靈是祔。（單句。）封叔爰歸，左右惟具。孤銑磨石，祈辭海陬，遂升其趺，於道之周。

叙官爵後，綜叙生平一段，出自凡筆，不過云赴人緩急，目空儔類，善聲音博弈，能行酒歌舞，而歸於性情和平、考據《書》《禮》而已。一經點染鎔鍊，字字飛鳴，使讀者如遇裴封叔其人於千載之下，真神境也。近代名家，專學王介甫清淡之筆，索然興盡矣。

陸文通先生墓表

本名淳，避憲宗諱，故易質。

孔子作《春秋》，千五百年，以名爲傳者五家，（左、公、穀、鄒、夾。）今用其三焉。秉觚牘，焦思慮，以爲論、注、疏、説者百千人矣。攻訐狠怒，以辭氣相擊排冒没者，其爲書，處則充棟宇，出則汗牛馬，或合而隱，或乖而顯。後之學者，窮老盡氣，左視右顧，莫得而本。則專其所學，以訾其所異，黨枯竹，護朽骨，以至於父子傷夷，君臣詆悖者，前世多有之。（劉向主《穀梁》，子歆主《左氏》。哀帝立《左氏》博士，群臣争之。）甚矣！聖人之難知也。

有吴郡人陸先生質，以其師友天水啖助洎趙匡，能知聖人之旨，故《春秋》之言，及是而光明，使庸人、小童，皆可積學以入聖人之道，傳聖人之教，是其德豈不侈大矣哉。

先生字某。（字元冲。）既讀書，得制作之本，而獲其師友。於是合古今，散同異，聯之以言，累之以文。蓋講道者二十年，書而志之者又十餘年，其事大備。爲《春秋集注》十篇，《辨疑》七篇,《微指》二篇。明章大中,發露公器,其道以生人爲主,以堯、舜爲的,苞羅旁魄,膠轕下上而不出於正。(《封禪書》:『旁魄四塞。』)其法以文、武爲首,以周公爲翼,揖讓升降,好惡喜怒,而不過乎物。既成,以授世之聰明之士,使陳而明之。故其書出焉,而先生爲巨儒。

用是爲天子争臣,尚書郎、國子博士、給事中、皇太子侍讀,皆得其道。刺二州,(台、信二州。)守人知仁。永貞年,侍東宫,言其所學,爲《古君臣圖》以獻,而道達乎上。是歲,嗣天子(憲宗。)踐祚而理,尊優師儒,先生以疾聞,臨問加禮。某月日,終於京師。某月日,葬於某郡某里。

嗚呼!先生道之存也以書,不及施於政;道之行也以言,不及覩其理。門人世儒,是以增慟。將葬,以先生爲能文聖人之書,通於後世,遂相與謚曰文通先生。後若干祀,有學其書者過其墓,哀其道之所由,乃作石以表碣。

峻整醇厚。唐以前説《春秋》者,俱信傳以測經。自啖助、趙匡及陸質,始據經而核傳。後宋儒得所據依,其功不可没也。篇中『明章大中』以下一段,極言所學之醇,得《春秋》之體要矣。

先侍御史府君神道表

嗚呼!先君之墓,仲父殿中君誌焉。孤宗元不敢稱道先德,然而無以昭於外者,用敢悉取仲父之所陳,而繫其辭,刻茲石表。

先君諱鎮，字某。六代祖諱慶，後魏侍中、平齊公。五代祖諱旦，周中書侍郎、濟陰公。高祖諱楷，隋刺齊、房、蘭、廓四州。曾伯祖諱奭，字子燕，唐中書令。曾祖諱子夏，徐州長史。祖諱從裕，滄州清池令。皇考諱察躬，湖州德清令。世德廉孝，颺於河滸，士之稱家風者歸焉。

先君之道，得《詩》之群、《書》之政、《易》之直方大、《春秋》之懲勸，以植於内而文於外，垂聲當時。（領取生平所自著述。）

天寶末，經術高第，遇亂，奉德清君夫人，載家書，隱王屋山，間行以求食，深處以修業，作《避暑賦》。合群從弟子侄，講《春秋左氏》《易王氏》，（王弼《易》也。）衎衎無倦，以忘其憂。德清君喜曰：『兹謂「遯世無悶」矣。』亂有間，舉族如吴，無以爲食。先君獨乘驢，無僮御，以出求仁者，冀以給食。嘗經山澗，水卒至，流抵大壑，得以無苦。被濡塗以行，無愠容，觀者哀悼而致禮加焉。季王父六合君，忤貴臣，死於吏舍，猶鞠其狀。先君改服徒行，逾四千里，告於上，由是貸其問。

既而以爲天子平大難，發大號，且致太平，人罷兵戎，農去耒耜，宜以時興太學，勸耦耕，作《三老五更議》《籍田書》，（不載其詞，而大意自見。）齋沐以獻。道不果用，授左衛率府兵曹參軍。尚父汾陽王居朔方，備禮延望，授左金吾衛倉曹參軍，爲節度推官，專掌書奏。進大理評事，以爲刑法者軍旅之楨幹，斥候者邊鄙之視聽，不可以不具，作《晉文公三罪議》《守邊論》，議事確直，勢不能容。表爲晉州録事參軍。晉之守，故將也，少文而悍，酣嗜殺戮，吏莫敢與之争。先君獨抗以理，無辜將死，常以身扞笞箠，拒不受命。守大怒，投几折簣，而無以奪焉。以爲自下繩上，其勢將殆，作《泉竭木摧詩》，終秉直以免於耻。調長安主簿，居德清君之喪，哀有過而禮不逾，爲士者咸服。服既除，常吏部命爲太常博士。先君固曰：『有尊老孤弱在吴，願爲宣城令。』（任可以自請，此唐代體人情、禮臣下處。）三辭而後獲，徙爲宣城。四年，作閿鄉令，考績皆最，吏人懷思，立石頌德。遷殿中侍御史，爲鄂岳沔都團練判官。元戎大攘狄虜，增地進律，作《夏口破虜頌》。後數年，登朝爲真，會宰相（竇參。）與憲府（盧佋。）比周，誣諂正士，以校私讎，有擊登聞鼓以聞於上。上命先君總三司以聽理，至則平反之。爲相者不敢恃威以濟欲，爲長者不敢懷私以請間，群冤獲宥，邪黨側目，封章密獻，歸命天子，遂莫敢言。（時盧岳妻分家貲不及妾，所生子訟於官。盧佋欲罪妾，御史穆贊不從，佋與竇參譖於上，誣贊受金，下獄。弟賞訟冤，命柳鎮及李覿、楊瑀覆治之，冤得白。）逾年，卒中以他事貶夔州司馬，作《鷹鸇詩》。居三年，醜類就殛，拜侍御史。制書曰：『守正爲心，疾惡不懼。』先君捧以流涕，曰：『吾惟一子，愛甚，方謫去，至藍田，訣曰：「吾目無涕。」今而不知衣之濡也，抑有當我哉。』作《喜霽之歌》。副職持憲，以正經紀。

貞元九年，宗元得進士第。上問有司曰：『得無以朝士子冒進者乎？』有司以聞，上曰：『是故抗奸臣竇參者耶？（前隱此露。）吾知其不爲子求舉矣。』是歲五月十七日，終於親仁里第，享年五十五。七月某日，葬於萬年縣棲鳳原。後十一年，宗元由御史爲尚書郎。天子行慶於下，申命崇贈，而有司草創頗緩。會宗元得罪，遂寢不行。

太夫人范陽盧氏，某官某之女，實有全德，爲九族宗師。用柔明勤儉以行其志，用圖史箴誡以施其教，故二女之歸，他姓咸爲表式。太夫人既授封河東縣太君，會册太上皇后於興慶宫。既乃宗元貶秩，爲永州司馬，奉侍温清，未嘗見憂。元和元年五月十五日，終於州之佛寺，享年六十八。

嗚呼！宗元不謹先君之教，以陷大禍，幸而緩於死。既不克成先君之寵贈，又無以寧太夫人之飲食，天殛薦酷，名在刑書，不得手開玄堂以奉安祔，（時以母櫬歸祔，故云。）罪惡益大，世無所容。尚顧嗣續，不敢即死，支綴氣息，以嚴邦刑。大懼祭祀之無主，以忝盛德。敢用特牲，昭告神道，號叫萬里，以畢其辭云。

子於父母，所云『欲報之德，昊天罔極』也，天可讚頌乎？表中即將侍御史生平著述，層疊叙去，而始進之正、守法之嚴、廉而不劌、剛而不倨，俱於言下遇之矣。後人述祖父德業，處處先下贊語，全失立言之體。

段太尉逸事狀名秀實，字成公。

太尉始爲涇州刺史，時汾陽王以副元帥居蒲，王子晞爲尚書，領行營節度使，寓軍邠州，縱士卒無賴。邠人偷嗜暴惡者，率以貨竄名軍伍中，則肆志，吏不得問。日群行丐取於市，不嗛，輒奮擊折人手足，椎釜鬲甕盎，盈道上，把臂徐去，（如見。）至撞殺孕婦人。邠寧節度使白孝德，以王故，戚不敢言。

太尉自州以狀白府，願計事，至則曰：『天子以生人分公理，公見人被暴害，因恬然，且大亂，若何？』孝德曰：『願奉教。』太尉曰：『某爲涇州，甚適少事，今不忍人無寇暴死，以亂天子邊事。公誠以都虞候命某者，能爲公已亂，使公之人不得害。』孝德曰：『幸甚。』如太尉請。既署一月，晞軍士十七人，入市取酒，又以刃刺酒翁，壞釀器，酒留溝中。太尉列卒取十七人，皆斷頭注槊上，植市門外。晞一營大譟，盡甲。孝德震恐，召太尉曰：『將奈何？』太尉曰：『無傷也。請辭於軍。』孝德使數十人從太尉，太尉盡辭去，解佩刃，選老躄者一人持馬，至晞門下。甲者出，太尉笑且入曰：『殺一老卒，何甲也？吾戴吾頭來矣。』甲者愕。因諭曰：『尚書固負若屬耶？副元帥固負若屬耶？奈何欲以亂敗郭氏？爲白尚書，出聽我言。』晞出見太尉。太尉曰：『副元帥勳塞天地，當務始終。今尚書恣卒爲暴，暴且亂。亂天子邊，欲誰歸罪？罪且及副元帥。今邠人惡子弟以貨竄名軍籍中，殺害人，如是不止，幾日不大亂？大亂由尚書出，人皆曰，尚書倚副元帥，不戢士，然則郭氏功名，其與存者幾何？』（晞不得不屈。）言未畢。晞再拜，曰：『公幸教晞以道，恩甚大，願奉軍以從。』（與魏公子聞毛公、薛公言，同一神理。）顧叱左右，曰：『皆解甲，散還大伍中，敢譁者死。』太尉曰：『吾未晡食，請假設草具。』既食，曰：『吾疾作，願留宿門下。』命持馬者去，旦日來，還卧軍中。晞不解衣，戒候卒擊柝衛太尉。（太尉固神人，晞亦汾陽令子。）旦，俱至孝德所，謝不能，請改過。邠州由是無禍。（結得足。）

先是，太尉在涇州，爲營田官。涇大將焦令諶，取人田，自占數十頃，給與農，曰：『且熟，歸我半。』是歲大旱，野無草。農以告諶，諶曰：『我知入數而已，不知旱也。』（如聞剛暴武人之聲。）督責益急，且饑死，無以償，即告太尉。太尉判狀辭甚巽，使人求諭諶。諶盛怒，召農者曰：『我畏段某耶？何敢言我！』取判鋪背上，以大杖擊二十，垂死，輿來庭中。太尉大泣，曰：『乃我困汝。』即自取水洗去血，裂裳衣瘡，手注善藥，旦夕自哺農者，然後食。（處粗人應如是，此中有作用在。）取騎馬，賣市穀代償，使勿知。淮西寓軍帥尹少榮，剛直士也，（帶叙一人。）入見諶，大罵曰：『汝誠人耶？涇州野如赭，人且饑死，而必得穀，又用大杖擊無罪者。段公仁信大人也，而汝不知敬。今段公唯一馬，賤賣市穀入汝，汝又取，不恥。凡爲人，傲天災，犯大人，擊無罪者，又取仁者穀，使主人出無馬，汝將何以對天地，尚不愧奴隸耶？』諶雖暴抗，然聞言則大媿，流汗不能食，曰：『我終不可以見段公。』一夕自恨死。（『自恨死』猶抱恨欲死。後朱泚亂時，諶尚在。）

及太尉自涇州以司農徵，戒其族，過岐，朱泚倖致貨幣，慎勿納。及過，泚固致大綾三百疋，太尉婿韋晤堅拒，不得命。至都，太尉怒曰：『果不用吾言。』晤謝曰：『處賤，無以拒也？』太尉曰：『然終不以在吾第。』以如司農治事堂，棲之梁木上。泚反，太尉終，吏以告泚。泚取視，其故封識具存。元和九年月日，永州司馬員外置同正員外宗元謹上史館。

今之稱太尉大節者，出入以爲武人，一時奮不慮死，以取名天下，（殺身成仁，非取名事，此世俗所云也。）不知太尉之所立如是。宗元嘗出入岐、周、邠、斄（古『邰』字。）間，過真定，北上馬嶺，歷亭鄣堡戍，竊好問老校退卒，能言其事。太尉爲人，姁姁常低首，拱手行步，言氣卑弱，未嘗以色待物。人視之，儒者也。遇不可，必達其志，決非偶然者。（仁者之勇。）會州刺史崔公來，言信行直，備得太尉遺事，覆校無疑。或恐尚逸墜，未集太史氏，敢以狀私於執事。謹狀。

凡逸事三：一寫其剛正，一寫其慈惠，一寫其清節。段段如生。至於以笏擊賊，此致命大節，人人共喻，不慮史官之遺也。後劉昫撰《唐書》，仍不采所上之狀，至宋祁始補入之。

梓人傳

裴封叔之第，在光德里。有梓人欵其門，願傭隙宇而處焉，所職尋引規矩繩墨，家不居礱斲之器。問其能，曰：『吾善度材，視棟宇之制，高深圓方短長之宜，吾指使而群工役焉。捨我，衆莫能就一宇。故食於官府，吾受禄三倍；作於私家，吾收其直大半焉。』他日，入其室，其床闕足而不能理，曰：『將求他工。』（此文章波折。不爾，便傷直遂。）余甚笑之，謂其無能而貪禄嗜貨者。

其後，京兆尹將飾官署，余往過焉。委群材，會衆工，或執斧斤，或執刀鋸，皆環立嚮之。梓人左持引，右執杖，而中處焉。量棟宇之任，視木之能舉，揮其杖曰：『斧。』彼執斧者奔而右。顧而指曰：『鋸。』彼執鋸者趨而左。俄而斤者斲，刀者削，皆視其色，俟其言，莫敢自斷者。其不勝任者，怒而退之，亦莫敢慍焉。畫宮於堵，盈尺而曲盡其制，計其毫釐而構大厦，無進退焉。既成，書於上棟曰：『某年某月某日，某建。』則其姓氏也。凡執用之工，不在列。余圜視大駭，然後知其術之工大矣。（東。）

繼而歎曰：彼將捨其手藝，專其心智，而能知體要者歟？吾聞勞心者役人，勞力者役於人，彼其勞心者歟？（得此蕩漾之筆入正意，乃有力。）能者用而智者謀，彼其智者歟？是足爲佐天子相天下法矣，（落相道是主。）物莫近乎此也。

彼爲天下者，本於人。其執役者，爲徒隸，爲鄉師、里胥；其上爲下士，又其上爲中士，爲上士；又其上爲大夫，爲卿，爲公。離而爲六職，判而爲百役。外薄四海，有方伯、連率；郡有守，邑有宰，皆有佐政。其下有胥吏，又其下皆有嗇夫、版尹，以就役焉，猶衆工之各有執伎以食力也。彼佐天子相天下者，舉而加焉，指而使焉，條其綱紀而盈縮焉，齊其法制而整頓焉，猶梓人之有規矩繩墨以定制也。擇天下之士，使稱其職；居天下之人，使安其業。視都知野，視野知國，視國知天下，其遠邇細大，可手據其圖而究焉，猶梓人畫宮於堵而績于成也。能者進而由之，使無所德；不能者退而休之，亦莫敢愠。不衒能，不矜名，不親小勞，不侵衆官，日與天下之英才，討論其大經，猶梓人之善運衆工而不伐藝也。夫然後相道得，而萬國理矣。相道既得，萬國既理，天下舉首而望曰：『吾相之功也。』後之人循跡而慕曰：『彼相之才也。』士或談殷周之理者，曰伊傅、周召，其百執事之勤勞而不得紀焉，猶梓人自名其功而執用者不列也。大哉相乎！通是道者，所謂相而已矣。其不知體要者，反此，以恪勤爲公，以簿書爲尊，衒能矜名，親小勞，侵衆官，（文用反勘，則正意益明。）竊取六職百役之事，听听於府庭，而遺其大者遠者焉，所謂不通是道者也。猶梓人而不知繩墨之曲直、規矩之方圓、尋引之短長，姑奪衆工之斧斤刀鋸以佐其藝，又不能備其工，以至敗績，用而無所成也，不亦謬歟？（不通相道而侵衆人之職者，固非大臣。乃又有外託有容而漫無可否，惟以苟安無事，保全禄位爲長，此孔光、張禹之績也。）

或曰：『彼主爲室者，倘或發其私智，牽制梓人之慮，奪其世守，而道謀是用，雖不能成功，豈其罪耶？亦在任之而已。』余曰不然。夫繩墨誠陳，規矩誠設，高者不可抑而下也，（即『不可則止』之義。）狹者不可張而廣也。由我則固，不由我則圮，彼將樂去固而就圮也？則卷其術，默其智，悠爾而去，（大臣之道如是。）不屈吾道，是誠良梓人耳。其或嗜其貨利，忍而不能捨也，喪其制量，屈而不能守也，棟橈屋壞，則曰非我罪也，可乎哉？可乎哉？余謂梓人之道類於相，故書而藏之。

梓人，蓋古之審曲面勢者，今謂之都料匠云。余所遇者，楊氏，潛其名。

儲同人云：分明一篇大臣論，借梓人以發端，由賓入主，非觸而長之之謂也。王弇州乃云：『形容梓人處已妙，只一語結束可也，喋喋不已，複而易厭。』如弇州言，是認煞爲梓人立傳，而觸類相臣，失厥指矣。

結構精嚴，無一懈筆。

題用譬喻，不須説出正義，令人言外思之，此則六義中比體也。先喻後正，而透發正義處，層層回抱前文。文各有體，不得以太盡議之。

種樹郭橐駝傳

郭橐駝，不知始何名。病僂，隆然伏行，有類橐駝者，故鄉人號之『駝』。駝聞之曰：『甚善，名我固當。』因捨其名，亦自謂橐駝云。

其鄉曰豐樂鄉，在長安西。駝業種樹，凡長安豪富人，爲觀游及賣果者，皆爭迎取養視。駝所種樹，或移徙，無不活，且碩茂蚤實以蕃。他植者雖窺伺傚慕，莫能如也。有問之，對曰：『橐駝非能使木壽且孳也，能順木之天，以致其性焉爾。（順天致性是本旨。）凡植木之性，其本欲舒，其培欲平，其土欲故，其築欲密。既然已，勿動勿慮，去不復顧。其蒔也若子，其置也若棄，則其天者全，而其性得矣。故吾不害其長而已，非有能碩茂之也；不抑耗其實而已，非有能蚤而蕃之也。

他植者則不然。根拳而土易，其培之也，若不過焉則不及。苟有能反是者，則又愛之太恩，憂之太勤，（上一層撇開，注意在此。）旦視而暮撫，已去而復顧，甚者爪其膚以驗其生枯，搖其本以觀其疏密，而木之性日以離矣。雖曰愛之，其實害之；雖曰憂之，其實讎之。故不我若也。吾又何能爲哉？』

問者曰：『以子之道，移之官理，可乎？』駞曰：『我知種樹而已，理非吾業也。然吾居鄉，見長人者，好煩其令，若甚憐焉而卒以禍。旦暮吏來而呼曰，官命促爾耕，勖爾植，督爾獲，蚤繰而緒，蚤織而縷，字而幼孩，遂而鷄豚。鳴鼓而聚之，擊木而召之。吾小人輟飧饔以勞吏者，且不得暇，又何以蕃吾生而安吾性耶？（正喻相應。）故病且怠。若是，則與吾業者其亦有類乎？』

問者曰：『嘻，不亦善夫。吾問養樹，得養人術。』（一筆總結。）傳其事，以爲官戒也。

此爲勤民而不得其道者言。若戕虐其民，如根拳土易一流，固不待言也。柳子主意，蓋在蓋公治齊一邊。

問養樹得養人術，古帝王所以詢於芻蕘也。

古人立私傳，每於史法不得立傳，而其人不可埋没者，别立传以表章之。若柳子《郭槖駞》《宋清》諸傳，同於莊生之寓言，無庸例視。

宋清傳

宋清，長安西部藥市人也，（眼目。）居善藥。有自山澤來者，必歸宋清氏，清優主之。長安醫工得清藥，輔其方，輒易讎，咸譽清。疾病疕瘍者，亦皆樂就清求藥，冀速已。清皆樂然響應，雖不持錢者，皆與善藥。積券如山，未嘗詣取直。或不識，遥與券，清不爲辭。歲終，度不能報，輒焚券，終不復言。市人以其異，（文章波折。）皆笑之曰：『清，蚩妄人也。』或曰：『清，其有道者歟。』清聞之，曰：『清，逐利以活妻子耳，非有道也。然謂我蚩妄者，亦謬。』

清居藥四十年，（化居之居。）所焚券者，百數十人，或至大官，或連數州，受俸博，其饋遺清者相屬於户。雖不能立報，而以賒死者千百，（因藥而愈未能報者。）不害清之爲富也。清之取利遠，遠故大，豈若小市人哉？一不得直，則怫然怒，再則駡，而仇耳。彼之爲利，不亦翦翦乎？吾見蚩之有在也。（儲云：清言止此。）清誠以是得大利，又不爲妄，執其道不廢，卒以富。求者益衆，其應益廣。或斥棄沉廢，親與交視之落然者，（觸着自己。）清不以怠，遇其人，必與善藥如故。一旦復柄用，益厚報清。其遠取利，皆類此。

吾觀今之交乎人者，（以下如傳之有論贊。）炎而附，寒而棄，鮮有能類清之爲者。世之言，徒曰『市道交』。嗚呼！清，市人也，今之交有能望報如清之遠者乎？幸而庶幾，則天下之窮困廢辱，得不死亡者衆矣，『市道交』豈可少耶？或曰：『清，非市道人也。』（跌宕頓挫，神乎《史記》。）柳先生曰：『清居市不爲市之道，然而居朝廷、居官府、居庠塾鄉黨，以士大夫自名者，反争爲之不已，悲夫！（至此，直痛詆矣！）然則清非獨異於市人也。』（繳應『異』字。）

以一『市』字，發出無限感慨。後段如太史公憤激於親戚交遊莫救視也。筆下亦跳脱，有活龍虎之狀。

童區寄傳『區』，讀『歐』。

柳先生曰：越人少恩，生男女，必貨視之。自毁齒已上，父兄鬻賣以覬其利。不足，則盜取他室，束縛鉗梏之。至有鬚鬣者，力不勝，皆屈爲僮。當道相賊殺以爲俗。（今廣西、雲、貴尚有此風。）幸得壯大，則縛取么弱者。漢官因爲己利，苟得僮，恣所爲不問，以是越中户口滋耗。少得自脱，惟童區寄以十一歲勝，斯亦奇矣。桂部從事杜周士爲余言之。

童寄者，郴州蕘牧兒也。行牧且蕘，二豪賊劫持反接，布囊其口，去逾四十里之虚（野市曰虚。）所賣之。寄僞兒啼，恐慄，爲兒恒狀。賊易之，對飲酒，醉。一人去爲市，一人卧，植刃道上。童微伺其睡，以縛背刃，力下上，得絶，（語簡而明，抵十數言。）因取刃殺之。（辣手。）逃未及遠，市者還，得僮，大駭。將殺童，遽曰：『爲兩郎僮，孰若爲一郎僮耶？（語妙。）彼不我恩也。郎誠見完與恩，無所不可。』市者良久，計曰：『與其殺是僮，孰若賣之；與其賣而分，孰若吾得專焉。幸而殺彼，甚善。』即藏其屍，持僮抵主人所，愈束縛牢甚。夜半，童自轉，以縛即爐火，燒絶之，雖瘡手勿憚，復取刃殺市者。（辣手。）因大號，一虚皆驚，童曰：『我區氏兒也，不當爲僮。賊二人得我，我幸皆殺之矣，願以聞於官。』

虚吏白州，州白大府。大府召視，兒幼願耳。刺史顔証奇之，留爲小吏，不肯。與衣裳，吏護還之鄉。鄉之行劫縛者，側目莫敢過其門，（筆下亦神勇。）皆曰：『是兒少秦武陽二歲，而討殺二豪，豈可近耶？』

此即事傳事，與《梓人》《宋清》《郭橐駝》諸傳，別有寄託者異也。簡老明快，字字飛鳴，詞令亦復工妙。假令其持地圖、藏匕首上殿，必不至變色失步，同秦武陽之怯矣。我愛之、畏之。

唐宋八家文讀本卷十

歐陽修永叔著
後學沈德潛確士評點

論選皇子疏

臣聞言天下之難言者，不敢冀必然之聽，知未必聽而不可不言者，所以盡爲忠之心。況臣遭遇聖明，容納諫諍，言之未必不聽。其可默而不言？

臣伏見自去歲以來，群臣多言皇嗣之事，臣亦嘗因災異，竊有奏陳，雖聖度包容，不加誅戮，而愚誠懇至，天聽未回。臣實不勝愛君之心，日夜區區，未嘗忘此，思欲再陳狂瞽，而未知所以爲言。今者伏見兗國公主近已出降，臣因竊思人之常道，莫親於父子之親；人之常情，亦莫樂於父子之樂。雖在聖哲，異於凡倫，其爲天性，於理則一。陛下嚮雖未有皇嗣，而尚有公主之愛，上慰聖顏。（説得款曲入情。）今既出降，漸疏左右，則陛下萬幾之暇，處深宮之中，誰可與語言？誰可承顏色？臣愚以謂宜因此時，出自聖意，於宗室之中，選材賢可喜者，録以爲皇子，使其出入左右，問安侍膳，亦足以慰悦聖情。

臣考於《書》《史》，竊見自古帝王，雖曰至尊，未嘗獨處也。（文章展拓法。）其出而居外也，不止百司公見奏事而已，必有儒臣學士，講論於閑宴，又有左右侍從，顧問語言。（客。）其入而居内也，不止宦官宫妾，在於左右而已，其平居燕寢也，則有太子問安，侍膳於朝夕。（主。）其優游宴樂也，多與宗室子弟，歡然相接如家人。計其一日之中，未嘗一時獨處也。今陛下日御前後殿，百司奏事者，往往仰瞻天顔而退，其甚幸者，得承一二言之德音。君臣之情不通，上下之意不接。其餘在廷之臣，儒學侍從之列，未聞一人從容親近於左右。入而居内，則至於問安、侍膳，亦闕於朝夕。是則陛下富有四海之廣，躬享萬乘之尊，居外則無一人可親，居内則無一人得親，此臣所以區區而欲言也。（賓主雙收，實則反客爲主，借建儲以曲暢其匡君之術也。）

伏惟陛下荷祖宗之業，承宗廟社稷之重，皇子未降，儲位久虚，群臣屢言，大議未決。臣前所奏陳，以謂未必立爲儲貳而，且養爲子，既可以徐察其賢否，亦可以待皇子之降生，於今爲之，亦其時也。臣言狂計愚，伏俟斧鉞。

儲同人云：語入肺腑，左師所以動趙威後也。借公主出降作引子，與『賤息舒祺』之意同。人臣進言，與其折君以理，不如動君以情，蓋情至則理存乎其中也。借公主出降引入，見萬幾之暇，無可與親。旋引古帝王未嘗獨處，以天倫之樂欣動之，其言不覺易入也，奏疏文應以歐公爲第一。

仁宗崩年止五十，歐公疏時，上春秋正勝，而言之無忌諱如此，是爲一德之朝。

論議濮安懿王典禮劄子

臣伏見朝廷議濮安懿王典禮，兩制禮官，請稱皇伯。中書之議，以謂事體至大，理宜慎重，必合典故方可施行。而皇伯之稱，考於經史，皆無所據。方欲下三省百官，博訪群議，以求其當。陛下屈意，手詔中罷，而衆論紛然，至今不已。臣以爲衆論雖多，其説不過有三：其一曰宜稱皇伯者，是無稽之臆説也；（先斷明其失。）其二曰簡宗廟致水災者，是厚誣天人之言也；其三曰不當用漢宣、哀爲法，以干亂統紀者，是不原本末之論也。臣請爲陛下條列而辨之。

謹按《儀禮·喪服記》曰：『爲人後者，爲其父母報。』報者，齊衰期也，謂之降服，以明服可降，父母之名不可改也。（以此句爲主，下反覆發明之。）又按《開元》、《開寶禮》、國朝《五服年月》、《喪服令》，皆云：『爲人後者，爲其所生父，齊衰不杖期。』蓋以恩莫重於所生，故父母之名，不可改；義莫重於所繼，故寧抑而降其服。（四語天理人情之至，是爲兩得。）此聖人所制之禮，著之六經，以爲萬世法者，是中書之議所據依也。若所謂稱皇伯者，考於六經無之，方今國朝見行典禮及律令，皆無之，自三代之後、秦漢以來，諸帝由藩邸入繼大統者，亦皆無之，可謂無稽之臆説矣。夫《儀禮》者，聖人六經之文；《開元禮》者，有唐三百年所用之禮；《開寶通禮》者，聖宋百年所用之禮；《五服年月》及《喪服令》，亦皆祖宗累朝所定，方今天下共行之制。今議者皆棄而不用，直欲自用無稽之臆説，此所以不可施行也。

其二曰簡宗廟致水災者。臣伏以上天降災，皆主人事。故自古聖王，逢災恐懼，多求闕政而修之，或自知過失而改悔之，庶幾以塞天譴，然皆須人事已著於下，則天譴爲形於上。今者濮王之議，本因兩制禮官，違經棄禮，用其無稽之臆説，欲定皇伯之稱。中書疑其未可施行，乃考古今典禮。雖有明據，亦未敢自信而自專，方更求下外廷博議。而陛下遽詔中罷，欲使有司徐求典禮，是則臣下慎重如此，人君謙畏如此，君臣不敢輕議妄舉，而天遽譴怒，殺人害物，此臣所謂厚誣天也。（破盡外庭邪説與刻求之論。）議猶未決，仍罷不議，而更謂兩統二父以致天災者，厚誣人也。

其三引漢宣、哀之事者。臣謹按《漢書》，宣帝父曰悼皇考，初稱親，謚曰悼，置奉邑寢園而已。其後改親稱皇考，而立廟京師。皇考者，親之異名爾，皆子稱其父之名也。漢儒初不以爲非也。自元帝以後，貢禹、韋玄成等，始建毁廟之議，數十年間，毁立不一。至哀帝時，大司徒平晏等百四十七人奏議云：『親謚曰悼，裁置奉邑，皆應經義。』是不非宣帝稱史皇孫爲親也。所謂『應經義』者，即《儀禮》云『爲人後者，爲其父母報』是也。惟其立廟京師，（所失在此。）亂漢祖宗昭穆，故晏等以謂兩統二父，非禮，宜毁也。定陶恭王初，但號共皇，立廟本國，師丹亦無所議。至其後立廟京師，欲去定陶，不繫以國，有進干漢統之過，丹遂大非之。故丹議云：『定陶恭皇謚號，已前定議，不得復改。』而但論立廟京師爲不可爾。然則稱親置園，皆漢儒所許，以爲應經義者。惟去其國號，立廟京師，則不可爾。今言事者，不究朝廷本議何事，不尋漢臣所非者何事，此臣所謂不原本末也。

中書之議，（以下反復曲折，以申明其義。）本謂稱皇伯無稽，而禮經有不改父名之義，方議名號猶未定，故尊崇之禮，皆未及議。而言事者，便引漢去定陶國號、立廟京師之事，厚誣朝廷，以爲干亂大統，何其過論也。夫去國號而立廟京師，以亂祖宗昭穆，此誠可非之事。若果爲此議，宜乎指臣等爲姦邪之臣，而人主有過舉之失矣。其如陛下之意，未嘗及此，而中書亦初無此議，而言事者不原本末，過引漢世可非之事以爲説，而外庭之臣，又不審知朝廷本議如何，但見言事者云云，遂以爲欲加非禮、干亂統紀，信爲然矣。是以衆口一辭，紛然不止，而言事者，欲必遂其皇伯無稽之説，牽引天災，恐迫人主，而中書守經執禮之議，反指以爲姦邪之言。朝廷以言事之臣禮當優容，不欲與之争辨，而外庭群論，又不可家至而户曉，是非之禮不辨，上下之情不通，此所以呶呶而不止也。（宋代優容外庭，明宗舉朝逐僇以遂己私，可以觀世之升降、君之仁暴矣。）

夫爲人後者，既以所後爲父矣，而聖人又存其所生父名者，非曲爲之意也。蓋自有天地以來，未有無父而生之子也。（洗發《禮經》之義。）既有父而生，則不可諱其所生矣。夫無子者，得以宗子爲後，是禮之所許也，然安得無父而生之子以爲後乎？此聖人所以不諱無子者，立人之子以爲後，亦不諱爲人後者，有父而生，蓋不欺天，不誣人也。故爲人後者，承其宗之重，任其子之事，而不得復歸於本宗，其所生父母，亦不得往與其事。至於喪服降而抑之，一切可以義斷，惟其父母之名不易者，理不可易也。易之，則欺天而誣人矣。子爲父母服，謂之正服。出爲人後者，爲本生父母齊衰期，謂之降服。又爲所後父斬衰三年，謂之義服。今若以本生父爲皇伯，則濮安懿王爲從祖父，反爲小功。而濮王夫人是本生嫡母也，反爲義服。自宗懿以下，本生兄弟，於禮雖降，猶爲大功，是禮之齊衰期，今反爲小功。禮之正服，今反爲義服。上於濮王，父也，反服小功，於宗懿等，兄弟也，反服大功。此自古所以不稱所生父爲伯父、叔父者，稱之，則禮制乖違，人倫錯亂如此也。

伏惟陛下，聰明睿聖，理無不燭。今衆人之議如彼，中書之議如此。必將從衆乎，則衆議不見其可；欲違衆乎，則自古爲國，未有違衆而能舉事者。願陛下霈然下詔，明告中外，以皇伯無稽，決不可稱，而今所欲定者，正名號爾。至於立廟京師、干亂統紀之事，皆非朝廷本議，庶幾群疑可釋。若知如此，而猶以謂必稱皇伯，則雖孔、孟復生，不能復爲之辨矣。

服可降，而父母之名不可改，此酌乎情理之至，無可移易者也。歐公所議，本極平允，後張璁、桂萼，乃欲藉口，以行其干進之私，歐公果任其咎乎？

皇伯無稽之説，欲易去父名而薄其所生，故歐公有是議。張、桂議稱孝宗爲皇伯，是欲專厚所生，而使太宗中絶矣。蓋尊興獻爲帝，是也，而欲中絶孝宗，此二小人之邪説也。論世者得此意以求之，則濮安、興獻典禮，可以折中矣。

楊廷和諸公，欲改興獻爲叔，亦入於偏，不如歐公之議平允。

論澧州瑞木乞不宣示外廷劄子

臣近聞澧州進柿木成文，有『太平之道』四字。其知州馮載，本是武人，不識事體，便爲祥瑞，以媚朝廷。

臣謂前世號稱太平者，須是四海晏然，萬物得所。（此祥瑞之實。）方今西羌叛逆，未平之患在前；北虜驕悖，藏伏之禍在後。一患未滅，一患已萌。加以西則瀘戎，南則湖嶺。凡與四夷連接，無處無事。而又内則百姓困弊，盜賊縱横。昨京西、陝西出兵八九千人，捕數百之盜，不能一時剪滅，只是僅能潰散，然却於别處結集。今張海雖死，而達州軍賊，已近百人，又殺使臣，其勢不小。興州又奏八九十人。州縣皇皇，何以存濟。（以時事驗之，適與『太平』相反。）以臣觀之，乃是四海騷然，萬物失所，實未見太平之象。

臣聞天道貴信，示人不欺。臣不敢遠引他事，只以今年内事驗之。昨夏秋之間，太白經天，累月不滅，金木相掩，近在端門。考於星占，皆是天下大兵將起之象。（以天象驗之，無忽示兵象、忽示太平之理。）豈有纔出大兵之象，又出『太平之道』字？一歲之内，前後頓殊，豈非星象麗天，異不虛出？凡於戒懼，常合修省。而草木萬類，變化無常，不可信憑，便生懈怠。

臣又思，若使木文不僞，實是天生，則亦有深意。蓋其文止曰『太平之道』者，其意可推也。得其道則太平，失其道則危亂。臣視方今，但見其失，未見其得也。（僞造一層，已含在內。此更進一層言之，可云無微不達。）夫自古帝王致太平，皆自有道。願陛下憂勤萬務，舉賢納善，常如近日，不生逸豫，則三二歲間，漸期修理。若以前賊張海等小衰，便謂後賊不足憂；以近京得雪，便謂天下大豐熟；見北虜未來，便謂必無事；見西賊通使，便謂可罷兵，指望太平，漸生安逸，則此瑞木，乃誤事之妖木耳。

臣見今年曾進芝草者，今又進瑞木，竊慮四方相效，争造妖妄。（此又明言。）其所進瑞木，伏乞更不宣示臣寮。仍乞速詔天下州軍，告以興兵累年，四海困敝，方當責己憂勞之際，凡有奇禽、異獸、草木之類，並不得進獻。所以彰示聖德，感勵臣民。取進止。

歐公作《蜀王建世家論》，謂奇祥異瑞，並見於五代，而獨盛於蜀，惑者可以思焉。此言最足警醒。劄中先言寇賊紛起，未爲太平；次言一歲之中，天象告災，不宜又示『大平之道』等字；次言木文果真，亦祇云太平之道，人君正當修道以致太平，不得謂已臻太平，自生豫怠也。文如燭牛渚變怪造妖妄者，不啻奪其魄矣。人臣引君當道，正須如此侃直。

論删去九經正義中讖緯劄子

臣伏見國家近年以來，更定貢舉之科，以爲取士之法。建立學校，而勤養士之方。然士子文章未純，節行未篤，不稱朝廷勵賢興善之意、所以化民成俗之風。

臣愚以謂士之所本，在乎六經，而自暴秦焚書，聖道中絶。漢興收拾亡逸，所存無幾，或殘編斷簡，出於屋壁，（孔壁所藏，漢時復出。）而餘齡昏眊，得其口傳。（伏生傳《書》晁錯事。）去聖既遠，莫可考證，偏學異説，因自名家。然而授受相傳，尚有師法，（不没漢儒之功。）暨晉、宋而下，師道漸亡。（魏以後，僞書日出矣。）章句之篇，家藏私畜，其後各爲箋傳，附著經文。其説存亡，以時好惡，學者茫昧，莫知所歸。至唐太宗時，始詔名儒，撰定九經之疏，號爲《正義》，（孔穎達諸人。）凡數百篇。自爾以來，著爲定論，凡不本《正義》者，謂之異端，則學者之宗師，百世之取信也。然其所載既博，所擇不精，多引讖緯之書，以相雜亂，怪奇詭僻，所謂非聖之書，異乎《正義》之名也。（恰與《正義》之名相戾。）

臣欲乞特詔名儒學官，悉取九經之疏，删去讖緯之文，使學者不爲怪異之言惑亂，然後經義純一，無所駁雜，其用功至少，其爲益則多。臣愚以爲，欲使士子學古勵行，而不本六經，欲學六經，而不去其詭異駁雜，欲望功化之成，不可得也。（其功不小。后王氏新經之説行，而經學又爲荒蕪矣。程、朱之功，不如中天之日耶？）伏望聖慈，下臣之言，付外詳議。今取進止。

讖緯之學，起於王莽。時劉歆之徒相與僞造，而又托諸孔子之言，光武信之，曹褎宗之，所以群經緯書，傳至有唐，不廢緯學一科也。歐公請悉删除，其功偉矣。樸茂簡老，言無枝葉，猶近漢京。

論臺諫官唐介等宜早牽復劄子

臣材識庸暗，碌碌於衆人中，蒙陛下不次拔擢，置在樞府，其於報效，自宜如何。而自居職以來，已逾半歲，凡事關大體，必須衆議之協同，其餘日逐進呈，皆是有司之常務。至於謀猷啓沃，蔑爾無聞。上孤聖恩，下愧清議，人雖未責，臣豈自安。所以日夜思惟，願竭愚慮，苟有可採，冀彼萬一。

臣近見諫官唐介、臺官范師道等，因言陳旭事得罪，或與小郡，或竄遠方。陛下自臨御已來，擢用諍臣，開廣言路，雖言者時有中否，而聖慈每賜優容。一旦臺諫聯翩被逐四出，命下之日，中外驚疑。臣雖不知臺諫所言是非，但見唐介、范師道，皆久在言職，其人立朝，各有本末，（先伏，後暢言之。）前後補益甚多，豈於此時頓然改節，故爲欺罔，上昧聖聰？在於人情，不宜有此。

臣竊以謂自古人臣之進諫於其君者，有難有易，（提。）各因其時而已。若剛暴猜忌之君，不欲自聞其過，而樂聞臣下之過。人主好察，多疑於上；大臣側足，畏罪於下。於此之時，諫人主者難，而言大臣者易。若寬仁恭儉之主，動遵禮法，自聞其失，則從諫如流，聞臣下之過，則務爲優容，以保全之，而爲大臣者，外秉國權，内有左右之助，言事者未及見聽，而怨仇已結於其身。故於此時，諫人主者易，言大臣者難。此不可不察也。（唐介諸臣，因言大臣而獲戾，故如此立論，兩層賓主顯然。）自古人主之聽言也，亦有難有易，在知其術而已。（亦用提挈。）夫忠邪並進於前，而公論與私言，交入於耳，此所以聽之難也。若知其人之忠邪，辨其言之公私，則聽之易也。凡言拙而直，逆耳違意，初聞若可惡者，此忠臣之言也。言婉而順，希旨合意，初聞若可喜者，邪臣之言也。至於言事之官，各舉其職，或當朝正色，顯言於廷，或連章列署，共論其事，言一出則萬口争傳，衆目共視，雖欲爲私，其勢不可。故凡明言於外，不畏人知者，皆公言也。若非其言職，又不敢顯言，或密奏乞留中，或面言乞出自聖斷，不欲人知言有主名者，蓋其言涉傾邪，懼遭彈劾。故凡陰有奏陳而畏人知者，皆挾私之説也。（奸臣傾陷正人，每用此術。）自古人主，能以此術知臣下之情，則聽言易也。

伏惟陛下仁聖寬慈，躬履勤儉，樂聞諫諍，容納直言。其於大臣，尤所優禮，常欲保全終始，思與臣下愛惜名節，尤慎重於進退。故臣謂方今言事者，規切人主則易，欲言大臣則難。臣自立朝，耳目所記，景祐中，范仲淹言宰相吕夷簡，貶知饒州；皇祐中，唐介言宰相文彦博，貶春州别駕；至和初，吴中復、吕景初、馬遵言宰相梁適，並罷職出外；其後，趙抃、范師道言宰相劉沆，亦罷職出外。前年，韓絳言富弼，貶知蔡州。今又唐介等五人，言陳旭得罪。自范仲淹貶饒州後，至今凡二十年間，居臺諫者多矣，未聞有規諫人主而得罪者，臣故謂方今諫人主則易，言大臣則難。陛下若推此以察介等所言，則可知其用心矣。

昨所罷黜臺諫五人，惟吕誨入臺未久，其他四人出處本末，迹狀甚明，可以歷數也。唐介前因言文彦博，遠竄廣西煙瘴之地，賴陛下仁恕哀憐，移置湖南，得存性命。范師道、趙抃，並因言忤劉沆，罷臺職，守外郡，連延數年，然後復。今三人者，又以言樞臣罷黜，然則介不以前蹈必死之地爲懼，師道與抃，不以中滯進用數年爲戒，遇事必言，得罪不悔，（與偶然嘗試者不同。即此正其可用處。）蓋所謂進退一節、終始不變之士也。至如王陶者，本出孤寒，只因韓絳薦舉，始得臺官。及絳爲中丞，陶不敢内顧私恩，與之諍議，絳終得罪。夫牽顧私恩，人之常情爾；斷恩以義，非知義之士不能也。以此言之，陶可謂徇公滅私之臣矣。此四人者，出處本末之迹如此，可以知其爲人也。就使言雖不中，而亦其情必無他。

議者或謂言事之臣，好相朋黨，動摇大臣，以作威勢。（當時總以朋黨斥逐正人，故公屢於奏疏中言之。）臣竊以謂不然。介與師道不與絳爲黨，乃與諸臺諫共論絳爲非，然則非相朋黨，非欲動摇大臣，可明矣。固謂未可以此疑言事之臣也。况介等比者，雖未謫官，幸蒙陛下寬恩，各得爲郡，未至失所。其可惜者，斥逐諫臣，非朝廷美事；阻塞言路，不爲國家之利；而介等盡忠守節，未蒙憐察也。欲望聖慈，特賜召還介等，置之朝廷，以勸守節敢言之士，則天下幸甚。今取進止。

欲説言大臣之難，先説諫人主之易，蓋以明聖待君，使君聽其言而易入也。又將逆耳之言，與阿順之言，分別忠佞。而末以諸臣之顛跌不悔，始終一節，明其非妄論大臣，則唐介等之當召還，灼然明矣。婉切紆回，論事者宜以奉以爲則。

論杜衍范仲淹等罷政事狀

臣聞士不忘身不爲忠，言不逆耳不爲諫。故臣不避群邪切齒之禍，敢干一人難犯之顔，惟賴聖明，幸加省察。

臣伏見杜衍、韓琦、范仲淹、富弼等，皆是陛下素所委任之臣，一旦相繼罷黜，天下之士，皆素知其可用之賢，而不聞其可罷之罪。臣雖供職在外，事不盡知，然臣竊見自古小人讒害忠賢，其説不遠。欲廣陷良善，則不過指爲朋黨；欲動摇大臣，則必須誣以專權。（千古小人傾陷正士，無不指爲朋黨，目爲專權。先用提綱，以下破其説。）其故何也？夫去一善人，而衆善人尚在，則未爲小人之利；欲盡去之，則善人少過，難爲一二求瑕，惟有指以爲朋，則可一時盡逐。至如大臣已被知遇而蒙信任，則難以他事動摇，惟有專權，是上之所惡，故須此説，方可傾之。臣料衍等四人，各無大過，而一時盡逐；弼與仲淹，委任尤深，而忽遭離間，必有以朋黨、專權之説，上惑聖聽者。臣請試辨之。

昔年，仲淹初以忠言讜論，聞於中外，天下賢士，争相稱慕。（先辨非朋黨。）當時，奸臣誣作朋黨，猶難辨明。自近日陛下擢此數人，並在兩府，察其臨事，可見其不爲朋黨也。蓋衍爲人清慎，而謹守規矩，仲淹則恢廓自信而不疑，韓則純信而質直，弼則明敏而果鋭。四人爲性既各不同，雖皆歸於盡忠，而其所見各異，故於議事，多不相從。至如杜衍欲深罪滕宗諒，仲淹則力争而寬之；（實指非朋黨處。）仲淹謂契丹必攻河東，請急修邊備，富弼料以九事，力言契丹必不來。至如尹洙亦號仲淹之黨，及争水洛城事，韓琦則是尹洙而非劉滬，仲淹則是劉滬而非尹洙。此數事尤彰著，陛下素已知者。此四人者，可謂天下至公之賢也。平日閒居，則相稱美之不暇；爲國議事，則公言廷諍而不私。以此而言，臣見衍等真得漢史所謂『忠臣有不和之節』，而小人讒爲朋黨，可謂誣矣。

臣聞有國之權，誠非臣下之得專也。（次辨非專權。）然臣竊思仲淹等自入兩府已來，不見其專權之迹，而但見其善避權也。權者，得名位則可行，故好權之臣必貪位。（權姦肺肝，一言抉摘。）自陛下召琦與仲淹於陜西，琦等讓至五六，陛下亦五六召之。富弼三命學士，兩命樞密副使，每一命，皆再三懇讓。讓者愈切，陛下用之愈堅。臣見其避讓大繁，不見其好權貪位也。及陛下堅不許辭，方敢受命，然猶未敢别有所爲。陛下見其皆未行事，乃特開天章，（閣名。）召而賜坐，授以紙筆，使其條事。然衆人避讓，不敢下筆，弼等亦不敢獨有所述。因此又煩聖慈，特出手詔，指定姓名，專責弼等條列大事而行之。弼等遲回，又近一月，方敢略條數事。仲淹深練世事，必知凡百難猛更張，故其所陳，志在遠大，而多若迂緩，但欲漸而行之以久，冀皆有功。弼性雖鋭，然亦不敢自出意見，但多舉祖宗故事，請陛下擇而行之。自古君臣相得，一言道合，遇事便行。（頓挫淋漓。）臣方怪弼等蒙陛下如此堅意委任，督責丁寧，而猶遲緩自疑，作事不果，（連前朋黨一層，俱用進一步辨法。）然小人巧譖，已曰專權者，豈不誣哉。

至如兩路宣撫，聖朝常遣大臣。况自中國之威，近年不振，故元昊叛逆一方，而勞困及於天下，北虜乘釁，違盟而動，其書辭侮慢，至有貴國祖宗之言。陛下憤恥雖深，但以邊防無備，未可與争，屈志買和，莫大之辱。弼等見中國累年侵凌之患，感陛下不次進用之恩，故各自請行，力思雪耻。沿山傍海，不憚勤勞，欲使武備再修，國威復振。臣見弼等用心，本欲尊陛下威權，以禦四夷，未見其侵權而作過也。

伏惟陛下睿哲聰明，有知人之聖，臣下能否，洞見不遺。故於千官百辟之中，特選得此數人，驟加擢用。夫正士在朝，群邪所忌；謀臣不用，敵國之福也。今此數人，一旦罷去，而使群邪相賀於內，四夷相賀於外，（末以利害聳動之。）此臣所爲陛下惜之也。伏惟陛下聖德仁慈，保全忠善，退去之際，恩禮各優。今仲淹四路之任，亦不輕矣。惟願陛下拒絶群謗，委任不疑，使盡其所爲，猶有裨補。方今西北二虜，交争未已，正是天與陛下經營之時，如弼與琦，豈可置之閑處。伏望陛下早辨讒巧，特加圖任，則不勝幸甚。

臣自前歲召入諫院，十月之内，七受聖恩，而致身兩制。方思君寵至深，未知報效之所。今群邪争進讒巧，正士繼去朝廷，乃臣忘身報國之秋，豈可緘言而避罪。敢竭愚瞽，惟陛下擇之。

以『異』字破朋黨，則云『忠臣有不合之節』；以『讓』字破專權，則云『遲緩自疑，作事不果』，俱透過一層説來。末纔説四人之有關係，與國事之當任此四人。言言動聽，人君安得不霽顔受之。

論修河第三狀

時河决商胡，趨恩、冀。賈昌朝議塞决口，開横隴，復故道。累歲未定，李仲昌又議開六塔道更回遠。公初狀駁賈，二狀兼駁兩議而仲昌持之。此狀傳駁開六塔。

右臣伏見朝廷定議，開修六塔河口，回水入横隴故道，此大事也。中外之臣，皆知不便，而未有肯爲國家極言其利害者，何哉？蓋其説有三：一曰畏大臣，二曰畏小人，三曰無奇策。今執政之臣，用心於河事，亦勞矣。初欲試十萬人之役，以開故道，（横隴。）既又舍故道而修六塔，未及興役，遽又罷之，已而終爲言利者所勝，今又復修。然則其勢難於復止也。夫以執政大臣鋭意主其事，而又有不可復止之勢，固非一人口舌可回，此所以雖知不便，而罕肯言也。

李仲昌小人，利口僞言，衆所共惡。今執政之臣，既用其議，必主其人。且自古未有無患之河，今河浸恩、冀，（商胡决口注此。）目下之患雖小，然其患已形，回入六塔，將來之害必大。而其害未至，夫以利口小人爲大臣所主，欲與之争未形之害，勢必難奪。（合兩説爲一。）就使能奪其議，則言者猶須獨任恩、冀爲患之責，（此層更慮得透。）使仲昌得以爲辭，大臣得以歸罪，此所以雖知不便而罕敢言也。

今執政之臣，用心太過，不思自古無不患之河，直欲使河不爲患。若得河不爲患，雖竭人力，猶當爲之，况聞仲昌利口詭辯，謂費物少而用功不多，（猶功費。）不得不信爲奇策，於是決意用之。今言者爲故道既不可復，六塔又不可修，詰其如何，則又無奇策以取勝，此所以雖知不便而罕肯言也。

衆人所不敢言而臣今獨敢言者，臣謂大臣非有私仲昌之心也，（解畏大臣。）直欲興利除害爾。若果知其爲患愈大，則豈有不回者哉？至於顧小人之後患，則非臣之所慮也。（解畏小人。）

且事欲知利害，權重輕，有不得已，則擇其害少而患輕者爲之，此非明智之士不能也。况治水本無奇策，（解無奇策。）相地勢，謹堤防，順水性之所趨爾。雖大禹，不過此也。夫所謂奇策者，不大利則大害。若循常之計，雖無大利，亦不至大害，此明智之士，善擇利者之所爲也。今言修六塔者，奇策也，然終不可成，而爲害愈大；言順水治堤者，常談也，然無大利，亦無大害。不知爲國計者，欲何所擇哉？若謂利害不可必，但聚大衆，興大役，勞民困國，以試奇策，而僥幸於有成者，臣謂雖執政之臣，亦未必肯爲也。（周旋大臣，益顯奇策之必不可行。）

臣前已具言河利害甚詳，而未蒙采聽。今復略陳其大要，惟陛下詔計議之臣擇之。臣謂河水未始不爲患，今順已決之流，治堤防於恩、冀者，其患一而遲；塞商胡，復故道者，其患二而速；開六塔以回今河者，其患三而爲害無涯。

自河決橫隴以來，大名金堤埽，歲歲增治。及商胡再決，而金堤益大加功。獨恩、冀之間，自商胡決後，議者貪建塞河之策，未嘗留意於堤防，是以今河水勢浸溢。今若專意并力於恩、冀之間，謹治隄防，則河患可禦，不至大害。（此無奇策中之策。）所謂其患一者，十數年間，今河下流淤塞，則上流必有決處，此一患而遲者也。

今欲塞商胡口，使水歸故道，治堤修埽，功料浩大，勞人廢物，困弊公私，此一患也。幸而商胡可塞，故道復歸，高淤難行，不過一二年間，上流必決，此二患而速者也。

今六塔河口，雖云已有上下約，然全塞大河正流，爲功不小。又開六塔河道，治二千餘里隄防，移一縣兩鎮，計其功費，又大於塞商胡數倍。其爲困弊公私，不可勝計，此一患也。幸而可塞，水入六塔而東，橫流散溢，濱棣、德、博與齊州之界，咸被其害。此五州者素號富饒，河北一路財用所仰，今引水注之，不惟五州之民，破壞田産，河北一路，坐見貧虚，此二患也。三五年間，五州凋弊，河流注溢，久又淤高，流行梗澀，則上流必決，此三患也。所謂爲害而無涯者也。

今爲國誤計者，本欲除一患，而反就三患，此臣所不諭也。至如六塔不能容大河，橫壟故道，本以高淤難行，而商胡决，今復驅而注之，必横流而散溢，自澶至海，二千餘里，堤埽不可卒修，修之雖成，又不能捍水。如此等事甚多，士無愚智，皆所共知，不待臣言而後悉也。

臣前未奉使契丹時，已嘗具盲故道、六塔皆不可爲，惟治堤順水爲得計。（見第一狀。）及奉使往來河北，詢於知水者，其説皆然。雖恩、冀之人，今被災患者，亦知六塔不便，皆願且治恩、冀隄防爲是。（被災之人，亦願且治恩、冀，則治六塔之害愈可知矣。）下情如此，誰爲上通？臣既知其詳，豈敢自默。伏乞聖慈，特諭宰臣，使更審利害，速罷六塔之役，差替李仲昌等不用，選一二精幹之臣，與河北轉運使副，及恩、冀州官吏，相度隄防，併力修治，則今河之水，必不至爲大患。且河水大災，非人力可回，惟當順導防捍之而已，不必求奇策，立難必之功，以爲小人僥冀恩賞之資也。况功必不成，後悔無及者乎。臣言狂計愚，惟陛下裁擇。

前三段洞悉人情，後三段究析利害，總以不必求奇策，立難必之功，真老成經國之論。

武侯不從魏延出子午谷之議，亦然。

本論中

佛法爲中國患千餘歲，世之卓然不惑而有力者，莫不欲去之。已嘗去矣，而復大集，攻之暫破而愈堅，撲之未滅而愈熾，遂至於無可奈何。是果不可去邪？蓋亦未知其方也。

夫醫者之於疾也，必推其病之所自來，而治其受病之處。病之中人，乘乎氣虛而入焉，則善醫者不攻其疾，而務養其氣。氣實則病去，此自然之効也。故救天下之患者，亦必推其患之所自來，（接筆矯健。）而治其受患之處。

佛爲夷狄，去中國最遠，而有佛固已久矣。堯、舜三代之際，王政修明，禮義之教，充於天下，於此之時，雖有佛，無由而入。及三代衰，王政闕，禮義廢，後二百餘年，而佛至乎中國。由是言之，佛所以爲吾患者，乘其闕廢之時而來，此其受患之本也。（反點『本』字。）補其闕，修其廢，使王政明而禮義充，則雖有佛，無所施於吾民矣。此亦自然之勢也。

昔堯、舜三代之爲政，設爲井田之法，籍天下之人，計其口而皆受之田。凡人之力能勝耕者，莫不有田而耕之。（王政不外教養，此暢言之。）斂以什一，差其征賦，以督其不勤，使天下之人力，皆盡於南畝，而不暇乎其他。然又懼其勞且怠，而入於邪僻也。於是爲制牲牢酒醴，以養其體，弦匏俎豆，以悦其耳目。於其不耕休力之時，而教之以禮。故因其田獵，而爲蒐狩之禮；因其嫁娶，而爲婚姻之禮；因其死葬，而爲喪祭之禮；因其飲食群聚，而爲鄉射之禮。非徒以防其亂，又因而教之，使知尊卑長幼，凡人之大倫也。故凡養生送死之道，皆因其欲而爲之制，飾之物采而文焉，所以悦之，使其易趨也。順其情性而節焉，所以防之，使其不過也。然猶懼其未也，又爲立學，以講明之。故上自天子之郊，下至鄉黨，莫不有學。擇民之聰明者而習焉，使相告語而誘勸其愚惰。嗚呼！何其備也。

蓋堯、舜、三代之爲政如此，其慮民之意甚精，治民之具甚備，防民之術甚周，誘民之道甚篤。（申明王政修明，佛無由而入。曲折酣暢。）行之以勤，而被於物者洽；浸之以漸，而入於人者深。故民之生也，不用力乎南畝，則從事於禮樂之際，不在其家，則在乎庠序之間。耳聞目見，無非仁義。樂而趨之，不知其倦。終身不見異物，又奚暇夫外慕哉？故曰雖有佛，無由而入者，謂有此具也。（繳前，束住。）

及周之衰，秦並天下，盡去三代之法，而王道中絶。後之有天下者，不能勉强。其爲治之具不備，防民之漸不周，佛於此時，乘間而出。千有餘歲之間，佛之來者日益衆，吾之所爲者日益壞。井田最先廢，而兼併游惰之姦起，其後所謂蒐狩、婚姻、喪祭、鄉射之禮，凡所以教民之具，相次而盡廢，然後民之姦者，有暇而爲他，其良者泯然不見禮義之及己。夫奸民有餘力，則思爲邪僻；良民不見禮義，則莫知所趣。佛於此時乘其隙，方鼓其雄誕之説而牽之，則民不得不從而歸矣。（申明王政闕，佛乘而入。）

又況王公大人，往往倡而崇之，曰佛是真可歸依者，然則吾民何疑而不歸焉？幸而有一不惑者，方艴然而怒，曰：『佛何爲者？吾將操戈而逐之。』又曰：『吾將有説以排之。』夫千歲之患，偏於天下，豈一人一日之可爲？民之沉酣，入於骨髓，非口舌之可勝，然則將奈何？曰：莫若修其本以勝之。（明點『本』字，篇中主腦。）

昔戰國之時，楊、墨交亂，孟子患之，而專言仁義，故仁義之説勝，則楊、墨之學廢。漢之時，百家並興，董生患之，而退修孔氏，故孔氏之道明，而百家息。此所謂修其本以勝之之效也。

今八尺之夫，被甲荷戟，勇蓋三軍，然而見佛則拜，聞佛之説，則有畏慕之誠者，何也？彼誠壯佼，其中心茫然無所守而然也。一介之士，眇然柔懦，進退畏怯，然而聞有道佛者，則義形於色，非徒不爲之屈，又欲驅而絶之者，何也？彼無他焉，學問明而禮義熟，中心有所守以勝之也。然則禮義者，勝佛之本也。（『本』字收。）今一介之士知禮義者，尚能不爲之屈，使天下皆知禮義，則勝之矣。此自然之勢也。

昌黎《原道》篇，但言佛之謬於聖道，而所以勝之處，篇末『明先王之道以道之』只作補足語，所謂含意未申也。此透發禮義爲勝佛之本，論尤切實，文尤完密矣。韓、歐二篇，故應合看。

春秋論上

事有不幸出於久遠，而傳乎二説，（憑空而起。）則奚從？曰：從其一之可信者。然則安知可信者而從之？曰：從其人而信之可也。衆人之説如彼，君子之説如此，則舍衆人而從君子。君子博學而多聞矣，然其傳不能無失也。君子之説如彼，聖人之説如此，則舍君子而從聖人。（三論主意，已揭於此。）此舉世之人皆知其然，而學《春秋》者獨異乎是？

孔子，聖人也，萬世取信一人而已。若公羊高、穀梁赤、左丘明三子者，博學而多聞矣，其傳不能無失者也。孔子之於經，三子之於傳，有所不同，則學者寧舍經而從傳，不信孔子而信三子，甚哉其惑也。

經於魯隱公之事，書曰：『公及邾儀父盟於蔑。』其卒也，書曰：『公薨。』孔子始終謂之公，三子者曰非公也，是攝也；學者不從孔子謂之公，而從三子謂之攝。其於晉靈公之事，孔子書曰：『趙盾弑其君夷皋。』三子者曰非趙盾也，是趙穿也。學者不從孔子信爲趙盾，而從三子信爲趙穿。其於許悼公之事，孔子書曰：『許世子止弑其君買。』三子者曰非弑之也，買病死而止不嘗藥耳。學者不從孔子信爲弑君，而從三子信爲不嘗藥。其舍經而從傳者，何哉？經簡而直，傳新而奇。簡直無悦耳之言，而新奇多可喜之論，是以學者樂聞而易惑也。（後司馬氏多采新奇可喜之説，比三傳尤甚。）予非敢曰不惑，然信於孔子而篤者也。經之所書，予所信也；經所不言，予不知也。（本篇正文至此而止，下以二難二解作收。）

難者曰：子之言有激而云爾。夫三子者，皆學乎聖人，而傳所以述經也。經文隱而意深，三子者從而發之，故經有不言，傳得而詳爾，非爲二説也。予曰：經所不書，三子者何從而知其然也？曰：推其前後而知之，且其有所傳而得也。國君必即位，而隱不書即位，此傳得知其攝也。弑君者不復見經，而盾復見經，此傳得知弑君非盾也。君弑賊不討，則不書葬，而許悼公書葬，此傳得知世子止之非實弑也。經文隱矣，傳曲而暢之。學者以謂三子説，聖人之深意也，是以從之耳，非謂舍孔子而信三子也。予曰：然則妄意聖人而惑學者，三子之過而已。使學者必信乎三子，予不能奪；使其惟是之求，則予不得不爲之辨。（開下二篇。）

從經而舍傳，三篇一意。而此篇先發其端，篇末不暢論，留下二篇地也。子瞻《正統論》三篇，作法亦然。

春秋論中

孔子何爲而修《春秋》？（亦憑空起。）正名以定分，求情而責實，別是非，明善惡，此《春秋》之所以作也。自周衰以來，臣弒君，子弒父，諸侯之國，相屠戮而爭爲君者，天下皆是也。當是之時，有一人焉，能好廉而知讓，立乎爭國之亂世，而懷讓國之高節，孔子得之於經，宜如何而別白之？宜如何而褒顯之？（使隱公果攝，孔子必不没其讓德。）其肯没其攝位之實，而雷同衆説，誣以爲公乎？所謂攝者，臣行君事之名也。伊尹、周公、共和之臣，嘗攝矣，不聞商、周之人謂之王也。（明辨。）使息姑（隱公名。）實攝，而稱號無異於正君，則名分不正，而是非不别。夫攝者，心不欲爲君，而身假行君事，雖行君事，而其實非君也。今書曰『公』，則是息姑心不欲之，實不爲之，而孔子加之，失其本心，誣以虚名而没其實善。（没其讓德，而虚加以公之稱，孔子作《春秋》，必不如是。反説愈明。）夫不求其情，不責其實，而善惡不明如此，則孔子之意疏，而《春秋》繆矣。

《春秋》辭有同異，尤謹嚴而簡約，所以别嫌明微，慎重而取信，其餘是非善惡難明之際〔一〕，聖人所盡心也。息姑之攝也，會盟、征伐、賞刑、祭祀，皆出於己。舉魯之人，皆聽命於己，其不爲正君者幾何？惟不有其名耳。使其名實皆在己，則何從而知其攝也？故息姑之攝與不攝，惟在爲公與不爲公，别嫌明微，繫此而已。（明快，如老吏折獄。）且其有讓桓之志，未及行而見殺，其生也，志不克伸，其死也，被虚名而違本意，則息姑之恨，何申於後世乎？其甚高之節、難明之善，亦何望於《春秋》乎？

今説《春秋》者，皆以名字氏族予奪爲輕重，故曰一字爲褒貶。且『公』之爲字，豈不重於名字氏族乎？孔子於名字氏族，不妄以加人，其肯以『公』妄加於人而没其實乎？以此而言，隱實爲攝，（反覆説來，以此四語斷之。）則孔子决不書曰『公』。孔子書爲『公』，則隱决非攝。

難者曰：『然則何爲不書即位？』曰：『惠公之終，不見其事，則隱之始立，亦不可知。孔子從二百年後，得其遺書而修之，闕其所不知，所以傳信也。』

難者又曰：『謂爲攝者，左氏耳。公羊、穀梁，皆以爲假立以待桓也，故得以假稱公。』予曰：『凡魯之事出於己，舉魯之人聽於己，生稱曰「公」，死書曰「薨」，何從而知其假？』（并劈去『假』之説。）總以書『公』爲憑，而斷其决非攝位。用筆之辣，何啻斧以斵之。

〔一〕 餘，《歐陽文忠公全集》作『於』。

春秋論下

弑逆，大惡也。其爲罪也莫贖，其爲人也不容，其在法也無赦。法施於人，雖小必慎，況舉大法而加大惡乎？既輒加之，又輒赦之，則自侮其法，而人不畏，《春秋》用法不如是之輕易也。

三子説《春秋》，書趙盾以不討賊，故加之大惡。既而以盾非實弑，則又復見於經，以明盾之無罪，是輒加之而輒赦之爾。以盾爲無弑心乎，其可輕以大惡加之？以盾不討賊，情可責而宜加之乎？則其後頑然未嘗討賊。既不改過以自贖，何爲遽赦使同無罪之人？其於進退皆不可，此非《春秋》意也。（此駁去『盾不討賊而非實弑』一説。）趙穿弑君，大惡也。盾不討賊，不能爲君復讐，而失刑於下。二者輕重，不較可知。就使盾爲可責，然穿焉得免也？今免首罪爲善人，使無辜者受大惡，此決知其不然也。（此駁去『不責趙穿』一説。）

《春秋》之法，使爲惡者不得幸免，疑似者有所辯明，所謂是非之公也。據三子之説，靈公欲殺盾，盾走而免。穿，盾族也，遂弑，而盾不討，其迹涉於與弑矣。此疑似難明之事，聖人尤當求情責實以明白之。使盾果有弑心乎，則自然罪在盾矣，不得曰爲法受惡而稱其賢也；使果無弑心乎，則當爲之辯明，必先正穿之惡，使罪有所歸，然後責盾縱賊。則穿之大惡不可幸而免，盾之疑似之迹獲辯，而不討之責亦不得辭，如此則是非善惡明矣。（儲云：古人作論，必有一段設身處地、確乎不拔處，然後其論不磨。此文是也。無意不到，筆曲而達，如潮水上時，浦漵灣港皆滿。）今爲惡者獲免，而疑似之人陷於大惡，此決知其不然也。

若曰盾不討賊，有幸弑之心，與自弑同，故寧舍穿而罪盾。此乃逆詐用情之吏，矯激之爲爾，非孔子忠恕、《春秋》以王道治人之法也。孔子患舊史是非錯亂而善惡不明，所以修《春秋》。就令舊史如此，其肯從而不正之乎？其肯從而稱美，又教之以越境逃惡乎？此可知其繆傳也。

問者曰：然則夷皋孰弑之？曰：孔子所書是矣，趙盾弑其君也。（此斷趙盾實弑君。）（太阿斷物。已結趙盾，此下論許止。）

今有一人焉，父病，躬進藥而不嘗。又有一人焉，父病，而不躬進藥，而二父皆死。又有一人焉，操刃而殺其父。使吏治之，是三人者，其罪同乎？曰：雖庸吏猶知其不可同也。躬藥而不知嘗者，有愛父之孝心，而不習於禮，是可哀也，無罪之人爾。不躬藥者，誠不孝矣，雖無愛親之心，然未有殺父之意，使善治獄者，猶當與操刃殊科，况以躬藥之孝，反與操刃同其罪乎？此庸吏之不爲也。然則許世子止實不嘗藥，則孔子決不書曰『弑君』；孔子書爲『弑君』，則止決非不嘗藥。（此斷許止實弑父。）

難者曰：聖人借止以垂教爾。對曰：不然。夫所謂借止以垂教者，不過欲人之知嘗藥耳。聖人一言，明以告人，則萬世法也，何必加孝子以大惡之名？而嘗藥之事，卒不見於文，使後世但知止爲弑君，而莫知藥之當嘗也，教未可垂而已陷人於大惡矣。聖人垂教，不如是之迂也。果曰責止，不如是之刻也。

難者曰：然則盾曷爲復見於經？許悼公曷爲書『葬』？曰：弑君之臣不見經，此自三子説爾，果聖人法乎？悼公之葬，且安知其不討賊而書葬也？自止以弑見經，後四年，吴敗許師，又十有八年，當定公之四年，許男始見於經而不名，許之書於經者略矣。止之事迹，不可得而知也。

難者曰：三子之説，非其臆出也，其得於所傳如此。然則所傳者皆不可信乎？曰：傳聞何可盡信？公羊、穀梁以尹氏卒爲正卿，左氏以尹氏卒爲隱母。（左氏謂君氏，非尹氏也。）一以爲男子，一以爲婦人，得於所傳者蓋如是，是可盡信乎？（三子異同甚多，此偶舉其一。）

前半論趙盾實弑君，後半論許世子非不嘗藥，申解首篇趙盾、許世子二事。筆鋒所到，斬盡葛藤，誅亂賊於既死，此文有焉。

觀賈充、成濟弑高貴鄉公，則操刃者雖二人，而弑君者實司馬昭也。然則夷皋之弑，趙穿爲賈充、成濟，趙盾爲司馬昭。就令歸而討賊，亦不得恕其首惡之罪矣。作論須直刺其心，方爲痛快。

朋黨論在諫院進。

臣聞朋黨之説自古有之，惟幸人君辨其君子小人而已。（正論。）大凡君子與君子，以同道爲朋，小人與小人，以同利爲朋，此自然之理也。然臣謂小人無朋，惟君子則有之，（二語前人未道。）其故何哉？小人所好者禄利也，所貪者財貨也。當其同利之時，暫相黨引以爲朋者，僞也。及其見利而争先，或利盡而交疏，則反相賊害，雖其兄弟、親戚，不能相保。故臣謂小人無朋，其暫爲朋者，僞也。君子則不然。所守者道義，所行者忠信，所惜者名節。以之修身，則同道而相益；以之事國，則同心而共濟。終始如一，此君子之朋也。故爲人君者，但當退小人之僞朋，用君子之真朋，則天下治矣。（大意盡此，下引古証之。）

堯之時，小人共工、讙兜等，四人爲一朋，君子八元、八凱，十六人爲一朋。舜佐堯，退四凶小人之朋，而進元凱君子之朋，堯之天下大治。及舜自爲天子，而皋、夔、稷、契等，二十二人並列於朝，更相稱美，更相推讓，凡二十二人爲一朋，而舜皆用之，天下亦大治。《書》曰：『紂有臣億萬，惟億萬心；周有臣三千，惟一心。』紂之時，億萬人各異心，可謂不爲朋矣，然紂以亡國。周武王之臣，三千人爲一大朋，而周用以興。後漢獻帝時，（應是桓、靈。）盡取天下名士囚禁之，目爲黨人。及黄巾賊起，漢室大亂，後方悔悟，盡解黨人而釋之，然已無救矣。唐之晚年，漸起朋黨之論，及昭宗時，盡殺朝之名士，咸投之黄河，曰：『此輩清流，可投濁流。』而唐遂亡矣。

夫前世之主，能使人人異心不爲朋，莫如紂；能禁絶善人爲朋，莫如漢獻帝；能誅戮清流之朋，莫如唐昭宗之世。然皆亂亡其國。（總束全文，赶出『能辨君子小人』句。）更相稱美推讓而不自疑，莫如舜之二十二臣，舜亦不疑而皆用之，然而後世不誚舜爲二十二人朋黨所欺，而稱舜爲聰明之聖者，以能辨君子與小人也。（關應入手。）周武之世，舉其國之臣，三千人共爲一朋，自古爲朋之多且大莫如周，然周用此以興者，善人雖多而不厭也。夫興亡治亂之迹，爲人君者可以鑒矣。

反反覆覆，説小人無朋，君子有朋，末歸到人君能辨君子小人，見人君能辨，但問其君子小人，不問其黨不黨也。因諫院所進文，故格近於方嚴。漢桓帝時，黨部二百餘人下獄，後又禁錮之；靈帝時，殺李膺、范滂等百餘人；至獻帝，獄已解矣。文中偶誤引。

縱囚論

信義行於君子，而刑戮施於小人。（正論起。）刑入於死者，乃罪大惡極，此又小人之尤甚者也。寧以義死，不苟幸生，而視死如歸，此又君子之尤難者也。

方唐太宗之六年，録大辟，囚三百餘人，縱使還家，約其自歸以就死，是以君子之難能，期小人之尤者以必能也。其囚及期而卒自歸無後者，是君子之所難而小人之所易也。此豈近於人情？（一語剪住。）

或曰：罪大惡極，誠小人矣。及施恩德以臨之，可使變而爲君子。蓋恩德入人之深，而移人之速，有如是者矣。曰：太宗之爲此，所以求此名也。然安知夫縱之去也，不意其必來以冀免，所以縱之乎？又安知夫被縱而去也，不意其自歸而必獲免，所以復來乎？夫意其必來而縱之，是上賊下之情也；意其必免而復來，是下賊上之心也。（筆下有風霜之氣逼人。）吾見上下交相賊以成此名也，烏有所謂施恩德，與夫知信義者哉？不然，太宗施德於天下，於兹六年矣，不能使小人不爲極惡大罪，（反掉更快。）而一日之恩，能使視死如歸，而存信義，此又不通之論也。

然則何爲而可？曰：縱而來歸，殺之無赦。而又縱之，而又來，則可知爲恩德之致爾。然此必無之事也。若夫縱而來歸而赦之，可偶一爲之爾。若屢爲之，則殺人者皆不死，是可爲天下之常法乎？（正論。）不可爲常者，其聖人之法乎？是以堯舜三王之治，必本於人情，不立異以爲高，不逆情以干譽。（正論收。）

怨女三千放出宫，死囚四百來歸獄，此太宗盛德事。而歐公以爲不近人情者，緣不可爲常，恐後世藉口以行其好名之舉也。子産乘輿濟人，孟子謂其惠而不知爲政，正是此意。

縱囚事，後漢戴封已行之，不始於唐太宗也。戴封在《獨行傳》中。

唐宋八家文讀本卷十一

歐陽修永叔著
後學沈德潛確士評點

上范司諫書明道二年，以范仲淹爲給事中。

前月中，得進奏吏報，云自陳州召至闕，拜司諫，即欲爲一書以賀。多事卒卒，未能也。司諫，七品官爾，於執事得之不爲喜，而獨區區欲一賀者，誠以諫官者，天下之得失、一時之公議繫焉。（提。）

今世之官，自九卿百執事，外至一郡縣吏，非無貴官大職可以行其道也。然縣越其封，郡逾其境，雖賢守長不得行，以其有守也。吏部之官不得理兵部，鴻臚之卿不得理光禄，以其有司也。若天下之失得，生民之利害，社稷之大計，惟所見聞，而不繫職司者，獨宰相可行之，（客。）諫官可言之爾。（主。）故士學古懷道者，仕於時，不得爲宰相，必爲諫官。

諫官雖卑，與宰相等。天子曰不可，宰相曰可；天子曰然，宰相曰不然。坐乎廟堂之上，與天子辨可否者，宰相也。天子曰是，諫官曰非；天子曰必行，諫官曰必不可行。立殿階之前，與天子争是非者，諫官也。宰相尊，行其道；諫官卑，行其言。言行，道亦行也。（故曰等。）九卿百司、郡縣之吏，守一職者任一職之責；宰相、諫官，繫天下之事，亦任天下之責。然宰相九卿而下失職者，受責於有司；（此處又轉進一層，注重諫官。）諫官之失職也，取譏於君子。有司之法行乎一時，君子之譏著之簡册而昭明，垂之百世而不泯，甚可懼也。夫七品之官，任天下之責，懼百世之譏，豈不重邪？非材且賢者不能爲也。（總束上文，開出『賢且材』意。）

近執事始被召於陳州，洛之士大夫相與語曰：『我識范君，知其材也。其來不爲御史，必爲諫官。』及命下，果然。則又相與語曰：『我識范君，知其賢也。他日聞有立天子陛下，直辭正色、面争廷論者，非他人，必范君也。』拜命以來，翹首企足，竚乎有聞，而卒未也。竊惑之，豈洛之士大夫能料於前而不能料於後也？（故作摇曳之態。前緊者必以紆餘行之。）將執事有待而爲也？（『有待』二字，開下一段，分上下半篇。）

昔韓退之作《争臣論》，以譏陽城不能極諫，卒以諫顯。人皆謂城之不諫，蓋有待而然，退之不識其意而妄譏。修獨以謂不然，當退之作論時，城爲諫議大夫已五年。後又二年，始廷論陸贄。及沮裴延齡作相，欲裂其麻，才兩事耳。當德宗時，可謂多事矣。授受失宜，叛將强臣，羅列天下，又多猜忌，進任小人。於此之時，豈無一事可言而須七年耶？（不便言時事之闕失，即借往事以形之。故『今天子』以下，只輕輕拍合。）當時之事，豈無急於沮延齡、論陸贄兩事耶？謂宜朝拜官而夕奏疏也。幸而城爲諫官七年，適遇延齡、陸贄事，一諫而罷以塞其責。向使止五年六年而遂遷司業，是終無一言而去也，何所取哉？

今之居官者，率三歲而一遷，或一二歲，甚者半歲而一遷，（以上力破『有待』之謬。）此又非可以待乎七年也。

今天子躬親庶政，化理清明，雖爲無事，然自千里詔執事而拜是官者，豈不欲聞正議而樂讜言乎？今未聞有所言説，使天下知朝廷有正士，而彰吾君有納諫之明也。夫布衣韋帶之士，窮居草茅，坐誦書史，常恨不見用。及用也，又曰『彼非我職，不敢言』；或曰『我位猶卑，不得言』。得言矣，又曰『我有待』。是終無一人言也，可不惜哉。（前已説透，此只游泳以收之。）

伏惟執事思天子所以見用之意，懼君子百世之譏，一陳昌言以塞重望，且解洛之士大夫之惑，則幸甚幸甚。（總收全文。）

非范公竟不能諫，遇賢者，自責之備也。文之往復曲折，步步相生，節節相引，老泉所謂紆餘委備、無急言竭論者耶？

與高司諫書名若訥。

修頓首再拜，白司諫足下：某年十七時，家隨州，見天聖二年進士及第榜，始識足下姓名。

是時予年少，未與人接，又居遠方，但聞今宋舍人兄弟與葉道卿、鄭天休數人者，以文學大有名，號稱得人。而足下厠其間，獨無卓卓可道説者，予固疑足下不知何如人也。其後更十一年，予再至京師，足下已爲御史裹行，然猶未暇一識足下之面，但時時於予友尹師魯問足下之賢否。而師魯説足下正直，有學問，君子人也，予猶疑之。夫正直者，不可屈曲；有學問者，必能辨是非。以不可屈之節，有能辨是非之明，又爲言事之官，而俯仰默默，無異衆人，是果賢者耶？此不得使予之不疑也。自足下爲諫官來，始得相識，侃然正色，論前世事，歷歷可聽，褒貶是非，無一謬説。噫！持此辯以示人，孰不愛之？雖予亦疑足下真君子也。是予自聞足下之名，及相識，凡十有四年，而三疑之。今者推其實迹而較之，然後决知足下非君子也。（以上不甚緊要，文境亦平衍。）

前日范希文貶官，後與足下相見於安道家，足下詆誚希文爲人，予始聞之，疑是戲言。及見師魯，亦説足下深非希文所爲，然後其疑遂决。希文平生剛正好學，通古今，其立朝有本末，天下所共知。今又以言事觸宰相得罪，（忤吕夷簡。）足下既不能爲辨其非辜，又畏有識者之責己，遂隨而詆之，以爲當黜，是可怪也。夫人之性，剛果懦軟，禀之於天，不可勉强，雖聖人亦不以不能責人之必能。今足下家有老母，身惜官位，懼飢寒而顧利禄，不敢一忤宰相以近刑禍，此庸人之常情，不過作一不才諫官爾。雖朝廷君子，亦將閔足下之不能，而不責以必能也。（以縱爲擒，以寬爲緊。）今乃不然，反昂然自得，了無愧畏，便毁其賢以爲當黜，庶乎飾己不言之過。夫力所不敢爲，乃愚者之不逮；以智文其過，此君子之賊也。

且希文果不賢邪？自三四年來，從大理寺丞至前行員外郎，作待制日，日備顧問，今班行中無與比者。是天子驟用不賢之人？夫使天子待不賢以爲賢，是聰明有所未盡。足下身爲司諫，乃耳目之官，當其驟用時，何不一爲天子辨其不賢？反默默無一語，待其自敗，然後隨而非之。若果賢邪？則今日天子與宰相，以忤意逐賢人，足下不得不言。是則足下以希文爲賢，亦不免責；以爲不賢，亦不免責，大抵罪在默默爾。

昔漢殺蕭望之與王章，計其當時之議，必不肯明言殺賢者也，必以石顯、王鳳爲忠臣，望之與章爲不賢而被罪也。今足下視石顯、王鳳果忠邪？望之與章果不賢邪？當時亦有諫臣，必不肯自言畏禍而不諫，亦必曰當誅而不足諫也。今足下視之，果當誅邪？是直可欺當時之人，而不可欺後世也。今足下又欲欺今人，而不懼後世之不可欺邪？況今之人未可欺也。（句句折，是歐公擅長。）

伏以今皇帝即位已來，進用諫臣，容納言論。如曹修古、劉越，雖殁，猶被褒稱。今希文與孔道輔，皆自諫諍擢用。足下幸生此時，遇納諫之聖主，如此，猶不敢一言，何也？前日又聞御史臺榜朝堂，戒百官不得越職言事，是可言者惟諫臣耳。若足下又遂不言，是天下無得言者也。足下在其位而不言，便當去之，無妨他人之堪其任者也。昨日安道貶官，師魯待罪，足下猶能以面目見士大夫，出入朝中稱諫官，是足下不復知人間有羞耻事爾。（快絶。所謂顔之厚也。）所可惜者，聖朝有事，諫官不言，而使他人言之。書在史册，他日爲朝廷羞者，足下也。

《春秋》之法，責賢者備。今某區區猶望足下之能一言者，不忍便絶足下，而不以賢者責也。若猶以謂希文不賢而當逐，則予今所言如此，乃是朋邪之人爾。願足下直携此書於朝，使正予罪而誅之，使天下皆釋然知希文之當逐，亦諫臣之一效也。（憤激至此。語云怒不作書，洵然。）（若訥果以此書上聞，歐公遂落館職，責授夷陵令。尹洙亦貶官。）

前日足下在安道家，召予往論希文之事。時坐有他客，不能盡所懷，故輒布區區，伏惟幸察，不宣。

此石守道《四賢一不肖》之詩所由作也。稜角峭厲，無委曲。憤激於中，有不能遏抑者耶？而歐公亦貶斥矣。

公是年只三十歲，氣盛故言言憤激，不暇含蓄。

答吴充秀才書

充，字仲卿，神宗時爲相。唐時稱舉於鄉者曰先輩，此仍其稱。

修頓首白先輩吴君足下：前辱示書及文三篇，發而讀之，浩乎若千萬言之多，及少定而視焉，纔數百言爾。非夫辭豐意雄，霈然有不可御之勢，何以至此？然猶自患倀倀，莫有開之使前者，此好學之謙言也。

修材不足用於時，仕不足榮於世，其毁譽不足輕重，氣力不足動人。世之欲假譽以爲重、借力而後進者，奚取於修焉？先輩學精文雄，其施於時，又非特假譽爲重、借力而後進者也。然而惠然見臨，若有所責，得非急於謀道，不擇其人而問焉者歟。

夫學者未始不爲道，而至者鮮焉。非道之於人遠也，學者有所溺焉耳。蓋文之爲言，難工而可喜，易悦而自足。世之學者，往往溺之。一有工焉，則曰吾學足矣。甚者至棄百事不關於心，曰吾文士也，職於文而已。（痛爲文人下針砭。）此其所以至之鮮也。

昔孔子老而歸魯，六經之作，數年之頃爾。然讀《易》者如無《春秋》，讀《書》者如無《詩》，（言求之專。）何其用功少而至於至也！聖人之文，雖不可及，然大抵道勝者，文不難而自至也。故孟子皇皇不暇著書，荀卿蓋亦晚而有作。若子雲、仲淹，方勉焉以模言語，此道未足而强言者也。後之惑者，徒見前世之文傳，以爲學者文而已，故力愈勤而愈不至。此足下所謂終日不出於軒序，不能縱横高下皆如意者，道未足也。若道之充焉，雖行乎天地，入於淵泉，無不之也。

足下之文，浩乎霈然，可謂善矣。而又志於爲道，猶自以爲未廣，若不止焉，孟、荀可至而不難也。（無論孟子，荀亦不易至也。）修學道而不至者，然幸不甘於所悦，而溺於所止，因吾子之能不自止，又以勵修之少進焉。幸甚幸甚。

道不足則溺於文，引孔、孟以証，見足於道者不求文而文自至也。夫道不足而强言，且不可，况裂文與道而二之手？讀『難工可喜，易悦自足』二語，爲之爽然。

韓子云：約六經之旨而成文。柳子云：文以行爲本，在先誠其中。夫六經之旨，道也；先誠其中者，道也。合之此書，學者不當從事於語言之末矣。

答祖擇之書

修啓：秀才人至，蒙示書一通，並詩賦雜文兩册，諭之曰：『一覽以爲如何？』某既陋，不足以辱好學者之問，又其少賤而長窮，其素所爲，未有足稱以取信於人，亦嘗有人問者，以不足問之愚而未嘗答人之問。足下卒然及之，是以愧懼，不知所言。雖然，不遠數百里，走使者以及門，意厚禮勤，何敢不報？

某聞古之學者必嚴其師，師嚴然後道尊，道尊然後篤敬，篤敬然後能自守，能自守然後果於用，果於用然後不畏而不遷。三代之衰，學校廢。至兩漢，師道尚存，故其學者各守其經以自用。是以漢之政理文章，與其當時之事，後世莫及者，其所從來深矣。（已上言師道立，故學者有守有用。）後世師法漸壞，而今世無師，則學者不尊嚴，故自輕其道。輕之則不能至，不至則不能篤信。信不篤，則不知所守；守不固，則有所畏而物可移。是故學者惟俯仰徇時，以希禄利爲急，至於忘本趨末，流而不返。（前段正説，此段反説。文得反覆説，其義愈明。）夫以不信不固之心，守不至之學，雖欲果於自用，莫知其所以用之之道，又況有禄利之誘、刑禍之懼以遷之哉？此足下所謂志古師道之士，世所鮮而未有合者，由此也。

足下所爲文，用意甚高，卓然有不顧世俗之心，直欲自到於古人。今世之人，用心如足下者有幾？是則鄉曲之中，能爲足下之師者謂誰？交游之間，能發足下之議論者謂誰？學不師則守不一，議論不博則無所發明而究其源。足下之言高趣遠，甚善，然所守未一而議論未精，此其病也。

竊惟足下之交游，能爲足下稱才譽美者不少，今皆舍之，遠而見及，乃知足下是欲求其不至，此古君子之用心也，是以言之不敢隱。

夫世無師矣。學者當師經，師經必先求其意，（一篇主意。）意得則心定，心定則道純，道純則充於中者實，中充實則發爲文者輝光，施於事者果毅。三代兩漢之學，不過此也。足下患世未有合者而不棄其愚，將某以爲合，故敢道此，未知足下之意合否。

經在即聖人在，故當師經。然第墨守而不求其義藴，終於拘執迂闊而不知所用，與無經略相同也。公一一指點，不啻傾倉倒囷而出之，倘所謂『歸而求之有餘師』者耶。

與張秀才第二書

前日去後，復取前所貺古今雜文十數篇，反復讀之，若《大節賦》《樂古》《太古曲》等篇，言尤高而志極大。尋足下之意，豈非閔世病俗，究古明道，欲援今以復之古，而翦剔齊整凡今之分殽駁冗者歟？然後益知足下之好學，甚有志者也。然而述三皇太古之道，捨近取遠，務高言而鮮事實，此少過也。

君子之於學也，務爲道。爲道必求知古，知古明道，而後履之以身，施之於事，而又見於文章而發之，以信後世。其道，周公、孔子、孟軻之徒，常履而行之者是也；其文章，則六經所載，至今而取信者是也。其道易知而可法，其言易明而可行。及誕者言之，乃以混蒙虚無爲道，洪荒廣略爲古，其道難法，其言難行。

孔子之言道曰『道不遠人』，言中庸者曰『率性之謂道』，又曰『可離非道也』。《春秋》之爲書也，以成、隱讓而不正之，傳者曰『《春秋》信道不信邪』，謂隱未能蹈道；齊侯遷衛，書『城楚丘』，與其仁不與其專封，傳者曰『仁不勝道』。凡此所謂道者，乃聖人之道也。此履之於身，施之於事而可得者也，豈如誕者之言者耶？

堯、舜、禹之《書》，皆曰『若稽古』，傳説曰『事不師古，匪説攸聞』，仲尼曰『吾好古，敏以求之者』，凡此所謂古者，其事乃君臣上下，禮樂刑法之事，又豈如誕者之言者邪？此君子之所學也。

夫所謂『捨近而取遠』云者，孔子昔生周之世，去堯、舜遠，孰與今去堯、舜遠也？孔子删《書》，斷自《堯典》，而弗道其前。其所謂學，則曰『祖述堯舜』，如孔子之聖且勤，而弗道其前者，豈不能邪？蓋以其漸遠而難彰，不可以信後世也。（太史公云『百家言黄帝，其言不雅馴』，况更欲追求古初，何耶？）今生於孔子之絶後，而反欲求堯、舜之已前，世所謂『務高言而鮮事實』者也。

唐、虞之道，爲百王首，仲尼之歎曰『蕩蕩乎』，謂高深閎大而不可名也。及夫二典述之炳然，使後世尊崇仰望不可及，其嚴若天然，則《書》之言豈不高邪？然其事不過於親九族，平百姓，憂水患，問臣下誰可任，以女妻舜及祀山川，見諸侯，齊律度，謹權衡，使臣下誅放四罪而已。（暢言事實。）孔子之後，惟孟軻最知道，然其言不過於教人樹桑麻，畜鷄豚，以謂養生送死爲王道之本。夫二典之文，豈不爲文？孟軻之言道，豈不爲道？而其事乃世人之甚易知而近者，蓋切於事實而已。今學者不深本之，乃樂誕者之言，思混沌於古初，以無形爲至道。夫道者，無有高下遠近，使賢者能之，愚者可勉而至；無過、不及，而一本乎大中，故能亘萬世，可行而不變也。今以謂不足爲，而務高遠之爲勝，以廣誕者無用之説，是非學者之所盡心也。宜少下其高而近其遠，以及乎中，則庶乎至矣。

凡僕之所論者，皆陳言淺語。如足下之多聞博學，不宜爲足下道之也。然某之所以云者，本欲損足下高遠而俯就之，則安敢務爲奇言以自高邪。幸足下少思焉。

文境少平，然論道切近，足以針砭騖高遠而入虚無者。乃近今學者，舍人倫日用而談太極、太虚，三尺童子皆然，此亦渺茫之漸也，安得如歐公者起而針砭之耶。

帝王世次圖序

堯、舜、禹、湯、文、武，此六君子者，可謂顯人矣，而後世猶失其傳者，豈非以其遠也哉。是故，君子之學，不窮遠以爲能，而闕其不知，慎所傳以惑世也。

方孔子時，周衰學廢，先王之道不明，而異端之説並起，孔子患之，乃脩正《詩》、《書》、史記，以止紛亂之説。而欲其傳之信也，故略其遠而詳其近，於《書》斷自唐虞以來，著其大事可以爲世法者而已。至於三皇五帝、君臣世次，皆未嘗道者，以其世遠，而慎所不知也。（一『慎』字，道盡作《春秋》之要。）

孔子既没，異端之説復興，周室亦益衰亂。接乎戰國，秦遂焚書，先王之道中絶。漢興久之，《詩》《書》稍出而不完。當王道中絶之際，奇書異説，方充斥而盛行，其言往往反自托於孔子之徒，以取信於時。學者既不備見《詩》《書》之詳，而習傳盛行之異説，世無聖人以爲質，而不自知其取舍真僞，至有博學好奇之士，務多聞以爲勝者，於是盡集諸説而論次，初無所擇而惟恐遺之也。如司馬遷之《史記》是矣。（道太史公好集異聞之失，曲折詳盡。）

以孔子之學，上述前世，止於堯舜，著其大略而不道其前；遷遠出孔子之後，而乃上述黄帝以來，又詳悉其世次，其不量力而務勝，宜其失之多也。遷所作《本紀》，出於《大戴禮》《世本》諸書。今依其説，圖而考之，堯、舜、夏、商、周，皆同出於黄帝。堯之崩也，下傳其四世孫舜；舜之崩也，復上傳其四世祖禹；而舜、禹皆壽百歲。稷、契於高辛爲子，乃同父異母之兄弟。今以其世次而下之，湯與王季同世。湯下傳十六世而爲紂，王季下傳一世而爲文王，二世而爲武王，是文王以十五世祖臣事十五世孫紂，而武王以十四世祖伐十四世孫而代之王，何其繆哉。嗚呼！堯、舜、禹、湯、文、武之道，百王之取法也。其盛德大業，見於行事，而後世所欲知者，孔子皆已論著之矣。其久遠難明之事，後世不必知。不知不害爲君子者，孔子皆不道也。夫孔子所以爲聖人者，其智知所取舍皆如此。

删《書》斷自唐虞，此孔子之慎。司馬遷雜采戰國、秦漢間説，與孔子删定之六經合而成書，文雖可觀，而牴牾特甚。蘇明允所以有『錦綉繪縠，錯而紉之』之譏也。文本杜佑《通典》，而詳切著之。此種文絶有關係。

後序《帝王世次圖》之後序也。

予既略論帝王世次，而見《本紀》之失，猶謂文、武與紂，相去十五六世，其繆較然不疑。而堯、舜、禹之世相去不遠，（此篇專論堯、舜、禹。）尚冀其理有可通，乃復以《尚書》、《孟子》、孔安國、皇甫謐諸書，參考其壽數長短，而尤乖戾不能合也。

據《書》及諸説云，堯壽一百一十六歲，舜壽一百一十二歲，禹壽百歲。堯年十六即位，在位七十年，年八十六，始得舜而試之，二年乃使攝政。時舜年三十，居試攝，通三十年而堯崩，舜服堯喪三年畢，乃即位，在位五十年而崩。方舜在位三十三年，命禹攝政，凡十七年而舜崩。禹服舜喪三年畢，乃即位，在位十年而崩。由是言之，當堯得舜之時，堯年八十六，舜年三十，以此推而上之，則是堯年五十七，已見四世之玄孫生一歲矣。舜居試攝及在位，通八十二年，而禹壽百年，以禹百年之間，推而上之，禹即位及居舜喪，通十三年，又在舜朝八十二年，通九十五年，則當舜攝試之初年，禹纔六歲，是舜爲玄孫年三十時，見四世之高祖方生六歲矣。（孟子云：『盡信《書》，則不如無《書》。』考古者須得此意。）至於舜娶堯二女，據圖爲曾祖姑，雖古遠世異，與今容有不同，然人倫之理，乃萬世之常道，必不錯亂顛倒之如此。然則諸家世次、壽數長短之説，聖經之所不著者，皆不足信也决矣。

補前序所未言，讀至後幅，令人啞然失笑。

蘇氏文集序

予友蘇子美之亡後四年，始得其平生文章遺稿於太子太傅杜公之家，而集録之以爲十卷。子美，杜氏婿也，遂以其集歸之，而告於公曰：

『斯文，金玉也。棄擲埋没糞土，不能銷蝕。其見遺於一時，必有收而寶之於後世者。雖其埋没而未出，其精氣光怪，已能自常發見，而物亦不能揜也。故方其擯斥摧挫，流離窮厄之時，文章已自行於天下，雖其怨家仇人，及嘗能出力而擠之死者，至其文章，則不能少毁而揜蔽之也。凡人之情，忽近而貴遠，子美屈於今世猶若此，其伸於後世宜如何也。公其可無恨。』

予嘗考前世文章政理之盛衰，而怪唐太宗致治幾乎三王之盛，而文章不能革五代之餘習。後百有餘年，韓、李之徒出，然後元和之文始復於古。唐衰兵亂，又百餘年而聖宋興，天下一定，晏然無事，又幾百年而古文始盛於今。自古治時少而亂時多，幸時治矣，文章或不能純粹，或遲久而不相及，何其難之若是歟？豈非難得其人歟？（極言振興文運之難，愈見子美之可惜。）苟一有其人，又幸而及出於治世，世其可不爲之貴重而愛惜之歟？嗟吾子美，以一酒食之過，至廢爲民，而流落以死，此其可以歎息流涕，而爲當世仁人君子之職位，宜與國家樂育賢材者惜也。（此當作長句一氣讀。　時子美兼進奏院。院中賽神，例賣故紙錢爲飲燕費。子美承例，請諸名流。李定欲與會，而子美却之。王拱臣、李定輩彈奏。時館閣之士罷逐一空，子美除名爲民，杜祈公亦罷相。）

子美之齒少於予，而予學古文反在其後。天聖之間，予舉進士於有司，見時學者，務以言語聲偶擿裂，號爲時文，以相誇尚。而子美獨與其兄才翁及穆參軍伯長，作爲古歌詩、雜文，時人頗共非笑之，而子美不顧也。其後天子患時文之弊，下詔書，諷勉學者以近古，由是其風漸息，而學者稍趨於古焉。獨子美爲於舉世不爲之時，其始終自守，不牽世俗趨舍，可謂特立之士也。

子美官至大理評事、集賢校理而廢，後爲湖州長史以卒，享年四十有一。其狀貌奇偉，望之昂然，而即之温温，久而愈可愛慕。其材雖高，而人亦不甚嫉忌，其擊而去之者，意不在子美也。（爲范文正公、杜祁公諸大臣。）賴天子聰明仁聖，凡當時所指名而排斥，二三大臣而下，欲以子美爲根而累之者，皆蒙保全，今並列於榮寵。雖與子美同時飲酒得罪之人，多一時之豪俊，亦被收采，進顯於朝廷。而子美獨不幸死矣，豈非其命也？悲夫。（嗚咽。）

公哭蘇、梅二公詩，比於『黄河一千年一清，岐山鳴鳳不再鳴』，傾倒至矣。序中極言有文無命，徘徊惋惜，令後人讀之，猶覺悲風四起。

梅聖俞詩集序

予聞世謂詩人少達而多窮，夫豈然哉？蓋世所傳詩者，多出於古窮人之辭也。凡士之藴其所有，而不得施於世者，多喜自放於山巔水涯之外，見蟲魚、草木、風雲、鳥獸之狀類，往往探其奇怪，内有憂思感憤之鬱積，其興於怨刺，以道羈臣寡婦之所歎，而寫人情之難言，蓋愈窮則愈工。然則非詩之能窮人，殆窮者而後工也。（翻去俗諦。）

予友梅聖俞，少以蔭補爲吏，累舉進士，輒抑於有司，困於州縣，凡十餘年。年今五十，猶從辟書爲人之佐，鬱其所畜，不得奮見於事業。其家宛陵，幼習於詩，自爲童子，出語已驚其長老。既長，學乎六經仁義之説，其爲文章，（補出文。）簡古純粹，不求苟悦於世，世之人徒知其詩而已。然時無賢愚，語詩者必求之聖俞，聖俞亦自以其不得志者，樂於詩而發之，故其平生所作，於詩尤多。世既知之矣，而未有薦於上者。昔王文康公嘗見而歎曰：『二百年無此作矣。』雖知之深，亦不果薦也。（縱。）若使其幸得用於朝廷，作爲雅頌以歌咏大宋之功德，薦之清廟而追商、周、魯頌之作者，豈不偉歟？（果其進於朝，工於鋪陳功德，恐無待世行遠之作矣，韓子志柳州墓，已見此意。）奈何使其老不得志，而爲窮者之詩，乃徒發於蟲魚物類、羈愁感歎之言？（擒。）世徒喜其工，不知其窮之久而將老也，可不惜哉！

聖俞詩既多，不自收拾。其妻之兄子謝景初，懼其多而易失也，取其自洛陽至於吴興已來所作，次爲十卷。予嘗嗜聖俞詩，而患不能盡得之，遽喜謝氏之能類次也，輒序而藏之。（本文止此。）以下十五年後書於《詩序》後者，不知何人並而爲一，誤矣。）其後十五年，聖俞以疾卒於京師。余既哭而銘之，因索於其家，得其遺稿千餘篇，並舊所藏，掇其尤者六百七十七篇，爲一十五卷。嗚呼！吾於聖俞詩論之詳矣，故不復云。（詩格已見於《書後》篇中。）（玩『今年五十』句，知序爲生時作也。結處『其後十五年，聖俞卒於京師』云云，知他時補書於序後也。細玩自明。）

『窮而後工』，與『作爲雅頌，以歌咏功德』云云，後人襲之，已成熟徑矣。及讀歐公文，彌見其新。以往復容與，一片神行，襲者徒得其貌也。

江鄰幾文集序

余竊不自揆，少習爲銘章，因得論次當世賢士大夫功行。自明道、景祐以來，名卿鉅公，往往見於余文矣。至於朋友故舊，平居握手言笑，意氣偉然，可謂一時之盛。而方從其遊，遽哭其死，遂銘其藏者，是可歎也。

蓋自尹師魯之亡，逮今二十五年之間，相繼而殁，爲之銘者，至二十人。又有余不及銘，與雖銘而非交且舊者，皆不與焉。嗚呼！何其多也。不獨善人君子難得易失，（此就作墓誌上寄慨。）而交游零落如此，反顧身世，死生盛衰之際，又可悲夫。而其間，又有不幸罹憂患、觸網羅，至困阨流離以死，與夫仕宦連蹇、志不獲伸而殁，獨其文章尚見於世者，則又可哀也歟。（以上概説交遊，此説到同罹憂患，文章可傳。此行文淺深法。鄰幾亦坐子美事落職。）然則雖其殘篇斷稿，猶爲可惜，况其可以垂世而行遠也。（此就有文集者寄慨。）故余於聖俞、子美之殁，既已銘其壙，又類集其文而序之，其言尤感切而殷勤者，以此也。

陳留江君鄰幾，常與聖俞、子美游，而又與聖俞同時以卒。余既志而銘之，後十有五年，來守淮西，又於其家得其文集而序之。鄰幾，毅然仁厚君子也，雖知名於時，仕宦久而不進，晚而朝廷方將用之，未及而卒。其學問通博，文辭雅正深粹，而論議多所發明。詩尤清淡，閑肆可喜。然其文已自行於世矣，固不待余言以爲輕重。而余特區區於是者，蓋發於有感而云然。

爲亡友志墓，爲亡友序遺文，本人生極傷感事，故言言悲切。

前半只大概説，暗藏鄰幾在内，此又一法。

釋秘演詩集序

予少以進士游京師，因得盡交當世之賢豪，然猶以謂國家臣一四海、休兵革、養息天下以無事者四十年，而智謀雄偉非常之士，無所用其能者，往往伏而不出，山林屠販，必有老死而世莫見者，欲從而求之，不可得，其後得吾亡友石曼卿。（作引。）

曼卿爲人，廓然有大志。時人不能用其材，曼卿亦不屈以求合，無所放其意，則往往從布衣野老酣嬉淋漓，顛倒而不厭。予疑所謂伏而不見者，庶幾狎而得之。故嘗喜從曼卿游，欲因以陰求天下奇士。

浮屠秘演者，與曼卿交最久，亦能遺外世俗，以氣節相高。二人歡然無所間。曼卿隱於酒，秘演隱於浮屠，皆奇男子也。（『奇』字着眼。）然喜爲歌詩以自娱，當其極飲大醉，歌吟笑呼以適天下之樂，何其壯也。一時賢士皆願從其游，（此言其盛。）予亦時至其室。（語有分寸。）十年之間，秘演北渡河，東之濟、鄆，無所合，困而歸。曼卿已死，秘演亦老病。（此言其衰。）嗟夫！二人者，予乃見其盛衰，則余亦將老矣。（語帶凄婉。）（兩行中寫盡盛衰，俯仰頓挫，並插入自己。字句中有激楚聲。）

夫曼卿詩辭清絶，尤稱秘演之作，以爲雅健，有詩人之意。秘演狀貌雄絶，其胸中浩然，既習於佛，無所用，獨其詩可行於世。而懶不自惜，已老，胠其橐，尚得三四百篇，皆可喜者。曼卿死，秘演漠然無所向，聞東南多山水，其巔崖崛嵂，江濤洶涌，甚可壯也，遂欲往游焉，足以知其老而志在也。於其將行，爲叙其詩，因道其盛時以悲其衰。（一語收結通體。）

從己引出曼卿，從曼卿引出秘演。爲浮屠人作序，自应留己身分也。盛衰死生之感，不勝嗚咽。

釋惟儼文集序

惟儼姓魏氏，杭州人，少遊京師三十餘年，雖學於佛，而通儒術，喜爲辭章，與吾亡友曼卿交最善。曼卿遇人無所擇，必皆盡其所歡；惟儼非賢士不交，有不可其意，無貴賤一切閉拒絶去，不少顧。（介者轉在浮屠。）曼卿之兼愛，惟儼之介，所趨雖異，而交合無所間。曼卿嘗曰：『君子泛愛而親仁。』惟儼曰：『不然。吾所以不交妄人，故能得天下士。若賢不肖混，則賢者安肯顧我哉？』以此，一時賢士多從其遊。

居相國浮屠，不出其户十五年。士嘗遊其室者，禮之惟恐不至，及去爲公卿貴人，未始一往干之。然嘗竊怪平生所交皆當世賢杰，未見卓卓著功業，如古人可記者，（揣惟儼意中如此。）因謂世所稱賢才，若不笞兵走萬里，立功海外，（有推倒豪杰之概。）則當佐天子，號令賞罰於明堂，苟皆不用，則絶寵辱，遺世俗，（隱以己繩衆人。）自高而不屈，尚安能酣豢於富貴而無爲哉？醉則以此誚其坐人，人亦復之，（『復之』句連下讀。）以謂遺世自守，古人之所易，若奮身逢時，欲必就功業，此雖聖賢難之，周、孔所以窮達異也。今子老於浮圖，不見用於世，而幸不踐窮亨之途，乃以古事之已然，而責今人之必然邪？然惟儼雖傲乎退偃於一室，天下之務、當世之利病，與之言，終日不厭，惜其將老也已。（接上，奇崛，見胸有經緯，非大概使氣罵坐人。）

曼卿死，惟儼亦買地京師之東，以謀其終。乃斂平生所爲文數百篇，示予曰：『曼卿之死，既已表其墓，願爲我序其文，及我之見也。』嗟夫！惟儼既不用於世，其材莫見於時，若考其筆墨馳騁、文章贍逸之能，可以見其志矣。

同是借曼卿作引，而序秘演文，以死生聚散着筆，序惟儼文，以其有用世之志着筆，機局變化，略不相似。

序中略帶傳體，又是一格。

内制集序 集載詔、諭、批、答、口宣、齋表、青詞。

昔錢思公嘗以謂朝廷之官，雖宰相之重，皆可雜以他才處之，惟翰林學士非文章不可。（爲翰林吐氣。）思公自言爲此語，頗取怒於達官，然亦自負以爲至論。

今學士所作文章多矣，至於青詞、齋文，必用老子、浮屠之説；祈禳秘祝，往往近於家人里巷之事；而制詔取便於宣讀，常拘以世俗所謂四六之文，其類多如此，然則果可謂之文章者歟？

予在翰林六年，中間進拜二三大臣，皆適不當直，而天下無事，四夷和好，兵革不用，凡朝廷之文，所以指麾號令、訓戒約束，自非因事，無以發明。矧予中年早衰，意思零落，以非工之作，又無所遇以發焉，其屑屑應用、拘牽常格、卑弱不振，宜可羞也。（寫盡翰林文章卑弱不振，古今同慨。）

然今文士，尤以翰林爲榮選。予既罷職，院吏取予直草，以日次之，得四百餘篇。因不忍棄，況其上自朝廷，内及宫禁，下暨蠻夷海外，事無不載。而時政記、日曆與起居郎、舍人有所略而不紀，未必不有取於斯焉。（只取其紀載而已。）

嗚呼！予且老矣，方買田淮、潁之間。若夫凉竹簟之暑風，曝茅檐之冬日，睡餘支枕，念昔平生仕宦出處，顧瞻玉堂，如在天上。因覽遺稿，見其所載職官名氏，以較其人盛衰先後、孰在孰亡，（予歸田後，追憶曩時盛衰聚散，亦同此感。）足以知榮寵爲虚名，而資笑談之一噱也，亦因以詫於田夫野老而爾。

翰林無文章，宋代已然，牽於應用常格，不得不然也。抑揚顧盼，絶世文情。末段，鹿門以『俗韻』貶之，殊爲未允。

予爲翰林學士一年，任起居注四年，時際聖明，喜無青詞、齋表之作。今院吏所掌，以日次之者，無遺略也。惟是懸車以後，不無玉堂天上之感。讀歐公作，爲之憮然。

删正黄庭經序

無仙子者，不知爲何人也，（托言破愚惑。）無姓名，無爵里，世莫得而名之。其自號爲無仙子者，以警世人之學仙者也。

其爲言曰：自古有道無仙。（一語道盡。）而後世之人，知有道而不得其道，不知無仙而妄學仙，此我之所哀也。道者，自然之道也，生而必死，亦自然之理也。以自然之道，養自然之生，不自戕賊夭閼，而盡其天年，此自古聖智之所同也。禹走天下，乘四載，治百川，可謂勞其形矣，而壽百年。顔子蕭然卧於陋巷，簞食瓢飲，外不誘於物，内不動於心，可謂至樂矣，而年不及三十。

（實三十二。）斯二人者，皆古之仁人也，勞其形者長年，安其樂者短命。蓋命有長短，禀之於天，非人力之所能爲也。惟不自戕賊，而各盡其天年，則二人之所同也，此所謂以自然之道，養自然之生。

後世貪生之徒，爲養生之術者，無所不至，至茹草木，服金石，吸日月之精光。又有以謂此外物不足恃，而反求諸内者，（此層近題。）於是息慮絶欲，煉精氣，勤吐納，專於内守，以養其神。其術雖本於貪生，及其至也，尚或可以全形而却病，猶愈於肆欲稱情，以害其生者，是謂養内之術。故上智任之自然，（高一層。）其次養内以却病，（題之正面。）最下妄意而貪生。（撇開一層，即學仙也。）

卌傳《黄庭經》者，魏、晉間道士養生之書也。其説專於養内，多奇怪，故其傳之久則易爲訛舛。今家家異本，莫可考正。無仙子既甚好古，家多集録古書文字，（知公自謂。）以爲玩好之娱。有《黄庭經》石本者，廼永和十三年晉人所書，（相傳王右軍書。）其文頗簡，以較今世俗所傳者，獨爲有理，疑得其真。於是喟然歎曰：『吾欲曉世以無仙而止人之學者，吾力顧未能也。吾視世人執奇怪訛舛之書，欲求生而反害其生者，可不哀哉。矧以我翫好之餘，拯世人之謬惑，何惜而不爲？』乃爲刪正諸家之異，一以永和石本爲定。其難曉之言，略爲注解，庶幾不爲訛謬之説，惑世以害生，是亦不爲無益。若大雅君子，則豈取於此。（仍歸到最上一層。）

《黄庭》正旨，乃談内養而稍近於理，不惑於神怪者。處處以道之自然説入，而以妄意貪生者反襯，見雖非道之本旨，而立説不乖於正，則彼術中猶有可取也。末一語仍歸入道之自然，並將養生撇去，則學仙之妄，不待言矣。

集古録目序

物常聚於所好，而常得於有力之强。有力而不好，好之而無力，雖近且易，有不能致之。象犀虎豹，蠻夷山海殺人之獸，然其齒角皮革可聚而有也；玉出崑崙流沙萬里之外，經十餘譯，乃至乎中國；珠出南海，常生深淵，採者腰絙而入水，形色非人，往往不出，則下飽蛟魚；金礦（音袞，金在石中也。）於山，鑿深而穴遠，篝火糇糧而後進，其崖崩窟塞，則遂葬於其中者，率常數十百人。其遠且難，而又多死禍，常如此，然而金玉珠璣，世常兼聚而有也。凡物好之而有力，則無不至也。（申明聚於所好。）

湯盤、孔鼎，岐陽之鼓，岱山、鄒嶧、會稽之刻石，與夫漢魏以來，聖君賢士，桓碑彝器、銘詩序記，下至古文籀篆，分隸諸家之字書，皆三代以來至寶，怪奇偉麗、工妙可喜之物。其去人不遠，其取之無禍。（與前關照。）然而風霜兵火，湮没磨滅，散棄於山崖墟莽之間，未嘗收拾者，由世之好者少也。幸而有好之者，又其力或不足，故僅得其一二，而不能使其聚也。（申明『不好』與『無力』二層。）

大力莫如好，好莫如一。予性顓而嗜古，凡世人之所貪者，皆無欲於其間，故得一其所好於斯。好之已篤，則力雖未足，（力豈易足？故用斡旋。）猶能致之。故上自周穆王以來，下更秦、漢、隋、唐五代，外至四海九州、名山大澤，窮崖絶谷，荒林破冢，神僊鬼物，詭怪所傳，莫不皆有，以爲《集古録》。以謂傳寫失真，故因其石本，軸而藏之，有卷帙次第，而無時世之先後。蓋其取多而未已，故隨其所得而録之。又以謂聚多而終必散，乃撮其大要，別爲録目，因並載夫可與史傳正其闕謬者，以傳後學，庶益於多聞。（游藝中自有學問，不然，一收藏家耳。）

或譏予曰：『物多則其勢難聚，聚久而無不散，何必區區於是哉？』予對曰：『足吾所好，玩而老焉可也。（達人曠觀。）象犀金玉之聚，其能果不散乎？予固未能以此而易彼也。』

前説天下無難聚之物，後説天下無不散之物。好古之識，與達人之見，並行不悖。蘭亭殉葬，殊爲至情。及讀結意，又爽然自失矣。

送徐無黨南歸序

草木鳥獸之爲物，衆人之爲人，其爲生雖異，而爲死則同，一歸於腐壞澌盡，泯滅而已。而衆人之中，有聖賢者，固亦生且死於其間，而獨異於草木鳥獸衆人者，雖死而不朽，逾遠而彌存也。其所以爲聖賢者，修之於身，施之於事，見之於言。是三者，所以能不朽而存也。

（三項平列。）

修於身者，無所不獲；施於事者，有得有不得焉；其見於言者，則又有能有不能也。施於事矣，不見於言，可也。（此見事重於言。）自《詩》《書》《史記》所傳，其人豈必皆能言之士哉？修於身矣，而不施於事、不見於言，亦可也。（此專重修身。）孔子弟子，有能政事者矣，有能言語者矣。若顏回者，在陋巷，曲肱饑卧而已。其群居，則默然終日如愚人，（引爲修身之証。）然自當時群弟子皆推尊之，以爲不敢望而及，而後世更百千歲，亦未有能及之者。其不朽而存者，固不待施於事，況於言乎？（側出言爲最輕。）

予讀班固《藝文志》、唐四庫書目，見其所列，自三代秦漢以來著書之士，（以下痛掃『言之不可恃』。）多者至百餘篇，少者猶三四十篇，其人不可勝數，而散亡磨滅，百不一二存焉。予竊悲其人，文章麗矣，言語工矣，無異草木榮華之飄風、鳥獸好音之過耳也。方其用心與力之勞，亦何異衆人之汲汲營營，而忽焉以死者，雖有遲有速，而卒與三者同歸於泯滅。夫言之不可恃也蓋如此。（一句勒醒。）今之學者，莫不慕古聖賢之不朽，而勤一世以盡心於文字間者，皆可悲也。（古今同病，令人通身汗下。）

東陽徐生，少從余學爲文章，稍稍見稱於人。既去，而與群士試於禮部，得高第，由是知名。其文辭日進，如水涌而山出，予欲摧其盛氣而勉其思也，故於其歸，告以是言。然予固亦喜爲文辭者，亦因以自警焉。

先以三不朽並提，後説言事爲輕，修身獨重，後更説言爲尤輕，直向文章家下一針砭。文情感喟歔欷，最足動人。

送田晝秀才寧親萬州序

五代之初，天下分爲十三四，及建隆之際，或滅或微，其在者猶七國，而蜀與江南地最大。以周世宗之雄，三至淮上，不能舉李氏；而蜀亦恃險爲阻，秦隴山南皆被侵奪，而荆人縮手歸峽，不敢西窺以争故地。及太祖受天命，用兵不過萬人，舉兩國如一郡縣吏，何其偉歟！當此時，文初之祖，從諸將西平成都及南攻金陵，功最多，於時語名將者，稱田氏。（送文初歸蜀，以其祖有功於蜀立論，江南又是帶説。）

田氏功書史官，禄世於家，至今而不絶。及天下已定，將率無所用其武，士君子争以文儒進，故文初將家子，反衣白衣，從鄉進士舉於有司。彼此一時，亦各遭其埶而然也。（結。）

文初辭業通敏，爲人敦潔可喜。歲之仲春，自荆南西拜其親於萬州，維舟夷陵，予與之登高以遠望，遂遊東山，窺緑蘿溪，坐盤石。文初愛之，留數日乃去。

夷陵者，其地志云北有夷山，以爲名。或曰：巴峽之險，至此地始平夷。（此段是前後文過峽。）蓋今文初所見，尚未爲山川之勝者。由此而上泝江湍，入三峽，險怪奇絶，乃可愛也。當王師伐蜀時，（忽然回合。）兵出兩道，一自鳳州（今屬陝西漢中府。）以入，一自歸州以取忠（州今屬四川重慶府。）、萬（萬州，今屬四川夔州府。）以西。今之所經，皆王師向所用武處，覽其山川，可以慨然而賦矣。（太祖伐蜀，王全斌由鳳州入，曹彬由忠州入。）

從宋祖平蜀説入，似閒閒叙事，後忽借作收拾，於寧親意在隱躍間，布置高絶。

送楊寘序

予嘗有幽憂之疾，（幽憂之疾，本《莊子》。）退而閒居，不能治也。既而學琴於友人孫道滋，受宫聲數引，久而樂之，不知疾之在其體也。

夫琴之爲技小矣，及其至也，大者爲宫，細者爲羽，操弦驟作，忽然變之，急者凄然以促，緩者舒然以和，如崩崖裂石，高山出泉，而風雨夜至也，如怨夫寡婦之歎息、雌雄雍雍之相鳴也。（奪胎韓文。）其憂深思遠，則舜與文王、孔子之遺音也；悲愁感憤，則伯奇孤子、屈原忠臣之所歎也。（以上琴聲。）喜怒哀樂，動人必深。而純古淡泊，與夫堯舜三代之言語、孔子之文章、《易》之憂患、《詩》之怨刺，無以異。其能聽之以耳，應之以手，取其和者，道其堙鬱，寫其憂思，則感人之際，亦有至者焉。（以上琴德。）

予友楊君，好學有文，累以進士舉，不得志，及從蔭調，爲尉於劍浦，區區在東南數千里外，是其心固有不平者。且少又多疾，而南方少醫藥，風俗飲食異宜。以多疾之體，有不平之心，居異宜之俗，其能鬱鬱以久乎？然欲平其心以養其疾，於琴亦將有得焉。故予作琴説以贈其行，且邀道滋酌酒，進琴以爲别。

琴之理亡矣。今之琴聲，古之俗樂也。誦此文，及伯牙《水仙操》，令人置身上古。

唐宋八家文讀本卷十二

歐陽修永叔著
後學沈德潛確士評點

吉州學記

慶曆三年秋，天子開天章閣，召政事之臣八人，問治天下，其要有幾，施於今者宜何先？（從天子咨治說入，是是時建學緣起，非泛作寬勢。）使出而書以對〔一〕。八人者，皆震恐失位，俯伏頓首，言此非愚臣所宜及，惟陛下所欲爲，則天下幸甚。於是詔書屢下，勸農桑，責吏課，舉賢才。其明年三月，遂詔天下皆立學，置學官之員，（出立學鄭重。）然後海隅徼塞，四方萬里之外，莫不皆有學。嗚呼，盛矣！

學校，王政之本也。古者致治之盛衰，視其學之興廢。《記》曰：『國有學，遂有序，黨有庠，

〔一〕出，《歐陽文忠公全集》作『坐』。

家有塾。』此三代極盛之時，大備之制也。宋興蓋八十有四年，而天下之學，始克大立，豈非盛美之事，須其久而後至於大備歟。是以詔下之日，臣民喜幸，而奔走就事者，以後爲羞。

其年十月，吉州之學成。州舊有夫子廟，在城之西北。今知州事李侯寬之至也，謀與州人遷而大之，以爲學舍。事方上請，而詔已下，學遂以成。

李侯治吉，敏而有方。其作學也，吉之士，率其私錢一百五十萬以助，（叙法簡老。）用人之力，積二萬二千工，而人不以爲勞；其良材堅甓之用，凡二十二萬三千五百，而人不以爲多；學有堂筵齋講，有藏書之閣，有賓客之位，有遊息之亭，嚴嚴翼翼，壯偉閎耀，而人不以爲侈。既成，而來學者，常三百餘人。

予世家於吉，而濫官於朝，進不能贊揚天子之盛美，退不得與諸生揖讓乎其中，然予聞教學之法，本於人性，磨揉遷革，使趨於善。（所以立學之故，歸本性善，能見其大。）其勉於人者勤，其入於人者漸。善教者以不倦之意，須遲久之功。至于禮讓興行而風俗純美，然後爲學之成。今州縣之吏，不得久其職而躬親於教化也，故李侯之績，及於學之立，而不及待其成，惟後之人毋廢慢天子之詔，而怠以中止。

幸予他日，因得歸榮故鄉，而謁於學門，將見吉之士，皆道德明秀而可爲公卿；問於其俗，而婚喪飲食，皆中禮節。（此段寫王政之成，有西京氣象。）入於其里，而長幼相孝慈於其家。行於其郊，而少者扶其羸老、壯者代其負荷於道路。然後樂學之道成，而得時從先生耆老，席於衆賓之後，聽鄉樂之歌，飲獻酬之酒，以詩頌天子太平之功，而周覽學舍，思詠李侯之遺愛，不亦美哉。故於其始成也，刻辭於石，而立諸其廡以俟。

唐天寶兵亂以後，學校久廢。至宋仁宗時，納范文正公之言，天下始得建學。入手自應有一段文字，次叙立學，次説王政之成，並己之樂觀其成。渾厚樸茂，弘我漢京。歐文諸記中，極推典則。

豐樂亭記

修既治滁之明年夏，始飲滁水而甘，問諸滁人，得於州南百步之近。其上豐山，聳然而特立，下則幽谷，窈然而深藏，中有清泉，滃然而仰出。俯仰左右，顧而樂之。於是疏泉鑿石，闢地以爲亭，而與滁人往遊其間。（伏『同樂』。）

滁於五代干戈之際，（忽用重筆作提。）用武之地也。昔太祖皇帝嘗以周師破李景（南唐。）兵十五萬於清流山下，生擒其將皇甫暉、姚鳳於滁東門之外，遂以平滁。修嘗考其山川，按其圖記，昇高以望清流之關，欲求暉、鳳就擒之所，而故老皆無在者，蓋天下之平久矣。自唐失其政，海内分裂，（儲云：承上句，推原天下之所自平，歸美本朝。有識有體。）豪傑並起而争，所在爲敵國者何可勝數。及宋受天命，聖人出而四海一，向之憑恃險阻，剗削消磨，百年之間，漠然徒見山高而水清，（文家詠歎法。）欲問其事，而遺老盡矣。

今滁介於江、淮之間，舟車商賈、四方賓客之所不至，民生不見外事而安於畎畝衣食，以樂生送死，（寫民情豐樂，由於天下之太平。）而孰知上之功德，休養生息、涵煦百年之深也。（一篇主意在此。）

修之來此，樂其地僻而事簡，又愛其俗之安閑，既得斯泉於山谷之間，乃日與滁人，仰而望山，俯而聽泉，掇幽芳（春）。而蔭喬木（夏。）。風霜（秋。）冰雪（冬。），刻露清秀，四時之景，無不可愛。又幸其民樂其歲物之豐成，（點題面。）而喜與予遊也，因爲本其山川，道其風俗之美，使民知所以安此豐年之樂者，幸生無事之時也。（結『天下之平久矣』。）夫宣上恩德，以與民共樂，刺史之事也。遂書以名其亭焉。

記一亭，而由唐及宋，上下數百年之治亂，群雄真主之廢興，一一在目，何等識力。中間休養生息一段，見仁宗之滋培元氣，養以雨風，子孫不用更張，隱然言外。

偃虹隄記

有自岳陽至者，以滕侯（子京。）之書、洞庭之圖來告，曰：『願有所記。』予發書按圖，自岳陽門西距金鷄之右，其外隱然隆高以長者，曰偃虹隄。問其作而名者，曰：『吾滕侯之所爲也。』問其所以作之利害，曰：『洞庭，天下之至險，而岳陽，荆、潭、黔、蜀四會之衝也。昔舟之往來湖中者，至無所寓，則皆泊南津。其有事吉州者，遠且勞，而又常有風波之恐、覆溺之虞。今舟之至者，皆泊隄下，有事於州者，近而且無患。』問其大小之制、用人之力，曰：『長一千尺，高三十尺，厚加二尺，而殺其上，得厚三分之二。用民力萬有五千五百工，而不踰時以成。』問其始作之謀，曰：『州以事上轉運使，轉運使擇其吏之能者，行視可否；凡三反覆，而又上於朝廷，決之三司，然後曰可，而皆不能易吾侯之議也。』曰：『此君子之作也，可以書矣。』

蓋慮於民也深，則謀其始也精，故能用力少而爲功多。夫以百步之隄，禦天下至險不測之虞，惠其民而及於荆、潭、黔、蜀，凡往來湖中，無遠邇之人皆蒙其利焉。且岳陽四會之衝，舟之來而止者日凡有幾，使隄土石幸久不朽，則滕侯之惠利於人物可以數計哉？

夫事不患於不成，而患於易壞，蓋作者未始不欲其久存，而繼者常至於怠廢。（文情激盪，望繼起者之能修復也。）自古賢智之士，爲其民捍患興利，其遺迹往往而在。使其繼者皆如始作之心，則民到於今受其賜，天下豈有遺利乎？此滕侯之所以慮，而欲有紀於後也。

滕侯志大材高，名聞當世。方朝廷用兵急人之時，常顯用之。而功未及就，退守一州，無所用心，略施其餘以利及物。夫慮熟謀審，力不勞而功倍，作事可以爲後法，（繳『慮始』及『工制之成』。）一宜書；不苟一時之譽，思爲利於無窮，而告來者以不廢，（繳『惠利』及『來者之修復』。）二宜書；岳之民人，與湖中之往來者，皆欲爲滕侯紀，（繳『作記』。）三宜書。以三宜書，不可以不書，乃爲之書。

范文正公作《岳陽樓記》，云『滕子京謫守郡之明年，政通人和，百廢具興』，則建隄其一也。篇中『嘗顯用之，而功未及就，退守一州』云云，有惜其小用之而未竟其材意。然隨所設施，利及民物，其人亦足以傳矣。叙次簡老，波瀾動宕，通體無一平直之筆，是爲高文。

有美堂記在吴山之巔。

嘉祐二年，龍圖閣直學士、尚書吏部郎中梅公（名摯。）出守於杭。於其行也，天子寵之以詩，於是始作有美之堂，蓋取賜詩之首章而名之，（首章有『地有湖山美，東南第一州』句。）以爲杭人之榮。然公之甚愛斯堂也，雖去而不忘。今年，自金陵遣人走京師，命予誌之。其請至六七而不倦，予乃爲之言，曰：

夫舉天下之至美與其樂，（憑空立意。）有不得而兼焉者多矣。故窮山水登臨之美者，必之乎寬閑之野、寂寞之鄉，而後得焉；覽人物之盛麗、夸都邑之雄富者，必據乎四達之衝、舟車之會，而後足焉。蓋彼放心於物外，而此娱意於繁華，二者各有適焉。然其爲樂，不得而兼也。

今夫所謂羅浮、天台、衡嶽、廬阜、洞庭之廣，三峽之險，號爲東南奇偉秀絶者，乃皆在乎下州小邑、僻陋之邦。此幽潛之士、窮愁放逐之臣之所樂也。若乃四方之所聚、百貨之所交，物盛人衆，爲一都會，而又能兼有山水之美，以資富貴之娱者，惟金陵、錢塘。（金陵是陪。）然二邦皆僭竊於亂世，及聖宋受命，海内爲一，金陵以後服見誅，（隨用脱卸。）今其江山雖在，而頽垣廢址，荒煙野草，過而覽者，莫不爲之躊躇而凄愴。（此又作一折。）獨錢塘自五代時，（『獨』字對『兼』字。）知尊中國，効臣順，及其亡也，頓首請命，不煩干戈。今其民幸富完安樂，又其俗習工巧，邑屋華麗，蓋十餘萬家，環以湖山，左右映帶。而閩商海賈，風帆浪舶，出入於江濤浩渺、烟雲杳靄之間，可謂盛矣。而臨是邦者，必皆朝廷公卿大臣，若天子之侍從，又有四方遊士爲之賓客，故喜占形勝，治亭榭，相與極遊覽之娱。

然其於所取，有得於此者，必有遺於彼。獨所謂有美堂者，（『獨』字又醒一筆。）山水登臨之美，人物邑居之繁，一寓目而盡得之。蓋錢塘兼有天下之美，而斯堂者又盡得錢塘之美焉，（二意俱收。）宜乎公之甚愛而難忘也。梅公清慎好學，君子也，（入他人手，累累不休矣。）視其所好可以知其人焉。（予嘗登吴山西眺，胡波澄泓，金碧綉繪；東望江流，銀潮如馬，浩淼無極；而下則紅塵四合，萬家燈火，收之襟帶間，如置身圖畫。讀此文，令人追憶昔游也。）

不侈賜書之榮，不贊梅公之品，獨從都會之繁華、湖山之明麗着意，見他處不能兼者，而此獨兼之。逐層脱卸，累如置丸，筆下亦復烟雲繚繞。

峴山亭記

峴山臨漢上，望之隱然，蓋諸山之小者，而其名特著於荆州者，豈非以其人哉？其人謂誰？羊祜叔子（主。）、杜預元凱（陪。）是已。

方晉與吴以兵争，常倚荆州以爲重，而二子相繼於此，遂以平吴而成晉業，其功烈已盖於當世矣。至於流風餘韻，藹然被於江漢之間者，至今人猶思之。而於思叔子也尤深，蓋元凱以其功，而叔子以其仁。二子所爲雖不同，然皆足以垂於不朽。

余頗疑其反自汲汲於後世之名者，何哉？（句作波瀾。）傳言叔子嘗登兹山，慨然語其屬，以謂此山常在，而前世之士，皆已湮滅於無聞，因自顧而悲傷，然獨不知兹山待己而名著也。元凱銘功於二石，一置兹山之上，一投漢水之淵，是知陵谷有變，而不知石有時而磨滅也，豈皆自喜其名之甚，而過爲無窮之慮歟？將自待者厚而所思者遠歟？（與『疾没世而名不稱』同意。）

山故有亭，世傳以爲叔子之所遊止也。故其屢廢而復興者，由後世慕其名而思其人者多也。

熙寧元年，余友人史君中輝，以光禄卿來守襄陽。明年，因亭之舊，廣而新之，既周以回廊之壯，又大其後軒，使與亭相稱。君知名當世，所至有聲。襄人安其政而樂從其遊也，因以君之官，名其後軒，爲光禄堂。又欲紀其事於石，以與叔子、元凱之名並傳於久遠。君皆不能止也，乃來以記屬於余。

余謂君知慕叔子之風而襲其遺迹，則其爲人與其志之所存者可知矣。襄人愛君而安樂之如此，則君之爲政於襄者又可知矣。此襄人之所欲書也。若其左右山川之勝勢，與夫草木雲煙之杳靄，出没於空曠有無之間，而可以備詩人之登高、寫《離騷》之極目者，宜其覽者自得之。至於亭屢廢興，或自有記，或不必究其詳者，皆不復道也。

跌宕多姿。

史光禄是主意，然只用淡淡着筆，迴繞叔子，别於俗下人文字。

真州東園記今揚州儀真縣。

真爲州，當東南之水會，故爲江淮、兩浙、荆湖發運使之治所。龍圖閣直學士施君正臣、侍御史許君子春之爲使也，得監察御史裏行馬君仲塗爲其判官。三人者，樂其相得之歡，而因其暇日，得州之監軍廢營，以作東園，而日往遊焉。

歲秋八月，子春以其職事走京師，圖其所謂東園者，來以示予，曰：

『園之廣百畝，而流水横其前，清池漫其右，高臺起其北。臺，吾望以拂雲之亭；池，吾俯以澄虚之閣；水，吾泛以晝舫之舟。敞其中以爲清宴之堂，闢其後以爲射賓之圃。芙渠芰荷之的歷，幽蘭白芷之芬芳，與夫佳花美木，列植而交陰，此前日之蒼煙白露而荆棘也；（從前此廢營着意。）高薨巨桷，水光日景，動摇而下上，其寬閑深靚，可以答遠響而生清風，此前日之頽垣斷塹而荒墟也；嘉時令節，州人士女，嘯歌而管弦，此前日之晦冥風雨、鼪鼯鳥獸之嗥音也。吾於是信有力焉。凡圖之所載，蓋其一二之略也。若乃升於高以望江山之遠近，嬉於水而逐魚鳥之浮沉，其物象意趣、登臨之樂，覽者各自得焉。凡工之所不能畫者，吾亦不能言也。（虚括一語。）其爲我書其大概焉。』

又曰：『真，天下之衝也。四方之賓客往來者，吾與之共樂於此，豈獨私吾三人者哉？然而池臺日益以新，草樹日益以茂，四方之士，無日而不來，而吾三人者有時而皆去也，（所以乞作記之故。）豈不眷眷於是哉？不爲之記，則後孰知其自吾三人者始也？』

予以謂三君子之材，賢足以相濟，而又協於其職，知所後先，使上下給足，而東南六路之人，無辛苦愁怨之聲，然後休其餘閑，又與四方之賢士大夫，共樂於此，（補出平日爲政。）是皆可嘉也，乃爲之書。

韓公《新修滕王閣記》，絶不着景，一則已未及遊，一則備見前人賦、記、序中也。此於圖畫中已嘗寫景，然只就子春語指點物象，故面目各異，而神理自合。此謂善學前人。

王彦章畫像記

太師王公，諱彦章，字子明，鄆州壽張人也。事梁爲宣義軍節度使，以身死國，葬於鄭州之管城。晉天福二年，始贈太師。

公在梁，以智勇聞。（智、勇、忠，篇中眼目。此處提明，以下參錯照應。）梁、晉之争數百戰，其爲勇將多矣，而晉人獨畏彦章。自乾化後，常與晉戰，屢困莊宗於河上。及梁末年，小人趙巖等用事，梁之大臣老將，多以讒不見信，皆怒而有怠心，而梁亦盡失河北。事勢已去，諸將多懷顧望，獨公奮然自必，不少屈懈，志雖不就，卒死以忠。公既死，而梁亦亡矣。悲夫！（見公之一身係梁之存亡，措語哽咽。）

五代終始才五十年，而更十有三君，五易國而八姓。士之不幸而出乎其時，能不污其身、得全其節者，鮮矣。公本武人，不知書，其語質，平生嘗謂人曰：『豹死留皮，人死留名。』蓋其義勇忠信，出於天性而然。予於五代書，竊有善善惡惡之志，至於公傳，未嘗不感憤歎息。惜乎舊史殘略，不能備公之事。（生出下半篇文字。）

康定元年，予以節度判官來此，求於滑人，得公之孫睿所録家傳，頗多於舊史。其記德勝之戰尤詳。又言敬翔怒末帝不肯用公，欲自經於帝前，公因用笏畫山川，爲御史彈而見廢。又言公五子，其二同公死節。此皆舊史無之。（見家傳所載，足以補闕正訛，與並行不想妨也。此公作史詳慎意。）又云公在滑，以讒自歸於京師，而史云召之。是時梁兵盡屬段凝，京師羸兵不滿數千，公得保鑾五百人之鄆州，以力寡敗於中都，而史云將五十以往者，亦皆非也。（以上五條所云多於舊史者。）

公之攻德勝也，（另抽出德勝之戰。）初受命於帝前，期以三日破敵。梁之將相聞者皆竊笑。及破南城，果三日。是時莊宗在魏，聞公復用，料公必速攻，自魏馳馬來救，已不及矣。莊宗之善料，公之善出奇，何其神哉。（頓。）

今國家罷兵四十年，（文章斷法。）一旦元昊反，敗軍殺將，連四五年，而攻守之計，至今未決。予嘗獨持用奇取勝之議，而歎邊將屢失其機。（插入自己用奇取勝在内。文家用拓用縱法，忽斷忽續，筆如游龍。）時人聞予説者，或笑以爲狂，或忽若不聞，雖予亦惑不能自信。及讀公家傳，（續法。）至於德勝之捷，乃知古之名將，必出於奇，然後能勝。然非審於爲計者，不能出奇。奇在速，速在果，此天下偉男子之所爲，非拘牽常算之士可到也。每讀其傳，未嘗不想見其人。（勒歸本傳束住，即以引起下文。）

後二年，予復來通判州事。歲之正月，過俗所謂鐵槍寺者，又得公畫像而拜焉。歲久磨滅，隱隱可見，亟命工完理之，而不敢有加焉，懼失其真也。公尤善用槍，當時號王鐵槍。公死已百年，至今俗猶以名其寺，童兒牧豎，皆知王鐵槍之爲良將也。一槍之勇，同時豈無？而公獨不朽者，豈其忠義之節使然歟。（正論。）

畫已百餘年矣，完之復可百年，然公之不泯者，不繫乎畫之存不存也。而予尤區區如此者，蓋其希慕之至焉耳。讀其書，尚想乎其人，况得拜其像，識其面目，不忍見其壞也。畫既完，因書予所得者於後，而歸其人，使藏之。

唐荆川云：文凡五段：一段是總叙其略，二段是言其能全節，三段是辨其事，四段是言其善出奇，五段是寺中畫像之事。通篇以忠節、善戰分兩項，然不見痕迹。

此與昌黎《書張中丞傳後》同是表章軼事，而各極神妙。

作記之意，因德勝之戰與己用奇取勝之見相合，借此發揮，精采倍加，是爲神來之候。

樊侯廟災記

鄭之盗，有入樊侯廟，刳神象之腹者。既而，大風雨雹，近鄭之田，麥苗皆死。人咸駭，曰：『侯怒而爲之也。』余謂樊侯本以屠狗立軍功，佐沛公至成皇帝，位爲列侯，邑食舞陽，剖符傳封，與漢長久，《禮》所謂『有功德於民則祀之』者歟？舞陽距鄭既不遠，又漢楚常苦戰滎陽、京、索間，亦侯平生提戈斬級所立功處，故廟而食之，宜矣。方侯之參乘沛公，事危鴻門，振目一顧，使羽失氣，其勇力足有過人者。故後世言雄武稱樊將軍，宜其聰明正直，有遺靈矣。

然當盜之傳刃腹中，獨不能保其心腹腎腸哉？而反貽怒於無罪之民，以騁其恣睢，何哉？豈生能萬人敵，而死不能庇一躬邪？（上已斷盡，又起三波。）豈其靈不神於禦盜，而反神於平民，以駭其耳目邪？風霆雨雹，天之所以震耀威罰有司者，而侯又得以濫用之邪？

蓋聞陰陽之氣怒，則薄而爲風霆，其不和之甚者，凝結而爲雹。（此正論。）方今歲且久旱，伏陰不興，壯陽剛燥，疑有不和而凝結者，豈其適會民之自災也邪？（此正解。）不然，則喑嗚叱咤，使風馳霆擊，則侯之威靈暴矣哉！（掉尾横絶。）

辨折鋒快，真乃比於武事。不如此，不能破愚民之惑。

記舊本韓文後

予少家漢東。（隨州。）漢東僻陋無學者，吾家又貧，無藏書。州南有大姓李氏者，其子堯輔頗好學。予爲兒童時，多遊其家，見有敝筐，貯故書在壁間，發而視之，得唐昌黎先生文集六卷，脱落顛倒，無次序，因乞李氏以歸。讀之，見其言深厚而雄博。然予猶少，未能悉究其義，徒見其浩然無涯若可愛。是時，天下學者，楊（名億。）、劉（名筠。）之作，號爲時文。能者取科第，擅名聲，以誇榮當世，未嘗有道韓文者。予亦方舉進士，以禮部詩賦爲事，年十有七，試於州，爲有司所黜。因取所藏韓氏之文復閲之，則喟然歎曰：『學者當至於是而止爾。』（志向已定。）因怪時人之不道，而顧己亦未暇學，徒時時獨念於予心，以謂方從進士，干禄以養親，苟得禄矣，當盡力於斯文，以償其素志。（以歐公之學，猶必成進士始學古文，則時文之毒人也深矣。）

後七年，舉進士及第，官於洛陽，而尹師魯之徒皆在，遂相與作爲古文。因出所藏昌黎集而補綴之，求人家所有舊本而校定之。其後天下學者亦漸趨於古，而韓文遂行於世，至於今蓋三十餘年矣，學者非韓不學也，可謂盛矣。（此歐公倡道力也。公亦自任，不復推諉。）

嗚呼！道固有行於遠而止於近，有忽於往而貴於今者，非惟世俗好惡之使然，亦其理有當然者。昔孔、孟，惶惶於一時，而師法於千萬世；韓氏之文，没而不見者二百年，而後大施於今。此又非特好惡之所上下，蓋其久而愈明，不可磨滅，雖蔽於暫而終耀於無窮者，其道當然也。

予之始得於韓也，當其沉没棄廢之時，予固知其不足以追時好而取勢利，於是就而學之，則予之所爲者，豈所以急名譽而干勢利之用哉？亦志乎久而已矣。故予之仕，於進不爲喜、退不爲懼者，蓋其志先定而所學者宜然也。（推開一步，一生本領皆見。）

集本出於蜀，文字刻畫，頗精於今世俗本，而脱繆猶多。（『精於俗本而猶有脱繆』，諸本作『尤多』，非。）此三十年間，聞人有善本者，必求而改正之。其最後卷缺不足，今不復補者，重增其故也。予家藏書萬卷，獨昌黎先生集爲舊物也。嗚呼！韓氏之文、之道，萬世所共尊，天下所共傳而有也。予於此本，特以其舊物，而尤惜之。（收句醒出『舊本』。）

孟子後，韓子繼其緒；韓子後，歐陽子繼其緒。故韓子盛稱孟子，歐陽子盛稱韓子，不忘得力所白也。今有人得八家之粗，即力攻八家之短，吾不知其何心矣。噫！

不急急於目前，必有成於異日，讀書求道，無不皆然，歐公特於此篇發出。

太尉文正王公神道碑銘

至和二年，七月乙未，樞密直學士、右諫議大夫王素，奏事殿中，已而泣，且言曰：『臣之先臣旦，相真宗皇帝十有八年，今臣素又得待罪侍從之臣。惟是先臣之訓，其遺業餘烈，臣實無似，不能顯大，而墓碑至今無辭以刻。惟陛下哀怜，不忘先帝之臣，以假寵於王氏而勗其子孫。』天子曰：『嗚呼，惟汝父旦，事我文考真宗，叶德一心，克終其位，有始有卒，其可謂全德元老矣。汝素以是刻於碑。』素拜稽首泣而出。明日，有詔史館修撰歐陽修曰：『王旦墓碑未立，汝可以銘。』

臣修謹按故推誠保順、同德守正、翊戴功臣、開府儀同三司、守太尉充玉清昭應宮使、上柱國太原郡開國公、贈太師尚書令兼中書令、追封魏國公，謚曰文正王公，諱旦，字子明，大名莘人也。皇曾祖諱言，（歷叙先世。）滑州黎陽令，追封許國公；皇祖諱徹，左拾遺，追封魯國公；皇考諱祐，尚書兵部侍郎，追封晉國公。皆累贈太師尚書令，兼中書令。曾祖妣姚氏，魯國夫人。曾妣田氏，秦國夫人。妣任氏，徐國夫人。邊氏，秦國夫人。公之皇考，以文章自顯漢、周之際，逮事太祖、太宗，爲名臣。嘗諭杜重威，使無反漢，拒盧多遜害趙普之謀，以百口明符彥卿無罪。故世多稱王氏有陰德。公之皇考，亦自植三槐於庭，曰：吾之後世，必有爲三公者。此其所以志也。

公少好學有文。太平興國五年，進士及第，爲大理評事知平江縣，（歷叙官爵。）監潭州銀場，再遷著作佐郎，與編《文苑英華》，遷殿中丞，通判鄭、濠二州。王禹偁薦其材，任轉運使，驛召至京師，辭不受，獻其所爲文章，得試直史館，遷右正言，知制誥，知淳化三年禮部貢舉，遷虞部員外郎，同判吏部流内銓，知考課院。右諫議大夫趙昌言參知政事，公以婿避嫌，求解職。太宗嘉之，改禮部郎中集賢殿修撰。昌言罷，復知制誥，仍兼修撰判院事，召賜金紫。久之，遷兵部郎中居職。真宗即位，拜中書舍人。數日，召爲翰林學士知審官院，通進銀臺封駁事。

公爲人嚴重，能任大事，避遠權勢，不可干以私，（通首皆從此四句生出。此綱中之綱也。）由是真宗益知其賢。錢若水名能知人，常稱公曰：『真宰相器也。』若水爲樞密副使，罷召對苑中，問誰可大用者。若水言公可。真宗曰：『吾固已知之矣。』咸平三年，又知禮部貢舉。居數日，拜給事中知樞密院事。明年，以工部侍郎參知政事，再遷刑部侍郎。景德元年，契丹犯邊，真宗幸澶州，雍王元份留守東京，得暴疾，命公馳自行在，代元份留守。（任大事。）二年，遷尚書左丞。三年，拜工部尚書同中書門下平章事，集賢殿大學士，監修國史。是時，契丹初請盟，趙德明（西夏。）亦納誓約，願守河西故地。二邊兵罷，不用，真宗遂欲以無事治天下。公以謂宋興三世，祖宗之法具在，故其爲相，務行故事，慎所改作，進退能否，賞罰必當。真宗久而益信之，所言無不聽。雖他宰相大臣，有所請，必曰王某以謂如何。事無大小，非公所言不決。公在相位十餘年，外無夷狄之虞，兵革不用，海内富實，群工百司各得其職，故天下至今稱爲賢宰相。（又先用總領。）

公於用人，不以名譽，必求其實。（以下詳叙。每段中先用虚領，而後實之。）苟賢且材矣，必久其官。衆以爲宜某職，然後遷，其所薦引人未嘗知。（目中綱。）寇準爲樞密使當罷，使人私公，求爲使相。公大驚，曰：『將相之任，豈可求邪？且吾不受私請。』準深恨之，已而制出，除準武勝軍節度使、同中書門下平章事。準入見，泣涕曰：『非陛下知臣，何以如此？』真宗具道公所以薦準者。準始愧歎，以爲不可及。（與婁師德薦狄仁杰事同。）故參知政事李穆子行簡，有賢行，以將作監丞，居於家。真宗召見慰勞之，遷太子中允。初遣使者召，不知其所止。真宗命至中書問王某，然後人知行簡公所薦也。（相臣首重薦賢，故先叙。）公自知制誥至爲相，薦士尤多。其後公薨，史官修《真宗實録》，得内出奏章，乃知朝廷之士多公所薦者。

公與人寡言笑。其語雖簡，而能以理屈人。默然終日，莫能窺其際。及奏事上前，群臣異同，公徐一言以定。（目中綱。）今上爲皇太子，太子諭德見公，稱太子學書有法。公曰：『諭德之職，止於是邪？』趙德明言民饑，求糧百萬斛。大臣皆曰德明新納誓而敢違，請以詔書責之。真宗以問公，公請敕有司具粟百萬於京師，詔德明來取。（中有大作用。）真宗大喜。德明得詔書，慚且拜曰：『朝廷有人。』大中祥符中，天下大蝗，真宗使人於野得死蝗，以示大臣。明日，他宰相有袖死蝗以進者，曰：『蝗實死矣。』請示於朝，率百官賀。公獨以爲不可。後數日，方奏事，飛蝗蔽天。真宗顧公曰：『使百官方賀而蝗如此，豈不爲天下笑邪？』宦者劉承規以忠謹得幸，病且死，求爲節度使。真宗以語公曰：『承規待此以瞑目。』公執以爲不可，（此皆公嚴重處。）曰：『他日將有求爲樞密使者，奈何？』至今内臣，官不過留後。（輔儲德，服西夏，杜欺罔，抑宦官，四項一處叙。）

公任事久，人有謗公於上者，公輒引咎，未嘗自辯。至人有過失，雖人主盛怒，可辯者辯之，必得而後已。（目中綱。）榮王宫火延前殿，有言非天災，請置獄劾火事，當坐死者百餘人。公獨請見，曰：『始失火時，陛下以罪己詔天下，而臣等皆上章待罪，今反歸咎於人，何以示信？且火雖有迹，寧知非天譴邪？』由是當坐者皆免。日者上書言宫禁事，坐誅，籍其家，得朝士所與往還，占問吉凶之説。真宗怒，欲付御史問狀。公曰：『此人之常情。且語不及朝廷，不足罪。』真宗怒不解。公因自取常所占問之書，進曰：『臣少賤時，不免爲此。必以爲罪，願並臣付獄。』真宗曰：『此事已發，何可免？』公曰：『臣爲宰相，執國法，豈可自爲之，幸於不發而以罪人。』真宗意解。公至中書，悉焚所得書。既而真宗悔，復馳取之。公曰：『臣已焚之矣。』由是獲免者衆。（此一事保全者衆，故詳叙。）（免失火罪，免方士誅連朝士罪，兩項一處叙。）

公累官至太保，以病求罷。入見滋福殿，真宗曰：『朕方以大事托卿，而卿病如此！』因命皇太子拜公。公言皇太子盛德，必任陛下事。因薦可爲大臣者十餘人，其後不至宰相者，李及、凌策二人而已，然亦皆爲名臣。公屢以病請，真宗不得已，拜公太尉兼侍中，五日一朝視事，遇軍國大事，不以時入參决。公益惶恐，因卧不起，以疾懇辭，册拜太尉玉清昭應宫使。自公病，使者存問，日常三四，真宗手自和藥賜之。疾亟，遽幸其第，賜以白金五千兩，辭不受。以天禧元年九月癸酉，薨於家，享年六十有一。真宗臨哭，輟視朝三日，發哀於苑中。其子弟門人故吏，皆被恩澤。即以其年十一月庚申，葬公於開封府開封縣新里鄉大邊村。

公娶趙氏，封榮國夫人，後公五年卒。子男三人：長曰司封郎中雍，次曰贊善大夫沖，次曰素。女四人：長適太子太傅韓億，次適兵部員外郎直集賢院蘇耆，次適右正言范令孫，次適龍圖閣直學士兵部郎中吕公弼。諸孫十四人。

公事寡嫂謹，與其弟旭友悌尤篤，任以家事，一無所問，而務以儉約率勵子弟，使在富貴不知爲驕侈。（此补叙家政。先國後家，見公私次序。）兄子睦欲舉進士，公曰：『吾常以大盛爲懼，其可與寒士争進。』至其薨也，（青天白日，大臣當存此心。）子素猶未官，遺表不求恩澤。有文集二十卷。乾興元年，詔配享真宗廟庭。

臣修曰：景德、祥符之際盛矣。觀公之所以相，而先帝之所以用公者，可謂至哉。是以君明臣賢，德顯名尊，生而俱享其榮，殁而長配於廟，可謂有始有卒，如明詔所褒。昔者《烝民》《江漢》，推大臣下之事，所以見任賢使能之功，雖曰山甫、穆公之詩，實歌宣王之德也。（得奉詔作文之體。）臣謹考國史、實録，至於縉紳故老之傳，得公終始之節，而録其可紀者，輒爲銘詩，以彰先帝之明，以稱聖恩褒顯王氏、流澤子孫、與宋無極之意。（必如此，方收得通篇住。）銘曰：

烈烈魏公，相我真宗。真廟翼翼，魏公配食。公相真宗，不言以躬。時有大事，事有大疑。匪卜匪筮，公爲蓍龜。公在相位，終日如默。問其夷狄，包裹兵革；問其卿士，百工以職；問其庶民，耕織衣食。相有賞罰，功當罪明；相所黜升，惟否惟能。執其權衡，萬物之平。孰不事君，胡能必信。孰不爲相，其誰有終。公薨於位，太尉之崇。天子孝思，來薦清廟。侑我聖考，惟時元老。天子念公，報公之隆。春秋從享，萬祀無窮。作爲歌詩，以諗廟工。

每段中各有綱目，通體中有大綱目，此大將將兵、大匠造宫法也。端莊肅穆，亦得《江漢》《烝民》氣象。

就其中薦賢一事，所以樹人、所以保子孫黎民者在此，文中首及之。彼身爲大臣，而保全禄位、不引一人者，獨無愧於中邪？

文正生平，惟不諫天書，爲白璧之玷，然疾革時，已顯言已失矣，在宋朝自應爲大人物。

録歐文者，只及友朋志銘，碑版大文，俱見遺也。存此及晏元獻、范文正等篇，使學者知所楷式。

觀文殿大學士行兵部尚書西京留守贈司空兼侍中晏公神道碑銘

至和元年六月，觀文殿大學士行兵部尚書西京留守臨淄公，以疾歸於京師。八月，疾少間，入見，天子曰：『噫！予舊學之臣也。』（通篇著意『舊學』。）乃留侍講邇英閣，詔五日一朝前殿。

明年正月，疾作，不能朝，敕太醫朝夕往視，有司除道，將幸其家，公歎曰：『吾無狀，乃以疾病憂吾君。』即馳奏曰：『臣疾少間，行愈矣。』乃止。其月丁亥，以公薨聞。天子震悼，亟臨其喪，以不即見公爲恨。贈公司空兼侍中，謚曰元獻。有司請輟視朝一日，詔特輟二日。以其年三月癸酉，葬公於許州陽翟縣麥秀鄉之北原。既葬，賜其墓隧之碑首，曰『舊學之碑』。既又敕史臣修，考次公事，具書於碑下。

臣修伏讀國史，見真宗皇帝時，天下無事，天子方推讓功德，祠祀天地山川，講禮樂，以文頌聲，而儒學文章、俊賢偉異之人出。（英賢輩出，歸美天子，得《雅》《頌》體。）公世家江西之臨川，年始十四，一日起田里，進見天子。時方親閱天下貢士，會廷中者千餘人，與夫宮臣衛官，擁列圜視，公不動聲氣，操筆爲文辭，立成以獻。天子嘉賞，賜同進士出身，遂登館閣，掌書命，以文章爲天下所宗。逮陛下養德東宮，先帝選用臣屬，即以公遺陛下，由王官宮臣，卒登宰相。凡所以輔道聖德，憂勤國家，有舊有勞，自始至卒，五十餘年。公既薨，而先帝之名臣，與陛下東宮之舊人，皆無在者，宜其褒寵優異，比公甘盤。（總注重此意。）臣修幸得執筆史官，奉明詔，謹昧死上臨淄公事。

曰公諱殊，字同叔，姓晏氏。其世次晦顯，徙遷不常。自其高祖，諱墉，唐咸通中舉進士，卒官江西，始著籍於高安。其後三世不顯。曾祖諱延昌，又徙其籍於臨川。祖諱郜，追封英國公。考諱固，追封秦國公。自曾祖已下，皆用公貴，累贈開府儀同三司、太師中書令兼尚書令。曾祖妣張氏，陳國太夫人。祖妣傅氏，許國太夫人。妣吴氏，唐國太夫人。

公生七歲，知學問，爲文章，鄉里號爲神童。故丞相張文節公安撫江西，得公以聞。真宗召見，既賜出身，後二日，又召試詩賦論，公徐啓曰：『臣嘗私習此賦，不敢隱。』（不欺。）真宗益嗟異之，因試以他題，以爲秘書省正字，置之秘閣，使得悉讀秘書，命故僕射陳文僖公視其學。明年，獻其所爲文，召試中書，遷太常寺奉禮郎。封祀太山，推恩，遷光禄寺丞。數月，充集賢校理。明年，遷著作佐郎。丁父憂去官，已而真宗思之，即其家起復，命淮南發運使，具舟送至京師，從祀太清宫，賜緋衣銀魚，同判太常禮院。又丁母憂，求去官服喪，不許。今天子始封昇王，公以選爲府記室參軍，再遷左正言直史館。今天子爲皇太子，以户部員外郎充太子舍人，賜金紫，知制誥，判集賢院，遷翰林學士，充景靈宫判官，太子左庶子，兼判太常寺知禮儀院。

公既以道德文章佐佑東宫，真宗每所咨訪，多以方寸小紙細書問之，由是參與機密。有所對，必以其稿進，示不洩。其後悉閲真宗閣中遺書，得公所進稿，類爲八十卷，藏之禁中，人莫之見也。

初，真宗遺詔，章獻明肅太后，權聽軍國事。宰相丁謂，樞密使曹利用，各欲獨見奏事，無敢決其議者。公建言，群臣奏事太后者，垂簾聽之，皆毋得見，議遂定。（小人作用，元獻以一二言正之，持正得體。）乾興元年，拜右諫議大夫，兼侍讀學士，遷給事中，景靈宫副使判吏部流内銓，以《易》侍講崇政殿，遷禮部侍郎，知審官院，爲樞密副使，遷刑部侍郎。上疏論張耆不可爲樞密使，由是忤太后旨，坐以笏擊其僕，誤折其齒，罷留守南京，大興學校，以教諸生。（興學。）自五代以來，大下學廢，興自公始。召拜御史中丞，改兵部侍郎，兼秘書監資政殿學士，翰林侍讀學士，知天聖八年禮部貢舉。明年，爲三司使，復爲樞密副使。未拜，改參知政事，遷尚書左丞。太后謁太廟，有請服衮冕者，太后以問公，公以《周官》后服對。太后崩，大臣執政者皆罷。以公爲禮部尚書知亳州，徙知陳州，遷刑部尚書，復召爲御史中丞，又爲三司使知樞密院事，拜樞密使，再加檢校太尉同中書門下平章事。慶曆三年三月，遂以刑部尚書居相位，充集賢殿大學士兼樞密使。

自公復召用，而趙元昊反，師出陝西，天下弊於兵。公數建利害，請罷監軍，（要着。）無以陳圖授諸將，使得應敵爲攻守，及制財用，爲出入之，要皆有法。（知兵。）天子悉爲施行。自宫禁先以率天下，而財賦之職悉歸有司，卒能以謀臣元昊，使聽約束，乃還其王號。

公爲人剛簡，遇人必以誠，雖處富貴，如寒士，罇酒相對，歡如也。得一善，稱之如己出。當世知名之士，如范仲淹、孔道輔等，皆出其門。及爲相，益務進賢材。當公居相府時，范仲淹、韓琦、富弼皆進用，至於臺閣，多一時之賢。（進賢。）天子既厭西兵，憫天下困弊，奮然有意，遂欲因群材以更始，數詔大臣條天下事。方施行，而小人權倖，皆不便。明年秋，會公以事罷，而仲淹等相次亦皆去，事遂已。（公之進退，關人才之聚散如此。）公既罷，以工部尚書知潁州，徙知陳州，又徙許州，三遷户部尚書，拜觀文殿大學士，知永興軍，充一路都部署安撫使，徙知河南府兼西京留守，累進階至開府儀同三司，勳上柱國，爵臨淄公，食邑萬二千户，實封三千七百户。公享年六十有五。

自少篤學，至其病亟，猶手不釋卷。有文集二百四十卷。嘗奉敕修上訓及《真宗實録》。又集類古今文章，爲集選二百卷。公爲政敏，而務以簡便其民。其於家嚴，子弟之見有時。事寡姊孝順。未嘗爲子弟求恩澤。其在陳州，上問宰相曰：『晏某居外，未嘗有所請，其亦有所欲邪？』宰相以告公，公自爲表，問起居而已。故其薨也，天子尤哀悼之，賜予加等，以其子承裕爲崇文院檢討，孫及甥之未官者九人，皆命以官。（元獻不求恩澤，而帝於其身後官其子孫與甥，可云君臣之盛已。）

公初娶李氏，工部侍郎虚己之女；次孟氏，屯田員外郎虚舟之女，封鉅鹿郡夫人；次王氏，太師尚書令超之女，封榮國夫人。子八人：長曰居厚，大理評事，早卒；次承裕，尚書屯田員外郎；宣禮，贊善大夫；崇讓，著作佐郎；明遠、只德，皆大理評事；幾道、傳正，皆太常寺太祝。女六人：長適户部侍郎同中書門下平章事富弼；次適禮部侍郎三司使楊察；其四尚幼。孫十有二人。公既樂善而稱爲知人，士之顯於朝者，多公所薦達，至擇其女之所從，又得二人者如此，可謂賢也已。銘曰：

有姜之裔，齊爲晏氏。齊在春秋，晏顯諸侯。傳載桓子，嬰稱於丘。其後無聞，不亡僅存。有煒自公，厥聲以振。公之顯聲，實相天子，天子曰噫！予考真宗，唯多名臣，以臻盛隆。汝初事我，王官東宮，以暨相予，始卒一躬。輔我以德，有勞於邦。公疾在外，來歸自洛。天子曰留，汝予舊學。凡今在庭，莫如汝舊。孰以畀予，惟予聖考。今既亡矣，孰爲我老。何以贈之，司空侍中。禮則有加，予思何窮。有篆其文，在其碑首。天子之褒，史臣有詔。銘以述之，永昭其後。

通體從『舊學』作意。晏元獻無甚顯功，然能使衆賢聚於朝廷，則薦賢爲國之功，不可泯也。奉詔撰文，自應端重醇正，得雅、頌之遺。

資政殿學士户部侍郎文正范公神道碑銘

皇祐四年五月甲子，資政殿學士尚書户部侍郎汝南文正公薨於徐州，以其年十有二月壬申，葬於河南尹樊里之萬安山下。（從官階、卒、葬叙入。）

公諱仲淹，字希文。五代之際，世家蘇州，事吴越。太宗皇帝時，吴越獻其地，公之皇考從錢俶朝京師，後爲武寧軍掌書記以卒。公生二歲而孤，母夫人貧無依，再適長山朱氏。（范公有《復姓疏》。）既長，知其世家，感泣，去，之南都，入學舍，掃一室，晝夜講誦。其起居飲食，人所不堪，而公自刻益苦。居五年，大通六經之旨。爲文章論説，必本於仁義。祥符八年，舉進士，禮部選第一，遂中乙科，爲廣德軍司理參軍，始歸迎其母以養。及公既貴，天子贈公曾祖蘇州糧料判官諱夢齡爲太保，祖秘書監諱贊時爲太傅，考諱墉爲太師，妣謝氏爲吴國夫人。

公少有大節，於富貴貧賤、毁譽、歡戚，不一動其心，而慨然有志於天下。（提綱。）常自誦曰：『士當先天下之憂而憂，後天下之樂而樂也。』其事上遇人，一以自信，不擇利害爲趨舍。其所有爲，必盡其方，曰：『爲之自我者，當如是；其成與否，有不在我者，雖聖賢不能必，吾豈苟哉？』（先提梗概。）

天聖中，晏丞相薦公文學，以大理寺丞爲秘閣校理。以言事忤章獻太后旨，通判河中府。久之，上記其忠，召拜右司諫。當太后臨朝聽政時，以至日大會前殿，上將率百官爲壽，有司已具，公上疏，言天子無北面，且開後世弱人主以强母後之漸，（一路俱叙其大節。）其事遂已。又上書，請還政天子，不報。及太后崩，言事者希旨，多求太后時事，欲深治之。公獨以謂太后受托先帝，保佑聖躬，始終十年，未見過失，宜掩其小故以全大德。（太后臨朝時，公不希其旨，而能保全於身後。斯爲無我，斯爲大人。）初，太后有遺命，立楊太妃，代爲太后。公諫曰：『太后，母號也，自古無代立者。』由是罷其册命。

是歲大旱蝗，奉使安撫東南。使還，會郭皇后廢，（郭後之廢，吕夷簡實成之，故後開嫌釁。）率諫官御史伏閣争，不能得，貶知睦州，又徙蘇州。歲餘，即拜禮部員外郎天章閣待制。召還，益論時政闕失，而大臣權幸多忌惡之。居數月，以公知開封府。開封素號難治，公治有聲，事日益簡，暇則益取古今治亂安危，爲上開説。又爲百官圖以獻，曰：『任人各以其材而百職修，堯、舜之治不過此也。』因指其遷進遲速次序，曰：『如此而可以爲公，可以爲私，亦不可以不察。』由是吕丞相怒，至交論上前。公求對辨，語切，坐落職知饒州。明年，吕公亦罷。公徙潤州，又徙越州，而趙元昊反河西，上復召相吕公，乃以公爲陝西經略安撫副使，遷龍圖閣直學士。

是時新失大將，延州危。公請自守鄜延捍賊，乃知延州。元昊遣人遺書以求和，公以謂無事請和，難信，且書有僭號，不可以聞。乃自爲書，告以逆順成敗之説，甚辯。坐擅復書，奪一官，知耀州。未逾月，徙知慶州。既而四路置帥，以公爲環慶路經略安撫招討使、兵馬都部署，累遷諫議大夫，樞密直學士。

公爲將，務持重，不急近功小利。（每段先提後叙，此步勒法。）於延州築青澗城，墾營田，復承平、永平廢寨，熟羌歸業者數萬户。於慶州，城大順，以據要害。奪賊地而耕之。又城細腰胡蘆，於是明珠、滅臧等大族，皆去賊爲中國用。（延、慶二州城築營屯，用類叙。）自邊制久隳，至兵與將常不相識，公始分延州兵爲六將，訓練齊整，諸路皆用以爲法。（延州分將練兵，又抽出叙。）公之所在，賊不敢犯。人或疑公見敵應變爲如何，至其城大順也，一旦引兵出，諸將不知所向，軍至柔遠，始號令告其地處，使往築城，至於版築之用，大小畢具，而軍中初不知。（此公應變之才，亦從持重中出。）賊以騎三萬來争，公戒諸將：戰而賊走，追勿過河。已而賊果走，追者不渡，而河外果有伏。賊失計，乃引去。於是諸將皆服公爲不可及。

公待將吏，必使畏法而愛己。（提。）所得賜賚，皆以上意分賜諸將，使自爲謝。諸蕃質子，縱其出入，無一人逃者。蕃酋來見，召之卧内，屏人徹衛，與語不疑。公居三歲，士勇邊實，恩信大洽。乃决策謀取横山，復靈武，而元昊數遣使稱臣請和，上亦召公歸矣。（未竟公之用。）

初，西人籍其鄉兵者十數萬，既而黥以爲軍，惟公所部，但刺其手。（刺鄉兵用熟羌，又用補叙。）公去兵罷，獨得復爲民。其於兩路，既得熟羌爲用，使以守邊，因徙屯兵就食内地，而紓西人饋輓之勞。其所設施，去而人德之，與守其法不敢變者，至今尤多。

自公坐吕公貶，（陡接法。）群士大夫各持二公曲直，吕公患之，凡直公者皆指爲黨，或坐竄逐。及吕公復相，公亦再起被用，於是二公歡然相約，勠力平賊，天下之士皆以此多二公。（吕許公怒於前而悔於後，至戮力平賊時，吕公已薦公於帝矣。此作者紀實，非只斡旋也。）然朋黨之論，遂起而不能止。上既賢公可大用，故卒置群議而用之。（歸美於君。）

慶曆三年春，召爲樞密副使，五讓不許，乃就道。既至數月，以爲參知政事，每進見必以太平責之。公歎曰：『上之用我者至矣。然事有先後，而革弊於久安，非朝夕可也。』既而上再賜手詔，趣使條天下事，又開天章閣，召見賜坐，授以紙筆，使疏於前。公惶恐避席，始退而條列時所宜先者十數事上之。其詔天下興學取士，先德行，不專文辭，革磨勘例遷以别能否，減任子之數而除濫官，用農桑考課守宰等事。方施行，而磨勘、任子之法，僥幸之人皆不便，因相與騰口，而嫉公者亦幸外有言，喜爲之佐佑。會邊奏有警，公即請行，乃以公爲河東陝西宣撫使。至則上書，願復守邊，即拜資政殿學士，知邠州，兼陝西四路安撫使。其知政事，纔一歲而罷，有司悉奏罷公前所施行而復其故，言者遂以危事中之，賴上察其忠，不聽。（小人之醜正害直，至於如此。無限惋歎。）

是時，夏人已稱臣，公因以疾請鄧州。守鄧三歲，求知杭州，又徙青州。公益病，又求知潁州，肩舁至徐，遂不起，享年六十有四。方公之病，上賜藥存問。既薨，輟朝一日。以其遺表無所請，使就問其家所欲，贈以兵部尚書，所以哀恤之甚厚。

公爲人，外和内剛，樂善泛愛。（又補敘。）喪其母時尚貧，終身非賓客食不重肉。臨財好施，意豁如也。及退而視其私，妻子僅給衣食。其爲政所至，民多立祠畫像。其行己臨事，自山林處士、里閭田野之人，外至夷狄，莫不知其名字，而樂道其事者甚衆。及其世次、官爵，誌於墓、譜於家、藏於有司者，皆不論著，（古人質直，凡見於他文者，不更敘。）其繫天下國家之大者，亦公之志也歟。（通篇主見，收應提綱句。）銘曰：

范於吴越，世實陪臣。俶納山川，及其士民。范始來北，中間幾息。公奮自躬，與時偕逢。事有罪功，言有違從。豈公必能，天子用公。其艱其勞，一其初終。夏童跳邊，乘吏怠安。帝命公往，問彼驕頑。有不聽順，鋤其穴根。公居三年，怯勇隳完。兒憐獸擾，卒俾來臣。夏人在廷，其事方議。帝趣公來，以就予治。公拜稽首，兹惟艱哉。初匪其難，在其終之。群言營營，卒壞於成。匪惡其成，惟公是傾。不傾不危，天子之明。存有顯榮，殁有贈謚。藏其子孫，寵及後世。惟百有位，可勸無怠。

公有志於平治天下，而屢起屢仆，以小人妒嫉之者衆，非天子知之深，不能保全始終矣，銘詞中益露其旨。無限惋惜，無限徘徊，令讀者於言外得之。義田膳窮族，亦事之敦本者，而文中未及，以公施於天下者大，濟一族者姑舍旃也。此歐公識重輕，能裁割處。

唐宋八家文讀本卷十三

歐陽修永叔著
後學沈德潛確士評點

徂徠石先生墓誌銘

徂徠先生，姓石氏，名介，字守道，兖州奉符人也（史筆。）徂徠，魯東山，而先生非隱者也。其仕嘗位於朝矣，魯之人不稱其官而稱其德，以爲徂徠魯之望，先生魯人之所尊，故因其所居山以配其有德之稱。曰徂徠先生者，魯人之志也。

先生貌厚而氣完，學篤而志大，雖在畎畝，不忘天下之憂，以爲『時無不可爲，爲之無不至。不在其位，則行其言。吾言用，功利施於天下，不必出乎己。吾言不用，雖獲禍咎至，死而不悔』。（先生大節，已盡於此。）其遇事發憤，作爲文章，極陳古今治亂成敗，以指切當世。（先爲《聖德詩》作引。）賢愚善惡，是是非非，無所諱忌。世俗頗駭其言，由是謗議喧然，而小人尤嫉惡之，相與出力，必擠之死。先生安然，不惑不變，曰：『吾道固如是，吾勇過孟軻矣。』不幸遇疾以卒。既卒，而姦人有欲以奇禍中傷大臣者，猶指先生以起事，謂其詐死而北走契丹矣，請發棺以驗。賴天子仁聖，察其誕，得不發棺而保全其妻子。

先生世爲農家。父諱丙，始以仕進，官至太常博士。先生年二十二，舉進士甲科，爲鄆州觀察推官，南京留守推官。御史臺辟主簿，未至，以上書論赦，罷不召。秩滿，遷某軍節度掌書記。代其父官於蜀，爲嘉州軍事判官。丁内外艱，去官，垢面跣足，躬耕徂徠之下，葬其五世未葬者七十。喪服除，召入國子監直講。是時兵討元昊，久無功，海内重困，天子奮然，思欲振起威德，而進退二三大臣，增置諫官、御史，所以求治之意甚鋭。先生躍然喜曰：『此盛事也。雅、頌吾職，其可已乎？』乃作《慶曆聖德詩》，以褒貶大臣，分别邪正，累數百言。詩出，太山孫明復曰：『子禍始於此矣。』明復，先生之師友也。其後所謂姦人作奇禍者，乃詩之所斥也。（中有云『衆賢之進，如茅斯拔；大姦之去，如距斯脱』，賢，謂蔡、富、韓、杜諸公；姦，謂夏竦也。）

先生自閒居徂徠，後官於南京，嘗以經術教授。及在太學，益以師道自居，門人弟子從之者甚衆。太學之興，自先生始。其所爲文章，曰某集者若干卷，曰某集者若干卷。其斥佛、老、時文，則有《怪説》《中國論》，曰：『去此三者，然後可以有爲。』其戒奸臣、宦女，則有《唐鑒》，曰：『吾非爲一世監也。』其餘喜怒哀樂，必見於文。其辭博辯雄偉，而憂思深遠，其爲言曰：『學者學爲仁義也，惟忠能忘其身，惟篤於自信者，乃可以力行也。』以是行於己，亦以是教於人。所謂堯、舜、禹、湯、文、武、周公、孔子、孟軻、揚雄、韓愈氏者，未嘗一日不誦於口。思與天下之士皆爲周孔之徒，以致其君爲堯舜之君、民爲堯舜之民，亦未嘗一日少忘於心。至其違世驚衆，人或笑之，則曰：『吾非狂痴者也。』是以君子察其行而信其言，推其用心而哀其志。

先生直講歲餘，杜祁公薦之天子，拜太子中允。今丞相韓公又薦之，乃直集賢院。又歲餘，始去太學，通判濮州。方待次於徂徠，以慶曆五年七月某日，卒於家，享年四十有一。友人廬陵歐陽修哭之以詩，以謂待彼謗焰熄，然後先生之道明矣。

先生既殁，妻子凍餒不自勝。今丞相韓公與河陽富公分俸田以活之。後二十一年，其家始克葬先生於某所。將葬，其子師訥，與其門人姜潛、杜默、徐遁等來告，曰：『謗焰熄矣，可以發先生之光矣，敢請銘。』某曰：『吾詩不云乎？子道自能久也，何必吾銘？』遁等曰：『雖然，魯人之欲也。』（歸結魯人。）乃爲之銘，曰：

徂徠之巖巖，與子之德兮，魯人之所瞻。汶水之湯湯，與子之道兮，逾遠而彌長。道之難行兮，孔、孟亦云遑遑。一世之屯兮，萬世之光。曰吾不有命兮，安在夫桓魋與臧倉？自古聖賢皆然兮，噫！子雖毁其何傷！

略位稱德，正是重先生處，此史氏書法也，文亦有太山巖巖氣象。秉正嫉邪，其剛勁之概，可以想見。然含蘊不深，卒以語言文字賈禍，身後猶騰謗焰也。孫明復之言，故有遠見。

尹師魯墓誌銘

師魯，河南人，姓尹氏，諱洙。然天下之士，識與不識，皆稱之曰師魯，蓋其名重當世。而世之知師魯者，或推其文學，或高其議論，或多其材能。（賓。）至其忠義之節，（主）處窮達，臨禍福，無愧於古君子，則天下之稱師魯者，未必盡知之。

師魯爲文章，簡而有法，博學强記，通知古今，長於《春秋》。（申上文學。）其與人言是是非非，務窮盡道理乃已，不爲苟止而妄隨，而人亦罕能過也。（申上議論。）遇事無難易，而勇於敢爲。其所以見稱於世者，亦所以取嫉於人，故其卒窮以死。（申上材能。）

師魯少舉進士，及第，爲絳州正平縣主簿，河南府户曹參軍，邵武軍判官。舉書判拔萃，遷山南東道掌書記，知伊陽縣。王文康公薦其才，召試，充館閣校勘，遷太子中允。天章閣待制范公貶饒州，諫官、御史不肯言。師魯上書，言仲淹臣之師友，願得俱貶，（此全以節言。）貶監郢州酒税，又徙唐州。遭父喪，服除，復得太子中允，知河南縣。趙元昊反，陝西用兵，大將葛懷敏奏起爲經略判官。師魯雖用懷敏辟，而尤爲經略使韓公所深知。其後諸將敗於好水，韓公降知秦州，師魯亦徙通判濠州。久之，韓公奏，得通判秦州，遷知涇州，又知渭州，兼涇原路經略部署。坐城水洛，與邊將異議，徙知晉州。又知潞州，爲政有惠愛，潞州人至今思之。累遷官至起居舍人，直龍圖閣。

師魯當天下無事時，獨喜論兵，（提。）爲《叙燕》《息戍》二篇，行於世。自西兵起，凡五六歲，未嘗不在其間，故其論議益精密，而於西事，尤習其詳。其爲兵制之説，述戰守勝敗之要，盡當今之利害。又欲訓士兵，代戍卒，以減邊用，爲禦戎長久之策。皆未及施爲，而元昊臣，西兵解嚴，師魯亦去而得罪矣。然則天下之稱師魯者，於其材能亦未必盡知之也。（材能未必盡知，則忠義之節，益不能知矣。）

初，師魯在渭州，（追叙。）將吏有違其節度者，欲按軍法斬之而不果。其後吏至京師，上書訟師魯，以公使錢貸部將，貶崇信軍節度副使。徙監均州酒税，得疾，無醫藥，舁至南陽求醫。疾革，憑几而坐，顧稚子在前，無甚憐之色，與賓客言，終不及其私。（全以節言。）享年四十有六以卒。

師魯娶張氏，某縣君。有兄源，字子漸，亦以文學知名。前一歲卒。師魯凡十年間三貶官，喪其父，又喪其兄；有子四人，連喪其三；女一適人，亦卒；而其身終以貶死。一子三歲，四女未嫁，家無餘貲，客其喪於南陽，不能歸。（總束，見師魯所遭之窮，如聽斷峽哀猿鳴也。）平生故人，無遠邇皆往賻之，然後妻子得以其柩歸河南，以某年某月某日，葬於先塋之次。

余與師魯兄弟交，嘗銘其父之墓矣，故不復次其世家焉。銘曰：

藏之深，固之密，石可朽，銘不滅。

敘忠義之節，或顯言，或隱言，際盛明世而未竟其用，真可惜也。文學、講論、材能，皆師魯所有，然只作陪襯，彌見節之可貴。若四項平列，不分輕重。便是近人文字矣。

張子野墓誌銘

吾友張子野，既亡之二年，其弟充以書來請，曰：『吾兄之喪，將以今年三月某日，葬於開封，不可以不銘，銘之，莫如子宜。』嗚呼！予雖不能銘，然樂道天下之善以傳焉。況若吾子野者，非獨其善可銘，又有平生之舊、朋友之恩與其可哀者，（提挈全篇。）皆宜見於予文，宜其來請於予也。

初，天聖九年，予爲西京留守推官，是時陳郡謝希深、南陽張堯夫與吾子野，尚皆無恙。（二人作陪。）於時，一府之士，皆魁傑賢豪，日相往來，飲酒歡呼，上下角逐，爭相先後，以爲笑樂。而堯夫、子野，退然其間，不動聲氣，衆皆指爲長者。予時尚少，心壯志得，以爲洛陽東西之衝，賢豪所聚者多爲適然耳。其後去洛，來京師，南走夷陵並江漢，其行萬三四千里，山砠水厓，窮居獨遊，思從曩人，邈不可得。然雖洛人，至今皆以謂無如嚮時之盛，然後知世之賢豪不常聚，而交遊之難得爲可惜也。（一段將希深、堯夫並敘，而子野夾敘其間，是主客雙行法。）

初，在洛時，已哭堯夫而銘之；其後六年，又哭希深而銘之；今又哭吾子野而銘。於是又知非徒相得之難，而善人君子，欲使幸而久在於世，亦不可得。嗚呼！可哀也已。

子野之世曰：（叙家世。）贈太子太師，諱某，曾祖也。宣徽北院使樞密副使，累贈尚書令，諱遜，皇祖也。尚書比部郎中，諱敏中，皇考也。曾祖妣李氏，隴西郡夫人。祖妣宋氏，昭化郡夫人，孝章皇后之妹也。妣李氏，永安縣太君。

子野家聯後姻，世久貴仕，而被服操履，甚於寒儒，好學自力，善筆札。天聖二年，舉進士，歷漢陽軍司理參軍，開封府咸平主簿，河南法曹參軍。王文康公、錢思公、謝希深，與今參知政事宋公，咸薦其能，改著作佐郎，監鄭州酒稅，知閬州閬中縣，就拜秘書丞。秩滿，知亳州鹿邑縣。寶元二年二月丁未，以疾卒於官，享年四十有八。子仲，郊社掌生；次從，次幼，未名。女五人，一適人矣。妻劉氏，長安縣君。

子野爲人，外雖愉怡，中自刻苦，遇人渾渾不見圭角，而志守端直，臨事果決。（撮叙爲人，語極簡括。）平居酒半，脱冠垂頭，童然秃且白矣。予固已悲其早衰，而遂止於此，豈其中亦有不自得者邪？子野諱先，其上世博州高堂人，自曾祖已來，家京師而葬開封。今爲開封人也。銘曰：

嗟夫子野，質厚材良。孰屯其亨，孰短其長？豈其中有不自得，而外物有以戕？開封之原，新里之鄉。三世於此，其歸其藏。（銘辭平和，遜昌黎遠甚。）

叙交遊、聚散、死生，有山陽聞笛之感，而子野可銘處自見。

湖州長史蘇君墓誌銘

故湖州長史蘇君，有賢妻杜氏，自君之喪，布衣蔬食。居數歲，提君之孤子，斂其平生文章，走南京，號泣於其父，曰：『吾夫屈於生，猶可伸於死。』其父太子太師以告於予，予爲集次其文而序之，以著君之大節，與其所以屈伸得失，以深誚世之君子，當爲國家樂育賢材者，且悲君之不幸。

其妻卜以嘉祐元年十月某日，葬君於潤州丹徒縣義里鄉檀山里石門村，又號泣於其父，曰：『吾夫屈於人間，猶可伸於地下。』於是杜公及君之子泌，皆以書來乞銘以葬。

君諱舜欽，字子美。其上世居蜀，後徙開封，爲開封人。自君之祖諱易簡，以文章有名，太宗時承旨翰林，爲學士，參知政事，官至禮部侍郎。父諱耆，官至工部尚書，直集賢院。君少以父蔭，補太廟齋郎，調滎陽尉，非所好也。已而鎖其廳去，舉進士，中第，改光禄寺主簿，知蒙城縣。丁父憂，服除，知長垣縣，遷大理評事，監在京樓店務。

君狀貌奇偉，慷慨有大志，少好古，工爲文章，所至皆有善政。官於京師，位雖卑，數上疏論朝廷大事，敢道人之所難言。范文正公薦君，召試，得集賢校理。自元昊反，出兵無功，而天下殆於久安，尤困兵事。天子奮然，用三四大臣，欲盡革衆弊以紓民。（子美貶而朝局一變，故叙次本未特詳。）於是時，范文正公與今富丞相多所設施，而小人不便，顧人主方信用，思有以撼動，未得其根。以君文正公之所薦，而宰相杜公婿也，乃以事中君，坐監進奏院祠神奏用市故紙錢，會客，爲自盜，除名。君名重天下，所會客，皆一時賢俊，悉坐貶逐，然後中君者喜曰：『吾一舉網盡之矣。』（王拱臣語。）其後，三四大臣悉罷去，天下事卒不復施爲。

君携妻子居蘇州，買木石，作滄浪亭，日益讀書，大涵肆於六經，而時發其憤懣於歌詩。至其所激，往往驚絶。又喜行草書，皆可愛。故其雖短章醉墨，落筆，争爲人所傳。天下之士聞其名而慕，見其所傳而喜，往揖其貌而竦，聽其論而驚以服，久與之居而不能舍以去也。（如見其人。）居數年，復得湖州長史。慶曆八年十二月某日，以疾卒於蘇州，享年四十有一。君先娶鄭氏，後娶杜氏。三子：長曰泌，將作監主簿；次曰液，曰激。女二：長適前進士趙纮；次尚幼。

初，君得罪時，以奏用錢爲盗，無敢辨其冤者。自君卒後，天子感悟，凡所被逐之臣復召用，皆顯列於朝，而至今無復爲君言者，宜其欲求伸於地下也，宜予述其得罪以死之詳，而使後世知其有以也。（抑鬱憤懣，皆嗚咽聲。）既又長言以爲之辭，庶幾並寫予之所以哀君者，其辭曰：

謂爲無力兮，孰擊而去之？謂爲有力兮，胡不反子之歸？豈彼能兮此不爲。善百譽而不進兮，一毁終世所顛擠。荒孰問兮杳難知，嗟子之中兮，有韞而無施。文章發輝兮星日光輝，雖冥冥以掩恨兮，宜昭昭其永垂。（辭只平平，歐之遜韓以此。）

子美一身，關係君子小人之進退與朝局之盛衰，故於其被誣事，窮其根株言之。後諸君子復進用，而子美屈抑以死，作志銘者，宜悲憤不自已也。着意處尤在中後兩段。

故霸州文安縣主簿蘇君墓誌銘

有蜀君子曰蘇君，（書法。）諱洵，字明允，眉州眉山人也。君之行義，修於家，信於鄉里，聞於蜀之人久矣。當至和、嘉祐之間，與其二子軾、轍，偕至京師，翰林學士歐陽修得其所著書二十二篇，獻諸朝。（伏『知我者歐陽公』。）書既出，而公卿士大夫爭傳之。其二子舉進士，皆在高等，亦以文學稱於時。眉山在西南數千里外，一日父子隱然名動京師，而蘇氏文章遂擅天下。君之文博辯宏偉，讀者悚然想見其人。既見，而温温似不能言；及即之，與居愈久，而愈可愛。間而出其所有，愈叩而愈無窮。嗚呼！可謂純明篤實之君子也。（應。）

曾祖諱祐，祖諱杲，父諱序，贈尚書職方員外郎，三世皆不顯。職方君三子，曰淡、曰渙，皆以文學舉進士。而君少，獨不喜學，年已壯，猶不知書。職方君縱而不問，鄉閭親族皆怪之，或問其故，職方君笑而不答，（伏『知我者唯我父』。）君亦自如也。年二十七，始大發憤，謝其素所往來少年，閉户讀書，爲文辭。歲餘，舉進士再不中，又舉茂材異等不中，退而歎曰：『此不足爲吾學也。』悉取所爲文數百篇焚之，益閉户讀書，絶筆不爲文辭者五六年，（是老泉學問得力處，特爲拈出。）乃大究六經百家之説，以考質古今治亂成敗、聖賢窮達出處之際，得其粹精，涵畜充溢，抑而不發。久之，慨然曰：『可矣。』由是下筆，頃刻數千言，其縱横上下，出入馳驟，必造於深微而後止。蓋其稟也厚，故發之遲；（總斷。）志也慤，故得之精。自來京師，一時，後生學者皆尊其賢，學其文以爲師法。以其父子俱知名，故號『老蘇』以別之。

初，修爲上其書，召試紫微閣，辭不至，遂除試秘書省校書郎。會太常修纂建隆以來禮書，乃以爲霸州文安縣主簿，使食其禄，與陳州項城縣令姚闢同修禮書，爲《太常因革禮》一百卷。書成，方奏未報，而君以疾卒，實治平三年戊申四月也，享年五十有八。天子聞而哀之，特贈光禄寺丞，敕有司具舟，載其喪，歸於蜀。

君娶程氏，大理寺丞文應之女。生三子：曰景先，早卒；軾，今爲殿中丞直史館；轍，權大名府推官。三女，皆早卒。孫，曰邁，曰遲。有文集二十卷，《謚法》三卷。

君善與人交，急人患難，死則恤養其孤，鄉人多德之。蓋晚而好《易》，曰：『《易》之道深矣。汩而不明者，諸儒以附會之説亂之也。去之，則聖人之旨見矣。』作《易傳》，未成而卒。（善《易》者不言《易》，匪獨清言，亦有至理。）治平四年十月壬申，葬於彭山之安鎮鄉可龍里。君生於遠方，而學又晚成，常歎曰：『知我者，惟吾父與歐陽公也。』然則非余誰宜銘？銘曰：

蘇顯唐世，實欒城人。以宦留眉，蕃蕃子孫。自其高曾，鄉里稱仁。偉歟明允，大發於文。亦既有文，而又有子。其存不朽，其嗣彌昌。嗚呼明允，可謂不亡。

聖俞長於詩，故作墓誌獨表其詩；明允長於文，故作墓誌特表其文。中間叙述生平，總以文一綫穿去。老蘇不固於俗學，故成就遲而文乃可久。彼急急於利禄，而以務華絶根爲學者，豈非與腐草同科者乎？歐公獨重此意發揮，能表其生平之大者。

黄夢升墓誌銘 係魯直叔祖。

予友黄君夢升，其先婺州金華人，後徙洪州之分寧。其曾祖諱元吉，祖諱某，父諱中雅，皆不仕。黄氏世爲江南大族，自其祖父以來，素以家貲賑鄉里，多聚書以招延四方之士。（富室中少此人。）夢升兄弟皆好學，尤以文章意氣自豪。予少家隨州，夢升從其兄茂宗官於隨，予爲童子，立諸兄側，見夢升年十七八，眉目明秀，善飲酒談笑。予雖幼，心已獨奇夢升。

後七年，予與夢升皆舉進士於京師。夢升得丙科，初任興國軍永興主簿，怏怏不得志，以疾去。久之，復調江陵府公安主簿。時予謫夷陵令，遇之於江陵。夢升顔色憔悴，初不可識，久而握手嘘嚱，相飲以酒。夜醉，起舞歌呼大噱。予益悲夢升，志雖衰而少時意氣尚在也。（悲壯。）

後二年，予徙乾德令，夢升復調南陽主簿，又遇之於鄧間。嘗問其平生所爲文章幾何，夢升慨然歎曰：『吾已諱之矣。窮達有命，非世之人不知我，我羞道於世人也。』求之，不肯出。遂飲之酒，復大醉，起舞歌呼，因笑曰：『子知我者。』乃肯出其文。讀之，博辨雄偉，意氣奔放，若不可禦。予又益悲夢升，志雖困，而文章未衰也。（傳出豪氣未除，愈見可悲。）

是時，謝希深出守鄧州，尤喜稱道天下士。予因手書夢升文一通，欲以示希深。未及，而希深卒，予亦去鄧。後之守鄧者皆俗吏，不復知夢升。夢升素剛，不苟合，負其所有，常怏怏無所施，卒以不得志，死於南陽。（此又可悲。）

夢升諱注，以寶元二年四月二十五日卒，享年四十有二。其平生所爲文曰《破碎集》《公安集》《南陽集》，凡三十卷。娶潘氏，生四男二女，將以慶曆四年某月某日葬於董坊之先塋。其弟渭泣而來告曰：『吾兄患世之莫吾知，孰可爲其銘？』予素悲夢升者，因爲之銘，曰：

予嘗讀夢升之文，至於哭其兄子庠之詞，曰：『子之文章，電激雷震，雨雹忽止，闃然滅泯。』未嘗不諷誦，歎息而不已。嗟夫！夢升曾不及庠！不震不驚，鬱塞埋藏，孰與其有，不使其施？吾不知所歸咎，徒爲夢升而悲。（結『悲』字。）（即用夢升詞，而益以數言，便覺可悲。又有哭世父文云『高明之家，尚爲鬼瞰；公之文章，豈無物憾？』云云，亦自警絶。）

以抱才之人，而屈於下位，不遇知己，宜感憤激昂，而不能自已也。中寫醉酒起舞處，筆筆有神。蘇子美年四十一，張子野、石曼卿年四十八，張堯夫年三十七，黄夢升年四十二，而又皆沉於下僚，困窮以死，豈豐於才者嗇於命邪？彼享厚福者，多庸庸之人，固其宜也。

尚書都官員外郎歐陽公墓誌銘

公諱曄，字日華，於檢校工部尚書諱託、彭城縣君劉氏之室，爲曾孫；武昌縣令諱郴、蘭陵夫人蕭氏之室，爲孫；贈太僕少卿諱偃、追封潘原縣太君李氏之室，爲第三子；於修爲叔父。修不幸幼孤，依於叔父而長焉。嘗奉太夫人之教曰：『爾欲識爾父乎？視爾叔父，其狀貌、起居、言笑，皆爾父也。』（與昌黎少時聽嫂言，同一凄絶。）修雖幼，已能知太夫人言爲悲而叔父之爲親也。

歐陽氏世居江南，僞唐李氏時，爲廬陵大族。李氏亡，先君昆弟，同時而仕者四人，獨先君早世，其後三人皆登於朝以殁。

公咸平三年舉進士甲科，歷南雄州判官，隨、閬二州推官，江陵府掌書記，拜太子中允，太常丞博士，尚書屯田、都官二員外郎，享年七十有九，最後終於家。以慶曆四年三月十日，葬於安州應城縣高風鄉彭樂村。

於其葬也，其素所養兄之子修泣而書曰：嗚呼！叔父之亡，吾先君之昆弟無復在者矣。其長養教育之恩既不可報，而至於狀貌、起居、言笑之可思慕者，皆不得而見焉矣。惟勉而紀吾叔父之可傳於世者，庶以盡修之志焉。（虛領下半。）

公以太子中允，監興國軍鹽酒税；太常丞，知漢州雒縣；博士，知端州桂陽監；屯田員外郎，知黄州；遷都官，知永州，皆有能政。坐舉人奪官，復以屯田通判歙州，以本官分司西京，託家於隨，復遷都官於家，遂致仕。景祐四年四月九日卒。

公爲人嚴明方質，尤以潔廉自持。自爲布衣，非其義，不輒受人之遺。少而所與親舊，後或甚貴，終身不造其門。

其涖官臨事，長於決斷。（提綱，後應。）初，爲隨州推官，治獄之難決者三十六。大洪山奇峰寺，聚僧數百人，轉運使疑其積物多，而僧爲姦利，命公往籍之。僧以白金千兩饋公，公笑曰：『吾安用此？然汝能聽我言乎？今歲大凶，汝有積穀六七萬石，能盡以輸官而賑民，則吾不籍汝。』僧喜曰：『諾。』飢民賴以全活。

陳堯咨以豪貴自驕，官屬莫敢仰視，在江陵用私錢，詐爲官市黄金。府吏持帖，强僚佐署，公呵吏曰：『官市金，當有文符。』獨不肯署。堯咨雖憚而止，然諷轉運使出公，不使居府中。

鄂州滎陽，素號難治，乃徙公治之。至則決滯獄百餘事。縣民王明，與其同母兄李通争産累歲，明不能自理，至貧，爲人賃舂。公折之一言，（虚叙，簡叙。）通則具伏，盡取其産巨萬，歸於明，通退而無怨言。（服之至也。）

桂陽民有争舟而相毆至死者，獄久不決。公自臨其獄，出囚坐庭中，去其桎梏，而飲食之。食訖，悉勞而還於獄，獨留一人於庭。留者色動惶顧，公曰：『殺人者汝也。』囚不知所以然。公曰：『吾視食者皆以右手持匕，而汝獨以左。今死者傷在右肋，此汝殺之明也。』囚即涕泣曰：

『我殺也，不敢以累他人。』（實叙，詳叙。）

公之臨事明辯，有古良吏決獄之術多如此。所居人皆愛思之。（獨詳隨州及徙鄂州四事，餘皆略之。古之者，初不以麻列爲能。）

公娶范氏，封福昌縣君。子男四人：長曰宗顔，次曰宗閔，其二早亡。女一人，適張氏，亦早亡。銘曰：

公之明足以決於事，愛足以思於人，仁足以施其族，清足以潔其身。而銘之以此，足以遺其子孫。

孤子爲叔父草志，自應有此纏綿凄惋之情。後叙理民、折獄四事，簡而有法，詳略得宜。

南陽縣君謝氏墓誌銘

慶曆四年秋，予友宛陵梅聖俞，來自吴興，出其哭内之詩，而悲曰：『吾妻謝氏亡矣。』丐我以銘而葬焉。予諾之，未暇作。居一載，中書七八至，未嘗不以謝氏銘爲言，且曰：『吾妻，故太子賓客諱濤之女，希深之妹也。（俱本聖俞之言作文，此爲婦人草志體也。）希深父子爲時聞人，而世顯榮。謝氏生於盛族，年二十以歸吾，凡十七年而卒。卒之夕，斂以嫁時之衣，甚矣！（可哀。）吾貧可知也。然謝氏怡然處之。治其家有常法：其飲食器皿，雖不及豐侈，而必精以旨；其衣